Imāginor, ergō sum.

想象即存在

幻想家

THE PENGUIN BOOK OF NORSE MYTHS

⚒ GODS OF THE VIKINGS ⚒

北欧神话全书

〔英〕凯文·克罗斯利-霍兰 著 〔美〕黄田 译
KEVIN CROSSLEY-HOLLAND

湖南文艺出版社

缅怀

琼安·克罗斯利-霍兰

（1912—2005）

目　录

男人出门在外，不可怯懦不前。我的生死早已命中注定。

——无名氏《斯基尼尔之旅》

人家说奇迹已经过去了，我们现在这一辈博学深思的人们，惯把不可思议的事情看作平淡无奇，因此我们把惊骇视同儿戏，当我们应当为一种不知名的恐惧而战栗的时候，我们却用谬妄的知识作为护身符。[1]

——莎士比亚《终成眷属》第二幕第三场

斯堪的纳维亚的泛神教信仰是最能引起我们兴趣的。首先，它的年代离我们最近，一直延续到11世纪的欧洲；挪威人信仰奥丁，距今只过去了八百年。其次，它是我们祖先的信仰。我们和这些先人不仅血脉相连，在其他地方也有诸多相似之处。

——托马斯·卡莱尔

1　译文出自《莎士比亚全集（二）》第335页，人民文学出版社1994年版，朱生豪译，吴兴华校。

致 谢

我们写的东西既有别人指定的题材，也有我们自己想写的。就算写书的人思如泉涌、一挥而就，一本书可能仍是多年沉淀积累的成果。我对神话传说和民间故事的兴趣从小就已萌芽：我父母每天晚上都给幼小的我讲故事，还鼓励我接触各种不同的古今宗教信仰。我的父亲演奏了第一把复原版的萨顿胡里拉琴并录了下来，我的祖父则传给我一个盎格鲁–撒克逊葬瓮，这些都激发了我对日耳曼传统文化的兴趣。在入读牛津大学圣埃德蒙学院之后，我着手翻译古英语诗歌；在这个过程中，我的导师布鲁斯·米切尔不仅给了我莫大的鼓励与帮助，后来还和我合作进行翻译。从盎格鲁–撒克逊文化开始，我自然而然地对同期的西欧和北欧文化产生了好奇。恰逢费伯出版社的菲丽丝·亨特邀请我编辑《费伯北欧民间故事集》，我借此契机，阅读了大量早期日耳曼文学作品，包括北欧神话、冰岛萨迦和日耳曼英雄诗歌。这些作品可谓我写作此书的踏脚石，所以我首先要感谢的是它们的创作者和那些让它们得以流传下来的人。

在过去三年里，我得到了许多人的帮助。这其中有写作和学术方面的，也有日常和私人方面的。在这里，我必须再次感谢我的父亲。他仔细审阅了几乎整部书稿，提出了许多令我受益良多的宝贵建议。这可不是一件能够一蹴而就的事。作为我最严格的批评家，父亲为这本书耗费了大量的时间。瓦莱莉·关与亚德里安·关读过书中神话故事的初稿，他们为我提供了极为有用的建议和鼓励，并帮我找到了自己的叙事风格。我的儿子基兰与多米尼克读过书中大部分故事。他们的反馈有时是书面的，有时是口头的，但无论是以什么形式，都常让我深受启发。当我不问世事埋头写作的时候，孩子们对我的耐心和体谅是他们对这本书做出的最大贡献。

我在撰写第十三章时苦于找不到《索尔利的故事》的原文，多亏赫尔曼·帕尔松为我解决了这个难题。艾伦·凯吉尔-史密斯、安-玛丽·凯吉尔-史密斯和苏珊·斯特恩主动为我提供了有用的资料。《睿智的伤口》的两位作者彼得·雷德格罗夫和佩内洛普·沙特尔，耗费心力为我解释了第二十四章的某个情节，并允许我在书中引用他们写给我的信件。苏珊·库尔兹慨然为我翻译了一段乔治·杜梅齐尔著作原文。在芭芭拉·莉奥妮·皮卡德的著作《北欧众神和英雄的故事》中，有一章名叫《洛基是怎样骗过一个巨人的》，当我在近三十年后向她请教这个故事的来源时，她提供了热心的帮助；可惜的是，我们都没能发现这个故事的来源。如有读者知晓，敬请告知，我将不胜感激。

在撰写本书导读和注释的过程中，我参考了许多资深学者的著作。我在书中一一注明了各处引文的来源，同时也要感谢各位作者以及他们的出版商授权我引用这些作品。这其中包括：亨利·亚当斯·贝洛斯英译的《诗体埃达》（美国-斯堪的纳维亚基金会），约翰内斯·布伦斯泰兹著、卡尔·斯科夫英译的《维京人》（企鹅图书），乔治·杜梅齐尔的《日耳曼人的神话与神祇》（欧内斯特·勒鲁出版社），米尔恰·伊利亚德的《神圣与世俗》（艾伦-昂温出版社），H. R. 埃利斯·戴维森的《北欧众神及神话》（企鹅图书），李·M. 霍兰德的《吟唱诗人》（密歇根大学出版社），格温·琼斯的《维京人历史》（牛津大学出版社），H. 马丁利英译的《塔西陀谈不列颠与德国》（企鹅图书），赫尔曼·帕尔松英译的《埃里人萨迦》（南边出版社），E. O. G. 特维尔-彼得的《北欧神话与宗教》（魏登菲尔德-尼科尔森出版社），多萝西·怀特洛克在戴维·C. 道格拉斯和苏西·I. 塔克的协助下英译的《盎格鲁-撒克逊编年史》（艾尔-斯波蒂斯伍德出版社），以及斯诺里·斯蒂德吕松著、吉恩·I. 杨翻译的《散文埃达》（加州大学出版社）。我从由我撰写的盎格鲁-撒克逊简史《英格兰的崛起》（安德烈·多伊奇出版社）中摘录了几句，并引用了由我英译的《贝奥武甫》（D. S. 布鲁尔出版社）。我在书末的参考文献中列出了我时常参照的《诗体埃达》和《散文埃达》译本。如果我的版本与这些著作有少许字词上的重合，请相信那是我的无心之过。

大不列颠艺术委员会慷慨地为我提供了两次资金支持，第一次是在1976年，第二次则是在1978年，为此我要特别感谢查尔斯·奥斯本、杰奎琳·法尔克和艾伦·布朗约翰的牵线搭桥。我也要感谢冰岛航空的 H. 西于尔兹松先生和瑞景旅游公司的诺埃尔·凯恩斯先生，他们的努力让我获得了这两个公司的赞助，得以带着我的两个儿子访问冰岛，切身感受了北欧神话最终定型的地方。这趟旅行能够成真，也多亏了我母亲各方面的大力资助。我的两位经纪人——在伦敦的黛博拉·罗杰斯和在纽约的贝蒂·安·克拉克待人热忱，业务能力更是一流，我感谢她们对我恰到好处的关心、督促和信任。对于我在英国出版社的两位编辑黛安娜·阿西尔和埃丝特·惠特比，我也心存感激，她们理解我写作的动机以及我对这本书的希冀，对待工作一丝不苟。我还要感谢大英图书馆和伦敦图书馆的员工，他们凭借其专业知识，不厌其烦地给予我帮助。这部手稿打字录入的工作量不容小觑；我尤其要感谢的是罗斯玛丽·克罗斯利-霍兰，她圆满地完成了这项任务，不仅准确高效，态度也让人如沐春风。这份工作不仅没有让我们彼此之间产生摩擦，反而让我们关系更加紧密了。

最后，我还要向两个人致以特别的谢意。我在美国出版社的编辑温迪·沃尔夫给我的帮助远远超出了她的工作范围，她就本书初稿提出的详细建议令我深受启发。她在本书主题方面展现出了渊博的知识，善于委婉地提出意见，并且永远都是那么神速——作为一名作者兼曾经的出版社从业者，我深知这样的编辑可遇而不可求。

大概两年以前，我在冰岛结识了希尔德冈德·屈布勒，此后她便不断地给予我支持。我俩一直在讨论本书的整体结构、写作风格，以及这些神话故事本身的意义。如果没有她切身的理解和切实的帮助，我是不可能坚持写成本书的。在此，我要向她表示真诚的感谢。

北欧先民的世界

根据《盎格鲁-撒克逊编年史》的记录，公元793年无疑是惊心动魄的一年：

> 这一年，诺森布里亚的上空出现了可怕的预兆，人们惶惶不安。狂风大作，电闪雷鸣，火龙飞过天空。紧接着大饥荒降临。同年6月8日，异教徒残忍地血洗了林迪斯法恩，摧毁了圣岛上的教堂。

书中说的这些异教徒就是维京人。这些侵略者摧毁了显赫的林迪斯法恩修道院，令整个基督教世界震惊不已。这场屠杀拉开了他们大举西侵的序幕：在此后约三百年里，维京人在欧洲一带占据了举足轻重的地位。随着他们四处迁移，北欧旧神的信仰也广为流传。时至今日，我们仍能拜读当时的诗人创作出来的北欧神话。

"维京人"一词的意思是"海湾的人""战士"或"殖民者"。他们来自今天的丹麦、挪威和瑞典。维京时代从公元780年延续到

1070年，其间维京人兵分三路，往东、南、西三个方向扩张。他们崛起的原因主要有二：其一是当时斯堪的纳维亚人口过多，长子继承制又鼓励不是长子的男性外出冒险；其二则是贸易路线的发展（比如弗里斯兰的北海贸易路线和莱茵河的河运）勾起了维京商人和海盗的兴趣。与此同时，维京人热爱冒险、勇猛好斗、不惧死亡的性格自然也推动了他们的对外扩张，他们集海盗、商人、侵略者和殖民者于一身。

维京人的海上战力是他们的立身之本。他们拥有卓越的航海能力和高超的造船技术。不论是从实用性还是从美学上来说，维京长船在当时的欧洲都独占鳌头。这种船是用鱼鳞搭接的方式造成的，船匠用铁铆钉把相邻的船壳板连接在一起，龙骨两头则逐渐变窄。维京长船不仅线条美丽，在波涛汹涌的海洋上也非常灵活。这些战船靠划桨推进，它们的甲板是封闭的，两侧各配有十五六个桨手，桅杆上悬着方形的横船帆。船头往往会有精致的雕刻，一般是龙头，船舷的两侧则挂着战士们彩色的盾牌。

南下的维京人侵略并殖民了苏格兰、爱尔兰和半个英格兰。后来在英格兰，他们不幸遇上了一名奇男子——韦塞克斯的阿尔弗雷德，英国历史上唯一一位享有"大帝"尊称的国王。他们征服了弗里斯兰，在法国则一直往南打到卢瓦尔河，又先后攻占了里斯本、加的斯和塞维利亚。在袭击法国南部的卡马格之后，他们往东入侵意大利北部，洗劫了比萨。有部分维京人，早先在诺曼底定居，后来又前往西西里；时至今日，部分土生土长的西西里人仍然拥有北欧人的红发和白肤。

东进的维京人从波罗的海出发，沿着沃尔霍夫河到了诺夫哥罗德。他们用滚筒木将船只运到了第聂伯河的源头，再度起航抵达了基辅、黑海以及君士坦丁堡。拜占庭皇帝的贴身卫队清一色由维京人组成。另有一批维京人从诺夫哥罗德去了伏尔加河，往南到了里海和巴格达。公元985年左右，一位名叫穆罕默德·穆加多西的阿拉伯地理学家写道，维京人的船上载满了"黑貂皮，松鼠皮，白鼬皮，黑色和白色的狐狸皮，貂皮，海狸皮，箭和剑，蜡和白桦树皮，鱼齿和鱼石灰，琥珀，蜂蜜，山羊皮和马皮，鹰，橡子，榛子，牲口，以及斯拉夫人奴隶"。公元922年，阿拉伯外交官兼作家阿哈迈德·伊本·法德兰也在伏尔加河上碰到了维京人。他写道：

> 我看到罗斯人抵达了他们在阿的尔河［伏尔加河］的贸易点，抛锚泊船。我还是第一次见到像他们那样体型完美的人。他们身材高挑如同枣树，皮肤十分红润。罗斯人不穿外套披风，但每个男人都披着一条可以遮住半个身子的披肩，这样他们就有一只手是自由的……每个女人的胸前都挂着一个盒子。这个盒子可能是铁造的，也可能是银的、铜的或者金的——它的大小和质地取决于其丈夫的富裕程度。

伊本·法德兰口中的"罗斯人"就是来自瑞典的维京人。后来俄罗斯的名字便由此而来。

西进的维京人大多来自挪威西部。9世纪晚期到10世纪早期，他们殖民冰岛。我在后面会讲到他们如何选择扩张的目标。后来他们又开发了冰岛西边的格陵兰。发现格陵兰的红发埃里克把它叫作"绿色的土地"，以便吸引更多移民前往他在布拉塔利德建立的定居点。无畏的维京人从格陵兰继续向西航行，他们当中的一位莱夫·埃里克松抵达了今日的加拿大纽芬兰和美国新英格兰，在那里发现了"自然生长的麦子和葡萄"。维京人不仅进一步探索了北美大陆，甚至还建立过一个短命的定居点。通过《文兰萨迦》和种种考古发现（比如位于纽芬兰的兰塞奥兹牧草地的维京人村落遗迹），我们可以确定，在公元1000年左右就有北欧先民在美洲大陆定居了，这比哥伦布从葡萄牙航行至美洲大陆要早了差不多五百年。

大众心目中的北欧先民是海盗和侵略者，但事实上，他们中大部分人平时都过着和平的生活，依靠打猎、捕鱼和农耕为生，其中农耕尤为重要。不论是在斯堪的纳维亚还是他们后来移居的地区，维京人的社会始终分为三个界限分明的阶级：爵士与战士阶级、农民阶级和奴隶阶级。第五章《里格之歌》讲述了海姆达尔是如何成为人类祖先，并为我们描绘了各个阶级的生活环境。

《诗体埃达》里的《里格之歌》描述了奴隶阶级的悲惨生活：他们从事体力劳动，一生不得自由。特拉尔、瑟尔和他们的十九个孩子在一间臭烘烘的小屋子里过活。这间屋子有可能是木头搭成的，也有可能是用草皮和泥巴糊的。人和动物共用一个空间：农奴肯定会养绵羊、山羊和猪之类的牲口，可能还会养猫狗。这个底层阶级甚至没有自己的保护神。

不过，绝大多数北欧先民属于有雷神托尔保佑的农民阶级。他们是土地很少的自由农。依照考古发现来看，到了维京时代晚期，农民普遍有不止一栋房子。除了两栋肩并肩的长屋，他们可能还会有一两座仓库。如果有四栋房子，那么建筑群的中间还会有个庭院。

除了《里格之歌》，我们也能从各部萨迦以及考古发现中窥见当时农民的饮食习惯。丹麦考古学家约翰内斯·布伦斯泰兹写道：

> 维京人日常吃黑麦的全麦面包、燕麦和大麦粥、鱼（尤其是鲱鱼）、各种肉类（包括绵羊、羔羊、山羊、马、牛、牛犊和猪肉）、奶酪、黄油和奶油。一般人喝啤酒和蜜酒，富人则会喝葡萄酒。鲸鱼、海豹和北极熊是重要的食物来源，在挪威和冰岛尤其如此。比起烤肉，维京人似乎更习惯煮肉……用各种肉制成的肉汤必定很常见，同时他们也擅长制作干肉和干鱼。猎到的飞禽也是食物来源。餐桌上最常见的蔬菜是白菜和洋葱，也有大量的苹果、浆果和榛子。他们大量使用蜂蜜，虽然基本上都是用来酿造蜜酒……在那些远离海洋但山林茂密的地方，他们依靠打猎麋鹿、鹿、野猪和熊来吃肉。野兔、鹅和鸡也很受欢迎。在极北之地，他们的菜谱还包括驯鹿和野牛。

为了确保有足够的食物过冬，维京人用冰块、乳清或盐来保存食物。盐是他们从盐田或者海带里提取出来的。

《里格之歌》详细描述了贵族阶级的瑞府华厦、锦衣玉食、声色犬马。他们或是爵士，或是战士，奥丁则是他们的保护神。他们的财富体现在各个方面：随从、宝藏、船只和领地。每一代的长子继承全部的财产。就像另外两个阶级一样，战士阶级的男人忠于家庭，一般都在家里度过整个漫长的冬天。就像每晚都在瓦尔哈拉举办豪宴的英灵战士一样，宴会是这些战士生活中不可或缺的一部分。当夏日来临，同样一批男人就会集结外出，吟唱诗人则作诗赞颂这些探险家、商人和海盗。在口头社会中，诗人扮演了至关重要的角色，文化传统靠他们得以传承延续，我在本书第六章的注释及其他地方对此做了探讨。

根据塔西佗的记载，在日耳曼部落一开始迁移到欧洲，并更进一步迁移到北边的斯堪的纳维亚时，他们依靠勇武和出身来推选领袖。那些能够声称自己是神之后裔的人无疑在这种时候占尽先机，而第十八章《欣德拉之诗》的故事背景便来自类似的纠纷。在这个故事里，女神芙蕾雅帮助她的人类情人奥塔弄清了他的家谱。不过随着王权逐渐巩固，王位也变为世袭（冰岛人不在此列：他们从一开始就采用议会制而非君主制），第十二章《格里姆尼尔之歌》为这一更为规范的传统提供了例证。

神话故事和北欧萨迦告诉我们，大部分北欧先民都过着离群索居、胼手胝足的生活。从《伊童的金苹果》《托尔的乌特加德之旅》和《奥托的赔命钱》可以看出，农场与农场之间一般相隔甚远，一个人要骑马一整天才能抵达邻家的住处。在路上，旅人不大可能会碰到其他的行人，倒更可能碰到那些在神话中频频出现的动物——就算不是鹿、水獭、野猪和狼，至少也有松鼠、老鹰和乌鸦之类。他们在路上不仅得穿过山谷、冰川和荒原，还会碰到山里长时间的暴风雪和荒漠上的沙尘暴；更别提一年有一半时间，每天的日照都只有几个小时。

在这种与世隔绝的环境里，家族这个社会单位便显得格外重要。每个家族都必须自力更生，遇到麻烦，家族成员也会互相支持。如果有成员受了侮辱，或者被人打伤，甚至被杀，惹祸的一方绝无可能逍遥法外。很多萨迦都非常详细地描述了犯事者会受到的惩罚。在塔西佗笔下，1世纪的日耳曼部落也以同样的原则行事：

> 家族之间的关系，不论好坏，都会世代相传。不过，私仇也并非不能消解。杀人的一方可以给死者的家族一定数量的牛羊，以此买下死者的命。这对于整个集体来说好处很大，因为在崇尚自由的社会里，私仇是非常危险的。

但如果争执的双方不能达成协议，法庭就会介入纠纷。当时普遍使用神明裁判的方式来考验当事人，被判有罪的一方需要支付罚款；如果罪名非常严重，犯人可能被流放，甚至被判死刑。

塔西佗也提到了家族之间的交情。对于明智的北欧先民来说，结交朋友不只是为了满足人的交际本能，也有现实的考虑：人多力量大，大群体总比小群体要来得安全。在家族内部，舅舅和侄子的关系非比寻常——我在第四章的注释中探讨了这种关系，这也许能解释，为什么奥丁是从他的舅舅（勃尔索之子）那里学到了九首强大的魔法歌曲，并靠它们获得诗之蜜酒的。

在当时的维京社会，不管是从法律还是民俗来说，两性之间都是平等的。北欧萨迦中有许多让人印象深刻的女性角色，她们往往比身边的男人更豪爽、更有决断。女性能够成为渥尔娃，即女萨满。她们通过灵魂出窍来获取不为常人知的知识，回答周边人的日常生活问题和关于婚姻的八卦。在第二章的故事和注释里，我们可以看到女萨满芙蕾雅向阿萨神族传授魔法，这无疑是对渥尔娃传统的反映。

第二十五章《洛德法夫尼尔之歌》，乃至它的来源《至高者的箴言》本身，就是在这种以家族为中心、崇尚迷信的大背景下创作出来的。不失诙谐的《洛德法夫尼尔之歌》含有大量的格言和忠告，其中描述的维京人价值观十分朴素实在，听起来并不像是一群无法无天的海盗：尊重生命的价值、不可轻信他人、珍惜朋友的友谊、当心被人背叛、处事莫要极端、待客要殷勤（但不要太过殷勤）、博得不朽的名声……这些都是《至高者的箴言》的中心思想。

《至高者的箴言》中有一节是："我的牲口会死，我的亲人会死，我自己也会死，但我知道，有一样东西是永远不死的，那就是我们在身后留下的名声。"对于维京人来说，虽然一个人的名声不见得能传播多远，它仍然至关重要。他们不相信人在死后会获得永恒的生命，于是只能通过口口相传的名声来获得不朽。他们也不相信人能改变自己的命运，因为那是诺恩三女神从一开始就已经决定好了的（见第四章注释）。就算如此，他们仍然认为人能选择自己的生活方式。正如斯基尼尔在《斯基尼尔之旅》中所言："男人出门在外，不可怯懦不前。我的生死早已命中注定。"

维京社会看不起自怨自艾的人。想要成名的人不会抱怨他们一路上遇到的各种艰险，也不会畏惧必将到来的死亡。他们习惯忍受生命中的苦难，甚至对此报以嘲笑。这就是为什么许多北欧神话故事都带着讽刺的色彩，比如战神提尔被魔狼芬里尔咬掉一只手之后，众神并未因此同情他（见第七章）。不论男女都清楚，他们在人生路上必将遇到诸多阻碍，但他们中的佼佼者将克服各种困难，靠勇气、忠诚和慷慨为自己赢得不朽的美名。

这种根深蒂固的宿命论在神话中处处可见：殒命沙场的战士并不能自己决定是否前往瓦尔哈拉，只能期望获得奥丁和瓦尔基里的垂青；洛基从安德瓦利手里抢来了大批黄金，但它的原主人在这批宝藏上下了诅咒；奥丁知道巴尔德命中难逃一死，但他对此无能为力；甚至世界的末日——"诸神的黄昏"本身也是不可避免的。有朝一日，烈焰与洪水会吞噬世间的一切。

然而，正如 H. R. 埃利斯·戴维森指出的那样：

> 虽然北欧先民深信宿命论——又或者，正因为他们深信宿命论——我们仍能从神话故事中感受到他们的高贵品质。他们的神灵是一群充满传奇色彩的英雄人物，在热爱独自冒险的同时又组成了一个紧密的小团体。他们拥有坚定的价值观和至死不渝的信念；他们愿意为信念献出生命，但在那之前，他们会奋战到最后一刻，因为他们相信生活值得人努力活下去。人们知道他们崇拜的神灵不能保佑他们避开危险与灾难，也不认为那是神祇的职责所在。北欧先民并不怨恨生活的艰辛和世界的不公，他们勇敢地面对并接受这一切：凡人生来必然受苦，但我们应该感谢神祇赐给我们勇气、冒险和生命的奇迹。不仅如此，众神还给了我们更重要的礼物：他们让我们做好了面对人生的准备，给了我们化险为夷的运气和名垂千古的机会。

我们能从这些神话故事中读出北欧先民的精神面貌。这个民族拥有无尽的好奇心、信心与勇气，生性慷慨，纪律严明，并且始终忠诚于家族。但与此同时，他们也冷漠傲慢、狡猾多诈（洛基这个角色很好地体现了这一点）、残忍无情。

世界观

　　北欧神话有一套错综复杂的世界观。它的创世故事告诉我们，在世界的中心有一道巨大无比的深渊，名为金伦加鸿沟。北边尼弗尔海姆的寒霜和南边穆斯佩尔海姆的热炎在金伦加鸿沟相遇，冰火相融，孵育出了生命。世界上的头两个生命体分别是一个名叫伊米尔的冰霜巨人和一头名叫奥杜姆拉的母牛。随着母牛舔舐冰块，冰中露出一具男人的身体。这个男人有三个孙子：奥丁、维利与维伊。三兄弟杀死了伊米尔，用他的身体创造了九大世界。

　　北欧先民想象中的宇宙是三心一线的结构，形状就像三个盘子隔空叠在一起。阿斯加德位于最上面的一层，它是好战的阿萨神族的家园。在那里有一座宏伟的堡垒，里面坐落着诸神的宫殿。一个巨人石匠和众神打赌，在堡垒四周修起了高墙（见第三章）。巨大的英灵殿瓦尔哈拉也在这里，里面住着所有的英灵战士。这些战士日日相互厮杀，但每到黄昏就会回到大殿中举行盛宴，如此等待着诸神的黄昏来临。在世界末日那一天，神祇和凡人、巨人和怪物会进行最后的决战，这场大战的战场就在阿斯加德。那是一块名叫维格里德的平原，方圆三百六十里。除了阿萨神族，还有别的族裔也住在世界的最高层。这一层除了阿斯加德，还有华纳海姆。主管丰饶的华纳神族曾经住在这里，不过后来他们和阿萨神族兵戎相见，最终被后者同化（见第二章）。光精灵的领地阿尔夫海姆也在这一层。

　　中庭米德加德是人类的世界，位于宇宙的第二层。在它的周围有一片汪洋，用13世纪冰岛诗人斯诺里·斯蒂德吕松的话说，

伊格德拉西尔

拉塔托斯克

乌尔德之泉

华纳海姆　　阿斯加德　　阿尔夫海姆

瓦尔哈拉

比弗罗斯特　　　　　　　　　　　弥米尔之泉

米德加德　　乌特加德

尼德维利尔　　　　　　约顿海姆

斯瓦塔尔夫海姆

耶梦加得

赫尔

赫瓦格密尔之泉　　　　　　　　尼弗尔海姆

尼德霍格

这片汪洋如此之大，以至于"大家都认为没有谁能抵达它的另一边"。可怕的尘世巨蟒耶梦加得躺在海底，它咬住自己的尾巴，紧紧围住了米德加德。巨人的国度约顿海姆也在这一层，但具体位置则说法不一——它可能如地图所示，是米德加德的一部分，位于米德加德东部多山的海边，但也有可能和米德加德隔海相望。巨人一族的堡垒叫作乌特加德（意为"外域"）。托尔曾经和旅伴一同前往乌特加德，但邪恶的巨人之王乌特加德-洛基用魔法欺骗了他，让他无功而返（见第十六章）。

　　侏儒们也住在这一层，他们的家园位于米德加德的北边，名叫尼德维利尔（意为"黑暗之家"）。他们住在山洞和坑洼里，斯瓦塔尔夫海姆（意为"黑暗精灵的国度"）就藏在地下某个地方。侏儒和黑暗精灵并无明显区别，这两个名字在文献中是换着用的。

闪亮的彩虹桥比弗罗斯特（意为"颤抖的道路"）将阿斯加德和米德加德连了起来。在《散文埃达》的《古鲁菲受骗记》里，斯诺里·斯蒂德吕松写道："你应该见过这座桥，不过你可能把它叫作彩虹。桥身有三种颜色，坚不可摧，工艺天下无双。"《瓦弗斯鲁德尼尔之歌》却又提起永不结冰的伊芬河，说它是阿斯加德和约顿海姆的界河。更奇怪的是，在某些故事里，众神和巨人可以绕过米德加德，在阿斯加德和约顿海姆之间走陆路来回。这究竟是怎么回事？除非我们把宇宙的三层倾斜过来，让上层和中间两层碰到彼此，否则这是根本不可能的呀！这种矛盾说明，在我们探索北欧神话的世界观的时候，逻辑是有其局限性的。我们只需要记住，这个宇宙归根结底是三心一线的，而在这之外更加精确的结构，北欧先民自己也不甚了了。

世界的第三层是亡者之国尼弗尔海姆。从米德加德出发，一路往北往下，得在马上奔驰九天九夜才能到达这里。这个国度寒冷刺骨、长夜无尽，而冥界赫尔就是它防守最森严的地方：这里围墙高耸，大门紧闭；它的女王也叫赫尔，是一个半人半尸、丑陋无比的怪物。斯诺里·斯蒂德吕松详细描写过她的外貌（见第七章及其余多处）。北欧先民可能是把赫尔和尼弗尔海姆两个国度分开看待的，因为《瓦弗斯鲁德尼尔之歌》里提到，生前作恶的亡魂会穿过赫尔，在尼弗尔赫尔（意为"多雾的赫尔"，即尼弗尔海姆）再死一次。

所以北欧神话中的九大世界分别是：阿斯加德、华纳海姆、阿尔夫海姆、米德加德、约顿海姆、尼德维利尔、斯瓦塔尔夫海姆、赫尔和尼弗尔海姆。如果我们把赫尔算成尼弗尔海姆的一部分，那么第九个世界就是火焰之国穆斯佩尔海姆（也叫穆斯佩尔）。不过，穆斯佩尔海姆并未在这个三心一线的宇宙中占据一席之地。我们权且引用斯诺里·斯蒂德吕松所述：

> 世上第一个出现的国度是南边的穆斯佩尔。这个地方光芒闪耀，炎热无比。除了它的子民，没人能够忍受它的烈焰。它的保护者苏尔特坐在穆斯佩尔最偏远的角落，手里拿着一把熊熊燃烧的利剑。待到末日来临的那一天，他将会打败所有的神祇，烧尽整个世界。

在诸神的黄昏来临之际，穆斯佩尔的子民将会跟随苏尔特前往战场；斯诺里说，他们届时将"组成一支光芒夺目的大军"。不过在别的故事里，穆斯佩尔海姆的居民从未现身。

宇宙的三层和九界都有一根轴心，那就是伟大的世界之树伊格德拉西尔（我在第四章的注释里讨论了这个名字的意思）。这棵梣树是永恒的，既没有起源，也不会在诸神的黄昏之际迎来终结。按照斯诺里的描述，世界之树"荫盖整个世界，树顶比天空还要高"。它有三条树根。第一条树根伸入阿斯加德，根下便是乌尔德之泉，由诺恩三女神看守；阿萨众神每天都会聚在泉边召开议会。第二条树根通往约顿海姆，根下则是弥米尔之泉（见第二章注释），不论是谁，只要喝了它的泉水，就会变得充满智慧。奥丁为了能喝到弥米尔之泉的水，不惜牺牲了一只眼睛；海姆达尔则将他的号角留在了泉边，直到诸神的黄昏开始时才会回来拿它。第三条树根深深扎入尼弗尔海姆，根下是赫瓦格密尔之泉，这是十一条河流的源头；在泉水附近，以恶龙尼德霍格为首的一窝毒蛇日日啃咬世界之树的树根。

大家都把伊格德拉西尔称为"守护树"。这棵梣树为许多动物提供了住所和食物来源，同时却也是它们的攻击对象。除了啃啮树根的恶龙尼德霍格，还有鹿群和山羊在世界之树的枝丫之间来回跳跃，以它的新芽为食；一只松鼠则在树干上来回奔跑，在树顶的巨鹰和尼德霍格之间挑拨离间，巨鹰的双眼之间还停驻着一只隼。树叶上的露水非常甜美，蜜蜂用来酿蜜。

世界之树养育的不止各种动物。《诗体埃达》里的《斯维普达格之歌》（第二十三章）中有一段提起过，人们将世界之树的果子煮掉吃下，祈求孕妇顺利分娩。在诸神的黄昏即将来临时，这棵梣树将会不断颤抖，而一对男女——利弗和利弗斯拉希尔——则会躲进它的枝叶中避难。他们会从末世的烈火与洪水中生还，成为一个全新纪元中人类的祖先。

这棵多灾多难、养育万物的树连接着新旧两个世界，而诺恩三女神——乌尔德（意为"命运"）、斯库尔德（意为"存在"）和维尔丹迪（意为"必然"）——则负责照看它。从这个角度而言，她们掌管的不只是人类的命运，也是人类守护者的命运。斯诺里·斯蒂德吕松写道：

据说，住在乌尔德之泉旁边的诺恩三女神每天都从泉里和周围的泥土中汲水。她们往这棵梣树的枝叶上洒水，防止它枯萎腐朽。

我在第一章的注释里详细描述了北欧乡间守护树的传统。

在世界各地的神话体系里，宇宙的中心通常是一棵树、一根柱子或一座山。北欧神话的世界之树将宇宙的三层连接了起来，而印度吠陀文化和中国文化中也有类似的宇宙之树。H. R. 埃利斯·戴维森是这样描述伊格德拉西尔的：

> 它把神灵、凡人、巨人和亡者的世界全部连接起来了。我们可以把它看作一架上达天堂、下至冥界的梯子。在各种巫觋宗教中也有类似的一条连接阴阳两界的路。

在第四章的故事里，奥丁便利用此树举行了萨满仪式：为了习得死者的智慧，他自愿在世界之树上吊了九天九夜，身受长矛刺伤。有一只名叫拉塔托斯克的松鼠住在树干上，它终日在树顶的巨鹰和树底的恶龙之间来回挑拨离间，这代表着天堂和地狱的一体和对立。

伊格德拉西尔连接了九大世界（因此被神话学者称为世界之树），而奥丁也在树上吊了九天九夜。事实上，"九"这个数字在北欧神话故事中随处可见：奥丁从巨人那里学到了九首魔法之歌，为众神夺得了诗之蜜酒；海姆达尔有九位母亲；当奥丁之子赫尔莫德试图将光明之神巴尔德带回阳世时，他前往冥界的旅途耗费了九天九夜；在瑞典的乌普萨拉神殿，每过九年都会举行一次为期九天的宗教盛典，既需牲祭，也需人祭，类别不一，但各自的数量都是九。为什么"九"成了北欧神话中最神圣的数字？目前我们尚未找到让人满意的答案。不过，相信"九"有魔力的，并不止维京人。J. G. 弗雷泽在他的著作《金枝》里记录道，许多迥异的族群都有与"九"相关的仪式，包括威尔士、立陶宛、暹罗乃至印度尼西亚明打威群岛中的尼亚斯岛。"九"是个位数数字中最大最靠后的一个，也许这就是它在诸多神话体系中象征"死亡"和"重生"的原因；它连带着也代表"所有"。

在这里，我只介绍了九大世界的基本设定。北欧神话最后是在火山众多、环境严酷的冰岛整理定型的，而这个国家的地理风貌在神话中留下了深深的烙印（见第一章注释和第三十二章注释）。我在每一个具体的神话故事里——尤其是第一章、第十二章、第十五章、第二十七章和第三十二章——详细描述了这个宇宙的更多细节，诸如奥丁三兄弟是如何用巨人伊米尔的躯体创造了世界，就连他的眉毛也没浪费；四个侏儒为何托起天穹；两匹恶狼为何追逐日月；巨人的眼睛如何被扔到空中并化为星辰；以及其他许多足以支撑起叙事的情节元素。现在，让我们来认识一下北欧先民信奉的众神吧。

北欧众神

13世纪的冰岛诗人斯诺里·斯蒂德吕松写道，除了奥丁及其妻弗丽嘉，阿斯加德"有十二位男神……还有［十三位］和他们在地位和神力上旗鼓相当的女神。"在这一节，我会列出各位神祇的身份，同时着重介绍四位主神：奥丁、托尔、弗雷和芙蕾雅。在各章的注释里，我会进一步分析各个出场人物。

奥丁时常被称为众神之父。他不仅是许多神祇的亲生父亲，还和他的两个兄弟一起创造了世界上第一对凡人男女；同时，这个称呼也代表着他在众神中地位最为崇高。斯诺里·斯蒂德吕松将最后这点写得很明白：

> 奥丁在众神当中地位最高，年纪也最长。他掌管世间万物。无论其他神祇如何强大，他们始终都是奥丁的下属，一如父亲面前的子女……拥有不死之身的奥丁是阿斯加德的国王，万事都要听从他的安排。是他创造了天地和万物。

在基督教传入欧洲之前，日耳曼人的世界纷争不断，战火频仍。神灵的形象必须符合其崇拜者的需求，而好战的北欧人自然需要一位好战的神。奥丁的形象部分来自两位最早的日耳曼战神——沃登与提瓦兹，而人们对他的第一印象也是战争之神。冷酷、骄傲、反复无常的奥丁决定战场上的胜负。他让瓦尔基里挑选战死沙场的勇士，将他们带到瓦尔哈拉招待，以待这些英灵战士在末日大战与他共同战斗。如果信徒想要求得他的宽恕，就必须用动物和人向他献祭。

既然奥丁能鼓舞战士赢得胜利，他自然也可以让诗人文思泉涌。在第六章的故事里，战争之神奥丁前往约顿海姆，为众神赢得了诗之蜜酒。他之所以在《诗体埃达》中占有极其重要的位置，也是因为他是诗人的保护神。

除了战争之神和诗歌之神，奥丁也是一名预言家。他可以像萨满一样灵魂出窍，在不同世界之间穿行。有时候他会骑着八足骏马斯莱泼尼尔，有时候则会变化为别的样子。他还能像萨满一样和亡者进行交流。在《诗体埃达》的《渥尔娃的预言》里，以及在他主动献祭自己的故事《绞架之神》（第四章）里，他都是以亡者之神的形象出现的。

奥丁的外表十分威严可怕。身为独眼龙的他常常戴着一顶宽檐帽，以防别人一眼就认出他来。他总是披着一件蓝色的斗篷，手里拿着魔法长矛贡尼尔。在他的肩上一左一右停了两只乌鸦，分别是胡金（意为"思想"）和穆宁（意为"记忆"）。乌鸦不仅代表战争，也代表着寻找智慧的旅程。当奥丁坐在白银之厅的至高王座上，九界内没有任何东西能逃过他的眼睛。这是一位令人生畏的神——人们会尊敬他，但并不会爱戴他。

托尔是奥丁与大地生下来的儿子，他的地位仅次于奥丁。从现有文献中对他的形容看来，他无疑是众神中最受爱戴的一位。奥丁代表着暴力和战争，托尔则是秩序的代表。他用锤子米奥尔尼尔一次次击退巨人的侵犯，而且力气之大，足以和尘世巨蟒耶梦加得较劲。人们将他的名字作为法律和秩序的代称。

从第二十二章《哈尔巴德之歌》可以看出，奥丁是上层阶级——包括王族、战士和诗人——的保护神，托尔则是普通农民的庇护者。后者占了当时人口的大多数，而托尔的形象自然也平易近人：他身材魁梧，蓄着一大把红胡子，容易冲动，但他的脾气来得快去得也快；他虽然有点迟钝，却也力大无穷，非常可靠。《诗体埃达》的作者们（以及后来的斯诺里·斯蒂德吕松）可能夸大了奥丁的重要性，因为按照11世纪历史学家不来梅的亚当的说法，托尔才是北欧众神中最重要的一位——在乌普萨拉神殿里，他的塑像位于奥丁和弗雷之间，占据了最中心的位置。

本书收集的故事从创世开始，到世界末日结束，形成了一个完整的故事群。第二个故事描写了好战的阿萨神族与主管丰饶的华纳神族之间的一场大战。这个故事应该来源于民间记忆中不同信仰群体之间发生的冲突。不过，就像所有的宗教之争一样，新兴的宗教最终吸收融合了老的那个，于是托尔逐渐也与丰饶扯上了关系。他的锤子米奥尔尼尔不仅是武器，也是繁衍的象征（见第十章注释）。托尔掌管打雷（他的战车是雷鸣的来源）和闪电（他的前额中嵌着磨刀石），而用不来梅的亚当的话说就是，他由此掌握了"世间的风雨阳光，还有万物的收成"。

当然了，最重要的丰饶与繁衍之神还是弗雷。他是大地之母纳尔土斯的孩子，不知为何从女神变成了男神。根据塔西佗的记载，早在公元1世纪的丹麦，弗雷就已经有了信徒。斯诺里·斯蒂德吕松写道："大名鼎鼎的弗雷掌控着日照和雨水，因此能决定庄稼的收成。人们向他祈求和平、丰饶和富裕。"在乌普萨拉神殿里，弗雷的神像身上有一个硕大的阳具——很明显，他不仅保佑庄稼丰收，还掌管人丁兴旺。弗雷的两件宝物——神船斯基德布拉德尼尔和金猪古林博斯帝，也都是古老的丰饶象征。第十一章《斯基尼尔之旅》是唯一以弗雷为主人公的故事，它生动地刻画了弗雷丰饶之神的本色。

在阿萨神族和华纳神族言和时，双方交换高层人质，弗雷、他的父亲尼约尔德和他的姐妹芙蕾雅因此来到了阿斯加德（见第二章）。尼约尔德是华纳神族的领袖，他掌管海洋和海风，也是船只和水手的守护神。他的宫殿叫作诺阿通，意为"修船场"。正如尼约尔德和冰霜巨人斯卡娣成婚，他的儿子弗雷也娶了冰霜巨人格尔德为妻，这两桩婚事都代表着两个极端的结合（见第九章注释和第十一章注释）。

海姆达尔也是阿斯加德的主神之一。他的身份和来历都迷雾重重，不过他很可能原本是华纳神族的一员。他和海洋有关，据说拥有九个母亲（可能是九朵浪花）。按照斯诺里的描述，"他需要的休息比鸟儿还少；他有一双千里眼，不论昼夜都能看到三百里之外的风吹草动；他还有一对顺风耳，能听到青草和羊毛生长的声音"。他永不疲惫，感官敏锐，是众神最好的守卫。他的宫殿希敏比约格（意为"天堂之崖"）位于彩虹桥附近，而他的号角加拉尔的声音能响彻九界。在《里格之歌》的散文体前言里，抄写员说海姆达尔和人类祖先里格是同一人（见第五章）。考虑到世界上第一对男女是由奥丁三兄弟创造出来的，为什么在这个故事里出场的反而是里格呢？这仍然是个谜。

另外一位主神提尔一般被认为是奥丁之子，不过在第十七章《希米尔之歌》里，他是巨人希米尔的儿子。像奥丁一样，他的形象受到了早期日耳曼战神的影响。我在第七章的注释中讨论了他的来源。提尔是阿斯加德最勇敢的神灵。在第七章的故事里，只有他敢于将一只手放进芬里尔的手里，以便众神绑住芬里尔，保证他们在诸神的黄昏来临之前不受这条魔狼的威胁。

巴尔德之死是诸神的黄昏的先兆。生性温柔的巴尔德是奥丁和弗丽嘉的儿子，后来死于他的亲兄弟霍德之手。在邪恶的洛基的指引之下，盲眼的霍德向巴尔德扔了一只用槲寄生削成的飞镖。我在第二十九章的注释里详细分析了巴尔德这个角色。文风独异的斯诺里·斯蒂德吕松是这么说的：

> 没有谁能在巴尔德身上挑出任何缺点。他是众神中最完美的一位，大家都对他赞不绝口。他的皮肤白得发亮，光彩夺目。有一种花儿特别洁白无瑕，是世界上最白的花朵，而大家都说它和巴尔德的额头是同一个颜色。从这个比喻可以看出，巴尔德的身体是多么美丽，而他的金发又是多么闪亮。在众神中要数巴尔德最睿智、最温和、最仁慈，但也没有任何人可以改变他的裁决。

虽然主要的男神一共有十二位，但在流传下来的故事里面，有重要戏份的也就上面这几位。其他的主要男神包括：巴尔德和南娜的儿子福尔塞提，正义之神；奥丁之子布拉吉，诗歌与口才之神；乌尔，射箭及滑雪之神，他会见证决斗；奥丁与情妇琳德的儿子瓦利，他会为巴尔德报仇，杀死无意中害死巴尔德的霍德；还有奥丁与女巨人格丽德的儿子维达尔，他会为奥丁报仇。瓦利和维达尔都会活过诸神的黄昏。

除了这十二位主神，阿斯加德还有三位男神也不能不提。霍尼尔（见第二章、第八章和第二十六章）是阿萨神族交换给华纳神族的人质之一，他看起来最大的特点是遇事犹豫不决，他还与奥丁和洛基一起出现过几次。在诸神的黄昏结束之后，霍尼尔似乎将会继承奥丁的王位，成为新一代神王。奥丁之子赫尔莫德的名字有"坚韧"的意思，而他曾经身负重任，前往冥界试图将巴尔德带回阳间。最后，我们终于要说到洛基了。

洛基的父母都是巨人，但他本人却是奥丁的养兄弟。他代表着神族和巨人族含混暧昧、逐步交恶的关系。他形象多变，难以捉摸，因此他不仅是许多情节的催化剂，也是北欧神话中最令人着迷的角色。如果没有洛基这个激动人心、正邪不定的人物，北欧神话的世界秩序就会始终如一——不会有那些令人动魄惊心的情节，也不会迎来诸神的黄昏。

斯诺里·斯蒂德吕松这样描述洛基：

> 相貌英俊，面容白皙；然而他生性邪恶，狡猾多变。这位满口谎言的诡计大师总是在给阿萨神族惹麻烦，但他也时常为众神出谋划策，解决难题。

这段话精确地描绘了洛基在早期神话中的形象：在第三章《阿斯加德的城墙》里，是他鼓动阿萨众神和巨人打赌，令芙蕾雅陷入险境，但他后来也通过易形和变性——这一点上，他和奥丁颇有共通之处——解决了芙蕾雅和众神的麻烦。在第十章《众神的宝物》里，他剪掉了希芙的秀发，但与其说是恶行，这举动看起来更像是个恶作剧，而且最后他还赔了大量宝物给众神。在第八章《伊童的金苹果》里，他虽然让众神失去了永葆青春的金苹果，后来却又把伊童和金苹果都夺了回来。

洛基这个角色的起源非常复杂。学者们曾在其他神话体系中寻找和他有关系的形象，但目前学术界的共识是，他的原型来自印欧神话体系，并不是北欧的诗人们独立创造出来的角色。H. R.埃利斯·戴维森也强调了洛基善变的性格，并且将他和美国印第安神话中的恶作剧者相比：

> 贪婪自私、老奸巨猾的恶作剧者常以动物的形象出现。他经常会干出滑稽或是令人恶心的事情，但他也会给人类带来各种好处，比如阳光和火。所以他也是一位文化英雄，甚至可以是创造者。恶作剧者可男可女，还能生下孩子。他是一个时常扮演喜剧角色的萨满巫师。他的定位介于神和英雄之间，然而他身上那种强烈的小丑元素又是神或英雄都没有的。

然而，随着时间流逝，喜爱恶作剧的洛基逐渐消失了；他变成了一个残忍的恶神，众神的死敌。他不仅引导霍德用槲寄生的飞镖杀死巴尔德，还阻止巴尔德还阳。在第三十章《洛基的争辩》里，他对阿萨众神破口大骂，毫不留情。哪怕身陷囹圄，他仍然能引起地震，是毁灭之力的代表。当他在诸神的黄昏重获自由之后，洛基终于露出了他的真面目：他的邪恶程度不在他的三个可怕的怪物孩子之下——这三个孩子是巨蟒耶梦加得、魔狼芬里尔和半人半尸的赫尔（见第七章）。是他带领巨人和怪物的军队，和众神与英雄们决一死战。

对于北欧神话中的一众女神，我们知道的要少得多。鉴于斯诺里·斯蒂德吕松说她们和男神平起平坐，我们有理由推测，大部分以她们为主角的故事都已佚失了。在所有女神当中，只有芙蕾雅的形象得以完整鲜明地保留了下来。在华纳神族和阿萨神族交换高层人质的时候，芙蕾雅和父亲尼约尔德、兄弟弗雷一起来到了阿斯加德。她和奥德结了婚，但不知为何，这个面目模糊的男人离开了她，而芙蕾雅总是在为他哭泣。有一种说法是，奥德其实就是奥丁。北欧先民将芙蕾雅视为爱情女神，故事里的她风韵迷人，生性风流。本书有两个故事的背景都是巨人想要得到她，而在第十三章《闪亮的项链》里，她为了得到布里欣嘉曼，不惜和四个侏儒发生肉体关系。这根项链是她繁衍之力的象征。在第十八章《欣德拉之诗》里，欣德拉毫不客气地谴责芙蕾雅，说她不仅把人类情人奥塔骑在身下，还像发情的山羊一样在黑夜里四处奔跃。

芙蕾雅和战争也有关联。她会乘坐两只猫拉的战车前往战场。《诗体埃达》的《格里姆尼尔之歌》提到，战死沙场的勇士一半会前往奥丁的瓦尔哈拉，一半则会前往芙蕾雅的宫殿——位于"万众之野"弗尔克万的塞斯伦尼尔。在第十三章的末尾，芙蕾雅展现了她热爱战争的一面。而且别忘了，在第十八章，芙蕾雅的情人化名为希尔迪斯维尼，意思是"战猪"。

由于战争和死亡紧密相连，芙蕾雅和奥丁一样与亡者之国扯上了关系。她是掌管魔法和巫术的女神（见第二章）。当她披上自己的猎隼羽衣，她的灵魂可以化为鸟儿飞往冥界。她在返回阳间后能进行预言，知晓他人的命运。从古文献里，我们知道了许多异教时代北欧地区萨满习俗的信息，也知道芙蕾雅和这种习俗紧密相关；但在流传下来的神话里，她从未以女先知或是渥尔娃女祭司的形象出现。

除了芙蕾雅，还有十二位女性主神。格菲翁原本也是华纳神族的一员。通过她欺骗瑞典国王古鲁菲的故事（见第二十一章），我们可以确定她和农业，特别是耕地的联系。艾尔掌管治疗；斯约芬与洛芬唤起男女心中的激情，促成禁忌之爱；瓦尔见证婚姻的誓言，并惩罚那些违背誓言的人；睿智的沃尔知晓一切；法庭上的被告人以希恩之名起誓；聪慧温柔的斯诺特拉代表自律；萨迦则每日都在她的宫殿索克瓦贝克之内和奥丁饮酒；琳恩、芙拉和格娜三位女神似乎只是奥丁之妻弗丽嘉的侍女。

可惜的是，我们对弗丽嘉所知甚少。她和她的丈夫奥丁同样知晓凡人的命运，而她的原型和弗雷一样，来自大地之母：她是大地女神芙约金的女儿；分娩的女人会向她祈祷；在巴尔德的故事里，我们可以体会到她深沉的母爱。H. R. 埃利斯·戴维森指出，芙蕾雅和弗丽嘉之间联系紧密：

> 我认为，阿斯加德两位最重要的女神其实是同一位女神的两面。近东神话的丰饶女神也有同样的双面形象，即母亲和情人。有时一位女神可以兼任两职，但更多时候，信徒会用不同的名字来称呼同一神灵的各个面相。在某些神话体系里甚至会出现三相女神，比如叙利亚的亚舍拉、阿斯塔蒂和阿娜特，又比如希腊的赫拉、阿佛洛狄忒和阿耳忒弥斯。三相女神代表着女性的三个面孔——妻子和母亲、恋人和情妇，以及纯洁美丽的少女。在北欧神话中，弗丽嘉和芙蕾雅可能是三相女神中的前两位，而如今面目已经模糊的女猎人斯卡娣可能曾经是第三位。

除了这十三位女神，阿斯加德的居民中还有别的女性。布拉吉的妻子伊童负责保管永葆青春的金苹果。令人难忘的《伊童的金苹果》描写她是如何被洛基骗离阿斯加德，成了巨人夏兹的囚徒（见第八章故事及注释）。托尔之妻希芙和伊童一样，一开始应该也是一位丰饶女神。在第十章《众神的宝物》的开头，希芙失去了她灿烂的金发，故事也由此展开。南娜对她的丈夫巴尔德忠贞不贰，以至于在他的葬礼上因为心碎而死。夫妻二人的遗体都在大船灵虹上被火化，南娜也陪伴巴尔德去了冥界。洛基的妻子希格恩对她的丈夫同样忠心：在洛基被众神绑在山洞里之后，她一直陪伴在他身边，用碗接住他头顶上毒蛇滴下来的毒液。

每位神灵都代表着特定的信仰，众神当中也不乏形象鲜明的角色，但巨人和侏儒就没有这种待遇了。每个巨人、每个侏儒看起来都大同小异。巨人一般代表混沌之力，他们试图用蛮力、阴谋或魔法来扰乱宇宙的秩序。神话中出场的巨人有粗鲁残暴的盖尔罗德和赫伦尼尔，也有阴险狡诈的乌特加德-洛基。前两人都是托尔的手下败将，后者则将雷神送出了巨人的堡垒乌特加德。但神和巨人之间的分界线也没有那么泾渭分明。正如神灵并不完美，巨人也未必一无是处。神和巨人除了会针锋相对，也有可能成为朋友甚至爱人。或许神和巨人并非绝对的两极，而是同一个角色的两面——他们会交战、和解、再起冲突，最后同归于尽。

丑陋畸形的侏儒代表着贪婪，他们的一举一动都是为自己谋利。侏儒一族是技艺高超的工匠和魔法师。他们心思邪恶，垂涎美色、力量与黄金——不过他们最重视的，只有黄金。各个故事里偶尔会提到光精灵、黑暗精灵和尼弗尔海姆的居民，但都是作为背景角色一笔带过。书中有五个故事提到了人类（第五章、第十二章、第二十章、第二十一章和第二十五章），我会在相应注释里解说人类在故事里扮演的角色。神话中主要的人物、地点和物件都可参见书末所附的词汇表。

文献来源

绚烂的北欧神话起源于印欧文化。它在日耳曼欧洲成形，是从公元前1000年到公元元年这一千年之间的事。不过，根据某些青铜时代岩画以及其中的宗教符号推断，在这之前更早的一千年里，北欧神话中的某些元素就已经在斯堪的那维亚出现了。然而，描写古日耳曼宗教信仰的最早记录——塔西佗的《日耳曼尼亚志》成书于1世纪末，而这个领域的主要文献则来自很久之后的13世纪的冰岛，那时冰岛居民已经大批改信基督教，先人的宗教随之被抛弃遗忘。现在流传下来的记录都来自诗人和古代学家，一批"在盛事结束之际挥手告别"的人。

对北欧神话研究者而言，有六批初级资料是必修课。我在每章的注释里都详细解释了相应故事的来源，并探讨了不同神话体系的相似之处、相关的文学原型和考古发现。

1643年，冰岛斯卡尔霍特教区的主教发现了《王家抄本》。根据后来学者的推断，这部手抄本写于1270年左右，收录了二十九首与北欧神话和英雄传说相关的诗。由于一开始有学者认为它是由冰岛学者智者萨蒙德收集整理的，所以它也被称为《萨蒙德埃达》（"埃达"这个词来自古北欧语中的 oðr，意为"诗歌"）。后来还有一些类似的诗也陆续重见天日，包括《马格努松抄本》里的一组共六首诗——其中五首《王家抄本》也有，但有一首《巴尔德的梦》却是新发现的。这类诗一共三十四首，统称为《老埃达》或《诗体埃达》，而它们的创作者都是北欧众神的信徒。《诗体埃达》是许多神话故事的唯一来源，其中也不乏文笔上乘的佳作；更重要的是，它包含了《渥尔娃的预言》，这首长诗被公认为日耳曼文学桂冠上的一颗明珠——它以波澜壮阔、扣人心弦的笔触，描写了世界如何诞生，如何从黄金时代过渡到冲突的时代，最后又将如何遭遇彻底毁灭，就此揭开一个纯洁美好的全新纪元。

虽然《诗体埃达》中的大部分诗歌都是10世纪的作品，但《诗体埃达》是由不同的作者在不同的年代和地区创作出来的。我在各章注释中会提到，这批作品内部存在大量的时间线冲突和其他逻辑矛盾。当然了，神话没有所谓"正确"的顺序或是版本——和其他任何一种宗教团体一样，古代日耳曼宗教的信徒在信仰方面存在诸多分歧。在重写本书故事时，我尽力整理出了一个能让人满意的时间顺序，同时最大可能地保持了前后一致。

吟唱诗歌是著名诗人为同年代的人创作的颂词和挽歌，也是北欧神话的重要来源。这种诗歌的修饰手段极其复杂，包括音节、头韵、内韵和辅韵。虽然这意味着它们无法被翻译成普遍意义上的现代诗，但它们保留了大量珍贵的典故和细节。其中有几首诗也被称为盾诗，因为它们描绘的是盾牌上的图画。盾面一分为四，各个部分都绘有神话情节。当盾牌被送给国王或者首领时，相关诗歌也是礼物的一部分。盾诗是书中数个故事的重要来源。不过，吟唱诗歌为神话体系做出的最大贡献还是迂说式修辞。这种隐喻含有大量信息，是诗歌内容的一部分。许多迂说式修辞都来自听众耳熟能详的神话故事，比如"芙蕾雅的眼泪""希芙的头发""奥托的赔命钱"和"埃吉尔的火把"都是黄金的代称。读者们将会发现，之所以这样代称，是因为芙蕾雅流出的眼泪是黄金的；洛基在剪掉希芙的头发之后，又赔给了她一顶用黄金打造的假发；三位神灵杀死了奥托，不得不拿黄金铺满水獭的毛皮作为赔偿；海神埃吉尔的宫殿里没有火把，全靠黄金照明。许多迂说式修辞都和现存神话的情节互相呼应，还有一些则指向已经彻底佚失的故事，让后人向往不已。

斯诺里·斯蒂德吕松（1179—1241）是冰岛历史上最伟大的文人。他不仅是一位重要的政治领袖和地主，也是一名杰出的诗人、萨迦作者、历史学家和批评家。他的作品包括歌颂哈康四世和斯库勒公爵的吟唱诗歌《诗体通论》、描写极其生动的《埃吉尔萨迦》，以及记录神话时代至其所处年代的史学巨著《挪威列王传》。不过，对于北欧神话的爱好者而言，斯诺里最重要的著作无疑是《散文埃达》。

冰岛人在公元1000年左右自愿接受了基督教，由此接触到了新的欧洲文学模式，连带着对吟唱诗歌的技巧和迂说式修辞日益生疏。为了促进吟唱诗歌的复兴，斯诺里效仿《诗学》的作者亚里士多德，于1220年左右写成了《散文埃达》。此书不仅列出了各种诗歌规则，还录入了许多吟唱诗歌的片段——要是没有它，这些诗歌到今日就彻底失传了。斯诺里明显熟悉《诗体埃达》的绝大部分作品，并写下了许多迂说式修辞背后的神话故事。书中《古鲁菲受骗记》的内容几乎全是神话故事的重述。

在研究斯诺里·斯蒂德吕松的作品时，我们需要谨记，作者本人是一名基督徒兼古代学家。作为一个活在13世纪的冰岛人，斯诺里·斯蒂德吕松不可能一五一十地完美还原古代维京人的信仰。前人流传下来的故事深深地吸引了他。他有时候会忍俊不禁，有时候会误解原文，但最重要的是，他从这些故事中汲取了源源不断的灵感，创作了大量作品（本书第十七章注释中附有斯诺里版《希米尔之歌》的全译文）。他沉浸在九大世界的风云变幻之中，依靠当时的资料和他自己丰富的想象写下了《古鲁菲受骗记》这部杰作。他笔下的许多故事，至今无人能够超越。

1215年左右，一个名叫萨克索（昵称为格拉玛提库斯，意为"学者"）的丹麦人用拉丁文写完了他长达十六卷的丹麦历史巨著《丹麦人的事迹》。这比斯诺里·斯蒂德吕松的《挪威列王传》还要早上二十年。和《挪威列王传》一样，《丹麦人的事迹》从史前时期开始讲述，所以它的前九卷是神话、传说和宗教仪式的大杂烩。萨克索·格拉玛提库斯所知的神话版本和斯诺里不尽相同，而他对待北欧众神的态度更是大不一样。斯诺里在记录神话故事的时候不会掺入基督教的教义，也不会评价众神的性格和作为。然而，正如 E. O. G. 特维尔-彼得所言：

> 萨克索和普通的中世纪冰岛人一样，认为昔日的北欧众神并不是神灵，只是一群狡猾的凡人。他们依靠智谋战胜了最初的巨人，欺世盗名被奉为神明。但在"神话即历史"这一观点上，萨克索的态度比一般冰岛人激进得多。在他笔下，北欧神灵时常介入凡人的生活……萨克索和各个冰岛作者的主要不同之处在于，他极为蔑视众神的神格，敌视他们所代表的一切。

斯诺里有时候会拿北欧旧神开善意的玩笑，这对萨克索来说是
不可想象的。

尽管如此，正如斯诺里·斯蒂德吕松的作品代表了冰岛支系的北
欧神话传统，《丹麦人的事迹》仍是丹麦以及北欧西部支系的经典。
在第二十九章《巴尔德之死》的注释中，我详细对比并分析了同一
个故事在斯诺里和萨克索笔下的不同版本。

冰岛萨迦包括不少于七百部作品，是欧洲文学史上出人意料
却又大放光彩的一章。各部萨迦出现于13世纪，有些作者的名字
已经失传。一部分萨迦讲述了王族和宗教统治阶级的生平与成就，
一部分歌颂英雄的传奇（这些英雄中最有名的要数沃尔松一族的
西古尔德），还有一部分描绘了古代北欧人不知疲倦的扩张史和殖
民史。不过，萨迦文学中最引人注目的还是家族萨迦——这些栩
栩如生的故事描写了在冰岛的英雄时代（公元1000年左右），围
绕家族和个人展开的生死恩怨、爱恨情仇。

萨迦自然会反映出主人公的宗教信仰和态度，因此可以向我
们提供大量古代北欧泛神教的相关信息。在冰岛人集体改信基督
教之后的很长一段时间里，旧神的信仰和相关习俗依然没有彻底
消失。比如说，在《埃里人萨迦》里，有个名叫托罗尔夫的男人决
定前往冰岛。为了决定在哪里定居：

> 托罗尔夫将一对神殿里的高位支柱丢进了海里，其中一根
> 支柱上刻着托尔的肖像。他宣布，不论托尔让支柱在冰岛海岸
> 线的哪一处靠岸，他都会在那里下船定居。

托罗尔夫的确也这么做了。萨迦后来又详细描述了他如何在岸上为托尔修建神殿、神殿祭司的作用、神殿本身的功能以及四周的环境：

> 托罗尔夫选择在托尔肖像靠岸的岬角举行聚会，地区议会就是从这里开始的。他将这片土地尊为圣地；为了保持其圣洁，他不允许任何人在那里杀生或是大便。人们若要大便，必须前往海里的一座礁石小岛解决需要。大家将这块礁石叫作德里特斯克尔，意思是"粪之礁岛"。

北欧神话的最后一个来源是历史学家和他们的史书。我在前面提起过，塔西佗是首位记录了罗马帝国内日耳曼部落宗教信仰的历史学家。10世纪的阿拉伯外交官阿哈迈德·伊本·法德兰曾和北欧人长期接触，并将所见所闻详细记录了下来，其中包括对于俄罗斯境内船葬习俗的恐怖描写。11世纪的历史学家不来梅的亚当详细描写了瑞典的异教传统，还绘声绘色地描写了异教徒最宏伟的神殿，即献给奥丁、托尔和弗雷的乌普萨拉神殿。13世纪的《殖民之书》详细讲述了冰岛的殖民史，具体到每一个人和每一寸土地，中间还含有不少宗教记录，包括关于祭司职能、献祭、起誓等方面的异教法律。通过阅读类似史料，我们能进一步了解旧神时代的斯堪的纳维亚。

我们依赖的这些资料并非一手文献，它们的作者也不是北欧众神的信徒。在求索北欧神话原貌的旅途上，我们会遇到各种阻碍：作者的修辞手法、手稿的散佚、不同宗教信仰导致的偏见和蔑视，还有后见之明的偏误。虽然我们挖掘出了许多资料，但还有更多信息已经永远地遗失了。我们就像是被黑暗包围的探索者，靠萤火虫的微光指引我们前行。

北欧神话的结构

大部分北欧神话故事情节丰富，充满戏剧性。它们彼此独立但又前后呼应，逐步推动整个神话的情节发展。

最开始，奥丁三兄弟创造了九大世界及其居民，各个种族之间相安无事。斯诺里·斯蒂德吕松将这个时期称为"黄金时代"。这一方面是因为当时世间没有任何罪恶与苦难，另一方面也可以从字面意义去理解，因为众神的宫殿圣所和日常用品都是用黄金做成的。

阿萨神族和华纳神族之战是世界上的第一场战争，它宣告了黄金时代的终结。双方最后意识到这场战争不会有赢家，于是签订和约，交换高层人质修好。然而，两个神族方才学会和平相处，北欧神话中两个反复出现的叙事母题便在第三个故事里首次登场：众神和巨人的争斗，以及洛基自相矛盾的性格。

一个巨人装扮成石匠前往阿斯加德。他欺骗众神和他立下契约，想要夺走芙蕾雅和日月，但最后还是输给了诡计多端的洛基。阿斯加德的城墙原本毁于阿萨神族与华纳神族大战的战火，但借此契机修复如初。

从这里开始，有了一系列神灵和巨人相争的故事。在这些故事的开端，众神总是处于下风（有时候是因为他们被洛基出卖了），但每到结尾，他们总能反败为胜（因为洛基被迫收拾自己的烂摊子）。奥丁前往巨人之国约顿海姆，获取了神圣的诗之蜜酒；洛基也去了约顿海姆，这次是为了夺回伊童和她永葆青春的金苹果；还有一次特别滑稽的是，托尔和洛基装扮成新娘和侍女，一起前往约顿海姆夺回托尔被偷的锤子。在这三个故事里，神族都达成了他们的目标，而和他们作对的巨人都命丧黄泉。

但同一时期，众神也遭遇了不少挫折。智者克瓦希尔死在了两个侏儒的手里，他的血被酿成了诗之蜜酒。为了绑住魔狼芬里尔，奥丁之子提尔不得不牺牲一只手掌。还有一个绝妙的故事出自斯诺里·斯蒂德吕松笔下，它是本书中篇幅最长、最有反英雄意味的一个：托尔前往精通魔法的乌特加德-洛基的地盘，没料到却颜面扫地。这个故事提醒我们，能使用幻象的不止众神，还有巨人一族。

如果说神与巨人的争斗是北欧神话的一条轴线，他们跨阵营的爱情和友谊则是另一条平行线。男神尼约尔德和弗雷都娶了女巨人为妻，奥丁和托尔则和不止一个女巨人发生过关系。女巨人格丽德将她的铁手套、力量腰带和手杖都借给了托尔，后者依靠这几件装备打败了巨人盖尔罗德和他的两个女儿。我在前面就说过，神和巨人之间的冲突是一场深刻的悲剧，因为双方都被对方吸引，并且其实颇有共通之处。从某种意义上来说，这场冲突是一场内战，到最后不会有赢家。

在北欧神话中，跨种族的爱恋十分常见。四个侏儒靠贿赂和女神芙蕾雅同床共枕。在结构精巧、激情奔放的《斯维普达格之歌》里，身为人类的斯维普达格苦苦寻找心上人蒙格拉德，最后如愿以偿——而这位佳人看起来既像是神，又像是个女巨人。爱好吹嘘自己魅力无穷的奥丁追求身为凡人的比林之女，最终铩羽而归。侏儒阿尔维斯想娶托尔的女儿特鲁德回家，却被朝阳化为顽石。

在神话的初期，许多故事都保持着轻快诙谐的基调。它们的题材一般是惊人的比试、夺回被偷的宝物以及出人意料的爱情故事。然而待到托尔造访巨人盖尔罗德（见第二十四章），气氛急转直下。在这个故事里，巨人一族仍在试图杀死托尔、推翻众神，但它揭示了众神最大的威胁不是巨人，而是他们当中的一员：洛基。

北欧神话中最有名的故事莫过于巴尔德之死。在斯诺里·斯蒂德吕松的笔下，这个故事堪与世界文坛所有伟大的悲剧比肩：美丽纯洁的巴尔德被槲寄生飞镖夺去了性命，众神想要让他重返阳间却功亏一篑，因为铁石心肠的女巨人托克拒绝为巴尔德流下眼泪。将飞镖对准了巴尔德的人是洛基，而装扮成女巨人的也还是洛基。从这一刻开始，我们明白，世界无可避免地走向了毁灭。洛基将阿斯加德的众神毫不留情地大骂了一场，他试图逃脱制裁，但终究被绳之以法。然而，邪恶的力量很快会再度抬头。奥丁对将要到来的一切心知肚明，他知道世上所有的生灵，不论是神灵还是巨人，凡人还是侏儒，都会在诸神的黄昏到来之际兵戎相见，同归于尽。

然而，在这个充满宿命论意味的结尾，有一束光芒穿透了末日的黑暗。奥丁预见的不只诸神的黄昏，还有一个崭新的纪元：包括巴尔德在内的几位神祇和一对人类男女会存活下来，在这个新的世界里繁衍生息。在这个终点里也包含着起点。

除了这些生动活泼、通俗近人的故事，北欧神话也有一些结构奇特的篇章。它们在整个神话中的作用类似于歌剧里的咏叹调，并不能推动整体剧情，反而着重于传递特定的知识。这些故事具有基本的剧情框架，但读起来仍然非常艰涩，因为它们的叙述模式重复而枯燥，旨在用最少的篇幅提供最多的信息。其中有三个故事描写奥丁不懈追求知识，最终如愿以偿。在《绞架之神》里，他自愿挂在世界之树上，学会了九首魔法歌曲和十八道强大的符咒，并一一解释了这些符咒的功效。在《瓦弗斯鲁德尼尔之歌》里，他和巨人比赛知识，最终获得胜利。在《格里姆尼尔之歌》里，他向小王子阿格纳尔透露了许多信息，描绘出了整个神话宇宙的结构和九大世界的居民。斯诺里·斯蒂德吕松大量借鉴了《瓦弗斯鲁德尼尔之歌》和《格里姆尼尔之歌》，因为这两首诗里有许多信息都是别处没有的。

书中收录的两首对骂诗也为我们提供了许多宝贵的信息。在《哈尔巴德之歌》里，奥丁扮成的船夫和急于回家的托尔隔着水面对骂。在《洛基的争辩》里，洛基将所有的神灵挨着大骂一通，扯出许多丑闻和污言秽语。

有五个故事和人界米德加德紧密相关：《里格之歌》描述了北欧先民的社会结构；《洛德法夫尼尔之歌》列出了一系列为人处世的忠告；《阿尔维斯之歌》实际上是一部词库，它借神明和侏儒之口，列举了北欧诗歌的各种近义比喻；《古鲁菲与格菲翁》解释了瑞典和丹麦为什么是它们今日的形状；《欣德拉之诗》则给出了许多北欧传奇英雄的家谱。从这些故事里，我们可以了解到古代北欧社会的日常运作、北欧众神的信徒（不论虔诚与否）的生活，还有那些在10世纪写下了相关故事，让神话得以流传至今的人。

著书理念

　　不管是在石器时代，还是在现代菲律宾的雨林中，缺乏文字的原始部落时常会编织出颇具说服力的故事，用它们来解释各种自然现象——比如说，为什么太阳会东升西落，风雨雷电是怎么产生的，为什么世界上有智者也有愚人，诗人的灵感从何而来，为什么各种动物会天生不同。几乎所有的神话都会探讨世界的起源——严格说来，它是一种戏剧性的叙事手段。人们尝试用神话来解释他们自身的起源和周围的大千世界。我们可以把神话定义为发生在不可考远古时代的神圣历史——拥有超自然能力的神祇创造人类，并以其自身行为提供个人行为的规范。

　　原始社会的人对神话深信不疑，并相信那些能够念诵神话、完成仪式的人具有神力。能够讲述神话故事的人在族群里享有极为崇高的地位。他是诗人，是祭司，也是医者。如果他知晓特定的咒语，他就可以求来雨水，确保丰收。伟大的罗马尼亚宗教史学家米尔恰·伊利亚德写道："如果你了解神话，你便习得了事物起源的秘密。换言之，通过神话，人们不仅知晓了事物是如何诞生的，还知晓了在哪里能找到它们，以及如何让它们在消失后重新出现。"

　　在接受现代科学的社会里，人们不再把神话奉为圭臬。我们不会相信大地和世间的生命最初从一个巨大的蛋里破卵而出，或者人是被神灵用泥巴捏出来的——也不会像北欧先民那样，认为神灵用冰霜巨人和母牛的躯体创造了世界。只有不拘泥方法论的诗人、哲学家和科学家才能继承神话创作者的使命，继续探索世间一切的起点、功能与关系。他们不只关心肉眼可见的东西，更关心精神的世界。只有这样的人才能创造出这个现代社会的神话，以通俗易懂的方式为我们解释生命的意义。

但这并不意味着神话对我们来说毫无意义。恰好相反，我们能对这些故事产生共鸣，因为它们的核心其实是那些恒久不变的主题：生而为人的焦虑、好奇与期盼。如果诗人菲利普·锡德尼笔下的"孩子们听着故事无心玩耍，老头子也不愿挪到壁炉前面"这一幕在现代社会里还会出现，那一定是有人在讲述神话、传说或是民间故事了。

话虽如此，北欧神话如果想要被大众接受熟知，光靠翻译古代作品是远远不够的。这和译者的水平、译文的体裁都无关。北欧神话没有权威完整的来源文献，文字内容又时常晦涩难懂，需要读者具有相当的背景知识，这些都是推广过程中很现实的问题。不过，在我列出来的初级资料里面，有不少作品都能让普通读者看得津津有味。我推荐的各个译本都列在了参考文献里。

出于这些考虑，我决定用自己的文字来重述北欧神话。我希望本书的故事既忠实于神话的原貌，又有血有肉、饱满生动。我的素材来自《诗体埃达》、斯诺里·斯蒂德吕松的作品和其他相关文献，没有遗漏其中任何一个重要故事。与此同时，我还做了许多加法：发挥、扩写、添加大段对话。我特意在各个故事里加入了大段环境描写，向读者介绍九大世界的山川、平原与宫殿——在古代北欧的诗人诵念神话的时候，他并不需要向听众描述他们周围的地理环境。在这一点上，我跟斯诺里·斯蒂德吕松做法一致，非常依赖《格里姆尼尔之歌》《瓦弗斯鲁德尼尔之歌》和《渥尔娃的预言》提供的信息，也参考了我自己在冰岛的见闻。我在书中尽量使用源自古英语的词语，并根据不同的文献来源调整了各个故事的基调和语气。

如果读者读了我在各章注释中列出的文献来源，就一定能体会到《诗体埃达》和《散文埃达》对这本书的巨大影响。我们所知的绝大部分北欧神话都来自这两部作品。本书各故事基本上都是参考《散文埃达》的版本写成的，不过其中有几个原本未被斯诺里·斯蒂德吕松采用（也有可能是他不曾了解到），还有一个（即第十七章）则是由于斯诺里的版本不全，故而采用了一个更早的来源。《诗体埃达》的绝大多数作者都信奉北欧旧神，而斯诺里·斯蒂德吕松虽是基督徒，但作为一位训练有素的古代学家，一位妙笔生花的作家，他在写作时能让自己沉浸在旧神的世界之中，这是我们后人的一大幸事。

虽然我有时也会提及萨克索·格拉玛提库斯的作品，但我在重述神话故事时并未采用他的版本——萨克索毫不掩饰自己对旧神的蔑视，彻底剥夺了他们的神格，所以他的作品从立意开始就是扭曲的。我在各章注释中不仅会注明各个故事的来源，也会分析故事中的角色身份，解释隐晦的典故，指出不同神话体系的相似之处。我还会比较同一个故事的各种版本，梳理因此而起的逻辑矛盾和时间线错乱，向读者提供各种不同的解读方式。

对于不熟悉北欧神话的读者来说，书中许多名字可能既陌生又拗口；但我们必须遵循原文，因为如果众神以及其他人物失去了他们本来的名字，他们的魔力也会随之消退。我在书中采用的基本上都是古北欧语的原名（只不过出于简化的目的，在必要之处删除了词尾的 r，并把 ð 换成了 d，把 þ 换成了 th），但同时也尽量把各个名字意译后融入故事本身。有些名字只在单篇故事里出现，对于整个神话体系而言不甚重要（其中包括某些河流的名字、瓦尔基里的名字，以及奥丁的部分别名），在这种情况下，我有时会为了保留原来的发音而采用原名，有时则会采用意译。

在 W. H. 奥登的鼓励下，我将目光投向北地，踏上了研究北欧神话的征途。回首来路，我不仅对这个决定深感庆幸，也为北欧神话竟如此鲜为人知而感到惊讶。从地理位置上来说，大不列颠岛位于欧洲北部，盎格鲁-撒克逊民族的脾性也与北欧人相通，这些故事本就是我们文化的一部分。自文艺复兴以来，古希腊罗马神话在文化领域产生了无处不在的影响，而北欧神话理应和它同样家喻户晓。论寓意，论文笔，这些故事当中的佼佼者可以和任何一个神话体系的故事比肩；而它的整体叙事更是气势磅礴，非单篇故事能够体现。它向我们展示了北欧先民活力四射的文化，倾诉着凡人的期盼和人世的奥秘。现在，就让我们来听一听他们的声音吧。

神　话

祝福念诵这番话的人！祝福聆听这番话的人！只要记得这些语句，生活定当蒸蒸日上！祝福聆听这番话的人！

——《至高者的箴言》

第一章

世界之初

生命起源于燃冰与烈焰。

在南边的穆斯佩尔，火舌摇曳，光焰呼啸。除了它的子民，没有人能够忍受此地的热浪。黑色的苏尔特就在这里；他坐在穆斯佩尔最偏远的角落，手里挥舞着一把熊熊燃烧的利剑。苏尔特从一开始就在这里等待世界的终结，等待着他能够与诸神兵刃相见，用火焰淹没整个世界的那一天。

在北边的尼弗尔海姆，白雪皑皑，冰封千里。在它的中心有一眼泉水名为赫瓦格密尔，是十一条河流的源头：冰凉的斯沃尔、不屈的贡特拉、费约尔姆、冒着气泡的芬布图尔、可怕的斯利德、咆哮的赫里德、席尔格、伊尔格、宽阔的维德、纤细如闪电的雷普特和极寒的吉约尔。这十一条河流合称为埃利伐加尔。

在南北二界之间曾有一道巨大无比的深渊，名为金伦加鸿沟。埃利伐加尔发源于赫瓦格密尔，倾注于虚空之内。河中的沸腾毒液固化成渣，浪花凝冻为冰波。毒液激起无尽阴郁的水雾，待它落下来便变成了霜。日复一日，金伦加鸿沟的北部冰雪延绵，成了风刀霜剑的荒凉之地。

金伦加鸿沟的中部夹在严寒与酷暑的两极之间，气候温暖宜人。穆斯佩尔的热炎与尼弗尔海姆的寒霜在这里相遇；冰雪在热风的抚慰下逐渐融化，世间第一个生命亦从水滴中诞生。他是一个冰霜巨人，名叫伊米尔。

天性邪恶的伊米尔在睡梦中开始流汗。他左腋窝的汗水化作一对男女，双脚在摩擦之下又生出了一个儿子。伊米尔是所有冰霜巨人的祖先，他们称之为奥格米尔。

更多冰雪融化为一头母牛，名为奥杜姆拉。她用四个乳房的乳汁喂养伊米尔，又舔舐冰块中的盐粒为食。在她开始舔舐的第一天晚上，冰块中出现了一名男子的头发，第二天露出一个头颅，到了第三天晚上，就露出了一名男性的完整身体。他的名字叫作布利。

布利身材魁梧，相貌英俊。他后来有了一个名为布尔的儿子。冰霜巨人勃尔索之女贝丝特拉和布尔生了三个孩子，全是男孩：长子奥丁、次子维利和三子维伊。

世界之初，天地不开，万物未生。除了金伦加鸿沟与它的南北二界，再无他物。

冰霜巨人一族野蛮横暴，日益壮大。布尔的三个儿子对他们和伊米尔的厌恶有增无减，最终杀死了伊米尔。大量血液从他的伤口中如泉水般涌出，淹死了几乎所有的冰霜巨人，只有贝格米尔和他的妻子得以幸存。这对夫妇将一棵空心树打造成船，漂流在血海之上。

奥丁、维利和维伊将伊米尔的尸体扛在肩膀上，用它在金伦加鸿沟的正中创造了世界。他们用伊米尔的肉体造出了土地，用他的骨架造出了山脉，把他的牙齿、颚骨和碎骨做成了石头。

他们将血海化作湖泊与海洋，又将波涛汹涌的大海安置在陆地四周。海面广阔无垠，凡人不敢随意横渡。

随后三兄弟举起伊米尔的头颅，将它化作天空，覆盖大地四角。这四个角落各有一个侏儒托承，四人分别名为东、西、南、北。三兄弟从穆斯佩尔取来火花与尚在发光的余烬，将它们化作日月星辰，又把它们高挂在深渊中，照耀天空与大地。有些星星悬在空中恒久不移，另外一些则按既定的轨道迁移，但每颗星都有自己固定的位置。

陆地是碟形的，四周环绕着一圈深海。布尔的儿子们在海滨划出了一块地，将它分给了冰霜巨人和岩石巨人，这就是约顿海姆的由来。巨人迁移至此繁衍生息，然而由于他们生性残暴，三兄弟又用伊米尔的眼睫毛在陆地内部圈起了一块土地，将其称为米德加德。这个地方阳光明媚，生机勃勃。他们还将伊米尔的脑髓掷向空中，将它化作形形色色的云朵。

一日，奥丁、维利和维伊在陆地与海洋相邻之处行走，发现了两棵被连根拔起的树。其中一棵是桦树，另一棵则是榆树。三兄弟用它们雕出了世界上第一对人类男女。奥丁为他们的身体注入了生命之息，维利赋予了他们心智和情感，而维伊则给了他们听力和视力。男人叫作阿斯卡，女人叫作恩布拉。他们以米德加德为家，成了所有人类共同的祖先。

在约顿海姆有一个名叫纳尔维的巨人，他有一个女儿名叫夜晚。和她的父母一样，夜晚拥有深色的眼睛、深色的头发和黝黑的皮肤。她一共结了三次婚。她和第一任丈夫纳格尔法利生了一个名叫敖德的儿子，和第二任丈夫安纳尔生下了女儿大地。她的第三任丈夫是耀眼的德林，他们的儿子叫作白昼。德林是奥丁三兄弟的族人，而白昼长得像他的父系亲属——皮肤白皙，光彩照人。

奥丁为夜晚和白昼母子俩配备了两架四轮马车，让他们日复一日在天穹中绕着世界巡游。夜晚的车奔驰在前面，拉车的马匹是霜鬃的赫林法克西。白昼的马叫作斯京法克西，它的鬃毛光芒四射，照亮了整个天空和大地。

在米德加德有一个名叫蒙迪尔法利的男人。他的一双儿女长得极为俊美，以至于他将儿子取名为月亮，将女儿叫作太阳。太阳和一个名叫格伦的人结了婚。以奥丁为首的阿萨神族被这位父亲的自大激怒了，便从他身边夺走了这两个孩子，让他们在天空中为日月驾驭用群星组成的马车——这些都是布尔的三个儿子用穆斯佩尔的火花造出来的。

月亮行驶在前。身为驭者，他决定月亮在空中的路线和它每月的盈亏。当你抬头仰望夜空，你会发现他并非孤身一人，因为月亮也从米德加德掳走了两个孩子。他们名叫毕尔和休奇，是维德芬的孩子。有一天，这两个孩子走到一口名叫布尔吉尔的水井旁边，用一个叫索格的桶打了水，然后将桶系在一根名叫西穆尔的杆子上往回走。正在这时，月亮从天而降，带走了他们。

太阳跟在月亮后面。她有一匹马是"早起者"阿尔瓦克，另一匹则是"大力士"阿斯维德。有一条名叫斯考尔的狼总是紧紧追在太阳的车后，朝着她吠咬不止，所以她看起来总是行色匆匆。终有一日，她会被狼追上。在太阳面前跑着另一条狼，他的名字叫作哈蒂。他的目标是月亮，最终也会将其吞噬。这两条狼是同胞兄弟。他们的母亲是一个年迈的女巨人，她住在米德加德以东的铁树林里。

布尔的三个儿子创造了第一对人类男女，又安排了昼夜与日月的循环。这时候，他们想起了那些在伊米尔尸体中蠕动的蛆虫，它们已经散布到了大地的各个角落。他们赋予了这些蛆虫心智和人形。这些造物居住在大小山脉的窟穴之中，成了侏儒一族。他们的首领是莫德索格尼尔和杜林。

三兄弟创造了大地，以海为环，又以天为盖。不仅如此，他们还造出了地面上的人类、巨人和侏儒。现在，他们在米德加德的上空建起了一个宏伟的国度——神域阿斯加德。那里有苍翠欲滴的原野，也有金碧辉煌的宫殿。一座名叫比弗罗斯特的彩虹桥将米德加德与阿斯加德连在了一起。这座三色桥由强大的魔法打造而成，桥面火焰不熄，桥身坚不可摧。在庇佑人类的阿萨神族中，奥丁年纪最长，力量最为强大，被尊为众神之父。除他之外还有十二位男神、十二位女神，以及其他许多阿萨族神灵。他们全都踏上彩虹桥离开米德加德，前往神域居住。从这一刻起，人类的历史开始了。

伟大的世界之树伊格德拉西尔保存着混沌初分以来所有的历史，包括那些已经被世人遗忘的过往。这棵独一无二的梣树托载着整个世界。它的三条树根分别通往阿斯加德、米德加德与尼弗尔海姆，在根端各有一眼泉水灌溉。有一只巨鹰和一只隼在树冠中栖息，一只松鼠沿着树干上蹿下跳，四只牡鹿在它的枝丫中跳跃奔跑，啃食树上的嫩叶，还有一条龙在不停吞噬它的树根。这棵沾满露水的巨树是生命的源头，也是所有新生命的起点。它的枝叶在微风中低唱，也在狂风中呻吟。世界之树是永恒的——它跨越了过去、现在和未来。

本章注释见第 279 页。

第二章

阿萨神族与华纳神族之战

女巫古尔薇格来到阿斯加德拜访奥丁，但后者并不欢迎她的到来。她站在阿斯加德的殿堂内，滔滔不绝地诉说她对黄金的渴望与贪欲。至高者和阿萨诸神都为她的这些言论感到不悦，认为这样的人不配活在世上。他们愤怒地将她抓起来倍加折磨，拿长矛反复刺入她的身体。

最后，阿萨诸神将她扔进了殿堂中心的火堆，对她处以火刑。古尔薇格被烧死了三次，但三次皆得复生。

她前往各个地方，每到一处就被冠以一个新的名字。阿萨诸神和他们的仆从都敬畏她的神力，将她呼为"光亮者"海德。她是一名先知，能赋予木杖魔力，还能灵魂出窍，使用各种咒语。她是邪恶魔法的化身，是邪恶女人的最爱。

正如古尔薇格对黄金的痴迷激怒了阿萨诸神，当华纳神族听说了阿萨神族是如何接待古尔薇格之后，他们同样怒不可遏，发誓要报仇雪恨。他们摩拳擦掌，准备攻打阿斯加德。然而奥丁坐在白银之厅的至高王座上，没有什么能逃过他的眼睛，于是阿萨神族也厉兵秣马，准备迎战。双方很快兵戎相见，奥丁将他的长矛掷入华纳诸神的阵营中，世上的首次战争打响了。

起初华纳神族技高一筹，用咒语将阿斯加德的高墙化为废墟。但阿萨神族加以反击，在华纳海姆以牙还牙。场面势均力敌，战情陷入胶着，双方都逐渐意识到这场战争不会有赢家。

两族诸神渐渐厌倦了战争，意识到和谈要强过无谓的厮杀。双方领袖见面进行休战谈判。他们争论这场战争的起因，争论华纳神族是否也负有责任，还争论是否双方都有权要求对方献上贡品。最后他们达成一致，发誓彼此和平共处，同时还要交换高层人质以表诚意。

于是华纳神族的两位领袖——尼约尔德及其子弗雷来到了阿斯加德。与他们同行的还有尼约尔德的女儿芙蕾雅以及华纳神族中最为聪明的神灵克瓦希尔。两兄妹是尼约尔德与他的妹妹结合生出来的孩子，这对阿萨神族来说是个禁忌，但阿斯加德还是欢迎了他们的到来，将他们视为自己的一员。阿萨众神委任尼约尔德与弗雷担任大祭司，芙蕾雅则出任女祭司。她很快就将在华纳海姆盛行的各种巫术传授给了阿萨神族。

阿斯加德派往华纳海姆的人质则是长腿的霍尼尔和智者弥米尔。霍尼尔身材挺拔，容貌英俊，气质出众。他的族人认为，他不管在战时还是和平时期都能成为杰出的领袖。而弥米尔就像克瓦希尔一样，在见识和智慧方面举族无双。

霍尼尔和弥米尔在华纳海姆备受礼遇，霍尼尔还很快被推举上了高位。作为霍尼尔的左右手，弥米尔不论何时都能给出精妙的建议。当两人在一起的时候，他们的表现无懈可击；然而每当弥米尔不在他身边，霍尼尔的表现就判若两人了。在他独自出席会议的时候，不管别人问他什么问题，他的回答永远都是"让大家决定就好"。

华纳神族开始怀疑阿萨神族欺骗了他们，送来的人质远不如他们送走的杰出。疑心很快就变成了愤怒的复仇之火：他们抓住睿智的弥米尔，将他推倒在地，砍下了他的头。他们派遣使者，将这颗头颅送回了奥丁与阿萨诸神的身边。

奥丁抱着弥米尔的头颅，拿药草将它涂了个遍，保证它恒久不腐。他又对着它吟唱咒语，让它能够开口说话。至高者以此获取了弥米尔的智慧，知晓了许多没有第三个人知道的秘密。

本章注释见第 283 页。

第三章

阿斯加德的城墙

黄金时代已经过去了许久，但这个世界依然还很年轻。虽然阿萨神族与华纳神族的战争早已结束，可阿斯加德的城墙在大战期间被华纳神族用魔法彻底摧毁，空留一圈断壁残垣，任凭鸟禽在废墟中筑巢生息。

诸神都希望能有谁来重建城墙，保护神域不受邪恶势力的来犯，然而他们当中没有任何人愿意挑起这个重担。如此僵持许久之后，有一天，一个人独自骑马来到了彩虹桥上，在海姆达尔面前停了下来。

"我有一个建议要说给众神听。"来访者说道。

"你先把它说给我听吧。"海姆达尔热情地回应道。他眼看着这个人从百里开外一路奔来，甚是好奇，咧嘴一笑，露出一口黄金的牙齿。

"除非是在众神面前，否则我是不会说的。"来访者坐在马鞍上说，"诸位女神可能也会想要听我的建议。"

海姆达尔又咧了咧嘴，不过这次他的表情就没有那么友好了。他让来访者穿过伊达平原，前往欢愉之宫格拉兹海姆。

诸神都聚集到了格拉兹海姆。这位来访者系好了自己的牡马，径直走到格拉兹海姆的大殿正中。奥丁和十二主神各自坐在自己的高位，大殿内还有许多其他阿萨神将来客团团围住。

奥丁盯着他说："是海姆达尔把我们唤来这里的。你有什么事情要对我们说？"

"只有一件事，"来访者说，"那就是，我可以重筑阿斯加德四周的城墙。"

大殿内起了一阵骚动。诸神意识到人不可貌相，这名石匠恐怕有点本事。

"我能给你们修建一圈城墙，比原来的还要更高更结实，"石匠说，"它将会牢不可破，固若金汤。那样的话，哪怕岩石巨人和冰霜巨人闯入米德加德，阿斯加德也不会陷落。"

"条件是——"奥丁很清楚，来访者一定还没把话说完。

"我需要十八个月来完工，"石匠说，"从我破土动工的那天开始算。"

"这倒也不是不可能。"警惕的奥丁答复道。

"这是必须的。"石匠说。

"那么，你要什么报酬呢？"奥丁徐徐问道。

"我这就告诉你们，"石匠说，"我要芙蕾雅做我的妻子。"

这位美丽的女神突然直身坐了起来。她一动，她颈上的项链布里欣嘉曼、身上的黄金胸针与手镯，连着她衣裳的金线都跟着闪闪发光，以至于只有奥丁能正眼看她。芙蕾雅是世上最美的女神，就连弗丽嘉、南娜、艾尔和希芙都不能和她相比。她笔直地坐在那里，而她身边的诸神群情激愤，朝着石匠破口大骂。

"你这是痴心妄想！"奥丁嚷道，"你不用再说了。"

"我还要太阳和月亮。"石匠说,"这就是我要求的报酬:芙蕾雅、太阳和月亮。"

大殿内一片哗然,但洛基却说:"这提议也不见得就一无是处,咱们不必一口回绝。"

大家都转身看向狡猾的洛基,好奇巨人法布提之子到底在打什么算盘。

"我们应该考虑一下他的条件,"洛基有理有据地说,"这是招待客人的礼仪。"

于是男女诸神将石匠遣出格拉兹海姆,聚在一起商议。芙蕾雅意识到众神是真的在考虑这笔交易,便流下了黄金之泪。

"别着急,"洛基说,"我们可以反过来利用这家伙。比如说,我们可以给他一个期限,要求他在六个月内竣工……"

"那他是不可能按时完工的。"海姆达尔说。

"绝不可能。"众神纷纷同意。

"没错。"洛基说。

奥丁微笑了起来。

"那我们向他提出这个条件,岂不是有百利而无一害吗?"洛基说,"如果他拒绝我们的提议,我们并不会损失什么;而他若是同意,就注定血本无归了。"说到这里,他一拍大腿眨了眨眼。

虽然欺骗者的这个提议令众神有些不安,但他们也的确找不出破绽。有几位神灵甚至还想,如果自己抢先一步想出了这个点子就好了。

"六个月!"待到石匠回到大殿内,奥丁如此说道,"如果你能在六个月内竣工,我们就把芙蕾雅嫁给你为妻,并将太阳和月亮都送给你。"

石匠摇了摇头，但奥丁继续说道："明天就是冬至。你必须答应我们，从头到尾不用任何帮手。如果到了夏至那天，城墙还有任何一处未能完工，你就拿不到报酬。你如果不同意这条件，我们就无需再谈了。"

"在六个月内是不可能完成的，"石匠说，"你再清楚不过了。"他顿了一顿，望向芙蕾雅。"但我是如此渴望……"他说，"如此渴望……"

他又看了芙蕾雅一眼，说："那你们至少得允许我使用我的牡马斯瓦迪尔法利。"

"我们是不会让步的。"奥丁说。

"我也不会。"石匠回复道。

"奥丁，你太死板啦。"洛基提出异议。

"我们绝不让步。"奥丁坚定地说。

"让他用一用他的马又能怎样呢？"洛基嚷道，"那完全不会影响事情的结局。如果我们拒绝他的条件，那这事就完全没戏了，我们连半堵墙都不会有的。"

到最后，洛基说服了众神。双方同意石匠第二天早上就开始修墙，并且可以使用他的马匹。在众目睽睽之下，奥丁发誓他将信守诺言。与此同时，石匠还要求众神在工程期间保证他的安全。他这么要求是因为托尔当时正在东边和巨魔作战，他担心雷神回来后不会同意众神的安排。

太阳的两匹骏马尚未拉着战车从天空中跑过，石匠已经开始了他的工作。在月亮初升之时，他领着斯瓦迪尔法利走过一片开阔的草地，经过一片树林，来到了一个山石嶙峋的地方。这里有许多奇形怪状的巨石，每一块看起来都像时间本身那么古老。石匠带了一张大孔的网，将它摊在马儿身后，呼哧着将石头搬进网里。众神之中，只有托尔能如他这般天生神力。他撬了许多石头，在马儿身后堆起了一座巨大的石丘，然后用粗糙的双手将网收了起来，仿佛是在叠床单一样。

随着石匠一声大吼，斯瓦迪尔法利低下头来，四蹄发力，开始拖着货物前行。这匹骏马力气极大，将整座石丘都拽上了山坡。待到拂晓时分，石匠与他的牡马已经在冷冽的空气中喘着粗气，将一整网石头拖到了残破城墙的脚下。

当阿斯加德众神从睡梦中醒来后，他们发现斯瓦迪尔法利竟然拖了如此之多的石料到城墙边上，不禁又惊又惧。他们看着石匠砸碎巨石，用自制的石料砌起新的城墙。这道墙越砌越高，而斯瓦迪尔法利就在它投下的影子里休息。这名石匠是如此力大无穷，众神觉得他一定是某个巨人乔装而成。但他们很快又望向余下的长长一圈断墙，彼此安慰说，他们依然胜券在握。

严冬来临。赫雷斯维尔格拍打着他的翅膀，在阿斯加德之外的地方卷起阵阵寒风。先是大雨滂沱，接着有冰雹降临，然后大地披上了银装。

巨人石匠和他的牡马咬紧牙关，继续工作。每个晚上，斯瓦迪尔法利都经过小树林，从采石场一路拖着石料到城墙脚下；而每个白天，石匠都为新的城墙添砖加石。随着白昼渐渐变长，留给石匠和阿萨诸神的时间也越来越短了。

还有三天就是夏至。石匠几乎已经完成了全部的工作。他把一块块石料叠得十分整齐，墙壁高大坚实，足以让任何不受欢迎的访客都吃上闭门羹。现在只剩下城门还没修好了。就好像飞蛾无法抵抗火焰的诱惑，阿萨诸神忍不住围绕着这座城墙一再打量。他们反反复复望向这道墙，口中谈论的全是他们与石匠的约定。

奥丁在格拉兹海姆召开会议。大殿内人心惶惶，芙蕾雅禁不住哭泣不止，流下来的眼泪给她周围的地板镀上了一层黄金。

奥丁举起他的长矛，朗声说道："我们必须想办法取消这份契约。到底是谁一开始建议我们这么做的？我们怎么就同意冒如此大的风险，让芙蕾雅嫁给一个野蛮的巨人，还要让他夺走太阳和月亮？我们这是打算在冰冷的黑暗中摸索着过日子吗？"一开始是几个人，随后所有人都望向了洛基。奥丁大步走到欺骗者面前，牢牢捏住对方的肩膀。

"我怎么知道会变成这样呢？"洛基抗议道，"这主意明明是大家一致同意了的。"

奥丁在手上使力，洛基瑟缩了一下。

"大家一致同意了的！"洛基嚷道。

"是谁建议说允许这个石匠使用他的马匹的？"奥丁问，"这麻烦是你惹出来的。现在你责无旁贷，必须为大家解决问题。"

众神齐声赞同。

"用你的聪明才智想个办法吧，洛基。让那个石匠放弃他的报酬，否则你休想保住自己的性命。"奥丁越捏越狠，直到狡猾的易形者承受不住，单膝跪地。"我们会把你千刀万剐。"

洛基明白此话绝非戏言。奥丁和阿萨众神都是认真的。"我发誓，"他说，"我会不惜一切代价，让那个石匠输掉这场赌局。"

当天晚上，石匠迈着轻快的步伐，牵着斯瓦迪尔法利去了采石场。他和阿萨众神一样，觉得他一定能如约修完城墙，拿到丰厚的报酬，给众神带来沉重的打击。他哼起一支小调，引来小鸟飞进幽暗的林子里听他唱歌。但他的听众可不止小鸟：有一匹小母马也竖起耳朵，凝神屏息地听着男人的曲子。等到石匠和他的骏马终于走近，小母马从树丛里一溜烟窜了出来。她扬蹄蹬腿，皮毛在月光下熠熠生辉。她围绕着斯瓦迪尔法利摇头摆尾，而后者很快便停下脚步，试图挣脱石匠手中长长的缰绳。

小母马发出诱人的嘶鸣，转头往林子里面跑去。斯瓦迪尔法利奋力挣扎，将缰绳都扯坏了，头也不回地追随母马而去。石匠步履蹒跚地试图追上自己的马，一路声嘶力竭地不停咒骂。

两匹马儿耳鬓厮磨了一整晚，而怒不可遏的石匠也在林中跌跌撞撞了一整晚。他破口大骂，东寻西觅，但直到东方的地平线泛起绿光，斯瓦迪尔法利才回到他的身边。

由于在前一天晚上他没能从采石场运出石头，石匠别无他法，只能使用上个白天留下来的材料继续工作，可是那远远不够让他筑起城墙的大门。他很快就意识到，他无法按时履约了。

石匠的愤怒终于爆发了。他猛地卸下伪装，在众神面前露出了真面目：一个高大野蛮、怒气冲冲的岩石巨人。

众神发现这名石匠确实是个巨人，立刻将他们的承诺抛在了脑后，唤人去找托尔来对付他。

"你们这些骗子！"岩石巨人咆哮道，"你们是一群强盗和婊子！"

这成了他的遗言。巨人得到了他的报酬，但那并不是诸神答应的太阳和月亮。雷神舞动神锤米奥尔尼尔，只一击就将他的脑袋砸了个粉碎，让他堕入了尼弗尔海姆无尽的黑暗之中。

过了好几个月，易形者洛基再次现身于阿斯加德。他缓缓行过彩虹桥，在路过希敏比约格的时候朝海姆达尔吐了吐舌头。在他的身后跟着一匹长了八条腿的奇异小马驹。他的毛皮是灰色的，洛基将他唤作斯莱泼尼尔。

奥丁见到斯莱泼尼尔，十分欣赏。

"我把他送给你！"洛基说，"他是我生出来的，可以当你的坐骑。不论是欢喜的格拉德还是金色的居里尔，不论是明亮的格勒尔还是迅疾的斯凯斯布里米尔，不论是银鬃的西尔弗林托普还是矫健的辛尼尔，不论是闪光的吉斯尔还是空蹄的法尔霍夫尼尔，也不论是金鬃的古尔托普还是捷足的莱特飞提，整个约顿海姆都找不出一匹马能跑得过他。他的速度举世无双。"

奥丁向洛基热情致谢，欢迎他回到阿斯加德。

"他能载你去任何地方，"洛基说，"他能在水面奔驰，也能在空中行走。除了他，还有哪匹马儿能够载你去幽冥之地，又将你安全送回阿斯加德呢？"

奥丁再一次向洛基道谢，若有所思地看着这个狡猾的神灵。

本章注释见第 285 页。

绞架之神

伊格德拉西尔是整个世界的轴心。这棵梣树高耸入云，覆盖九界。神祇和凡人、巨人和侏儒——世间的所有生灵都生活在伊格德拉西尔的庇护之下。它有一条树根延伸到尼弗尔海姆，根下是赫瓦格密尔之泉，泉水不停翻滚，如同一口沸腾的大锅。恶龙尼德霍格盘踞在此，它不仅肆意撕咬尸体，还派遣一只名叫拉塔托斯克的松鼠去地面上打听消息。在世界之树的树冠上停着一只巨鹰，在巨鹰的双眼之间则停着一只隼。松鼠沿着树干来回奔跑，上下散布流言蜚语。尼德霍格和它的同党还会啃咬伊格德拉西尔的树根，想要毁灭这棵永恒之树。

除了这条恶龙，世界之树还有其他的敌人。有四只雄鹿不断啃食它的嫩叶，还有一群山羊会把它的新枝扯下来吃掉。它的部分树皮开裂脱落，树干上有些地方已经软化腐烂。伊格德拉西尔在风中窃窃私语，呻吟不止。

第二条树根通往阿斯加德，根下是乌尔德之泉，也就是命运之泉。诸神每天聚集于此，裁决各种诉讼。在泉边住着诺恩三女神："命运""存在"和"必然"。从落地到入土，每个人的命运都归她们掌管。三女神每天都往伊格德拉西尔的枝叶上洒水，滋养这棵多灾多难的世界之树。

第三条树根则通往约顿海姆，那是冰霜巨人的国度。在那里，智者弥米尔看守着一口从地底冒泡的泉眼。不论是谁，只要喝了它的泉水，就会变得充满智慧。海姆达尔将他的号角留在了泉边——等到他再度吹响这把号角，那就意味着诸神的黄昏的开始。为了喝上它的一口泉水，奥丁不惜挖掉了自己的一只眼睛。泉水的确给了他许多知识，但他愈发求知若渴，便独自来到了世界之树面前。

可怖者奥丁如是说：

"我在狂风飘摇的树上挂了九天九夜，身受长矛刺伤。我是献祭给奥丁的祭品，把自己献给自己。

"古树的根在何处，过去无人能知，未来无人能晓。

"无人给我一口面包充饥，无人给我一滴酒水解渴。我低头凝视身下的世界，尖叫着拿起了如尼文，随之向后跌落。

"勃尔索那有名的儿子，贝丝特拉的兄长，教会我九首强大的歌曲。我能喝尽大锅奥德罗里尔中珍贵的蜜酒。

"我的力量日益强大，我的智慧日益增长。我英姿勃发，硕果累累。一言既出，变幻出千言万语；一行既成，生发出无穷行迹。

"国王的妻子不知晓这些符咒，世间也无人知晓。第一道符咒名为'帮助'，因为它能抚慰伤痛，治愈顽疾。

"第二道符咒：不知晓这道符咒的人，当不了医师。

"第三道符咒：我若身陷险境，能让敌人的剑锋变钝，让他的棍棒变软，保我不受伤害。

"第四道符咒：我若被人五花大绑，这道强大的符咒能解开我身上的枷锁，让我四肢重获自由。

"第五道符咒：我若见到利箭凌空射出，只消看它一眼，就能将它握在手中。

"第六道符咒：若是有人心怀仇恨，在树根上刻下如尼文，要用它取我性命，他自己反会一命呜呼。

"第七道符咒：若有大殿屋顶起火，危及我的同伴，我能熄灭大火，因为我知晓这道符咒。

"第八道符咒：如果他人心中深怀仇恨，我能将其斩草除根，每个人都应该牢记这一点。

"第九道符咒：我若海上遇险，能让大海风平浪静，水不扬波。

"第十道符咒：当我吟唱起这道符咒，飞在空中的女巫只能不停旋转，无法变回她们平时的模样，也无法找到自家的大门。

"第十一道符咒：当我举盾吟唱起这道符咒，我忠实的部下将在战场上所向披靡，毫发无伤地返回故乡。

"第十二道符咒：我能用如尼文让被绞死的人起死回生，让他从树上下来和我谈话。

"第十三道符咒：只要我在一个孩子头上洒水，他就不会在战场上倒下，也不会在比武中败北。

"第十四道符咒：只要我愿意，我能一一列出所有神明和精灵的名字——鲜少有人能够如此！

"第十五道符咒：一个名叫斯约德罗里尔的侏儒曾在德林的门前吟唱这道符咒，它能将力量归于众神，荣耀归于精灵，智慧归于奥丁。

"第十六道符咒：我若需要女人的温存，再贞洁的女人也会为我倾倒。

"第十七道符咒：一个年轻女孩一旦爱上我，就再也不会爱上别人。

"第十八道符咒：我绝不会把它告诉任何未婚或已婚的女人，除非她是我的姐妹或者情人！只有你一个人知道的符咒才是最强大的。这是十八道符咒的最后一道。"

奥丁在人类诞生之前就已经说过这番话。在他复活之后，他还会再说一次。

本章注释见第 287 页。

第五章

里格之歌

听！是谁，有一对顺风耳，能听到青草和羊毛生长的声音？

是谁，可以彻夜不眠，需要的休息比鸟儿还少？

是谁，有一双千里眼，不论昼夜都能看到三百里外的风吹草动？

海姆达尔！海姆达尔！海姆达尔！

但眼下，看着海边的那个人影，又有谁会知道那是海姆达尔呢？

众神的守卫将他的号角加拉尔留在了弥米尔之泉里，将他的金鬃骏马古尔托普留在了马厩里。他跨过熊熊燃烧的三色彩虹桥，独自从阿斯加德走到了米德加德。

春天是播种的季节。海姆达尔走下彩虹桥，迈过柔软的青草地，很快就来到了大地的边缘。在空中，太阳忙着躲避斯考尔的利牙，一路往西而去。在地上，海姆达尔沿着海滨行走，一边是海水，一边是土地。

随着夜幕降临，他来到了一间破旧的小茅屋面前。这时连一丝微风也没有，但看起来只消巨鹰赫雷斯维尔格拍动一下翅膀，这间屋子就会塌下来。海姆达尔先敲了敲，随即拉开了简陋的屋门。他弓腰进屋，小心避开了泥灰岩地板上的几卷麻布。这间烟雾缭绕的屋子里光线暗淡、气味刺鼻，海姆达尔双眼发涩，一阵反胃，但他很快便振作起来，环顾四周，发现这屋子里有一张支架桌、一条凳子、角落里的一堆麻布和一个看起来像是橱柜的东西。在屋子的中间有一个火堆，有两个人正面对面蹲着在烤火。他们是曾祖父艾伊和曾祖母艾达。

"你们欢迎我吗？"海姆达尔问道。

"你叫什么名字？"艾伊问道。

"我叫里格。"海姆达尔答道。

"我们欢迎你。"艾达说。

于是海姆达尔走到了火堆旁。他巧舌如簧，很快就挪到了最暖和的位置。在火堆的上方悬挂着一口锅，海姆达尔满怀希望，屡屡往锅里张望。过了一阵，老迈的艾达起身走到这间陋室的一角摸索了一阵，随即将一块面包丢到桌上。这块面包没有发酵完全，而且还带着谷物的壳子。然后她把盛着清汤的锅从挂钩上取下来，同样放到了桌上。他们三人坐在粗糙的长凳上将就着吃了一顿，但其中有一位完全没吃饱。

吃完饭后，主客三人就要准备睡觉了。海姆达尔再度发挥口才，赢得了床上最舒服的位置：他睡在床的正中，艾伊睡在他的一边，而艾达则睡在他的另一边。海姆达尔与曾祖父艾伊和曾祖母艾达一起待了三夜，然后他感谢了他们的热情款待，再一次上路了。

"早起者"阿尔瓦克和"疾行者"阿斯维德这两匹骏马，每天都会拉着太阳的四轮马车在天空中巡游。白昼驾着斯京法克西，优哉游哉地环游世界，马鬃光芒四射，照亮了整个天空和大地。待到昼夜轮换，夜晚勒紧了赫林法克西的缰绳；每当清晨来临，大地万物都沾满了露水，那是从他的坐骑的嚼子上流下来的白沫。当暑热逐渐消退，日照也越来越短。严酷的冬天很快降临，带来了寒风和冰雪。

九个月一晃而过，艾达生下了一个儿子。他们往他的额头上洒了水，当母亲的将他裹在襁褓之中。这个孩子有一头乌黑的头发，艾伊与艾达将他取名为特拉尔。

特拉尔长得实在说不上英俊，但特点却不少，而且浑然一体。他从小皮肤就皱巴巴的；他双手粗糙，手指粗短，指关节看起来像一团树疙瘩；他的五官只能用丑陋来形容；他还是个驼背，生有一双大得出奇的脚。

但特拉尔拥有强健的体魄，并且很乐意做体力活。日复一日，从天亮到天黑，他都在森林里捡柴火，将一捆捆树枝带回家当燃料。

在特拉尔长大后，一个和他同样容貌欠佳的女孩敲开了他的屋门。这个女孩长着罗圈腿；她脚心多汗，以至于褪了色；她的双臂被太阳晒脱了皮；她的鼻子则塌得像是被人揍过一拳。她的名字叫作瑟尔，意思是"奴仆"。

特拉尔喜欢瑟尔的模样，而瑟尔也喜欢特拉尔的模样。他们很快就一起坐在火堆旁边，眼里和心里都只有对方了。他们又铺好了一张床，备上了枕垫和粗糙的毯子，整个晚上都对坐着说悄悄话。

他们共度的可不止那一个晚上。特拉尔和瑟尔生了一大堆快乐的孩子。他们的儿子分别是：费约斯尼尔（"畜牧人"）、克鲁尔（"糙汉"）、赫莱姆（"叫喊者"）、克勒吉（"虻虫"）、柯弗西尔

（"娶了小老婆的人"）、弗尔尼尔（"恶臭的人"）、德伦布（"笨手笨脚的人"）、迪格拉迪（"让人恶心的人"）、德罗特（"懒汉"）、莱格亚迪（"粗腿"）、鲁特（"驼背"）和霍斯维尔（"脸色苍白的人"）。

这十二个儿子勤于修葺房屋，给屋子周围的土地施肥。他们还轮流放牧山羊，管理家畜，每个人都会挖泥煤做燃料。

特拉尔和瑟尔也生了好多女儿：德伦巴（"糊涂妞"）、昆巴（"胖墩"）、奥克文卡尔法（"粗腿"）、阿林内费亚（"鼻子奇丑的人"）、伊斯亚（"闹腾的人"）、安波特（"侍女"）、艾金特亚斯娜（"橡树钉子"）、托特鲁吉皮亚（"衣衫褴褛者"）和特罗努贝娜（"瘦骨嶙峋"）。

这些孩子都是艾伊与艾达的后代，他们是奴隶的祖先。

海姆达尔继续他的旅程。他抄近路去了离他最近的一家农庄，在最后一丝暮光即将消逝的时候敲响了农庄的门。他进门见到屋子中央有一个燃烧的火堆，旁边坐着祖父亚菲和祖母亚玛。

亚菲正在用刀削一块木头，要把它做成纱锭。在昏暗的屋子里，他手中的刀刃和脚下的白色木屑闪闪发亮。亚菲的头发仔细梳过，额前垂着鬈发，胡须也打理得很整洁。他的上衣和裤子都是皮制的，非常合身。亚玛则在全神贯注地用亚麻纺线，手中动作一刻也不停。她戴着一条束发带，银发在脑勺后绾成一个圆髻。她穿着一件朴素的袍子，还用精致的夹子在肩膀上围了一条披肩。

"你们欢迎我吗？"海姆达尔问道。

"你叫什么名字？"亚菲问道。

"我叫里格。"海姆达尔答道。

"我们欢迎你。"亚玛说。

于是海姆达尔走到了火堆旁。他巧舌如簧，很快就挪到了最暖和的位置。在火堆的上方悬挂着一口锅，海姆达尔满怀希望，屡屡往锅里张望。过了一阵，亚玛停下手里的工作，起身走到屋子的另一头。她打开一个结实的橡树箱子，拿出黑麦面包、黄油和几套刀叉。她在桌子上摆好了餐具，从门口的酒缸里打了一大壶啤酒，又将盛着小牛肉的锅从挂钩上取下来放在桌上。接着他们三个人吃了一顿饭。

吃完饭后，主客三人就要准备睡觉了。海姆达尔再度发挥口才，赢得了床上最舒服的位置：他睡在床的正中，亚菲睡在他的一边，而亚玛则睡在他的另一边。海姆达尔与祖父亚菲和祖母亚玛一起待了三夜，然后他感谢了他们的热情款待，再一次上路了。

每天，两匹骏马都会拉着太阳在天空中巡游。白昼优哉游哉地环游世界，夜晚则勒紧了缰绳；每当清晨来临，大地万物都沾满了露水，那是从马嚼子上流下来的白沫。暑热消退，日照变短。严冬降临，带来了寒风和冰雪。

九个月一晃而过，亚玛生下了一个儿子。他们往他的额头上洒了水，当母亲的将他裹在襁褓之中。这个孩子双颊红扑扑的，眼睛也亮晶晶的。亚菲与亚玛将他取名为卡尔。

卡尔长得很快，转眼间已经身材魁梧、体格健壮。他学会了怎样驭牛耕地、架梁盖屋。从打造地基到给屋顶铺草皮，他样样都能胜任。他还是一名技艺精湛的车匠。

当卡尔长成小伙子的时候，他父母给他找了一个妻子，既符合他们的心意，也符合他自己的心意。她容貌美丽，是附近一个自由民的女儿。婚礼那天，送亲的队伍将她用马车送到了卡尔自己的农场。她穿着一件山羊皮的外套，戴着面纱，腰间还挂了一串钥匙。于是亚菲与亚玛有了一个儿媳妇，她的名字叫作丝诺。

卡尔与丝诺给他们的农场添置了许多家当，把一切都布置得符合他们的心意。他们交换了戒指，又在床上铺了一张漂亮的床罩。这个地方成了他们的家。

卡尔与丝诺生了一大堆快乐的孩子。他们将长子取名为海尔（"男子汉"），将次子取名为德冷（"战士"）。除此之外，他们还生了霍尔德（"地主"）、特根（"自由民"）、史密斯（"技艺高超的工匠"）、布雷德（"宽肩膀"）、彭迪（"自耕农"）、彭丁斯克吉（"短胡子"）、布伊（"农场主"）、博迪（"谷仓的主人"）、布拉特斯科格（像他的哥哥一样也是个短胡子）和塞格（和大哥一样充满了男子气）。

卡尔与丝诺还有十个女儿。他们的大女儿叫作丝诺特（"女仆"），接着是布露德（"新娘"）、斯瓦妮（"苗条的人"）、斯瓦丽（"骄傲者"）、斯普拉奇（"美人"）、弗丽约德（"丰满的人"）、斯普伦德（和她的姐姐斯瓦丽同样骄傲）、薇芙（生来就注定会成为一个好妻子）、菲玛（十分害羞）和小女儿丽丝缇尔（优雅无比）。

这些孩子都是卡尔与丝诺的后代，他们是农民的祖先。

海姆达尔继续他的旅程。他抄近路去了离他最近的一座宫殿，抢在黄昏来临之前到了门口。这座宫殿大门朝南，在大门上有一个精致的巨大木环。

海姆达尔敲门进去，穿过一条长廊才来到大厅。这里的地板上铺着一层新鲜的灯芯草。

父亲法瑟尔和母亲玛瑟尔坐在宽敞大厅的中央。他们凝望着对方，仅用指尖触碰彼此。

他们尚未察觉到海姆达尔这位不速之客。法瑟尔正忙着搓捻弓弦，削尖箭头，打磨一把榆木弓的弓身。

玛瑟尔则坐在那里，打量着自己纤细的手臂。她将身上的百褶衬衫抚平，又将袖子拉下来盖到手腕。她穿了一条带着拖裾的礼裙，披着一条飘逸的蓝色披肩，戴着一顶可爱的帽子，还在胸前别了两枚椭圆的别针。她的眉毛是浅金色的，胸脯引人注目，脖子比刚落下来的雪花还白。

"你们欢迎我吗？"海姆达尔问道。

"你叫什么名字？"法瑟尔问道。

"我叫里格。"海姆达尔答道。

"我们欢迎你。"玛瑟尔说。

于是海姆达尔走到了火堆旁。他巧舌如簧，很快就挪到了最暖和的位置。玛瑟尔一刻也没有浪费——她拿出绣了花的亚麻桌布，铺好了桌子，随后摆出了又细又白的大麦面包和当晚的菜肴。桌上的餐具全是银胎掐丝，盆子里盛着奶酪、洋葱、白菜、烤得烂熟的各种肉食，还有美味的鹧鸪和松鸡。酒杯都是纯银的，酒壶里盛的不是蜜酒也不是麦酒，而是上好的葡萄酒。他们三个人坐下来享用酒水和食物，边吃边聊，一直到天黑了才吃完。

吃完饭后，主客三人就要准备睡觉了。海姆达尔再度发挥口才，赢得了床上最舒服的位置：他睡在床的正中，法瑟尔睡在他的一边，而玛瑟尔则睡在他的另一边。海姆达尔与父亲法瑟尔和母亲玛瑟尔一起待了三夜，然后他感谢了他们的热情款待，再一次上路了。

每天，两匹骏马都会拉着太阳在天空中巡游。白昼优哉游哉地环游世界，夜晚则勒紧了缰绳；每当清晨来临，大地万物都沾满了露水，那是从马嚼子上流下来的白沫。暑热消退，日照变短。严冬降临，带来了寒风和冰雪。

九个月一晃而过，玛瑟尔生下了一个儿子。他们往他的额头上洒了水，用层层丝绸给他保暖。这个孩子的头发是浅金色的，脸颊是健康的红色，眼里散发出犀利如蛇的光芒。法瑟尔和玛瑟尔将他取名为雅尔。

雅尔天性聪敏，各种技艺一学就会。他能娴熟地使用矛与盾，也知道要如何打理弓箭。他擅长打猎，剑术精湛，还能从海湾的一头游到另一头。

有一天，海姆达尔突然回到了这个地方。他从附近的白桦树林里走出来，走进了宫殿的大厅，发现雅尔独自一人坐在那里。

"雅尔！"海姆达尔说道。

"欢迎你来这里。"雅尔说。

"我给你带来了一份礼物。"海姆达尔说着，拿出了一捆红色的棍子，每根棍子上都刻着某种符号。

雅尔盯着这些棍子看。他从来没见过这种东西。

"这些是如尼文。众神之父将自己倒吊在世界之树上，就是为了学习如尼文的魔法。"

雅尔在来客和如尼文之间来回张望。

"你知道如何用如尼文来保护你的神智、心灵和肉体吗？"

雅尔慢慢地摇了摇头。

"那么你可知道念什么咒语可以熄灭火焰，或是平息海上的风暴？"在接下来的一整天里，海姆达尔向雅尔传授了如尼文的秘密。雅尔觉得自己已经都学会了，不禁欢欣雀跃。他这一生，可不就是为了这一刻吗？

"我还有一件事要告诉你。"在最后一缕暮光消逝的时候，海姆达尔对雅尔说。

"是什么呀？"雅尔问道。

"我的儿子！"海姆达尔张开双臂，搂住了雅尔，"你是我的儿子。"他向雅尔讲述了当年在这座宫殿里发生的事情，最后说道："你是我的儿子。我是国王里格，所以你也将成为国王里格。你该去招兵买马，开疆拓土，建功立业。"

他说完这番话，盯着雅尔看了许久，随后转身走出了灯火辉煌的大厅，消失在黑暗之中。

海姆达尔的这番话说到雅尔的心里去了。他的父亲说出了他长久以来内心隐秘的愿望，给了他一个崭新的目标。

雅尔立刻动身，离开了生他养他的家。他骑马穿过幽暗深邃的森林、冰封难行的山坳，在一个险峻之地盖起了一座宫殿，又聚集了一群忠诚的家臣。

雅尔发动了一场又一场战争。他挥剑举矛，无往不胜，用敌人的鲜血染红了马蹄下的土地。不消多久，他就打下了十八块领地，获得了巨大的财富。他对手下十分慷慨，把黄金的首饰、珍贵的宝石和剽悍的骏马赏赐给他们。

然后雅尔派遣使者穿过沼泽，去见一个名叫赫希尔的领主，请求对方把自己的女儿艾尔娜嫁给他。这个女孩金发碧眼，手指修长，天资聪颖。

赫希尔十分乐意促成这门婚事。在一切都准备妥当之后，艾尔娜戴上了新娘的面纱，随着使者来到了雅尔的领地。他们两人从此过着幸福快乐的日子。

雅尔与艾尔娜生了一大堆快乐的孩子。他们将长子取名为步尔（"儿子"），将次子取名为巴恩（"孩子"）。除此之外，他们还生了约德（"儿子"）、阿塔尔（"后代"）、阿尔维（"子嗣"）、莫格（"儿子"）、尼德（"后裔"）、尼德荣（"后裔"）、斯文（"男孩"）、昆德（"族人"）和小儿子孔恩（"出身高贵的儿子"）。在这些男孩还小的时候，他们时常打闹游泳。随着日子流逝，他们都学会了如何驯服野兽、制造武器、玩矛弄剑。

但只有幼小的孔恩从他的父亲那里习得了如尼文的古老智慧，懂得了如何运用咒语。他能听懂飞禽的语言，能熄灭燃烧的火焰，还能抚慰痛苦的心灵。他一个人的力气有八个男人那么大。

如尼文的奥义是孔恩与雅尔／里格两个人的秘密，而儿子的智谋甚至超过了当父亲的。孔恩认为自己理应继承国王里格的头衔，并且很快如愿以偿。

有一天，孔恩在幽暗的森林里策马前行。他偶尔停下来拉弓打猎，但他更喜欢引来鸟儿，倾听它们的对话。

一只乌鸦落在了他头顶的树枝上。"孔恩，"它嘶声说道，"你为什么成天浪费时间和鸟儿说话呢？你应该奔赴战场，大显神威才是。"

孔恩仔细听着乌鸦的忠告。林子里十分昏暗，他的四周却仿佛突然亮了起来。

"是谁的宫殿，比你的还要宏伟？"乌鸦继续说，"是谁的财产，比你的还要庞大？想想那些黄金和珠宝，想想那些珍贵的首饰。"

孔恩没有回复，只是捏紧了拳头。

"是谁，比你还擅于驶船掌舵？他们的船只在海上自由穿梭，从来不会被浪头的盐雾喷到。"

孔恩依然沉默不语。

"是丹和丹普，丹和丹普，丹和丹普。"乌鸦反复吟唱着。它瞥了孔恩一眼，接着说："他们知道在战场上所向披靡的滋味……"

原稿到此中断，导致《里格之歌》成了残本。遗失的部分里应该提起了丹麦国王的谱系，因为早期的王室家谱里出现过"里格""丹"和"丹普"这几个名字。原诗也有可能是为了歌颂某位国王而特地写成的。本章注释见第290页。

第六章

诗之蜜酒

在阿萨神族与华纳神族签订和约的仪式上，所有的神灵都往一个巨大的罐子里面吐了一口唾沫，以此作为双方友谊的证明。阿萨众神想要让大家都牢牢记住这一点，于是就带走了这个罐子，用里面的唾液造了一个人出来。

这个人的名字叫作克瓦希尔。他通晓九界从古至今所有的知识和秘密。不论是神祇还是凡人，巨人还是侏儒，从来没有谁能问倒他，或者从他那里得到过不好的建议。不管克瓦希尔去往何处，他人还没到，消息就已经先到了。就算是最偏远的村庄，只要他出现在那里，大家都会放下手中的活儿围着他转：布也不织了，肉也不腌了，庄稼也不收了，剑也不比画了。就连小孩子也都安静下来，仔细倾听克瓦希尔的每一句话。

克瓦希尔之所以如此受欢迎，不仅是因为他无所不知，也是因为他和蔼可亲。当别人向他请教一个基于事实的问题，他一定会爽快地用事实回答。但是如果别人问的是他的意见——"我该怎么说呢？""你觉得这是怎么回事？""我该怎么做才好？"——这种时候，克瓦希尔不一定会直接作答。他时常闭着眼睛，聆听对方向他倾诉自己的种种烦心事。他的衣服一点也不合身，但他脸上的表情严肃而温和。克瓦希尔会耐心倾听对方的每一句话，为他们提供新的思路。他绝不会粗暴地打断别人，也不会固执己见。在他循循善诱的提问之下，许多向他寻求帮助的人最终都自己找到了问题的答案。

克瓦希尔的贤名很快就传到了两个邪恶侏儒的耳朵里。他们是一对兄弟，名叫费亚拉和加拉。兄弟俩十分嫉妒克瓦希尔，很快就动了邪心。他们若是喜欢一件东西，就一定要得到它才罢休。他们集结许多侏儒，在地下洞穴里举办了一场宴会，邀请克瓦希尔出席。天生和气的克瓦希尔应邀而来，发现餐桌是一块高低不平的岩石，地板上铺的全是沙砾，而墙上挂的饰品则是一块块钟乳石。来宾在席间谈论的不外乎是谁赚了谁亏了，谁又对谁怀恨在心。这场宴会唯一的亮点是，桌上的食物和餐具都是用黄金制成的。

宴会结束后，费亚拉和加拉要求私下和克瓦希尔谈一谈。克瓦希尔同意了，但这是一个极大的错误。兄弟俩在袖子里藏了刀，一待克瓦希尔尾随他们走进一个昏暗的房间，他们便毫不犹豫地将刀刃埋进了智者的胸膛。克瓦希尔顿时血如泉涌。费亚拉和加拉拿来两个罐子和一口大锅，把他的血盛在里面。这两个罐子分别叫作松恩和博登，大锅的名字则是奥德罗里尔。克瓦希尔的心脏很快就停止了跳动，他苍白失血的肢体在地上一动也不动了。

过了些日子，阿萨神族派遣使者来找费亚拉和加拉，向他们询问克瓦希尔的下落。兄弟俩告诉使者，克瓦希尔实在太过睿智，九界之内无人可以与之匹敌，以至于他被自己的知识给呛死了。

兄弟俩干了这桩事情，志得意满。他们拿出盛满了克瓦希尔之血的罐子和锅，往里面加入蜂蜜，用勺子加以搅拌，最终酿成了一种神奇的蜜酒。不论是谁，只消喝上一口，就能成为智者或诗人。但这蜜酒是费亚拉和加拉两个人的秘密，别的人连听都没听过，更别提喝过了。

有一天，侏儒兄弟俩在家中招待巨人吉林夫妻二人。没过多久，他们就和这两位容貌丑陋的来客吵了起来。他们越想越气，恶向胆边生，便说吉林一定会喜欢海风，建议吉林和他们一起去划船。兄弟俩各自拿了一把桨，将船划到了环绕米德加德的海面上。待到船已经远远离开了陆地，他们故意让船撞上了一块很滑的礁石。吉林十分惊慌，赶快紧紧抓住甲板的边缘。他的惊慌是有道理的，因为船马上就翻了。吉林不会游泳，就此一命呜呼。费亚拉和加拉开开心心地将船扶正，一路唱歌划船回家。

他们将吉林的死讯告诉了他的妻子。

"这纯粹是一场意外。"费亚拉说。

"他要是会游泳就好了。"加拉听起来很伤心。

吉林的妻子坐在侏儒的洞穴里号啕大哭。她微温的泪水淹到了兄弟俩的脚跟，令他们心生厌烦。

"我有个主意。"费亚拉对他的兄弟悄声说道，"你去找一块磨盘，然后在洞穴的入口上方等着。"

加拉起身出去了。费亚拉问女巨人："你想去看一看海吗？我可以指给你看，他究竟是在哪儿掉进水里淹死的。"

吉林的妻子一边哭一边起身。费亚拉身为主人，很有礼貌地让她走在前面。女巨人刚踏出洞穴一步，加拉就把磨盘狠狠地砸在了她的头上。

"她哭成那样，真是太烦人了。"费亚拉如是说。

由于这对夫妇一去不回，他们的儿子苏通从约顿海姆出发，一路找上了这两个侏儒的门。兄弟俩哭丧着脸，给来客编了一个很长的故事，但苏通抓着他们的脖子，把他俩给提了起来。

　　苏通一手拎着一个侏儒，愤怒地往海里走了整整一里，直到海水快把他也给淹了。随后他将费亚拉和加拉放在了一块只有顶部露出水面的礁石上。"这里离海岸太远了，"他说，"你们不可能游得回去。只消等到涨潮……"

　　费亚拉看向加拉，兄弟俩都苦笑了一下。

　　"我们有个提议。"费亚拉说。

　　"事已至此，"加拉说，"我们愿意将我们最宝贝的东西给你。"

　　于是费亚拉向苏通讲述了他们蜜酒的来源和功效。他讲得非常起劲。

　　"你如果饶我们一命，"加拉说，"我们就把蜜酒给你。"

　　"成交。"苏通答道。

　　他把两个侏儒带回了他们的洞穴。兄弟俩别无他法，只好把克瓦希尔之血交给了他。苏通一手拿着一个罐子，又把锅夹在腋下，一顿一顿地走回约顿海姆，把这宝贵的蜜酒带回了家。由于他住在一座叫作赫尼特比约格的山里面，他在山的最深处凿了一个岩洞。他把三个容器都藏在洞里，命令女儿贡露日夜看守蜜酒。

　　苏通可不像侏儒兄弟俩那么谨慎，他喜欢到处吹嘘新得的宝贝。没多久，众神就听说了蜜酒的事情，也知道它现在已经落入苏通手中。奥丁决定亲自前去约顿海姆夺回蜜酒。于是面具之神、独眼之神、众神之父奥丁将自己打扮成了一个身材魁梧的男人，化名为"作恶者"勃尔维克。他跨过阿斯加德和约顿海姆的界河，经过一片寸草不生的灰色流沙地，翻过一条连绵起伏的山脉，登上一个白雪皑皑的山口，沿着山路往下走，终于抵达了一个青翠的狭长山谷。

山谷里有九个农工正在坡田上劳作。他们都是来自米德加德的人类，到这里来干活，一是为了冒险，二是为了挣大钱。他们挥动镰刀，慢慢收割山坡上丰美的牧草，看起来十分疲惫，有个农工已经索性停下休息了。

"你们是在为谁工作？"勃尔维克问这个正在休息的农工。

"巴乌吉。"农工说。

"巴乌吉是谁？"

"苏通的兄弟，"这个农工回答道，"苏通就是那个拥有克瓦希尔之血的巨人。"

"要我帮你磨一下你的镰刀吗？"勃尔维克和蔼可亲地问道。

对方一口答应，于是勃尔维克从他的腰带里取出一块磨刀石，开始磨刀。别的农工都凑了过来，要求来客也帮他们磨一下刀。勃尔维克满足了他们的要求。大伙儿都说他们的镰刀从来没有这么锋利过，然后开始抱怨巴乌吉对他们实在是太严苛了——看，还有那么大一块地等着他们去割呢！到这里他们终于切入正题，问来客是否愿意把这块磨刀石卖给他们。

"我倒也不是不愿意卖，"勃尔维克说，"但我如果要卖，只会把它卖给一个人。那个人今晚必须请我大吃一顿，排场不能寒酸。"

农工们七嘴八舌地表示，他们愿意做这笔交易："好的！……

我答应你！……给我！……包在我身上！……我我我！……我愿意！……没问题！……成交！……一言为定！"

勃尔维克用独眼看着他们，冷冷一笑，将磨刀石往空中抛去。这块石头在阳光下闪闪发光，看起来像是银子做成的一般。

农工们惊呼一声，拿着镰刀拔腿就跑，每个人都想接住那块磨刀石。勃尔维克把它抛得那么高，以至于它迟迟没有落下来。农工们在地面上你推我搡，左右徘徊，场面一片混乱。石头还没落地，九个人就已经都被同伴的镰刀割开了喉咙，只留下九具尸体躺在新割下来的草堆上。

依然冷笑着的勃尔维克伸手接住了磨刀石。他把石头放回腰带里，按原路返回了。

太阳在空中走得磨磨蹭蹭的，众神之父在地上也是一样。待到他下山来到巴乌吉的农场，时间已近午夜。他告诉巴乌吉，自己名叫勃尔维克，已经风尘仆仆地跋涉了一整天。他问巴乌吉能不能给他一点东西吃，再让他在农舍旁边的仓库里睡上一晚。

"你可真会挑时间啊！"巴乌吉回答得很不客气。

勃尔维克看起来十分难过。他问巴乌吉是不是碰到了什么烦心事。

"在我农场上做工的都被杀了，你说这算不算烦心事？"巴乌吉往支架桌上狠狠砸了一拳。他的力气很大，这一拳足以砸扁人的脑袋。"九个人，九个都被杀了！在这个季节，你叫我上哪儿去找新的工人？"

"我倒有个办法。"勃尔维克说，"如你所见，我体魄强壮，可以说力壮如牛。我一个人可以干九个人的活。"

巴乌吉打量了勃尔维克一番，露出一个充满怀疑的笑容。他觉得来客完全是在吹牛。"如果我答应你，你要什么报酬呢？"

"我要的报酬不多，"勃尔维克答道，"只要喝一口苏通的蜜酒就够了。"

巴乌吉吸了吸鼻子，摇头拒绝。

"我力气的确很大，"勃尔维克说，"但诗人才是世上最高尚的职业。"

"那蜜酒又不是我的，"巴乌吉说，"它是我兄弟苏通的。他把那酒藏得严严实实的，只有贡露才能拿到。这我可管不了。"

"反正，"勃尔维克说，"我只要蜜酒就行了。"

巴乌吉耸了耸肩。勃尔维克起身做出要走的样子。

"我可以在苏通面前为你说话。"巴乌吉说。他和自己的兄弟其实关系很冷淡，但他觉得勃尔维克本来就不可能完成九个人的工作。"如果你给我干一个夏天的活，我就告诉苏通你帮了我一个大忙，但别的我就不能保证了。"

"我能信任你吗？"勃尔维克问。

"到时候你就知道了。"巴乌吉答道。

勃尔维克为巴乌吉辛勤工作了一个夏天。每天清晨，太阳刚在东边露面，翠绿的田野还挂着晶莹的露水，他就已经在山谷里开始劳作了。他顶着烈日干活，直到红日西沉才收工。巴乌吉发现勃尔维克并没有吹牛，十分惊讶。而且勃尔维克看起来几乎不眠不休，这让巴乌吉觉得他一定不是凡人。

待到夏天结束，勃尔维克便向巴乌吉索要他的报酬。他们一同前往赫尼特比约格山寻找苏通。巴乌吉向他兄弟描述了勃尔维克为他做的工作，请求苏通给勃尔维克一口蜜酒喝。

"不行！"苏通说，"一滴都不行！"

等他走了，勃尔维克私下对巴乌吉说："你可不要觉得这事情就这么算了。我可是为你工作了整整一个夏天呢。"

"我答应你的都已经做到了。"巴乌吉说。

"凭什么蜜酒全归他呢？"勃尔维克说，"巴乌吉，你难道不想喝一口吗？既然他不愿意给我们蜜酒，那我们就偷吧。"

"那可没戏，"巴乌吉说，"难道你知道他把蜜酒都藏在哪儿了吗？"他其实挺怕苏通的，可现在他也有点怕勃尔维克了。勃尔维克从他的腰带里拿出一个名叫拉提的钻头。他说，巴乌吉可以拿这个钻头在山侧的岩层上钻一个洞，直达藏有蜜酒的洞穴。"我为你干了那么多活，作为回报，你只需要做这一件就够了。"

巴乌吉将钻头接过来，双手握着钻柄，朝着赫尼特比约格山的岩层反复钻下去。他心里头盘算着怎么才能解决掉这个麻烦的农工，手里头不停地钻啊钻，钻头越钻越深。

"好了！"他喊道，"我把山钻穿了！"他把手收回来，擦了擦额头上的汗。

勃尔维克用他那只完好的眼睛往黑暗的洞穴里面望去。他深吸一口气，往洞里用力吹了一下。一大把石屑飞出来，扑到了他的脸上，于是他知道巴乌吉并没有把山钻穿。"你这是想要骗我吗？"他问。

巨人没有回答，只是继续往洞里钻。他在心里默默发誓，一定要尽快干掉勃尔维克。

待到巴乌吉再次停手，勃尔维克又往洞里吹了一口气。他看到石屑直往洞里头飞去，明白这下子巨人是真的把赫尼特比约格山钻穿了。他立刻化成了一条蛇，钻进了洞里。

巴乌吉拿着钻头，往勃尔维克身上狠狠刺去。但是他动作太慢，化身为蛇的勃尔维克已经滑出很远了，正朝着贡露和蜜酒而去。勃尔维克钻到洞的另一头，又从蛇变回了男人的模样。这个高大魁梧、容貌英俊的独眼龙，就这样出现在苏通的女儿面前。

贡露正坐在一个金凳子上。她见到勃尔维克，心生欢喜，顿时把父亲的严厉警告忘到了九霄云外，张开双臂搂住了来客。这个男人不仅对她说了许多甜言蜜语，还唱歌给她听。他们在白天尽情谈笑，到了晚上则同床共枕。在这个静悄悄的岩洞里，刻薄寡恩的众神之父与意乱情迷的贡露缠绵了三天三夜。深陷爱河的贡露愿意满足勃尔维克的任何愿望，而他的愿望就是喝上三口诗之蜜酒。贡露拉着勃尔维克的手，把他带到了三个容器的面前。他一口喝干了奥德罗里尔之锅，又一口喝干了博登之罐，最后一口则喝干了松恩之罐。众神之父便将所有的蜜酒都含在口中了。

紧接着，奥丁变作一只老鹰，沿着钻好的洞，飞出了赫尼特比约格山，径直往阿斯加德飞去。苏通发现他从山中逃走了，立刻念了一道只有喝了蜜酒的人才知道的咒语。接下来九界的生灵便看到了可怕的一幕：一只老鹰追着另一只，一起往神域飞去。

在阿斯加德城墙的另一边，阿萨众神纷纷拿出各种容器。没过多久，神域的庭院里就铺满了盆盆罐罐。他们看着苏通快要追上奥丁了，一个个都焦急万分。

两只老鹰朝着阿斯加德破空而来，它们扑打翅膀的尖利声音愈发清晰可闻。苏通越逼越近，眼看它和奥丁之间只剩下一只翅膀的距离了。就在此时，奥丁掠过城墙，猛地往下一冲，将口中的蜜酒悉数喷进了庭院中的大小容器之内。

奥丁急于躲过苏通的追赶，不小心将一点蜜酒洒落在了城墙之外。由于只是几滴，众神也并不在意是谁把它喝了去。有的人只喝到了一丁点蜜酒，就成了蹩脚的诗人。

苏通反复尖声长啸，在空中愤怒地翻滚。他依靠蛮力赢得了蜜酒，但奥丁靠诡计把这宝贝从他手里夺走了。

至于阿萨众神，他们失去了智者克瓦希尔，他是两大神族的和约证明。不过靠着众神之父的诡计，他们至少把克瓦希尔之血拿了回来。奥丁不仅自己喝诗之蜜酒，有时还会让阿萨众神或是米德加德的凡人喝上几口，把吟唱诗歌的才能馈赠给他们。

本章注释见第 293 页。

第七章

洛基的子女和芬里尔的锁链

洛基不仅是斯莱泼尼尔的母亲，也是三个怪物的父亲。虽然他的妻子希格恩对他十分忠贞，洛基仍然会前往东边的巨人之国约顿海姆，和一个名叫安格尔波达的女巨人私会。

洛基和安格尔波达生了三个可怕的孩子：长子魔狼芬里尔、次子巨蟒耶梦加得和女儿冥后赫尔。赫尔的外表非常奇特，哪怕在千百人之中，别人也能一眼把她认出来。她上半身的皮肤健康红润，下半身的皮肤却腐烂发黑，而她脸上的表情永远都是那么阴郁冷峻。众神听到谎言之父有了这几个孩子，顿时起了警惕之心。他们聚集在乌尔德之泉旁边讨论对策，又听到了诺恩三女神的一番话，不禁更加灰心丧气了。

"他们有一个邪恶的母亲。"乌尔德说。

"还有一个更加邪恶的父亲。"维尔丹迪说。

"他们将会带来最为可怕的灾难。"斯库尔德说，"他们会对你们造成威胁，在末日等着你们。"

诸神一致同意，他们应该把洛基的几个子女抓起来。在奥丁的授意下，一群阿萨神在夜幕的掩护下偷偷潜入了约顿海姆。他们闯进安格尔波达的家，把睡眼惺忪的她绑了起来，掳走了她的三个孩子，并带回了阿斯加德。

奥丁很清楚他应该怎么处理耶梦加得。他提起这条巨蟒，将他掷进了环绕人界的汪洋之中。耶梦加得猛地飞了出去，砸入水中，沉入洋底。尘世巨蟒在汪洋中越长越大，到后来无法伸展身子，不得不咬住自己的尾巴，紧紧环绕住了整个米德加德。

奥丁用同样的方式对待巨蟒的妹妹，将她丢进了阴暗多雾的尼弗尔海姆。在坠入地底之国的路上，赫尔听到了奥丁的旨意：她将负责照看九界之中因疾病或年迈而逝去的亡灵，但她必须将自己的食物分给她所有的子民。

赫尔在尼弗尔海姆住了下来。她的宫殿叫作埃琉德尼尔，意思是"亡者之家"。埃琉德尼尔有高墙环绕，在外围的入口立着一块名叫"毁灭之坠"的石头，后面是两扇巨门。赫尔有一对仆人，男仆叫作冈拉提，女仆叫作冈洛特。他们走路做事都极其缓慢，以至于别人很难判断他们究竟在动没有。赫尔的餐盘叫作"饥饿"，餐刀名为"饥荒"，她的床被称为"病榻"，而床头的幔帐则是"闪亮的厄运"。

至于芬里尔，奥丁觉得他应该将这条狼留在阿斯加德，就近监视。芬里尔看起来和普通的狼并没有什么不同，所以诸神允许他在阿斯加德的田野中自由游荡。即便如此，也只有奥丁的儿子——战神提尔敢于和芬里尔独处。他会带硕大的肉骨头给芬里尔，好让后者安静一点。

芬里尔越长越大，众神对他的态度也很快发生了变化。这时诺恩三女神又一次警告他们，说奥丁总有一天会被芬里尔咬死，这让众神惊恐万分。鉴于他们不能让芬里尔的魔血玷污神圣的阿斯加德，他们决定把这条狼抓起来绑住，为此打造了一条坚固的铁链。他们将这条名为雷锭的链子带到芬里尔面前，问他："你觉得是你更强，还是这条铁链更强？"

芬里尔检查了雷锭一番。"这条链子的确很坚固，"他说，"但我一定能挣脱。"于是他让众神用雷锭把他五花大绑起来，直到长长的链子只剩下一小段捏在众神的手中。

"绑好了吗？"芬里尔嘶喊着问道。他将四肢定在地面上，深吸了一口气，然后绷紧肌肉奋力一抖，铁链便应声而断。众神退后一步，恐惧不已。

众神很快又打造了一条新的锁链。它的名字叫作德罗米，坚固程度比雷锭翻了一番。它比最大的锚链还要大，没有凡人能够抬得起来。"如果你连这条锁链都能挣脱，"众神告诉芬里尔，"那你的神力就会扬名九界了。"

芬里尔看着德罗米，觉得这条铁链看起来的确非常坚硬。但是他又想，他自己也比弄断雷锭那个时候更加强壮了。"名声险中求。"他这么说着，允许众神再一次把他结结实实地绑了起来。

"绑好了吗？"芬里尔嘶喊着问道。他奋力翻滚，铁链也跟着叮当作响。他绷紧了浑身硬邦邦的肌肉，起身用爪子挖进地面，用尽力气挣扎。德罗米在一瞬间绷断，碎成千百条链环，四处迸散。在这之后，众神开始真的害怕了。要是他们没法绑住芬里尔，那该如何是好？

"如果这世间还有谁能打造出永不断开的锁链，"奥丁说，"那就是侏儒了。"他派遣弗雷的使者——明亮的斯基尼尔前往斯瓦塔尔夫海姆。斯基尼尔穿过米德加德地下那些幽暗潮湿的窟穴，抵达了黑暗精灵的国度。在那里，他见到了纳尔、纳因、尼平、达因、比弗尔、巴弗尔、彭博尔、诺里，还有其他许许多多的侏儒，一个长得比一个丑陋。斯基尼尔向他们承诺，只要他们能打造出一条能够绑住芬里尔的锁链，他们就会得到一大堆黄金。侏儒们的眼睛在黑暗中闪闪发光，像是无数条萤火虫在蠕动。一番交头接耳之后，他们接下了这份工作。他们造出来的锁链极为轻软光滑，看起来像是一根丝带。他们把它叫作格莱普尼尔。

斯基尼尔回到阿斯加德后，众神纷纷感谢他完成了这项任务。"不过，"奥丁摸着链子问道，"这东西究竟是用什么材料做成的呢？"

"它的材料一共有六样，"斯基尼尔答道，"分别是猫的脚步声、女人的胡须、山的根、熊的肌腱、鱼的呼吸和鸟的唾液。"

格莱普尼尔让众神惊讶不已，但他们对它的作用还心存疑虑。

"我和你们一样，一开始也怀疑过它的功效。"斯基尼尔说，"但你们可别忘了，侏儒工匠是多么机智。你们可曾想过，为什么猫在走路的时候总是悄无声息？为什么一个女人脸上长不出胡须？你们也无法证明，一座山真的没有根。许多看起来并不存在的东西其实是存在的，只不过它们都被侏儒藏起来罢了。"

于是一大群阿萨神邀请芬里尔和他们一同前往吕恩维岛，这座小岛位于安斯瓦特尼尔湖的中心。待他们到了岛上，众神便将格莱普尼尔掏了出来。他们将这条丝带拿给芬里尔看，建议巨狼用它试一试自己的力量。

"它可没有它看上去那样柔弱。"众神之一说道。

"打造它的工匠技艺高超，"另一个说，"但芬里尔，你一定能顺利挣脱。"

巨狼看了看格莱普尼尔。"这条丝带太细了,"他说,"把它挣脱开了也没有什么好夸耀的。"说到这里,他又看了格莱普尼尔一眼。"但如果它是用诡计和魔法做成的,那不管它有多细,你们还是自己收着吧。我才不会让你们用它把我的腿绑起来呢。"

"你连巨大的铁链都撕开过,"众神之一说道,"这区区一根绳子又算得了什么呢?"

"万一你真的挣脱不开,"另一个说,"我们自然会把它取下来,还你自由。这一点你尽管放心。"

芬里尔露出了牙齿,众神看得有些心惊。"如果你们能把我绑住,"芬里尔咬牙切齿地说,"我可不指望你们会帮我解开。"他绕着阿萨众神来回踱步。"我不想你们把那根丝带用在我身上,但我也不想被人指为懦夫。你们可以用那根丝带来绑我。但与此同时,我要你们中的一个人把他的手放到我的嘴里,以此证明你们的诚意。"

提尔环视四周。众神面面相觑,无人作声。当大家都还在想该如何应对的时候,提尔缓缓举起手来,将自己的右手放进了芬里尔的嘴里。

众神立刻用格莱普尼尔将巨狼捆得结结实实。芬里尔开始用力挣扎,四腿直踢,在地面上翻来滚去;但他越是发力,格莱普尼尔就绑得越紧。于是芬里尔狂嗥一声,用力咬了下去。提尔纵然勇冠众神,此刻也不得不挣扎着发出吼声,竭力忍受这不可忍受的痛苦。其他的神则大笑起来,因为他们终于绑住了芬里尔。只有提尔没有笑——他失去了一只手。

众神拿了一条名叫盖尔加的巨链来，在链子的一端系上捆狼的丝带，将它的另一端穿过一块名叫吉约尔的巨岩，把链条固定在这块石头上。

他们将吉约尔插入地表以下深达一里的地方，又搬来一块名叫特维提的大石，把它压在吉约尔上方。芬里尔依然不断挣扎，他龇牙咧嘴，张开了血盆大口。一个阿萨神拔出剑来，将剑尖狠狠插进了芬里尔的上颚，又将剑柄卡进了他的下颚。芬里尔现在不仅被五花大绑，连嘴巴也合不拢了。他发出惊天动地的嗥叫，嘴里流出许多唾液。他的唾液汇成了一条河，从小岛的中心一直流入安斯瓦特尼尔湖。这条河名叫沃恩，意思是"期盼"。

尘世巨蟒首尾相交，沉在洋底；赫尔留在黄泉之国，和尸体与毒雾为伴；芬里尔则被牢牢地绑在吕恩维岛上，连嘴也合不上。他们都在等待，等待诸神的黄昏到来的那一天。

本章注释见第 295 页。

第八章

伊童的金苹果

一个夏日的清晨，奥丁、洛基和霍尼尔结伴，开开心心地来到了米德加德，打算一起探索未知之地。

时辰还很早，一切都被淡蓝色的微光镀了一层霜，米德加德的凡人还在梦中。三个朋友大步迈过了一片起伏不平、飞沙走石的荒凉沙漠，接着又穿过了一片尖石遍地、寸草不生的暗色石滩，朝着一座锥形山峰的山顶进发。

他们跋涉了一整天，边走边聊天。到了傍晚，他们随着一条乳白色激流的河岸前行。这条河发源于冰川，在山谷里一路蜿蜒，两岸都是杂色斑驳的田野。

他们谁也没有带食物出来，逐渐开始担心会不会挨饿。恰好在这时，他们发现了一群牛。洛基打量了牛群一番，挑选了一头牛杀了；奥丁和霍尼尔则从附近低矮的橡树林里捡来了树枝，生起了篝火。他们将牛砍成几大块，放在火里烤了起来。

烤牛肉的香味让他们垂涎不止，等不及要大快朵颐。他们一觉得肉应该烤熟了，马上就将火堆弄散，将肉块从火里拿了出来。

"这肉还没熟。"奥丁讶异地说，"我们一定是饿坏了，以至于太心急。"

洛基和霍尼尔又把柴火堆起来，把肉块放回了火里。

山谷里突然起了一阵寒风。虽然太阳还没有沉下去，但夏日的炎热突然消失得无影无踪。这三个神灵用斗篷裹紧身体，等着肉烤熟。

"你们觉得这肉熟了吗？"霍尼尔问道，"要不然，让我来看一看吧？"

"总有一天，你会被自己的迟疑不决给呛死。"洛基说着，跳起来再一次把火堆弄散，"现在肯定熟了。"

奥丁从火中挑了一块肉出来。"还是没熟，"他说，"但的确应该是熟了。"

"这火堆本身没有问题。"霍尼尔说。

"但我们的晚饭还是全生的。"洛基看着肉，愁眉苦脸地说。

"唔，那就是有谁在捣鬼。"奥丁说。

他们抬头一望，发现在火堆上方橡树的浓荫里，有一只老鹰正坐在树枝上。这只老鹰的块头可不小。

"如果你们让我先吃饱，"老鹰对仰头看着他的三个神灵说，"这肉就会熟了。"

奥丁一行商量了一下，一致同意了。"我们也想吃上饭。"奥丁对老鹰说道，"我们别无他法，只有同意你的条件。"老鹰长啸一声，拍动巨大的翅膀，落到了火堆旁。它立刻叼走了两块牛肩，接着又叼走了两块牛臀，蹲在橡树脚下大吃起来。看到这一幕，洛基怒不可遏，拿起法杖向老鹰狠狠一戳。老鹰一下子没蹲稳，口中的牛肉掉到了地上。它又是一声长啸，腾空而去。洛基惊恐地发现，法杖的一端还刺在老鹰的背上，而他没法甩开法杖的另一端。他奋力挣扎，大喊大叫，可一切都是徒劳，他的双手被定在法杖上了。

老鹰不仅飞得极快，还故意飞得极低。洛基一路颠簸，吃了数不尽的苦头。他的关节不断地撞到岩石上，腿脚则被荆豆的荆棘划得伤痕累累，鲜血淋漓。

"饶命啊！"洛基大喊道。

老鹰丝毫不理会他，反而拖着他掠过一座冰山。洛基背上的皮差点全被磨了下来。

"饶命啊！"洛基又一次喊道。他觉得自己的手臂就快脱臼了。

"除非……"老鹰飞得高了一点，给洛基一个喘息的机会，"除非你发誓……"

"我答应，我发誓！"洛基喊道，"饶我一命吧！"

"我要你发誓，把伊童和她的金苹果从阿斯加德带出来。"

洛基闭上双眼，咬紧嘴唇，一言不发。他已经意识到，这只老鹰必定是一个巨人变的。

老鹰又往下一冲，将洛基拽过一滩石头。从膝盖到脚趾，洛基的双腿每一处都火辣辣地疼。

"饶我一命吧！"洛基央求道，"我答应你，我发誓。"

"我要你七天之后，"老鹰说，"在太阳高悬在天空正中的时候，把伊童带下彩虹桥。"

"我发誓！"洛基喊道。

欺骗者的双手立刻就能活动了。他跌到地面的石头上，慢慢爬起来检查了一番身上的伤口。趁着天还没有全黑，他一瘸一拐地走回到同伴身边。

七天过后，洛基来找伊童，发现她正在宫殿背后的山坡上游荡。她沐浴在阳光之下，自由自在地哼着一首小曲。伊童看起来是那么无忧无虑，仿佛世间的争吵、苦难、战争——当然了，还有衰老——都与她无关。她手里挽着一个篮子，里面装满了金色的苹果。

"伊童！"洛基喊道。

布拉吉的妻子顿了一顿，转过身来。

"我立马就跑过来了！你肯定不会信的！就连我都差点不信自己的眼睛。"洛基说。

"你有话就直说吧。"伊童说。

"在彩虹桥的另一头的那座森林里，我发现了一棵非常奇特的树，它和九界任何一棵树都不一样。它长在一片空地的中央，散发出丝丝柔光。"

伊童睁大了她的灰色眼睛。洛基向她滔滔不绝地描述了一番那棵树的样子。如果伊童稍微多个心眼，她恐怕就能意识到，这么丰富的细节只可能是洛基凭空编造出来的。

"伊童，那棵树上结着金苹果！"洛基指着她篮子里的金苹果说，"和你的这些看起来一模一样！说不定它们也有永葆青春的功效呢。我们应该赶快去把这些苹果摘下来带回阿斯加德才是。"

伊童微笑着点头同意了。

"别忘了带上你自己的苹果，这样才好比较。"洛基说。他带着伊童离开了阳光明媚的田野，匆匆忙忙地经过了海姆达尔的住所。他拉着伊童的手，和她一起走到了彩虹桥的另一头。桥上的火焰在他们的脚边跳跃，但他们都毫发无伤。

老鹰正在桥的另一头等着他们。伊童一踏上米德加德的土地，老鹰就扑打着深色的翅膀，从灌木丛中飞了出来。它冲向伊童，牢牢地抓住了她，带着她和她的金苹果往约顿海姆飞去。正如洛基怀疑的那样，这只老鹰的确是一个巨人变成的。巨人的名字叫夏兹。

夏兹把伊童带到了他的住所——坐落在高山之上的宫殿特里姆海姆。"你就乖乖留在这里吧。"他得意洋洋地说，"没了你和你的苹果，阿萨众神会逐渐衰老，而我却会青春永驻。"

众神发现伊童不见了，顿时焦急万分。他们很清楚，没了她的魔法苹果，所有的神灵都会变老。没过多久，他们就开始驼背弯腰，皮肤起皱。有人双眼充血，有人老眼昏花，有人双手打战，有人掉光了头发，还有人大小便失禁。他们浑身上下的关节都在嘎吱作响，疼痛不已。每一分每一秒，他们的活力和力量都在不断流逝。

随着肉体逐渐老朽，他们的心智也开始退化。有人开始戳别人的短处，有人开始满口胡言，但大部分神祇只是日渐沉默，说的话越来越少。每个人只顾得上担心自己变老，没空思考别的。当他们开口说话的时候，他们时常反复唠叨，或是说到一半就突然没了下文。这是一个阳光明媚的夏天，柔软的白云不时在天空中飘过，但众神生活在对于衰老的极度恐惧之中，神志日益涣散。

奥丁振作起来，决定将众神聚到一起商议对策。在他的召唤下，阿萨众神纷纷带着自己的仆从，排着凄惨的队伍抵达了格拉兹海姆。大家都来了，唯独缺了伊童和洛基。

众神之父望向这群老态龙钟的神祇。"我们必须把伊童找回来。"他说，"你们也都看到了，没了她和她的苹果，我们都变成了什么样——而且情况只会越来越糟。在你们之中，谁是最后看到伊童的？"

"我见到洛基领着伊童走过彩虹桥。"海姆达尔的一个仆人回答道。

大厅内一片寂静。大家立刻坚信，是洛基给他们带来了这场灾难。

"那么我们只有一个办法，"奥丁说，"那就是逮住洛基。"

这可是性命攸关的大事。众神拖着疲惫不已的身体四处寻找洛基，将阿斯加德翻了个底朝天。最后他们在伊童的田野里找到了睡得正香的洛基，立刻将他五花大绑了起来。

虽然洛基竭力辩解，他还是被带到了白银之厅瓦拉斯克亚夫。奥丁一看到他，就断定他是导致伊童失踪的罪魁祸首。"去把她带回来吧。"众神之父说，"你有两个选择，简单明了：要么你把伊童和她的金苹果带回来，要么我们让你身首异处。"

"没错，是我将伊童带离了阿斯加德，"洛基说，"但我当时也是身不由己。"他向众神讲述了他和奥丁以及霍尼尔在外面跋涉，遇到了巨人夏兹变成的老鹰的故事。"我当时为了活命，只好答应他的条件。"他说。

"你答应了他，就非得履行不可吗？"奥丁问道。

洛基的眼里闪过了幽幽的绿光和红光。

"既然你和老鹰是一伙的，"奥丁说，"那我们就对你施以血鹰之刑吧。"

"别这样。"洛基求道。他看到奥丁的独眼散发出残忍的光芒，不禁瑟缩了一下。

"我们先会折断你的每一根肋骨。"奥丁说。

"别这样。"洛基不寒而栗。

"再把你的肺叶翻出来拉到背上，"奥丁咬牙切齿地说，"这样你就有一双老鹰的翅膀了。"

"我会把伊童和她的金苹果找回来的。"洛基说，"只要芙蕾雅愿意将她的猎隼羽衣借给我，我发誓，我马上就飞去约顿海姆。"

奥丁抓住洛基的身体摇了一下，随后放开了他。曾经的美人芙蕾雅如今面部松弛，头发稀疏，她带着洛基去了自己的宫殿，将挂在梁上的猎隼羽衣取了下来。

"你现在头发都快掉光了，可没以前那么漂亮了。"洛基说。

芙蕾雅无言以对，哆嗦着哭了起来，流下了一滴滴黄金的眼泪。她将羽衣递给了洛基。

特里姆海姆坐落在一座悬崖上，看起来就像是从石头里长出来的一般。宫殿周围狂风大作，而且它的墙也不挡风，房间里总是冷飕飕的。洛基在傍晚时分抵达了特里姆海姆。很幸运，这时夏兹恰好不在家——他带着女儿斯卡娣出去捕鱼了。

在一个烟雾缭绕的房间里，洛基发现了伊童蜷缩在火堆旁烤火的身影。她一转身看向他，洛基便伸出猎隼的翅膀，念了几句如尼咒语，将伊童变成了一颗坚果。他用爪子牢牢抓住伊童，用最快的速度飞离了特里姆海姆。

没过多久，夏兹和他的女儿就回来了。夏兹意识到伊童已经不见了，大吼一声，将鱼桶砸到地上。他知道，没有外界的帮助，伊童不可能逃得出去。

他再度披上自己的老鹰皮，穿越群山和荒原，朝着阿斯加德追去。特里姆海姆和阿斯加德距离很远，老鹰飞得又比猎隼更快，所以夏兹离洛基越来越近。

当奥丁坐在他的王座赫利德斯克亚夫上，他能洞察九界的一切动静：不管是人类还是巨人，精灵还是侏儒，空中的鸟还是水中的鱼，没有任何事情能逃过奥丁的眼睛。众神之父虽然只有一只眼，却能看到其他神祇看不到的东西。现在他看到洛基朝着阿斯加德破空而来，夏兹则在后面穷追不舍。他赶快传令给垂垂老矣的众神和他们的仆人，要大家把许多木刨花搬到阿斯加德外面去。这些刨花原本是准备给众神的宫殿里生火用的。"把它们都围着城墙堆起来。"奥丁说，"洛基要来了。"

原本寂静的夏日空气开始嗡鸣震动，整个神域充满了山雨欲来的气氛。不一会儿，众神便看见了空中的猎隼和他身后的那只巨鹰。猎隼在城墙上空往下猛地一个俯冲，爪子里还紧紧捏着那颗坚果。"把刨花都点燃了！"奥丁喊道，"全都点燃！"

阳光如此耀眼，从空中几乎看不到墙边的烈焰。巨鹰离猎隼太近了，一时停不下来。夏兹一头扎进火焰，双翅都燃了起来。他摇摇晃晃地又飞了一段，最终痛苦万分地落在了地上。众神穿过城门进入要塞，在那里很快了结了他的性命。

洛基将芙蕾雅的猎隼羽衣脱了下来，立刻就被阿萨众神围住了。他看着他们苍老而又紧张的脸，轻蔑地笑了起来。随后他弯腰捡了那颗宝贵的坚果，将它捧在手中，轻声念了几句如尼咒语。

青春年少的伊童立刻出现在众神面前，笑意嫣然，一派天真。她在年老体衰的众神之间穿梭，把她的金苹果分给大家。

本章注释见第 298 页。

第九章

尼约尔德与斯卡娣的婚事

在灰暗的海水、无情的岩浆和严寒的冰川的另一边，有一座名叫特里姆海姆的宫殿，它是斯卡娣和她父亲夏兹的家。这座宫殿饱受狂风和冰雹的侵袭，却仍然屹立不倒。

在女神伊童逃跑之后，夏兹出去追捕他的囚徒，斯卡娣则留在家里等他。随着太阳逐渐西沉，西边的地平线变得无比明亮，就像是着了火一般。

白夜来了又走，接下来又一个白天也慢慢过去了，可是夏兹仍然没有带着伊童回来。斯卡娣意识到情况不对，心想父亲一定是中了阿萨众神的埋伏。她继续等了一阵，但是此时她已经明白，她再也不会见到父亲了。

她双眼发光，满心都是冰冷的狂怒，发誓要为父亲报仇雪恨。

她在冷飕飕的宫殿里来回徘徊。她披上战甲，戴上头盔，从她父亲的武器里选了一把有着弯曲的魔法花纹的宝剑、一把桦木柄的长矛和一面绷着兽皮的圆盾。圆盾上嵌着猛禽的图案，鸟儿有亮闪闪的金色眼睛和张得很大的朱色长喙。接着她就往阿斯加德去了。

既然伊童已经带着金苹果回来了，夏兹也死了，阿萨神族又过上了无忧无虑的生活。他们重新享受起温柔的阳光，倾听鸟儿的鸣啭，看着青草在土里慢慢生长。他们再一次获得了由内至外的宁静。

海姆达尔看到斯卡娣朝着阿斯加德奔来，立刻向众神发出了警告。众神不希望再有流血冲突，打算化干戈为玉帛。其中几位去见了这个女巨人，并问她："我们能用黄金来化解这桩冤仇吗？"

"黄金对我来说有什么用呢？"斯卡娣反问道，"你们难道不知道我父亲是多么富有吗？在他的父亲奥尔瓦尔迪去世后，他和两个兄弟——伊迪和冈恩——拿到了一大堆黄金，多到他们必须得用嘴巴来计量，这样才能确保公平分配。现在我父亲的财产都是我的了。不，我不要你们的黄金。"

"那你要什么呢？"众神问道。

"我要一个丈夫。"斯卡娣答道。她凝视着巴尔德——众神中最英俊、最温柔也最聪慧的巴尔德。"我要一个丈夫，还要你们逗我大声笑出来。"

众神商量一番，允许斯卡娣在他们之间选一个结婚，但加了一个条件。"你只能靠看他们的脚来选丈夫，"奥丁说，"不能看他们身上其他任何地方。"

斯卡娣同意了，于是奥丁让所有的男神都聚到一个庭院里，方便斯卡娣挑选如意郎君。斯卡娣伸手遮住眼睛上方，只往脚下看。她很快就选中了形状最优美的一双脚，因为她认为这双脚必定属于巴尔德。毕竟整个阿斯加德，再没有谁比巴尔德更英俊了。

"你选得不错。"奥丁说。

斯卡娣抬头一望，迎上了一双友善而聪敏的眼睛。可她选中的新郎不是巴尔德，而是水手和渔民的保护神尼约尔德。尼约尔德的皮肤十分粗糙，长年的海上漂泊给了他清澈的双眸，他身上还散发着海盐的味道。

斯卡娣大吃一惊，不禁往后退了一步。看着她冰冷的眼神，尼约尔德脸上的微笑也消失了。"我以为……"她喃喃地说道。

"你最好是三思之后再开口。"尼约尔德说，"你接下来要说的话，将是我们作为夫妻说的第一句。"

"我上当了。"斯卡娣恨恨地说。

"你至少没有选中洛基。"尼约尔德平静地回复道。

"现在你有新郎了，"奥丁说，"你父亲的死也就此一笔勾销。很多人会说你还赚了。"

"你忘了，你们还答应了我，要让我笑出来。"斯卡娣说。

"这好办。"奥丁答道。

斯卡娣摇了摇头说："自从我父亲去世之后，我的心里就只剩下了愤怒和疲惫。我再也笑不出来了。"

"欺骗者在哪里？"奥丁问道。

洛基走上前来。他的步子没有平日里那么轻快，因为他不知道斯卡娣是否知晓他在夏兹之死里扮演的角色。

"你能让这个姑娘笑出来吗？"奥丁问，"如果有人能够，那一定就是你了。"

"这……这我可不行啊……"洛基战战兢兢地说。站在至高者面前，他看起来不像狡猾之神，倒更像是一个乡巴佬。"我……我得先禀告您，这整件事情是怎么回事……"他从身后拿出了一根皮绳。"事情是这样的：我想带那只山羊去赶集。"他向斯卡娣眨了眨眼，

"这位姑娘，您也知道山羊的德行吧？它们犟起来脾气可大了。"

说到这里，他在众神和斯卡娣面前跌跌撞撞地走到庭院另一头，把皮绳的一端系在山羊的胡子上。"我两只手里都拿着东西，没法牵着山羊走，所以我就把它拴在了我的香囊上……"

"你的香囊？"斯卡娣问道。

"姑娘，我是说我的蛋蛋呀！"洛基说着，拿绳子套住了自己的下体。这时候山羊走了几步啃食远处的嫩草，绳子顿时绷紧了。

"当时天色还早呢，"洛基又说，"早到夜鹰都还在歌唱。"他环起双手放在嘴前，闭上双眼，用魔法模仿起鸟儿的叫声来："啾唧……啾唧……啾唧……哎哟喂！"他突然大叫了一声，因为山羊猛地拉了绳子一下。

洛基马上拽住绳子回敬，山羊也跟着叫了一声。双方随即拔起河来。最后山羊彻底放弃了，拔腿就往洛基的方向跑。洛基出于惯性往后一跌，恰好倒在了斯卡娣的怀抱里。

斯卡娣忍不住笑了。至少有那么一会儿，她原谅了洛基对她所做的一切。

"看我扮的山羊。"洛基喘着气说。

"够了，"众神之父说，"我有办法让斯卡娣再高兴一点。"奥丁从自己的长袍上摘下两颗湿漉漉的球体。斯卡娣意识到，那是她父亲的双眼。

"看！"奥丁说着，将这两颗球体掷向空中。"它们化为两颗星星了，"他说，"你的父亲会在天上看着你，看着我们大家，直到这个世界的尽头。"

尼约尔德要斯卡娣随他前往他的宫殿诺阿通，但斯卡娣表示，她只愿意和尼约尔德一起住在她的老家特里姆海姆。"既然咱俩没人能够完全遂愿，"尼约尔德说，"那就只有一边轮流住九天了。"

尼约尔德和斯卡娣走出庭院，离开阿斯加德，朝着约顿海姆而去。他们一路跋涉，脚下尽是荒凉的岩石和厚厚的白雪。在阳光照耀的时候，雪地会反射出刺眼的光芒；当太阳被云朵遮盖，这块土地看起来又无比单调凄凉。他们一直往山的高处走，周围的环境越发寒冷死寂，但斯卡娣的心情却一点点好了起来。在特里姆海姆，斯卡娣终于让尼约尔德和她同床共枕了。可是在度过九天九夜之后，尼约尔德还是说，他对冰封的崇山峻岭实在是喜欢不起来。"而且我觉得，"他说，"群狼的嗥叫比天鹅的啼声要难听得多。"

于是他们回到阿斯加德，在诺阿通度过了九天九夜。可是正如尼约尔德不喜欢荒凉的高山，斯卡娣也讨厌丰饶的海洋。"我在这里连睡都睡不好，"她说，"修船场里实在太吵了，港口也一直闹哄哄的——船开出去的声音，船开进来的声音，还有渔夫从船上卸货的声音。而且每到清晨，那些聒噪的海鸥就会从大海深处飞过来。"

没过多久尼约尔德和斯卡娣就决定，他们的喜好和生活习惯相差太大，只有分居一途。尼约尔德留在诺阿通，而斯卡娣则回到了特里姆海姆。

爱好狩猎的她在约顿海姆四处滑雪，箭筒从不离身。不管她走到哪里，死亡与流血总是和她形影相随。虽然斯卡娣也曾与丰饶之神有过交集，但她的身心只融化了一点点，就又冻上了。

本章注释见第 300 页。

第十章

众神的宝物

易形者不知道通过什么方法，潜入了希芙上了锁的卧室。他咧嘴一笑，掏出一把弯刀，走到了她的床边。托尔的妻子呼吸低沉而平稳，睡得正香。她每次稍微动一下，一头金发就会发出耀眼的光芒，仿佛是麦田里起了金浪。洛基手起刀落，麻利地将她的一头秀发割了下来。希芙在梦里咕哝了几声，并没有醒来。她头上只留下了像是胡楂一般的发根。

洛基将割下的发绺聚集起来扔到了地上。欺骗者看着他面前这一大堆光芒四射的秀发，得意地笑了起来，转身溜掉了。

"我那只不过是个玩笑！"洛基抗议道。这时他已经被托尔举起来，悬在半空中了。

"你这算是什么玩笑？"托尔吼道。他将洛基捏得紧紧的。

"我真的只是和她开玩笑呀。"巡天者抱怨道。

希芙已经哭了整整一个早上。她和托尔都知道，能干出这种事情的，除了洛基没有第二个人。

"那你要怎么赔她？"托尔追问道。

"我会给她找到东西来替代头发的！"洛基喊道，"我会去找侏儒帮忙。我发誓，我会给她找到替代品。"

"你若是找不到——"托尔将洛基扔在地上。

洛基举起双手，小心翼翼地摸了摸自己的头顶。

"你若是找不到，我就砸碎你浑身上下每一根骨头！"

洛基将自己的衣服和头发整理了一下，忽然对托尔眨了眨眼。他匆匆忙忙地走上彩虹桥，离开阿斯加德，直奔地底下黑暗精灵的国度而去。他穿过许多冷飕飕的深坑，又绕过许多隐隐发光的水池，终于抵达了一个很大的洞穴。伊瓦尔迪的两个儿子就住在这里。

洛基将他的来意告知了这两个侏儒，不过没说希芙是怎么没了头发的。"只有你们侏儒工匠才有这本事，"他说，"只有伊瓦尔迪的儿子才能打造出细如发丝的金线，用魔法让它在希芙的头上自然生长。"

"那你打算给我们什么报酬？"伊瓦尔迪的两个儿子只关心这个问题。

"希芙和托尔的不尽感激，还有众神的深情厚谊。"洛基说，"这可不是一件小事。而且我发誓，如果有一天你们需要我帮忙，我定当全力以赴。"

兄弟俩明白洛基的承诺不见得可靠。但他们转念一想，他们最多也就是费点力气，用掉一些黄金，能亏到哪里去呢？他们用柴火把洞穴角落里的炉子烧得旺旺的，一个人负责拉风箱，另一个拿起锤子打造金丝。洛基在一旁看着他们工作，惊奇连连。在火光的照耀下，他的眼里时而闪过幽绿的光，时而闪过磷红的光。

伊瓦尔迪的两个儿子一边工作一边喃喃念咒，造出了一顶又细、又软、又长的黄金假发。洛基将假发挂在自己的手臂上。它看起来像一整块金片，但空气中最细微的波动也能弄乱它的万缕金丝。

"这火烧得这么旺，可不能浪费了。"兄弟之一说。

"我们可以为众神再免费打造几件宝物。"另一个说。

于是伊瓦尔迪的两个儿子又开始劳作。趁着炉子还热乎，他们为弗雷打制了一艘名为斯基德布拉德尼尔的神船，又为奥丁锻造了一根名为贡尼尔的细长但强大的神矛。他们把这两件宝物拿给洛基，一一解释了它们的作用。洛基熟练地连声感谢这两兄弟，对他们的精湛技艺赞不绝口，承诺很快就会回来转达众神的回复。

在回程时，洛基有了一个主意。他没有立刻回到地面阳光的怀抱，反而转去一条岩柱耸立的长廊，来到了布罗克和艾特里的家。

兄弟俩站起来迎接洛基，但他们一看到来客手中的东西，顿时就顾不上招呼他了。他们心脏嗵嗵直跳，指尖发痒不已。洛基让他们仔细把玩这三件宝物，把他们又鄙薄又羡慕的样子都看在眼里。

"你们可曾见过如此精妙的宝贝？"洛基赞叹道，"可曾见过如此完美的工艺？"

"见过。"布罗克说。

"工匠是谁？"洛基问。

"我们自己。"艾特里直截了当地说。

"噢……"洛基慢条斯理地说道，好像心里有了什么主意，"你是说，你们能造出和这些宝贝同样神奇的东西？"

"不是同样——"布罗克说。

"是比它们还要更神奇。"艾特里说。

"不会吧，"狡猾的洛基说，"这怎么可能呢？我敢拿我的脑袋打赌。布罗克，我拿自己的脑袋打赌，你的兄弟造不出这么神奇的宝贝。"

兄弟俩急不可耐地同意了这场赌局。如果他们能赢，他们不仅能除掉诡计多端的洛基，还能将这三件宝物据为己有。

他们给洛基倒了一角蜜酒，让后者在原地等待。兄弟俩穿过大厅和拱门，走进了洞穴深处的工坊。布罗克立刻往熔炉里搬柴生火，艾特里则锻造了一卷金线，把它剪成短短的许多段。艾特里往火上铺了一张猪皮，对布罗克说道："来拉风箱吧。不管发生什么，你只管一直拉，直到我把这宝贝从炉子里拿出来为止。"

艾特里刚离开工坊，一只苍蝇就落到了布罗克粗糙的手背上，咬了他一口。布罗克低头瞥了苍蝇一眼，没有停下他手上的动作。等到艾特里回到工坊，他从熔炉里取出了一只金鬃的野猪，其名为古林博斯帝。

艾特里又挑选了一大块完美无瑕的黄金，把它烧得又红又软。他把这块金子锤成他想要的形状，放进熔炉里。"来拉风箱吧。"他对布罗克说，"不管发生什么，你只管一直拉，直到我把这宝贝从炉子里拿出来为止。"

艾特里刚离开工坊没多久，同一只苍蝇又飞了回来，停在了布罗克的脖子上。这一次它咬得有上一次两倍那么狠。布罗克表情痛苦地缩了缩脖子，但没有停下手上的动作。等艾特里回到工坊，他从熔炉里取出了一只纯金的臂环，其名为德罗普尼尔。

最后，艾特里花了好大力气搬来一大块黑铁，把它放进炉子里。他将这块金属烧得滚烫，拿锤子反复锤打出他希望的形状。

他浑身酸痛，汗如雨下，心脏狂跳，脑子里轰轰作响。"来拉风箱吧。"他对布罗克说，"如果你停一下手，这东西就全毁了。"

艾特里精疲力竭地走出工坊去找洛基。这时候，苍蝇嗡嗡嗡地穿过拱门飞回来了。它停在布罗克两眼之间，朝着他的眼皮恶狠狠地咬了下去。这下子布罗克血流不止，什么也看不见了。有那么一瞬间，他松开了一只手，风箱的动作顿时慢了下来。他赶走了脸上的苍蝇，擦掉了眼睛里的血。随后易形者洛基——也就是这只苍蝇——回到了他的座位上，依旧与他的一角蜜酒为伴。

这时候，艾特里急匆匆地跑回了工坊。"这都是怎么了？"他喊道。接着他往熔炉里望了望。"差一点……"艾特里又往炉子里望去。他灰色的瞳孔无比闪亮，以至于竟然投映不出火焰。"差一点就全毁了。"艾特里说着，从炉子里取出了一把铁锤。这把锤子是个庞然大物，工艺十分精细，不过锤柄看起来很短。他给它起名为米奥尔尼尔。兄弟俩盯着它看了一会儿，又对视一眼，最后慢慢地点了点头。

"你拿上这三件宝贝，"艾特里说，"跟着洛基去阿斯加德吧。把它们的奥妙告诉众神，把那个奸人的脑袋带回来。"

兄弟俩走出工坊，狡猾的易形者已经满脸堆笑地等着他们了。洛基看了看他们手中的三件宝贝，问："你们准备好了吗？"

洛基和布罗克带着各自的宝物，徐徐穿过神域的金色田野。消息很快传开，阿萨众神都前往格拉兹海姆坐下来等着他们。洛基一见到众神，立刻就描述了他在侏儒国度的所作所为。他得意洋洋地说，他利用了侏儒的嫉妒和贪婪，为众神带来了六件礼物。

"你也就现在还能吹吹牛了，"布罗克说，"待会儿你会连舌头都没了的。"

艾特里和伊瓦尔迪的两个儿子，究竟哪一方的技艺更精湛？大家一致推举奥丁、托尔和弗雷来当裁判。

洛基向他们展示他带来的宝物。

"奥丁，"他说，"这根长矛是献给你的，它叫作贡尼尔。它和别的长矛都不一样，能保证你百发百中。"战争之父接过贡尼尔，举起它环视大厅一周。他眼神里的肃杀之气令大家心生敬畏。"你还能用它在尘世挑起战事。"洛基说。

接下来洛基转向弗雷，说道："弗雷，这艘船是送给你的，它叫作斯基德布拉德尼尔。你也看到了，它大到能够容下所有的神祇，包括大家的武器与盔甲。你只消扬帆，自然会有顺风送它前行。当你用不到它，就可以把它叠起来。"洛基麻利地拆来叠去，将船折成了一块手帕那么大。"看，你可以把它叠起来放到口袋里。"

"我的第三件礼物，"洛基说，"是给希芙你的。"他将那顶飘逸的黄金假发拿给了这位女神。"只要把它放在头上，它就会生出根来自然生长。你的美貌不会比以前减少半分。"

托尔的妻子将这顶假发接了过来，放在手中来回摩挲打量，最后慢慢地将它举起来戴到头上。众神的欢声响彻大厅——洛基说的都是真的。

布罗克拿出了他兄弟锻造的宝物。

"奥丁，这个黄金臂环是献给你的，"他说，"它叫德罗普尼尔。它的妙处在于，每过九夜，它就会生出八个和它一样重的臂环。"

接下来，他转向弗雷，说道："这头野猪是送给你的，它叫古

114

林博斯帝。不管是在地上、空中还是海里，它都会疾奔如风，比最快的骏马还快。不管是在黑暗的深夜还是幽暗的地底，它的金鬃都会发出耀眼的光芒，照亮身边的一切。"

"托尔，"布罗克说，"第三件宝物是给你的。这把锤子叫作米奥尔尼尔。你拿着它，可以尽情施展你的力量。不管你用多少力气，打击什么样的东西，它都永远坚不可摧。"风暴之神一把握住这锤子，听着布罗克继续解释："而且你尽管把它扔出去，怎么都丢不了的。不管你扔出去多远，它总会飞回你的手中。如果你需要把它藏起来，你还能把它变小，小到可以塞进你的上衣里。"众神凝视着米奥尔尼尔，一个个目瞪口呆。他们都知道，这件宝物必定是用极为高超的魔法做出来的。"这件宝物只有一个缺点，"布罗克补充道，"不过其实也没有什么大不了的，那就是锤柄有点短而已。"

奥丁、托尔和弗雷毫不犹豫地做出了决定。他们一致认为，虽然所有的宝物都很神奇，但只有米奥尔尼尔能保证阿斯加德不受冰霜巨人侵犯，理当夺冠。

"布罗克，"奥丁说，"你赢了。"

"我要洛基的首级。"布罗克尖声叫道。

"等一下！"洛基喊道，"你拿我的头去有什么用？我可以给你同等重量的黄金。"

"我不要黄金，"布罗克说，"只要你的头。"

看着欺骗者被逼到这种境地，在场的众神都笑了起来。

"那……"洛基慢慢地说，"那……你就来抓我吧！"他穿过宫殿大门，一溜烟跑了出去。等到布罗克反应过来，洛基已经穿上他的巡天靴，拼命跑出老远了。众神笑得更响了。

"如果你有任何信义可言，托尔，"布罗克尖叫道，"你就会帮我把他抓回来！"

托尔不想看到布罗克颜面扫地。他从座位上一跃而起，跑了出去，留下布罗克和众神在大厅内等着。没过一会儿，他便拽着洛基回来了。布罗克立刻向洛基冲了过去。

"且慢！"洛基举起一只手说，"没错，我的头是你的，但我的脖子可不是，一丁点儿都不是。"

众神笑了起来，纷纷点头赞同。布罗克意识到他被洛基骗了。

"既然如此，"布罗克说，"你的头依然是我的，我要让你再也说不出话来。我要把你的嘴巴缝上。"

洛基耸了耸肩，说道："这不过是空话罢了。"

布罗克从他的腰带上取下一根皮线，又拿起刀来试图刺穿洛基的嘴唇，但这些努力只是徒劳。虽然刀尖非常锋利，洛基却毫发无伤。

"我要是有我兄弟的锥子就好了。"布罗克话音刚落，艾特里的锥子就出现在了他的面前。布罗克弯腰把它捡起来，用它在洛基的双唇上打了两排洞，又拿线把欺骗者的嘴缝了起来。

洛基从格拉兹海姆跑了出去。他把线扯了下来，发出一声痛苦的嘶鸣。他在宫外站了许久，倾听大厅内众神的嗡嗡交谈。他们听起来一个个都是那么快活。阴谋家洛基开始盘算，他要如何才能报仇雪恨。他抿了抿嘴，慢慢露出了一个扭曲的笑容。

本章注释见第 302 页。

第十一章

斯基尼尔之旅

弗雷没有理由到奥丁的宫殿瓦拉斯克亚夫来。他更没有资格坐上奥丁的王座赫利德斯克亚夫，俯视九大世界的万象。那是奥丁与弗丽嘉的特权。

弗雷眯起眼睛，往北边的约顿海姆望去。他都看到了什么？一座富丽堂皇的宫殿，那是巨人居米尔的家。然后他又看到了什么？一个女人从这座宫殿门口走了出来。她是居米尔的女儿，名叫格尔德。她的身体和她的衣裳同样光芒四射，当她抬手关上大门，天空和海洋都立刻亮了起来，整个世界都淹没在一道冰冷的强光之中。

弗雷对她一见钟情。他目不转睛地盯着她，无法自拔，双眼几乎冒出火来。他心中只有一个念头：他要娶格尔德为妻。他一直凝视着她，直到她穿过庭院，回到自己的宫殿里。随后，整个世界都暗淡下去了。弗雷垂下眼睛，从王座上起身，悄悄离开了奥丁的宫殿。

世界之神为他的僭越行为付出了代价。他饱受相思的煎熬，缄口无言，彻夜不眠，茶饭不思。弗雷无法满足自己的欲望，却也无法挣脱。

尼约尔德担心自己的儿子，便召来了弗雷的使者——明亮的斯基尼尔，并对他说："去问问我的儿子，到底发生了什么。是什么让他如此愤怒，抑或是如此悲伤？他将所有的感情都压抑在心里，这样又怎能得到解脱？"

"我会去问他，"斯基尼尔说，"但我不会喜欢他的答案的。"

斯基尼尔找到弗雷问道："诸神之首，你为何成天待在自己的宫殿里？你为何不眠不休，不吃不喝？你为何不愿有人陪伴？"

"那些都有什么用呢？"弗雷说，"和人谈话无济于事，没有任何东西能缓解我的痛苦。就算每天都有阳光照耀，我的世界仍然幽暗无光。"

"你不管有什么痛苦，都可以告诉我。"斯基尼尔说，"我们从小一起长大，一向亲密无间。"

弗雷打开了他的话匣子，一五一十地告诉了斯基尼尔：他是如何在最高王座上看到了格尔德，她是如何光照九界，而他又是如何深陷情网。"从来没有一个男人像我爱她这样爱过一个女人，"他说，"可是众神绝不会允许我和她结为连理。"

斯基尼尔一边听他诉说，一边点头。

"去吧！"弗雷说，"我不在乎她的父亲怎么想，把她带到这里来吧。我会给你丰厚的报酬。"

斯基尼尔笑言："我要你的那匹马，因为它能在黑夜里行路，也不会在魔焰面前停步。除此之外，我还要你那把可以自动与巨人作战的宝剑。"

弗雷将自己最珍贵的两件宝物都给了斯基尼尔。待到诸神的黄昏，他将会为这个决定后悔——要是当时他还有那把宝剑，他就能用它来对付火魔苏尔特了。

斯基尼尔翻身上马，立刻出发。马蹄踏过弗雷庭院里铺着的石板，竟然擦出了火焰。到了傍晚，他来到了伊芬河的岸边；待他渡河进入约顿海姆，天已经黑了。"你能感觉到黑暗在向我们步步逼近吗？"斯基尼尔纵马奔过一片寸草不生的荒原时，这样对他的坐骑说，"现在我们得向高地进发，那可是冰霜巨人的地盘。你我的命运紧紧相连。我们要么很快就安全回到阿斯加德，要么就会落进那些可怕巨人的手里。"

马匹载着斯基尼尔在暗夜里奔跑。他们登上一个山口，发现面前挡着一道火帘，但马儿没有丝毫犹豫，从火中穿了过去。待到破晓时分，明亮的斯基尼尔往山下骑行，发现了一块长满灰草的洼地。此地十分萧索，周围环绕了一圈高低起伏、怪石林立的荒凉山头。居米尔的宫殿就矗立在这块洼地的中心，他女儿格尔德的宫殿则坐落在一旁。格尔德的宫殿四周修了一堵围墙，入口处还拴着一对凶狠的猎犬。

斯基尼尔环视一圈，发现有一个牧民独自坐在山坡的高处。他改变方向，策马上山。"你坐得这么高，"他对牧民说，"没有什么能逃过你的眼睛。告诉我，我要怎么才能塞住那些恶犬的嘴，进入格尔德的宫殿？"

牧民抬头望向斯基尼尔，面无表情地答道："你是在找死吗？还是说，你已经是个死人了？不管是今年还是明年，不管你耗上多久，你都休想见到居米尔的女儿。"

斯基尼尔意识到这个牧民不愿帮他，便不再纠缠，径直骑马下山去了。他在半路中回头说道："男人出门在外，不可怯懦不前。

我的生死早已命中注定。”

美丽的格尔德坐在自己家里，听到外面起了不小的动静，便问仆人：“墙外的声音是怎么回事？不仅地面在震动，就连房子也在发抖。”

“外面来了个男人。现在他下了马，让他的马儿吃草去了。”

“我们得欢迎他。”格尔德冷冷地说，“我有预感他是杀了我兄弟的凶手，不过你们去告诉他，我们在大厅里为他准备了一角蜜酒。”

斯基尼尔毫发无伤地穿过两条泄气的恶犬之间，走进了冷飕飕的宫殿大厅。

一身纯白的格尔德起身相迎。“你是精灵还是神？你是怎么跨过我的火墙的？”

“我不是精灵，也不是神。”斯基尼尔说，“不过我在来路上的确穿过了一道火帘。”他看向格尔德，将双手伸进斗篷口袋里。“你看，我有十一个让你永葆青春的金苹果。它们都是你的，格尔德。我会把它们给你，只要你答应嫁给弗雷，与他相亲相爱。”

“那不可能。”格尔德冷冷地说，“你休想用金苹果和青春来换取我的爱情。我死也不会和弗雷住在同一个屋檐下的。”

斯基尼尔又从口袋里掏出一件东西。“我还给你带来了一个臂环，”他说，“它叫德罗普尼尔。很久很久以前，奥丁曾把它放在巴尔德的火葬堆上。每过九夜，它就会自动生成八个和它同等重量的金环。”

“就算如此，我还是对它毫无兴趣。”格尔德说。她的声音是那么冷酷，简直能渗入斯基尼尔的骨头。“居米尔的宫殿不缺金银宝藏。"

斯基尼尔仍然满脸笑容。"你看到我手里这把光芒四射的利剑了吗？如果你不照我说的来，我就砍掉你的头。"

"不管是弗雷还是别人，"格尔德的眼睛里发出冷冷的光芒，"都休想用武力来恐吓我。如果我父亲居米尔发现你在我这里，他怕是会对你动手。"

斯基尼尔并不害怕。"你再仔细看看这把光芒四射的利剑。那个老巨人根本不是它的对手。你的父亲死定了！"他放低了弗雷的剑，举起了自己的法杖。格尔德被魔法镇住，无法移开自己的眼睛。"格尔德，我会用这把法杖教导你，驯服你。你将前往一座无人之山，从此孤独一生，与世隔绝。那座山坐落在天空的边缘，山顶上有老鹰的巢穴，往下看得到亡者之国的大门。虽然你必须进食，但你将憎恶所有的食物，一如凡人憎恶毒蛇。

"无论是谁看到你，必将心惊胆战。冰霜巨人赫里姆尼尔会直勾勾地盯着你不放。你将被困在狂风大作的山顶，绝望地往下张望。那时候我们会说，你是众神的守望者。

"你会被愤怒与渴望不断折磨。你将以泪洗面，痛不欲生。不管你如何挣扎，也无法逃过命运的安排，你将恒久与愁苦和悲伤为伴。

"在约顿海姆，你将日夜被恶灵缠绕。每一天，你都会心如死灰，浑浑噩噩地爬进冰霜巨人的居所。

"别人放声欢笑，你却号啕大哭。你与一群三头巨人同住，却找不到愿意娶你的丈夫。情欲和绝望将和你形影不离。你就像草棚里的一根蓟草，被人反复踩踏！

"我在黑暗潮湿的森林里找到一根充满魔法的树枝，将它做成了这把法杖。你勾起了众神之首奥丁的怒火，也失去了弗雷对你的爱。还有女人比你更可恶吗？你惹怒了天下所有的神灵！

"冰霜巨人！岩石巨人！苏通的后裔！阿斯加德的诸神！都听我说！我禁止这个女人和任何男人往来！我禁止这个女人得到任何男人的心！

"待你前往亡者之国，巨人赫里姆格里姆尼尔会在入口的黑暗中等着你。他面色苍白，浑身挂满冰霜。在世界之树的根下，不管你多么口干舌燥，都只能从腐臭的尸体那里讨到尿喝。这是我对你的诅咒！

"格尔德，我用如尼文在你身上下了三重咒语——渴望、疯狂和肉欲。但只要我愿意，我自然也能抹去这些诅咒。"

格尔德听到这番诅咒，不禁浑身发抖。她慢慢抬起眼，凝视着来者。

"斯基尼尔，"她说，"你是我的客人。请你接过霜杯，喝下我为你准备的蜜酒吧。"她眼睛里的光芒软化了，不再像是坚硬的碎冰，因为现在她眼里噙满了泪水。"我做梦也没有想到，我会答应嫁给华纳神族的一员。"

斯基尼尔放低法杖，接过了霜杯。"我必须将一切安排妥当才能动身。你打算何时与尼约尔德的儿子见面？"

"我们都知道一座名叫芭里的森林。那里风景优美，静谧祥和。九夜之后，我格尔德将会在那里和尼约尔德之子结为夫妻。"

斯基尼尔鞠了一躬，离开了格尔德冰冷的家。他唤来马匹，翻身上马，在天亮之前回到了阿斯加德。

彻夜未眠的弗雷听到了斯基尼尔回来的声音。他抢步出门，站在门口，急不可耐地等着斯基尼尔的消息。

斯基尼尔微微一笑，慢条斯理地下了马。

"斯基尼尔！你先别忙着取马鞍了，站在原地告诉我吧！你成功了吗？你从约顿海姆给我带来的是喜是悲？"

弗雷和他的仆人面对面站在大殿的入口，双方都沐浴在一束柔和的橙光里。斯基尼尔用斗篷裹住自己的身体，望向弗雷说："我们都知道一座名叫芭里的森林，那里风景优美，静谧祥和。九夜之后，格尔德将会在那里和尼约尔德之子结为夫妻。"

"一夜就已经如此漫长，"弗雷叫道，"两夜更是无法忍受。我怎么熬得过三夜？更不要说……"他举起双臂，仰头闭上了双眼。"她令我魂牵梦萦，度日如年……"

本章注释见第 306 页。

第十二章

格里姆尼尔之歌

哥特国王赫劳东有两个儿子，名字分别是阿格纳尔和盖尔罗德。有一天，十岁的阿格纳尔和八岁的盖尔罗德拿起他们的渔具，划船出去钓鱼。海面很快就起了大风，将船吹到了看不到陆地的地方。夜幕降临，小船在黑暗之中几经颠簸，最后被吹到一片乱石滩上摔得粉碎。阿格纳尔和盖尔罗德孤零零地站在黑暗之中，周围都是海浪的声音，茫然不知自己身在何处。

第二天早上，两个男孩遇见了一位贫穷的渔夫，在他家里度过了整个冬天。渔夫的妻子精心照料哥哥阿格纳尔，她的丈夫则一心培养弟弟盖尔罗德，教会了他很多东西。他们经常一起散步，交谈的内容只有他们俩才知道。渔夫还精心打造了一艘船，亲自雕刻上漆，一俟春天到来，就把它交给了盖尔罗德。

一天，渔夫与他的妻子将两个男孩带到海边。渔夫把盖尔罗德拉到一边，搂住他的肩膀，对他说了几句话。阿格纳尔和盖尔罗德坐进船里，靠着顺风和渔夫夫妇给他们的忠告，幸运地回到了他们父亲泊船的地方。

盖尔罗德坐在船的前端。船刚一靠岸，他便一把抢过船桨跳出船外。接着他用尽全力将船一推，大喊一声："你就等着被巨人

124

吃掉吧！"他哥哥阿格纳尔被困在船里，往大海深处漂去。

盖尔罗德走进他父亲的宫殿，发现赫劳东已经在冬天里去世了。众人纷纷围住他，想要知道他都去了哪里，又是怎么奇迹般活着回来的。盖尔罗德告诉他们，他哥哥阿格纳尔早在几个月前就淹死了。听到王位继承人意外身死，大家都摇头叹息。盖尔罗德成了哥特国王，他父亲的臣子都向他宣誓效忠。由于他是赫劳东的儿子，而且又离奇生还，大家都期望他成为明君。然而随着盖尔罗德年纪渐长，他的缺点也越发明显。没过多久，他喜怒无常、行事残暴的名声就传遍了北地。

奥丁与弗丽嘉坐在至高王座上，俯察着九界。

"你看到你的养子阿格纳尔了吗？"奥丁说，"他正在一个山洞里和女巨人交合，生下的孩子如同野兽。我的养子盖尔罗德却是国王，治理着一个强盛的国家。"

"他为人极其吝啬。"弗丽嘉回复道，"如果他在待客的时候又来了新的客人，他就假装欢迎来者，把他们骗进门来严刑拷打。"

"这完全是污蔑。"奥丁说。

神王神后达成协议，要试一试盖尔罗德。弗丽嘉立刻派出自己的侍女芙拉，去米德加德传话给盖尔罗德。

"当心呀，"芙拉对盖尔罗德说，"会有一个法师到这里来施法念咒蛊惑你。如果最凶猛的猎犬也不敢惹一个来客，他必定就是那个法师了。"

弗丽嘉的确污蔑了盖尔罗德。后者固然狡诈易怒、暴虐无道，同时却也是一名慷慨的主人，一向殷勤招待来客。不过此时盖尔罗德听了芙拉的话，命令他的臣下把任何猎犬不敢攻击的人都抓起来。没过多久，这个人就出现了。他披着一件深蓝色的大氅，自称"假面者"格里姆尼尔，但除此之外一个字也不肯说——他拒绝解释他来自何方，去往何处，又是为何而来。来人的无礼令盖尔罗德勃然大怒。他想起了芙拉对他的警告。"你拒绝开口说话，"他说，"必定是有什么原因。"

格里姆尼尔沉默如初。

"如果你不肯乖乖告诉我，"盖尔罗德说，"我就要逼你说出来。"

格里姆尼尔依旧缄口不言。

国王下令把格里姆尼尔捆起来，吊在两堆篝火之间，就像是把猪放在火上烤一样。"你什么时候开口说话，"他宣布，"我就什么时候把你放下来。"

格里姆尼尔被架在火堆间烤了八天八夜，始终一言不发。

盖尔罗德有个年方十岁的儿子，名字和他的伯父一样叫作阿格纳尔。不论是他的父亲还是宫廷中的男男女女，大家都喜爱这个孩子。他看到格里姆尼尔这般光景，起了怜悯之心。待到宫中其他人都喝醉睡去，阿格纳尔走到格里姆尼尔身边，递给他一个盛满蜜酒的角杯。他承认这事是自己父亲理亏，不该不分青红皂白折磨来客。

格里姆尼尔感激地将蜜酒一饮而尽。火焰越烧越旺，烧焦了斗篷的边，于是格里姆尼尔开口了："退后吧，火焰！你烧得这么炽烈，我的斗篷都快燃起来了，上面的皮毛也快烧焦了。我在这里待了八天八夜，除了阿格纳尔，没有一个人过来看我一眼。盖尔罗德的这个儿子将会登上王位，统治哥特人和勃艮第人的国度。

"你好呀，阿格纳尔！这是人世之主对你的问候。你给出去的不过是一角蜜酒，但你将获得极高的报酬。

"听我说！众神和精灵住在神圣的国度。直到众神覆灭的那一日，托尔会一直住在特鲁德海姆。其他的神祇也有各自的居所。第一处名为紫杉谷伊达利尔，它是乌尔的居所。第二处名为阿尔夫海姆，它是光精灵的居所。众神将它送给弗雷当礼物，祝贺他掉了第一颗乳牙。第三处是亡者之厅瓦拉斯克亚夫。它的主人亲手修建这座宫殿，众神又用白银铺满它的屋顶。第四处是下沉之宫索克瓦贝克，它四周环绕着清凉的水流，主神奥丁和女神萨迦每天都会在此用金杯开怀畅饮。

"第五处是欢愉之宫格拉兹海姆，旁边立着富丽堂皇的瓦尔哈拉。作为瓦尔哈拉的主人，奥丁每天都从战场上挑选英灵来到殿里。每天一早，各位勇士纷纷披甲上阵，在旷野中互相厮杀；到了傍晚，他们便都又活过来，骑马回到大殿内参加盛宴。瓦尔哈拉的外观非常特别。它以盾牌为顶，长矛为梁，大殿内的长凳上放着许多铠甲。有一条狼蹲在它的西大门外面，头顶盘旋着一只老鹰。宫中的厨师名叫安德赫里姆尼尔，他浑身上下都是煤灰，一口黑漆漆的大锅里烹煮着神猪沙赫里姆尼尔身上的肉。这是世间的无上佳肴，只有英灵有幸品尝。战争之父拿肉块喂养他的两条狼弗力奇和盖里，但他自己不吃肉只喝酒。每天早上，奥丁都放两只黑鸦振翅飞往人界——我总怕代表'思想'的胡金一去不回，而代表'记忆'的穆宁就更让人担心了。瓦尔哈拉外围的大门叫作瓦尔格林德，门外有一条汹涌的河流唤作索恩德。太阳的倒影在河水中舞动，她是魔狼斯考尔的猎物。索恩德河又深又急，几不可渡。在瓦尔格林德背后是圣殿的重重内门——由于年代过于久远，鲜有人知晓如何才能把它们关上。瓦尔哈拉一共有五百四十扇门。待到诸神的黄昏来临，每扇门都会有八百名勇士肩并肩拥出，去和魔狼芬里尔决一死战。

"第六处是群山峻岭之中的特里姆海姆，那是巨人夏兹曾经住过的地方。现在它的主人是夏兹的女儿——美丽的斯卡娣，她曾是尼约尔德的新娘。第七处是万丈光芒的布雷达布利克，它是巴尔德的宫殿。这里不染一丝黑暗，是光明之神的幸福国度。

"第八处是天堂之崖希敏比约格，它的主人是海姆达尔。众神的守卫坐在殿上畅饮蜜酒。第九处是万众之野弗尔克万，芙蕾雅的宫殿塞斯伦尼尔就坐落在那里。芙蕾雅和奥丁分享战场上的英灵，将她选中的人带入此殿。

"第十处是格利特尼尔，它有着赤金的柱子和白银镶嵌的屋顶，在那里可以找到福尔塞提。他坐在大殿正中裁决是非，平息争端。第十一处是位于海港的木头大殿诺阿通，他的主人尼约尔德品德高尚，统治凡人。第十二处是维达尔的居所维迪，四周草木茂盛。待到众神的末日，勇敢的维达尔会从他的骏马上跳下来，为他的父亲报仇雪恨。

"一只名叫海德伦的母山羊常在瓦尔哈拉门外吃食。她每日啃食列拉德树的枝叶，能挤出满满一大瓶蜜奶，哪怕这瓶子深不见底也无妨。一只名叫艾克修尼尔的牡鹿也轻咬列拉德树的枝叶，从他的角中流出一条河，汇入'沸腾的大锅'赫瓦格密尔，那是九界所有河流的源头。

"听好了，这些是它们的名字！席德与维德、塞金与艾金、斯沃尔与贡特拉、芬布图尔与费约尔姆、林恩与林南迪、吉普尔与戈普尔、戈穆尔与盖尔沃穆尔、席恩和文恩、霍尔和索尔，还有格罗德与贡托林——它们都在阿斯加德的郊外流过。

"但还不止这些呢！还有文纳和维格斯文，它们知道要奔向何处；以及斯约特努玛，它会把人卷入冲走；还有尼特和瑙特、诺恩和赫罗恩、斯利德与赫里德、席尔格与伊尔格、维德与瓦恩、冯德与斯特隆德、吉约尔与雷普特——这些河流经过米德加德，最终注入赫尔的国度。

"为了前往众神的集会，托尔每日都蹚过柯尔姆特与奥尔姆特，以及双河柯尔劳格。其他神祇要前往乌尔德之泉，只消骑马穿过彩虹桥。他们的坐骑分别是欢喜的格拉德、金色的居里尔、明亮的格勒尔、迅疾的斯凯斯布里米尔、银鬃的西尔弗林托普、矫健的辛尼尔、闪光的吉斯尔、空蹄的法尔霍夫尼尔、金鬃的古尔托普与捷足的莱特飞提。

"桉树伊格德拉西尔有三条根，一条通往尼弗尔海姆，一条通往约顿海姆，还有一条通往米德加德。一只名叫拉塔托斯克的松鼠在树干上日夜来回奔跑，它在树顶的巨鹰和树根的食尸恶龙尼德霍格之间挑拨离间。四只年轻的牡鹿——达因、德瓦林、杜涅尔和杜拉特罗尔昂首伸脖，细细咽嚼树顶的嫩叶。在伊格德拉西尔的树根底下盘着许多蛇，多得凡人连做梦也想不到：有狼的后代戈因与摩因，有格拉巴克与格拉弗沃鲁斯，还有迷惑人心的奥夫尼尔与催人入眠的斯瓦夫尼尔。他们不断啃啮这棵桉树的树根，直至末日来临。伊格德拉西尔的痛苦无人知晓——往上有牡鹿嚼嫩叶，往下有恶龙啃树根，中间部分的树干还在不停地腐烂。

"当我坐在瓦尔哈拉畅饮，瓦尔基里中的'震动'赫里斯特、'迷雾'米斯特、'战斧之时'斯克吉约德与'战争'斯科古尔便轮流为我斟酒。另有九个瓦尔基里负责为英灵倒酒，她们是'战士'希尔德、'力量'特鲁德、'吵嚷'赫洛克、'锁链'赫费约托尔、'尖叫'高尔、'举矛者'盖罗洛尔、'举盾者'兰德格里德、'不和'拉德格里德与'神之后裔'雷金莱芙。

"'早起者'阿尔瓦克与'疾行者'阿斯维德每天都拉着太阳的马车跑过天空。很久以前，众神怜悯他们劳作辛苦，在他们的腹下放了能吹凉风的铁箱。斯瓦林化作盾牌挡在太阳面前，要是没了他，高山和大海都会被火焰吞没。一条名叫斯考尔的狼在太阳身后紧追不舍；终有一日，他会在铁树林里把她追上。赫罗德维特尼尔的儿子——恶狼哈蒂，则追着月亮不放。

"众神将伊米尔的肉体造出了大地，用他的血液化为了海洋。他的骨头变成了山脉，头发变成了树木，天灵盖变成了天穹。他们用伊米尔的眼睫毛给凡人造了一个安居的家园，名曰米德加德。他的大脑则化为天空中黑压压沉甸甸的云朵。

"只要有人把火上的大锅挪开，众神就能看到这里发生的一切。第一个这么做的人，不管他是谁，必将得到乌尔与众神的庇护！

"很久很久以前，伊瓦尔迪的两个儿子造出了斯基德布拉德尼尔，作为礼物送给弗雷。它是世上最神奇的船，就像伊格德拉西尔是最高贵的树，奥丁是最强大的神，斯莱泼尼尔是最快的马；最伟大的桥是比弗罗斯特，最有才华的诗人是布拉吉，最敏捷的老鹰是霍布鲁克，最凶猛的猎犬是加尔姆。诸神都去埃吉尔家里赴了宴。他们都看到了我的脸，听到了我的声。

"我的名号有一长串：我是'假面'格里姆，也是'流浪汉'
冈勒里；我是'突袭者'赫尔扬，也是'戴头盔者'赫亚姆贝里；
我是'友好者'特克，也是'第三人'特里迪；我是'雷鸣者'索
恩德，也是'爱人'乌德；我是'毁灭者'赫尔布林迪，也是'至
高者'哈尔；我是'真理'萨德，也是'善变者'斯维帕尔和'掌
握真理者'桑格塔尔；我是'好战者'赫尔泰特，也是'刺矛者'
赫尼卡尔；我是'独眼龙'比勒格，是'火眼'巴勒格，也是'作
恶者'勃尔维克；我是'明者'费约尔尼尔，也是'假面者'格里
姆尼尔；我是'善骗者'格拉普斯维德，也是'智者'费约尔斯维
德；我是'宽檐帽'西德霍特，也是'络腮胡'西德斯克格；我是
'战争之父'西格弗德，也是'颠覆者'赫尼库尔；我是'众神之父'
阿尔弗德，也是'英灵之父'瓦尔弗德；我是'骑者'阿特里德，
也是'运输之神'法马提尔。自从我在米德加德现身，各种名字换
了又换。

"盖尔罗德叫我格里姆尼尔，阿斯蒙德叫我格尔丁。我用雪橇
的时候叫作克亚拉，出席众神议会的时候叫作特罗尔，在战场上
则叫作维杜尔。众神也叫我'同样至高者'雅芬哈尔、'遂愿者'
奥斯基、'尖叫者'奥米、'撼矛者'毕夫林迪、'执杖者'贡德利尔
和'灰胡子'哈尔巴德。为了欺骗巨人索克弥米尔，我曾化名为斯
维杜尔和斯维德里尔——这个巨人是大名鼎鼎的米德维特尼尔的
儿子，但我送他去了阴间。"

格里姆尼尔严厉的目光从年轻的阿格纳尔王子移到了盖尔罗
德国王身上。

"你喝得太多了，盖尔罗德！想一想你都失去了什么。如今没了我的保佑，你休想再有英灵相助。

"枉费我对你百般叮咛，你一句也没听进。你听信使者的谗言，现在得面对我朋友染血的利剑。今日就是你的死期——诺恩三女神给你安排的寿命已经到了头，'可怖者'伊格很快就会来收你的尸体。看哪，我是奥丁！只要你有胆量，尽管拔剑面对我！

"我是奥丁，也是'可怖者'伊格、'雷鸣者'索恩德、'警惕者'瓦克、'令人颤抖者'斯基尔芬；我是'漂泊者'沃夫德、'叫喊之神'赫罗普塔提尔，是'父亲'高特，也是'迷惑者'奥夫尼尔和'催眠者'斯瓦夫尼尔。所有这些名字都是一个人的，而那个人就是我。"

盖尔罗德坐在一旁倾听，膝盖上放着半出鞘的剑。他听到来客就是奥丁，跳起来想给他的囚徒松绑，那把剑便从他的膝盖上滑落下来。盖尔罗德一个踉跄，不偏不倚地跌到剑尖上，被捅了个对穿。

奥丁随即消失不见了。阿格纳尔登上王位，统治了国家许多年。

本章注释见第 308 页。

第十三章

闪亮的项链

天就快亮了。东边的地平线开始发灰发绿，雪花飞舞在阿斯加德的上空。

洛基——也只有洛基——看见芙蕾雅离开了她的宫殿塞斯伦尼尔。她的两只猫没有被她惊醒，在火炉边睡得正香。她放着自己的马车不用，在黎明的微光中朝着彩虹桥走去。这一幕勾起了洛基的好奇心。他裹紧身上的斗篷，偷偷跟在她身后。芙蕾雅走起路来几乎脚不沾地，也不发出一丝声响。她在穿过彩虹桥时是那么摇曳生姿，使得彩虹也在她脚下颤抖舞动。

米德加德的积雪在朝阳的照耀下璀璨夺目。芙蕾雅的心思被黄金占据了，完全没有发现洛基一直紧跟在她身后。她穿过一条结冰的弯曲河流，又绕过一座宏伟艰险的冰山。在短暂的白天即将结束之际，她来到了一座悬崖面前。悬崖下方是一大堆圆圆的巨石。

巨石之间有一条细缝，恰好够芙蕾雅挤进石堆，再往地下走去。芙蕾雅的双眼被冷气刺得发疼，流下一串串黄金的泪珠。她沿着小路一直走，最后来到了一个巨大而又潮湿的山洞里，站住聆听四周的声音：有水滴从洞顶落到地面的水池里，也有小溪在岩缝之间淌过。她仔细听了又听，终于听到了远处传来的一串叮当声。这声音让她心跳加速，心里升起了热切的希望。

她侧身在这个阴暗的洞穴里穿行。渐渐地，断断续续的叮当声越来越响了。她走走停停，一路仔细分辨声音的来源，最后终于在一个狭小的拱顶之下穿过，走进了一间铁匠铺。这家铺子的主人是四个侏儒：阿尔弗里格、德瓦林、贝尔林和格雷尔。

有那么一瞬，芙蕾雅被火炉明亮的火光晃得睁不开眼睛。她揉了揉眼，随后倒吸了一口气：这几个侏儒打造了一条巧夺天工的金项链。项链上精巧的花纹独运匠心，错杂繁复，整条链子看起来就像是用液体的黄金打造而成。芙蕾雅不曾见过如此美丽的造物，也不曾如此热切地期望过拥有一件东西。

四个侏儒则直勾勾地盯着这位女神。她沐浴在温暖的火光里，全身熠熠生辉。她的斗篷从肩膀上滑下来，露出她衣裙上闪闪发光的金银首饰。他们不曾见过如此美丽的容貌，也不曾如此热切地期望过拥有一个女人。

芙蕾雅对他们微微一笑，说道："把那条项链卖给我吧。"

四个侏儒对望了一下。其中三个摇了摇头，第四个则说："我们不卖。"

"我要买。"芙蕾雅说。

侏儒们撇嘴笑了笑。

"我要买下这条项链。我会开个好价钱，给你们黄金和白银，"芙蕾雅提高了音量，她朝着放了项链的长凳走去，"还有别的报酬……"

"我们不缺银子。"一个侏儒说。

"也不缺金子。"另一个说。

芙蕾雅凝视着项链。她炽热的欲望如同饥饿一般折磨着她。

四个侏儒围在角落里低声商议了一番，最后点头达成协议。

"那么，你们要什么报酬？"女神问道。

"这条项链同时属于我们四个。"一个侏儒说。

"所以每个人的报酬必须是同等的。"另一个侏儒不怀好意地盯着芙蕾雅说。

"我们只接受一种报酬。"第三个侏儒说。

第四个侏儒看着芙蕾雅说："那就是你。"

芙蕾雅脸颊绯红，胸脯剧烈地起伏着。

"你如果想戴上这条项链，"侏儒们说，"就必须和我们每个人都睡上一夜。"

芙蕾雅极为厌恶獐头鼠目、体态畸形的侏儒一族，但她对这条项链的渴望甚至比她的厌恶还要强烈。四个晚上很快就会过去，而在那之后，这条光芒四射的项链就永远属于她了。

铁匠铺的墙被火光映成了忽明忽暗的红色。四个侏儒都死死地盯着她。

"好吧，"芙蕾雅不知羞耻地喃喃说道，"好吧，都交给你们了。"

四天四夜过去了。芙蕾雅履行了她的承诺，侏儒们也履行了他们的。他们将项链拿给了芙蕾雅，争先恐后地为她戴上这宝贝。芙蕾雅快步走出洞穴，在阳光下穿过人界的皑皑雪原。她穿过彩虹桥，在夜幕的掩盖下回到了塞斯伦尼尔。在她的披风下面，她戴着那条闪亮的项链——布里欣嘉曼。

狡猾的洛基直接去了奥丁的宫殿。这位可怖者，这位战争之父，正独自坐在白银之厅的至高王座上，一边肩膀上停着一只乌鸦，脚边则躺着他的两条狼。

"有事？"奥丁问道。

洛基得意地笑了。

"我一看你的脸就知道……"

"啊！"洛基打断了奥丁，眼神里不怀好意，"但你看到了她的脸吗？"

"谁的？"奥丁又问道。

"你不知道？你难道坐在至高王座上也没看到吗？"

"看到什么？"奥丁继续问。

"你觊觎已久的那位女神——你看到了她一连和四个侏儒共度春宵吗？"

"闭嘴！"奥丁吼道。

洛基不理他，自顾自地说了下去，而妒火攻心的奥丁忍不住将每一个字都听在耳里。面对这个羞辱芙蕾雅外加激怒奥丁的大好机会，洛基毫不掩饰自己的幸灾乐祸。他绘声绘色、一五一十地描述了整件事的来龙去脉，因为他知道根本不需要添油加醋。

"你去把那条项链给我带来。"在洛基讲完后，奥丁冷冷地说。

洛基微笑着摇了摇头。

"你干的事情，没有一样不卑鄙。"奥丁叫道，"你巴不得我们自相残杀，掐断彼此的脖子！但现在，我要你从她的脖子上把那条项链摘下来！"

狡猾者吸了吸鼻子说："只有得到芙蕾雅许可的人才能进入她的宫殿，这一点你我都很清楚——真要说，你肯定比我清楚多了。"

"你去把那条项链给我带来！"奥丁大声吼道。他的五官都扭曲了，独眼像是要喷出火来。"否则你就再也别在我面前出现了！"

洛基望向可怖者。奥丁的表情阴沉冷酷，仿佛凝固成了一张面具。洛基意识到自己身处险境，嚣张气焰顿时化为冰冷的恐惧。

这时候，趴在奥丁脚边的两条狼站了起来。洛基一看情况不妙，就惊慌失措地起身逃走了。

同一天晚上，洛基穿过闪亮的雪原，来到了塞斯伦尼尔的门前，但他自然是吃了闭门羹。

夜风将雪花拍到洛基的脸上，丝丝寒意渗进他的身体。洛基颤抖起来，裹紧了身上的斗篷。

他想起了希芙的事情——她深锁的卧室，在地板上闪闪发光的断发，还有他被锥子刺穿的嘴唇。他皱起眉头，又仔细检查了宫殿的大门一番。随后他摇了摇头，念了一道咒语，化作了一只苍蝇。

塞斯伦尼尔修得密不透风，墙与门窗之间没有任何缝隙，洛基变成的苍蝇左右找不到入口。他绕着锁孔飞了一圈，没用；他在门缝上下转来转去，也没用；他检查了屋檐一带，还是没用；但在山墙的顶部，紧挨着屋顶的地方，易形者发现了一个针眼大的小孔。他奋力挤了进去，看到芙蕾雅的两个女儿和侍女们都睡得正香，便朝女神的床边飞去。可是芙蕾雅哪怕在睡觉时也戴着布里欣嘉曼，而且项链的扣子还被压在她的后颈下，洛基看不见也够不着。

这一次，洛基变成了一只跳蚤。他爬过芙蕾雅的胸脯和她的金项链，爬上她白皙的脸颊，奋力刺了一下。

芙蕾雅呻吟一声，在床上翻了个身。这正中了洛基的计，现在他够得着项链的扣子了。

待到他确信芙蕾雅又睡熟了，洛基变回了人形。他环视一圈，轻手轻脚地把项链解开取了下来。九界之内，再没有哪个小偷比他更加技艺高超。他无声无息地溜到大门面前，麻利地取闩开锁，消失在茫茫夜色之中。

芙蕾雅一觉睡到天明才醒。她一睁眼就伸手去摸脖子上的项链，然而那里空无一物。

她扭头扫视四周，勃然大怒地跳下床来。宫殿的大门大开着，也没有任何强行入室的痕迹，所以芙蕾雅立刻意识到小偷一定是洛基。不过她知道，哪怕是洛基，也不会平白无故冒这么大的险，一定是奥丁派他来的。可是她的秘密到底是怎么败露的？奥丁是怎么知道了她这段不光彩的往事，知道她得到了闪亮的布里欣嘉曼？

她匆匆前往瓦拉斯克亚夫，找到奥丁对质。"那条项链在哪里？"她质问道，"如果你也参与了这勾当，那就是你自贬身份了。"

奥丁皱起眉头看着她。"自贬身份的分明是你。"他说，"你不仅作践自己，更让众神蒙羞。因为一己贪婪，你向四个丑陋的侏儒出卖了自己的身体。"

"我的项链在哪里？"芙蕾雅又问了一次。她冲到奥丁面前，拉着他的手臂不放。她贴在奥丁的胸膛前，双眼滚落出黄金的泪珠。

"你休想再见到它了，"战争之父说，"除非你答应我一个条件。只有一件事能满足我。"

芙蕾雅立刻望向他，把喉咙里的话都吞了回去。

"你必须在人间散布仇恨，挑起战事。去米德加德挑选两个国王，让他们针锋相对，穷兵黩武。每个国王还要统领二十个领主，将他们也卷入纷争之中。"战争之父冷冷地对芙蕾雅说，"我还要你用魔法让战场上的死人复活，让他们陷入永无止境的厮杀。"

芙蕾雅凝视着奥丁。

"这就是我的条件。不论凡人自身的意愿如何，我要让他们兵戎相见！"

芙蕾雅点了点头。"那么，把我的项链给我吧。"她说。

本章注释见第 309 页。

第十四章

特里姆之歌

托尔一醒过来便伸手去抓他的锤子，谁知却扑了个空。他跳下床来，心急火燎地四处寻找米奥尔尼尔。他是如此心焦，就连他的红胡子也被乱抓一通打成了结。

"听我说，洛基！"托尔说，"阿斯加德众神没有一个知道我的锤子在哪儿，米德加德的凡人也没有一个知道我的锤子在哪儿。米奥尔尼尔被偷了。"

托尔和洛基赶紧前往弗尔克万拜访芙蕾雅。他们明白，如果不赶紧找到米奥尔尼尔，阿斯加德就危在旦夕了。巨人会摧毁神域的高墙，将诸神的宫殿化为废墟。

"你愿意把你的猎隼羽衣借给我吗？"洛基问，"我需要用它来寻找托尔的锤子。"

"哪怕它是用黄金白银织成的，"芙蕾雅叫道，"我也愿意。"

洛基披上猎隼羽衣，在飕飕的风声中一飞冲天，离开了阿斯加德。他奋力往前飞翔，直到阿斯加德变成了西边地平线上的一抹光亮，直到他抵达了巨人之国。

冰霜巨人的国王特里姆十分悠然自得。他刚给马匹梳理了鬃毛，正坐在一个草丘上给他的恶犬编织金线的颈圈。

巡天者看到特里姆，立刻降落到他身旁。

"阿萨众神最近怎么样呀？"特里姆问道，"精灵们还好吗？你又怎么独自来了约顿海姆？"

"阿萨众神情况可不妙，"洛基说，"精灵们也很倒霉。是你偷了托尔的锤子吗？"

特里姆大笑起来，笑声听起来就像碎冰一般。"我把托尔的锤子藏在了地底，埋了足有八里深呢。谁也找不到的，除非他将芙蕾雅带来做我的新娘。"

洛基苦着脸又一次披上了羽衣，特里姆的冰冷笑声在他耳边回荡。他在飕飕的风声中一飞冲天离开巨人之国，以最快的速度回到了阿斯加德。

托尔正在闪电之宫毕尔斯基尼尔的庭院里等他。"你都打听到了什么消息？是有用的还是没用的？"雷神的眼睛闪耀着凌厉的光，一看就没耐心和洛基猜谜语，"站在那里别动，赶快把真相告诉我！传话的人一坐下来就开始忘事，等躺下了就要撒谎了。"

"我打听到了没用的消息，也打听到了有用的。"狡猾者如此说道。他弯了弯满布伤痕的嘴角，露出一个微笑。"冰霜巨人的国王特里姆偷走了你的锤子。他绝不会把它交出来，除非他能得到芙蕾雅做他的新娘。"

于是托尔和洛基又一次急忙前往弗尔克万，在塞斯伦尼尔宫里找到了芙蕾雅。

"啊，我的美人呀，"洛基眯起眼睛说，"去戴上新娘的面纱吧。"

"你这是在说什么？"芙蕾雅问道。

"事不宜迟，"洛基笑着说，"咱俩得赶紧前往约顿海姆。冰霜巨人的国王特里姆看上你了。"

芙蕾雅一听此言，勃然大怒。宫殿的四壁颤抖了起来，黄金长凳在大厅地上咯噔作响。她脸颊上飞起激动的红晕，胸部剧烈地起伏着，颈部的肌肉也变得僵硬不已。她哼了一声，挂在脖子上的布里欣嘉曼突然断开，宝石如骤雨般滚落到大厅的地板上。"我要是真的跟你去了约顿海姆，那我就成什么了？"芙蕾雅问道，"大家都会觉得我不过是个婊子！是个婊子！"

洛基挑起眉头看着她。托尔吸了吸鼻子，忍不住偷偷发笑。他左右摇晃着身体，不敢直视女神的眼睛。

"你们都给我出去！"芙蕾雅说。

阿萨众神不分男女，聚集在银顶的大殿格拉兹海姆，共同商议要如何才能夺回米奥尔尼尔。众神的守卫海姆达尔也离开了希敏比约格。身为华纳神族，白色之神有预见未来的本事。此时他开口说道："我们应该把托尔……"他顿了一顿，环视众神道："把托尔打扮成新娘送过去！"

众神沉默片刻，随即哄堂大笑。

等大家笑够了，海姆达尔又开口继续说："我们应该把布里欣嘉曼修好，把它挂在托尔……托尔漂亮的脖子上。"

格拉兹海姆里又爆发出一阵哄笑。托尔怒目望向海姆达尔，但白色之神却泰然自若地说："我们得把他好好打扮一番，在他的腰间系一大把叮当作响的钥匙，给他穿上漂亮的长袍——越长越好！还要在她——呃，在他的胸脯上佩上精致的别针。"

听到海姆达尔想得这么周到，众神笑得更欢了。而且他们开始意识到，海姆达尔的主意好像还挺不错的。

"最后，"海姆达尔抑扬顿挫地说，"他还需要一顶可爱的花冠，这才算打扮周全。"

托尔沉着脸说："我要是戴了新娘的面纱，你们都会取笑我，说我没有男人气概。"

"闭嘴，托尔！"劳菲之子洛基粗暴地打断了他，"这事就这么定了。如果我们不把你的锤子拿回来，阿斯加德就要变成巨人的地盘了。"

于是阿萨众神给托尔笼上新娘的面纱，又把布里欣嘉曼修补还原，将它挂在托尔的脖子上。他们在他的腰间挂了一大把叮当作响的钥匙，将他塞进一件长过膝盖的裙袍，在他胸脯上佩了精致的别针，最后往他头上戴了一顶可爱的花冠。

"我会扮作你的侍女。"洛基柔声说，"咱俩赶紧去约顿海姆吧。"

大家把雷神的两只山羊抓起来赶到毕尔斯基尼尔，将它们套上驾具。山羊迫不及待地在笼头里扭来扭去，拉着战车一路狂奔。

奥丁之子托尔就这样和洛基踏上了前往巨人之国的路途，所经之处通通山崩地裂，烈焰冲天。

"她会来的！"特里姆迫不及待地喊道，"她这就要来了！你们还不赶快干活！快在长凳上铺好稻草！诺阿通之主尼约尔德的女儿芙蕾雅，这就要来与我成婚了！"

特里姆在他冰冷的宫殿内左看右看，仔细检查迎亲的排场。然后他在一条长凳上坐下来对自己说："我有金角的母牛，也有纯黑的牡牛，任谁看了都会喜欢。我有成堆的宝石，也有金山和银山……"但他接下来的一长串夸耀似乎都在寒冷的空气中蒸发了。他叹了一口气，说："我有我想要的一切，除了芙蕾雅。"

当天傍晚时分，来自阿斯加德的两位旅客抵达了特里姆的宫殿，受到了隆重的接待。特里姆的仆人——就是早些时候忙着给长凳铺稻草的那些——为来客奉上了美酒佳肴。

特里姆将戴着新娘面纱的托尔引到了餐桌面前。他竭力表现得彬彬有礼，向新娘一一介绍了宴会上各种山珍海味。然后他将新娘请到两个贵宾位之一坐下，自己坐到她一旁，洛基则立刻挤到新娘的另一边坐下了。

饥肠辘辘的托尔吃掉了一头牛、八条鲑鱼、所有为女眷准备的点心，最后还喝了三个角杯的蜜酒。

特里姆看着新娘的吃相，越来越讶异。"谁见过在婚宴上这么大吃大喝的新娘？"他惊呼道，"能一口气吃掉这么多东西，喝光这么多蜜酒的女人，我还是第一次见到！"

坐在托尔身旁的聪慧的侍女替新娘答道："芙蕾雅想着要与您成亲，激动不已，过去八天八夜里一点东西也吃不下。"

特里姆探出身往面纱下望去，他已经等不及要亲吻自己的新娘了。可惜他只看了一眼就吓坏了，整个人蹿到了大厅的另一边去。"她的眼睛！"他嚷道，"芙蕾雅的眼睛怎么会这么可怕？看起来就像是炉子里通红的煤球一样！"

坐在托尔身旁的聪慧的侍女替新娘答道："芙蕾雅想着要与您成亲，激动不已，过去八天八夜里一分一秒也睡不着。"

这时候，特里姆那个倒霉的妹妹朝着新娘和侍女走了过来，开门见山地向新娘索要嫁妆："如果你想咱俩相处和睦，互亲互爱，就把你手上戴的赤金戒指都给我吧。"

"把锤子拿出来！"巨人之王喊道，"把米奥尔尼尔拿出来，用它祝福我的新娘！把神锤放在她膝盖上，让女神瓦尔见证我们的誓言，保佑我们的婚姻！"

雷神见到他的锤子，心里乐开了花。侍从一将米奥尔尼尔放到他两腿之间，他立马将它紧紧攥住，扯下面纱站了起来。满大厅的巨人终于见了这位新娘的真面目：投掷神锤的雷神托尔。

特里姆和他的侍从立刻从座位上跳了起来。

托尔的双眼红得和他的胡子一个颜色。他瞪着眼前的一众巨人，发出一声长啸。然后他举起锤子，一步跨到特里姆面前，将巨人之王的脑袋砸得粉碎。托尔毫不留情，把前来赴宴的男女巨人都杀了个精光。大厅的地板上横七竖八堆满了尸体。特里姆的倒霉妹妹找新娘讨要赤金戒指，得到的却是天灵盖上一记铁锤。

这就是奥丁之子托尔夺回神锤米奥尔尼尔的经过。

本章注释见第 313 页。

瓦弗斯鲁德尼尔之歌

"**我**浑身的血液都不安分了！"奥丁叫道，"我渴望出门远行。"众神之父在白银之厅内来回徘徊，看起来就像一头困兽。

"弗丽嘉，你觉得呢？我想去瓦弗斯鲁德尼尔的宫殿，拜访那个巨人。"

"勇士之父，我宁愿你留在众神之国阿斯加德。"弗丽嘉答道，"就我所知，瓦弗斯鲁德尼尔是所有巨人之中最了不起的一个。"

"我四处流浪寻找知识，诸神的智慧都归我所有。"奥丁说，"我要与爱出谜语的瓦弗斯鲁德尼尔一较高低，看那个聪明的巨人是否是我的对手。"

"那我祝你平安而去，平安而归。"弗丽嘉说，"在和那个巨人斗智的时候，凡人之父，你可千万不能掉以轻心。"

于是奥丁离开阿斯加德去考验瓦弗斯鲁德尼尔。他跨过颤抖的彩虹桥，越过荒原与激流。他把自己的宽檐帽压得很低，这样别人就看不出他是个独眼龙。众神之父冷冷一笑，迈进了巨人之国约顿海姆。

随着他一路往前，周围的空气越来越冷。他走过一片在阳光下熠熠生辉的静寂雪原，又跨过许多冒着袅袅热气的地缝，最后找到了伊姆之父的住所。它坐落在一个山谷的入口，周围三面都矗立着紫色的山。可怖者走进了瓦弗斯鲁德尼尔的宫殿。

"向你致意，瓦弗斯鲁德尼尔！"奥丁叫道，"久仰大名，今日终得相见！你的贤名是实是虚？难道你真是无所不知，无所不晓？"

"你究竟是谁？"瓦弗斯鲁德尼尔问道，"竟敢到我家里对我出言不逊！除非你比我更聪明，否则休想活着走出这扇门。"

"我叫加根拉德。"奥丁说，"我流浪四方，给人带来好运！今日我远道而来，口干舌燥，没想到竟受这般对待。"

"你干站在那里干什么？"巨人说，"找个位置坐下吧。究竟是来客还是经验丰富的主人才是赢家，这问题很快便见分晓。"

"穷人到了富人家，"加根拉德说，"务必小心谨慎，少说为妙。心狠的人听不得他人自吹自擂。"

"好吧，加根拉德，"瓦弗斯鲁德尼尔说，"你且坐在堂下回答我这第一问：那匹每天都拉着白昼跑过天空的骏马，它叫什么名字？"

"日复一日，骏马斯京法克西将白昼带给人类。它的鬃毛闪亮如火，一众英雄都说它是世间最好的马匹。"

"好吧，加根拉德，"瓦弗斯鲁德尼尔说，"你且坐在堂下回答我这第二问：那匹每天都拉着夜晚从东而来的骏马，它叫什么名字？"

"夜复一夜，骏马赫林法克西将夜晚带给崇高的诸神。它口中的白沫从嚼子上流下来，落入人间，化作山谷里的露珠。"

"好吧，加根拉德，"瓦弗斯鲁德尼尔说，"你且坐在堂下回答我这第三问：有条河是阿斯加德和约顿海姆的分界，它叫什么名字？"

"将阿斯加德和约顿海姆分开的那条河名叫伊芬。它过去不曾结冰，未来也将一直奔流不息。"

"好吧，加根拉德，"瓦弗斯鲁德尼尔说，"你且坐在堂下回答我这第四问：苏尔特和众神终将在一块平原上决一死战，那块平原叫什么名字？"

"苏尔特和众神终将决一死战的那块平原名叫维格里德。它有一百里长，一百里宽。"

瓦弗斯鲁德尼尔注视着来客。"你学识渊博。"他说，"坐到我身边来吧，我们还有好多可说的。我的客人，我们不妨赌上各自的脑袋，一分高下。"

奥丁走到巨人身边坐下，开始提问。

"既然你如此睿智，瓦弗斯鲁德尼尔，且回答我第一个问题：大地和天空来自何处？"

"大地是用伊米尔的肉做成的，山脉是用他的骨头堆成的。天空原本是他的头骨，咸海原本是他身上流出来的血。"

"既然你如此睿智，瓦弗斯鲁德尼尔，且回答我第二个问题：凡人头上日夜行走的月亮和太阳，他们来自何处？"

"月亮和太阳是蒙迪尔法利的儿女。他们在凡人头上日夜行走，为他们计算光阴。"

"既然你如此睿智，瓦弗斯鲁德尼尔，且回答我第三个问题：在空中反复来回的白昼和夜晚，他们来自何处？"

"白昼是德林的儿子，夜晚是诺尔的女儿。新月和残月为众神所造，好让凡人计算光阴。”

“既然你如此睿智，瓦弗斯鲁德尼尔，且回答我第四个问题：冬天和夏天分别是哪位神灵的孩子？”

“冬天的父亲是寒冷的文德斯瓦尔，夏天的父亲是温和的斯沃苏德。”

“既然你如此睿智，瓦弗斯鲁德尼尔，且回答我第五个问题：巨人一族中谁最先降世，他们到底姓甚名谁？”

“世界尚未创造出来，贝格米尔就早已诞生。这个强大的巨人是特鲁德格米尔的儿子，奥格米尔的孙子。”

“既然你如此睿智，瓦弗斯鲁德尼尔，且回答我第六个问题：在久远的太古时代，奥格米尔和他的子嗣又是怎么来的？”

“埃利伐加尔的浪花不断溅出毒液，最终凝聚成了巨人一族的祖先，这就是为什么我们族人个个勇武。”

“既然你如此睿智，瓦弗斯鲁德尼尔，且回答我第七个问题：巨人的祖先从未和女性交配，倒是如何繁衍后代？”

“据说这个冰霜巨人的腋窝里生出一对男女，双腿之间又生出一个六头的儿子。”

“既然你如此睿智，瓦弗斯鲁德尼尔，且回答我第八个问题：你最初的记忆是什么？你几乎无所不知！”

“世界尚未创造出来，贝格米尔就早已诞生。我最初的记忆是那个聪明的巨人躺在一艘来回摇晃的船里。”

“既然你如此睿智，瓦弗斯鲁德尼尔，且回答我第九个问题：风本无形，却能扬波起浪，它从何处而来？”

“噬尸者赫雷斯维尔格以巨鹰的形象栖息在世界的尽头。每当他拍动翅膀，人界便狂风大作。"

"既然你对众神的命运了如指掌，且回答我第十个问题：广受凡人供奉的尼约尔德，并不是阿萨神族的血亲，为何得以长居阿斯加德？"

"尼约尔德身为华纳神族，出生在华纳海姆。待到末日降临，他自当回归故里。"

"既然你对众神的命运了如指掌，且回答我第十一个问题：奥丁宫殿里那些每日彼此厮杀的战士，他们究竟是何方神圣？"

"奥丁宫殿里的英灵每日彼此厮杀，但每到傍晚，他们便毫发无伤地回宫参加盛宴。"

"且回答我第十二个问题：你是如何知晓了众神的命运？你是如何读懂了神族和巨人族的如尼文？"

"我之所以能读懂神族和巨人族的如尼文，是因为我游遍九界，还到过亡者之国尼弗尔海姆。"

然后奥丁说道："我四处流浪寻找知识，诸神的智慧都归我所有。待到最后的冬天降临，究竟有谁能劫后余生？"

"利弗与利弗斯拉希尔藏在霍德弥米尔之树里，靠着吸吮每日的朝露活了下来。"

"我四处流浪寻找知识，诸神的智慧都归我所有。待到恶狼芬里尔将太阳叼走，新的太阳要从何处而来？"

"在她被恶狼芬里尔叼走之前，阿尔芙罗苏尔已经生下了一个漂亮的女儿。待到众神灭亡，做女儿的将驰车碾过其母昔日的轨道。"

"我四处流浪寻找知识，诸神的智慧都归我所有。那些从海的另一边飞来的少女，她们究竟是何方神圣？"

"三位少女将三次飞过莫格斯拉希尔之山。她们是巨人的后裔，却将守护凡人的子孙。"

"我四处流浪寻找知识，诸神的智慧都归我所有。待到苏尔特的熊熊大火终于熄灭，究竟谁会成为神界的主宰？"

"待到苏尔特的火焰退去，维达尔和瓦利将入主众神的殿堂。投锤者文尼尔战死沙场，他的神锤米奥尔尼尔归于愤怒的摩迪与大力的玛格尼。"

"我四处流浪寻找知识，诸神的智慧都归我所有。当众神在末日之战奋力拼杀，奥丁将如何一命呜呼？"

"凡人之父将被魔狼吞入腹中，一命呜呼。但维达尔将撕开芬里尔可怕的双颚，为父报仇。"

"我四处流浪寻找知识，诸神的智慧都归我所有。在巴尔德的葬礼上，奥丁在他死去的儿子耳边都说了什么？"

瓦弗斯鲁德尼尔凝视来者许久，终于认出了对方的真实身份。他低声说道："谁也不知道很久以前，你都在你儿子的耳边说了什么。虽然我讲述了巨人的起源与众神的灭亡，但我自身的结局在那之前便已注定。"这个巨人接下来说的话成了他的遗言："奥丁的智慧永远无人能及，是我不该不自量力。"

本章注释见第 315 页。

托尔的乌特加德之旅

托尔说夏天适合旅行。他打算前往阿斯加德东边的乌特加德，去对付那里的巨人。"虽然他们人数不多，"他说，"但总是越少越好。"

"如果你打算去乌特加德，"洛基说，"那你得随机应变才行。"

"随机应变？"托尔认真地重复了一次。

"这可不是你的长处，"洛基向他眨了眨眼，说，"带上我如何？"

托尔没理会洛基的揶揄，同意了这个建议："你虽然心眼坏透了，却是个很好的旅伴。"

洛基的眼中闪过各色光芒——棕色的、绿色的、靛蓝色的。他微微张开布满伤痕的双唇，露出一个略显阴险的笑容。

"我们明天就出发。"托尔说。

第二天一大早，天空还没变蓝，公鸡也尚未打鸣，托尔就让人把他的山羊从特鲁德万牵了出来好拉车。托尔和洛基在战车里坐下，雷神捏紧了白银缠成的缰绳。随着战车奔过阿斯加德沾满露水的原野，托尔深情地望向两边的殿堂。众神都尚未醒来。在灰蒙蒙的晨光中，一座座宫殿默然无语，仿佛是梦境里才会有的形状。

他们穿过阿斯加德的大门，朝着人界米德加德奔去。整个白天，托尔和洛基一直坐在战车里赶路聊天，气氛十分轻松愉快。待到暮色降临，他们来到了一座孤零零的农舍面前，这是方圆几十里内唯一的建筑。它的外观是绿色的，几乎和周围的田野一样绿。房子的天花板很低，草皮的房顶看起来就像是从地里长出来的一样。

"这儿真寒酸。"洛基说。

"他们没有的，我都有。"托尔说。他拉住山羊，从战车里面爬了出来。

农夫夫妇和他们的一双儿女——夏尔菲和罗丝克瓦——从农舍里走了出来。他们认出了来客的身份，吓得瑟瑟发抖。

"我们想在这里吃饭过夜。"洛基说。

"我们欢迎你们在这里过夜。"农夫说。

"也愿意招待你们吃饭，"农夫的妻子说，"但我们没太多可吃的。有蔬菜和汤，但是没有肉。"

洛基环视一圈，问道："就连只鸡也没有吗？"

农夫缓缓地摇了摇头。

"那我们就吃我的山羊好了。"托尔说。他二话不说宰杀了拉车的两只山羊，把它们剥了皮砍成几块，接着把肉塞进了农夫妻子的大锅里。

眼看着能大吃一顿，农夫一家四口都饿得不行。他们不断地揭开锅，检查肉到底煮好没。托尔把羊皮铺在远离火堆的地上。"你们在吃的时候，"他说，"记得把骨头扔到羊皮上。"

待到羊肉煮好了，一群人在星空下席地而坐。"别忘了我说的话，"托尔提醒他们，"一定要把所有的骨头都扔到皮上。"然后他们就开吃了。

农夫的儿子夏尔菲很久都没吃过一顿饱饭了，实在不想浪费上好的骨髓。趁着托尔在和他的父亲说话，夏尔菲抓住了一根腿骨。他拿刀把它劈开，吸干了里面浓郁的液体，然后把骨头丢进了羊皮上的骨堆里。

吃完饭后，主人和客人纷纷准备就寝。大家美美地吃了一顿，睡得香极了。第二天早上，托尔是第一个起来的。趁着太阳还没升起，他穿好衣服走出农舍，在羊皮上方举起米奥尔尼尔开始施法。

两只山羊立刻死而复生，咩咩叫得很欢。但是随着它们开始走动，托尔意识到有一只羊瘸了一条后腿。他立刻回到农舍。"这是谁干的好事？"他大吼一声，声音大得差点把房子都震塌了。

农夫夫妇被他惊醒，猛地从床上坐了起来。

"是谁违背了我的命令？"托尔吼道，"我有只羊断了一条腿！"

他紧拧着双眉，眼里像是要喷出橙色的火焰来。农夫一家人吓得瑟瑟发抖，心想他们这下肯定没命了。看到雷神捏紧了锤子，他的指关节也因此而发白，农夫的妻子和女儿禁不住尖叫起来。"求您饶了我们吧！"夏尔菲闭上眼睛恳求道。"求您了！"农夫央求道，"我的土地，我的农田，我的一切——您尽管拿去，但求您留下我们的小命。"

虽然托尔生起气来非常吓人，但他的怒气从来不会持续太久。当他意识到可怜的农夫一家被他吓坏了，他很快就冷静了下来。"我要带走夏尔菲和罗丝克瓦当我的仆人，"他粗鲁地说，"这样我们就两清了。"

托尔和洛基准备好要重新上路。雷神把他的山羊和战车都留给农夫照看，说他在回来的路上再来取走。至于夏尔菲和罗丝克瓦，他要这兄妹俩陪他们去乌特加德。

他们徒步前行了很久，一直都往低处走，最后来到了一个海湾的岸边。这里是米德加德和约顿海姆的交界处。他们望向汹涌的灰色波涛，看到了对岸的群山。那些粗壮如桶的山峰被深灰色的天穹压得低低的，看起来冷峻森严。

"我们等明天再过去好了。"托尔说。

他们把背包里的食物取出来用餐。除了昨天晚上剩的食物，他们还喝了粥，然后在沙滩上睡着了。

第二天早上，托尔一行人没走多远就发现了一条在沙滩上搁浅的船。船身很老，看起来许久没人用过。他们把它拖到水里，随着托尔猛力划桨，船身不断颠簸。到了中午，他们渡过海湾进入了乌特加德。这是一片宽阔的土地，它的前方是海湾，后方是群山。

四位旅行者将船停在沙滩上。由于沿岸荒无人烟，他们往内陆走去。过了一阵，他们发现了一大片森林，广袤得看起来完全绕不过去。他们走进林间，一整个下午都在阴影中寻路。林间地面充满弹性，周围的松树则不断散发出甜味，让原本就饥肠辘辘的他们头昏眼花。

天色逐渐暗了下去，但他们还是没有看到任何人烟。他们携带的食物已经所剩无几，大家都做好了挨饿的准备。

"我们至少该找个地方过夜，"洛基说，"我可不想变成腐肉让野狼啄食。"

"芬里尔的父亲也会怕狼吗？"托尔这么说着，暗笑了一下。

心情焦躁的夏尔菲一向跑得快。他不断跑到前方侦察，给另外三位旅客探路。这时候他跑回来说，前面不远处有一块空地，一栋奇怪的建筑矗立在正中央。待他们抵达了这个地方，托尔和洛基围绕着房子转了一圈，但他们也弄不懂这建筑是怎么回事。这房子似乎并没有门，却有一端完全敞开，而且它非常高大，看起来容得下阿斯加德的任何一座宫殿，包括瓦尔哈拉。

"我们在这里过夜就不用担心淋雨了，"洛基说，"浑身湿漉漉的滋味可不好受。"

一行四人跋涉了一整天，一个个都累得不行。他们虽然还是很饿，但很快就收拾好地方睡着了。

午夜时分，他们被一声巨响惊醒。这可怕的声音越来越大，到后来整座建筑都在摇晃。四位旅客跳了起来，发现整个地面都在颤抖。

"地震了！"托尔喊道。

夏尔菲和罗丝克瓦一开始被吓呆了，后来抱在一起不放。

"咱们出去吧，"洛基说，"我可不想被压扁。"

他话音刚落，地震就平息了下来。它来得突然，去得也突然，夜晚又恢复了宁静。

"外面也不安全啊。"托尔说。

"总有比这里安全的地方。"洛基答道。

"我们在这里再待一阵吧，"托尔说，"已知的总要好过未知的。"

一行人在黑暗里走向建筑的另一边。他们每往前走一步，周围的黑暗似乎就更浓，更令人窒息。不过他们并非一无所获：大厅的右侧中部有一道门，连着一间别厅。

"这里要好一点。"托尔说，"如果有敌人来袭，我们至少可以自卫。不过碰上地震还是没办法。"

洛基和兄妹俩摸着墙壁走进了黑漆漆的别厅，托尔则抓紧锤子坐在门口，发誓不论敌人是谁都要保护他同伴的安全。就算如此，房里的三人也没能睡好。他们不止一次听到某种低沉的吼声，吓得几乎一夜都没合眼。

待到天色蒙蒙亮，托尔小心翼翼地走出了大厅。他一眼发现一个人躺在林地里，而且这家伙块头可真不小。巨人在睡梦中突然哼唧了一声打起鼾来，托尔随即明白他们一行人昨天夜里听到的声音是什么了。他冷冷地凝视着这个巨人，摸了摸女巨人格丽德给他的力量腰带，感到自己的力气如潮水般增长。

就在这时，巨人醒了。他看到托尔站在身边，顿时跳了起来。这人足有林里的松树那么高。这让托尔大吃一惊，连自己手中的锤子都忘记了。"你究竟是谁？"他讶异地问道。

"我名叫斯克里米尔，"巨人大声答道，"意思是'大块头'。"

"倒是人如其名。"托尔咕哝道。

"我不消问你的名字。"斯克里米尔说话时，看到洛基、夏尔菲和罗丝克瓦从房子里小心翼翼地走了出来，"我知道你是托尔。是你挪了我的手套吗？"

斯克里米尔弯腰把他说的手套捡了起来。这东西不是别的，正是托尔一行人昨晚留宿的房子。托尔意识到中间的大厅是容纳巨人手掌和四个手指的地方，而别厅则是留给他的大拇指的。

"我们今天一起旅行如何？"斯克里米尔说。

"我们欢迎你。"托尔说，"我们正在去乌特加德的路上。"

"你们先坐下来和我吃饭吧。"斯克里米尔说。

这话正中托尔一行人下怀，因为他们自己的背包都已经快空了。他们敞开肚皮大吃了一顿，然后斯克里米尔说："我们把食品都放一起好了。"

"好的。"托尔说。

斯克里米尔把他们的背包丢进自己的袋子里，拿绳索系好袋口丢到背上。他在林中迈开大步，很快就把托尔、洛基和罗丝克瓦都抛在了身后，就连腿长跑得快的夏尔菲也很难跟得上巨人的步伐。不过托尔他们一直没有跟掉人，因为斯克里米尔在他们前方横冲直撞，动静一直不小。到了傍晚，他们终于走出了森林，与巨人会合了。斯克里米尔正坐在一棵高大的橡树下等他们。

"这里没有建筑，"巨人说，"但我们可以在橡树下面过夜。我走了这么久，已经累坏了。我只想好好睡上一觉。"

托尔看起来很为难，洛基已经饿得不行了，夏尔菲和罗丝克瓦则想起了他们父亲的农场和母亲的大锅。"现在想来，没肉吃也不是什么大事呀。"罗丝克瓦充满忧伤地说。

"你们可以把我袋里的干粮拿去做饭吃。"斯克里米尔说。他躺下来翻了个身，不出片刻就睡着了。他的呼噜声让橡树颤抖了起来，停在树上的鸟儿赶紧另寻高枝。"你们去生火。"托尔抓住巨人的口袋，吩咐他的同伴们，"我来把这个袋子打开。"

但他没法把这个袋子打开。袋口的绳索捆得极紧，简直和众神用来捆魔狼芬里尔的雷锭不相上下。托尔连一根绳子都解不开。他的同伴们挨个试了一下，也没有一个成功的。晚餐的希望离他们越来越远了。

托尔逐渐烦躁了起来。他觉得斯克里米尔从一开始就没打算让他们吃到袋子里的干粮。雷神吹胡子瞪眼，完全丧失了耐心。他双手握紧米奥尔尼尔往前走了几步，直接把锤子砸在了巨人的脑门上。

斯克里米尔坐了起来。"这是怎么了？"他问道，"是有叶子落到我头上了吗？"他环视了一圈。"你们怎样了？吃完晚饭准备睡觉了？"

"是啊，我们这就睡了。"托尔忙不迭答道。他们一行人慢慢走到旁边另一棵大橡树跟前，在地面上躺了下来。自从布罗克和艾特里为托尔打造米奥尔尼尔以来，这把神锤还是第一次失效。想到这一点，他们又饿又担心，辗转无法入眠。

待到午夜时分，斯克里米尔又开始打鼾。附近的树木都颤抖了起来，大地也震动不已。托尔再也忍不住了。他悄然起身，轻手轻脚地走到巨人身边，将米奥尔尼尔狠狠地往对方的天灵盖上砸了下去。他能感觉到锤子直接捣进了巨人的脑髓。

斯克里米尔坐了起来。"这是怎么了？"他问道，"是有橡子落到我头上了吗？"他环视了一圈。"托尔，你在这儿干什么？"

"我也是刚刚才醒，"托尔赶快回复说，"但现在还是半夜呢，咱们都继续睡吧。"他一边说一边往另一棵橡树那边退，回到了他的同伴们的身边。他拧着眉毛对自己发誓说，等他下一次找到机会攻击斯克里米尔，他一定会让这个巨人眼冒金星，直接掉进尼弗尔海姆去见赫尔。他一动不动地躺在那里，等着巨人再度入睡。

待到天将破晓，托尔确信他的猎物已经睡死过去了。巨人鼾声震天，把托尔的耳朵都快震聋了。雷神再一次悄悄起身，摸到了斯克里米尔身边。这一次，他高高举起米奥尔尼尔，用尽全身神力，把它砸向斯克里米尔的太阳穴。锤子几乎完全陷进了巨人的脑袋里，只留下一小节把手露在外面。

斯克里米尔坐起来揉了揉脸。"树上是有鸟儿吗？"他问道，"在我将醒未醒的时候，好像有鸟屎落在我脸上了。"他环视了一圈。"托尔，你这是完全醒了？"

托尔目瞪口呆地看着他。

"是时候叫你的同伴们起来穿衣收拾了。乌特加德城堡就在我们前面不远处。"斯克里米尔眯起眼睛对托尔说，"我听到你们私下议论说我块头大，但等你们到了乌特加德就知道，那里的人可比我要高大得多呢。"

听了这话，托尔不禁慢慢摇头。另一棵树下的洛基、夏尔菲和罗丝克瓦也醒了，他们都在听巨人说话。

"让我给你一个忠告，"斯克里米尔说，"在巨人面前把你的傲气收一收，千万不要乱说话。如果你夸下什么海口，乌特加德-洛基的手下是不会对你这样的小虾米留情的。"

这莫大的侮辱让托尔怒气冲天，但他毫无办法，只能站在那里听着。

"要不然你也可以打道回府。"斯克里米尔说，"其实我觉得你还是回去最好，不过你如果一定要去乌特加德，那就往东边去吧。"他给托尔指明了方向。"至于我，我要往北边去遥远的山里。"

说完这番话，巨人拿起口袋搭在背上就走。他没有和托尔一行告别，甚至连头也没有点一下——他拖着沉沉的步子，沿着森林的边缘离开了。托尔一行人目送他逐渐远去。"他终于走了，"洛基说，"我们是不会想他的。"

这天早上他们走出很远，直到背后的森林已经成了地平线上一团模糊的颜色。随着地势逐渐升高，他们也跟着往上走。在太阳几乎挂在天空正中时，他们翻过一座马鞍形的山头，又穿过三个奇怪的正方形山谷，最后下山来到一块空地面前。一座宏伟的堡垒矗立在空地中央，它的围墙高耸入云，四位旅客不得不往后仰起头来才能看到建筑的顶端。

眼看很快就要到达目的地了，托尔和他的同伴们都很高兴。他们沿着一条有很多人踩过的道路匆匆前行，来到了一扇巨大的铁栏门面前。大门是锁着的，门口无人看守。他们穿过铁栏往城堡里面望去，为里面建筑的规模大吃了一惊。

"房子越大，塌起来越凶。"托尔摸着他的锤子说。可是这时候他想起了斯克里米尔，心里隐隐不安。他握着铁门猛烈摇晃，却始终掰不开门上的铁栏，里面也没人出来招呼他们。

"蛮力什么时候能胜过头脑了？"洛基说，"和你说了的，你得随机应变才行。"他侧身穿过铁栏，笑嘻嘻地在门的另一边看着托尔。纤细的罗丝克瓦和长腿的夏尔菲依样画葫芦，也马上钻了过去。但这对托尔来说就没那么简单了。到最后，他硬生生撑弯了两根铁杆，才进入了乌特加德。

城堡大殿的门是开着的，所以他们直接走进去了。厅内靠墙的凳子上坐着许多巨人，男女老少都有，大部分都像斯克里米尔描述的那么高大。他们讥讽地盯着来客中的男性，还不怀好意地打量着罗丝克瓦。在大殿最深处，有个巨人独自坐在椅子上。托尔他们知道他应该就是乌特加德-洛基，于是礼貌地走过去向他致意。

巨人之王完全没有理会他们。他虽然望着来客的方向，眼里却似乎看不见托尔一行人。他一动不动，一言不发。托尔皱起眉来，转身看向洛基。

洛基打了个哈欠。

"你好呀！"虽然巨人之王并没有聋，托尔还是提高了音量，"我们带来了——"

"外界的消息，"乌特加德-洛基粗鲁地大声打断他说，"来得总是很慢。事情发生得比消息要快多了。"他意味深长地笑了笑。"还是说我弄错了，我眼前这个愣头青并不是驾驶战车的托尔？"

托尔顿时勃然大怒，但鉴于周围都是巨人，他还是好汉不吃眼前亏吧。

乌特加德-洛基终于看向了托尔。"唔，人不可貌相，说不定你还是有点力气的。"他说，"你可有什么擅长的东西？你的那些同伴呢？我们这里只欢迎那些精通某样技艺或是本事的人。"

洛基站在其他人后面一截。他看到托尔一时哑口无言，决定代他作答。"我有一样本事。"他扬声说道，"我现在就可以向你们证明，这里没人吃东西能比我更快。"

巨人之王盯着洛基看了一会儿。"如果这是真的，那的确很了不起。"他说，"我们现在就来试一试。"他望向大殿里的一众巨人，最后指着大厅另一端的一个喊道："罗吉，你过来和洛基比试一下吧。"

国王的仆人抬了一个长长的木槽进来，把它放在国王面前。托尔看到木槽里堆满了肉块，想起他们已经很久没吃饭了。洛基坐在木槽的一端，罗吉坐在另一端。国王一声令下，比试马上开始。

两边都狼吞虎咽，大吃大嚼。他们速度极快，一边吃一边挪椅子，最后在木槽中央相遇了。洛基把他这边的肉吃得一干二净，只剩下一堆骨头；可是罗吉不光吃了肉还吃了骨头，甚至连他那一半的木槽都吃光了。

"在我看来，"国王宣布道，"这场比试是洛基输了。"

大殿里其他的巨人发出威吓一般的欢呼。很明显，他们也是这么想的。

洛基眯起眼睛，满腹狐疑地打量着乌特加德－洛基。

"这个年轻的小伙子能干什么呢？"国王问。

"我愿意和任何人比谁跑得快。"夏尔菲答道。

"那可是一项了不起的本事。"乌特加德－洛基说，"如果你有自信能比这里的任何人都跑得快，那你必定是个高手了。我们得马上试一试。"

国王和他的随从以及四位旅客离开大殿，来到一块开阔的空地。地面的草丛不深不浅，非常适合赛跑。

"胡吉！"巨人之王喊道。

一个年轻的巨人徐徐来到乌特加德－洛基面前。

"你来和夏尔菲赛跑。去起跑线准备第一场比赛吧。"

随着国王示意比赛开始，夏尔菲和胡吉迅速开跑。两个人都是飞毛腿，跑起来几乎脚不沾地，但胡吉还是把夏尔菲远远甩在了身后；他在抵达终点后还有余裕转过身来，向他身后的夏尔菲致意。

"唔，夏尔菲，"国王说，"如果你想赢，就还得再加把劲才行。不过我得说，我从来没见过有人类跑得像你这么快的。"

夏尔菲和胡吉返回起点，又比了一次。两个人都是飞毛腿，跑起来几乎脚不沾地，但胡吉还是把夏尔菲远远甩在了身后；在他抵达终点的时候，夏尔菲还隔着他一把强弩的射程。

"夏尔菲的确跑得很快，"国王说，"但我不太看好他。用第三场比赛决定胜负吧。"

夏尔菲和胡吉返回起点，比了第三次。两个人都是飞毛腿，跑起来几乎脚不沾地，但这一次，胡吉比夏尔菲快了整整一倍：他都抵达终点了，夏尔菲还没跑完半程。

现在胜负已经昭然。双方都同意，他们不用再比了。

"托尔，"巨人之王说，"大家都知道你喜欢自夸。我听说你经常自吹自擂，什么都要争一头。现在，你打算给我们展示什么本事呢？"

托尔按捺着没有发作，因为他别无选择。"我酒量很不错。"他说，"我看你们这里没人喝得过我。"

"行吧。"国王说。

一群人又回到大厅里，乌特加德-洛基让斟酒侍者拿了一个角杯过来，城堡里的巨人都用这种杯子喝酒。侍者把盛满酒水的角杯递给了托尔。

"如果你能一口把它喝干，我们就承认你酒量不错。"国王说，"有些人要喝两口，但没人弱到要三口才能喝完。"

托尔看着这个角杯。它虽然格外长，个头却不算特别大。再说了，他现在口渴得很；自从他们走进大厅，国王连一杯酒都没拿给他们喝过。托尔将角杯举到嘴边，闭上双眼，开始咕噜咕噜地大口吞酒。他在开始喝的时候觉得自己肯定能一口干完，然而直到他憋不住气喝不下去了，杯子也依然没有见底。他抬起头来往杯子里面看去，惊讶地发现酒只少了那么一点点。

"你是喝了不少，"乌特加德-洛基大声说道，"但还远远不够呢。"

雷神愤愤地看着角杯。

"要是别人告诉我说托尔的酒量不过如此，我是肯定不会相信的。"国王说，"不过，你再喝一口，肯定就能喝完了。"

托尔一言不发地再度举起杯子，咕噜咕噜地直往喉咙里面灌酒。可是到最后，他喘着气发现，他还是干不掉这杯酒。他抬起头来往杯子里看去，发现酒的确又少了一点，这下至少在走路的时候不用担心酒会泼出来了，可是他第二次喝掉的好像比第一次的还要少。

乌特加德-洛基摇了摇头，发出一声长叹。他的鼻息吹在四位旅客的身上，就像是一股恶心的热风。"你这是怎么了，托尔？"他问道，"你这剩得也太多了吧？如果你想喝完这杯酒，第三口非得拿出真本事不可。"

托尔瞪着角杯，气得连红胡子也翘了起来。

"我知道你在阿斯加德备受尊敬，但是你得知道，除非你在别的什么比试中表现出色，一雪前耻，否则我们这里没人会看得上你的。"

托尔听了这番话，羞愤不已。他把角杯举到嘴边，拼命地喝啊喝，然而即使竭尽全力，他还是没法干掉这杯酒。最后他抬起头来往杯子里看去，发现他这口也只喝掉了一点点。他把杯子塞回斟酒侍者的手里。周围的巨人都大笑着要他继续喝，对此托尔只能愠怒地连连摇头。

"很明显，"国王说，"我们高估了你的酒量。不过你要不要比一下别的？你总该有别的什么能拿得出手的本事吧。"

"我各种本事多得很。"托尔粗鲁地答道，"但我要告诉你，如果这是在阿斯加德，没人会觉得我这三口喝得不够多！"

乌特加德-洛基低头微笑着看着雷神，没有回复他。

"你想让我比什么？"托尔问道。

巨人之王摇头叹息了一声。"我们这里的年轻人喜欢拿我的猫举来举去，觉得这样可以证明他们力气大。不过我得说，那也没什么了不起的。要不是我亲眼看到你的力气远不如你的名气大，我绝不会要求强大的托尔干这种事情。"

国王话音刚落，一只趴在王座底下的灰猫就伸了伸腰跳了起来。这可不是一只小猫咪。

托尔迈步上前。他将一只粗壮的手臂伸到猫的下面，想把猫举起来，可是猫弓起身子，完全不理会他。托尔换成双手发力，但灰猫还是自顾自地弓着腰。它的身体在托尔头顶上拱成弧形，四只脚仍然踏在地上。

大厅里的巨人看到猫儿不费吹灰之力就让托尔无可奈何，一个个都放声大笑。托尔站在灰猫身下死命使劲，踮起脚尖，双手托着猫肚子往上举，但直到最后，猫儿也只是举起了一只爪子而已。

"这结果倒是不出我所料。"乌特加德-洛基说，"我的猫块头很大。而托尔，你和我们这里的大高个儿们一比，完全就是个小矮子嘛。"

"你说是就是吧！"托尔喊道，"但我要你找个人出来和我摔跤。我现在真的生气了。"雷神怒目注视着大厅里的巨人。他连连败退，又遭国王抢白羞辱，已是怒不可遏了。

乌特加德－洛基看了看四周的巨人，摸着他那把茂密如灌木的胡子说："我觉得这里没人愿意和你摔跤，那样实在太有辱自己身份了。"

托尔咬牙切齿地摸着米奥尔尼尔，开始盘算他要怎么使用这把武器才好。

"等一下！"国王说，"我有主意了。去把我的老乳母埃里找来吧。托尔如果想摔跤，她可以奉陪。"

一众巨人都大笑了起来。

"要我说，托尔还没有她的那些手下败将厉害。"乌特加德－洛基说。

没过多久，一个容貌丑陋的老太婆一瘸一拐地走进大厅，朝着国王走来。国王起身问候了乳母，问她是否愿意和托尔比试摔跤。

埃里扔掉手中的拐杖同意了。托尔向这个老太婆扑去，但他一碰到她的身体就明白，这个女人比她外表看起来要强壮得多。他使出全身力气又推又摔，嘴里不断闷哼，但老太婆始终若无其事地站在原处。他越用力，她看起来就越轻松。

占了上风的埃里主动出击，在托尔身上试了一两招。她猝不及防地扭抱住托尔，让他完全失去了平衡。托尔龇着牙抓住埃里不放，想把她也拉到地上去，但在几个来回之后，他被迫单膝跪在了地上。

"够了！"乌特加德－洛基喊道，"够了！你摔跤的本事，我们大家有目共睹。你不用和我的手下比试了。"

经过这么多比试，时辰已经不早。乌特加德－洛基给托尔、洛基、夏尔菲和罗丝克瓦安排了座位，让他们随便吃喝，态度非常热情。晚饭过后，巨人们在大厅里铺上了被褥和枕头，四位疲惫的旅人便和其他人一起睡下了。

第二天早上，托尔一行人醒得最早。正当他们穿好衣服准备动身，乌特加德-洛基也醒了。巨人之王跨过地板上一具具庞大的身躯走到来客身旁，支起一张桌子，然后将仆人叫了起来。不消多久，托尔他们便吃上了一顿丰盛的早餐。

热情好客的国王亲自把四位客人送出大厅门口，又带他们走出了乌特加德的大门。

在晨光的照耀下，他们在绿色的原野上同行。乌特加德-洛基现在看起来非常和蔼可亲，但经过昨晚的比试，托尔仍然十分尴尬，而洛基则一反常态，默然无语。不过夏尔菲和罗丝克瓦很庆幸能活着离开巨人的城堡，开心地叽叽喳喳说个不停。

"好了，"乌特加德-洛基说，"我们就在这里作别吧。"

托尔抬头看向他。

"你在乌特加德感觉如何？"国王问道，"它和你想象的差别大吗？告诉我，在你遇到的人里面，还有谁比我更强吗？"

托尔摇了摇头。"我是你的手下败将，"他说，"我没法否定这一点。我在你面前自愧不如。更糟的是，我知道你会到处宣扬我名不副实，这可让我高兴不起来。"

"听我说，托尔！"国王说，"既然我们已经离开了乌特加德，我终于可以告诉你实情了。只要我还活着，只要我的话还有分量，你就永远不会再踏入乌特加德一步。"

托尔看起来十分茫然。

“要是我知道你有这么强壮，我从一开始就不会让你进来。”乌特加德－洛基继续说，“这一点，我可以向你保证。你知道吗？我们都差点在你手中完蛋了。”

洛基依然一言不发，但他抿起伤痕累累的嘴唇，偷偷笑了起来。

“我用法术把你骗了。”国王说，“你们在森林里遇到的那个巨人就是我。你还记得那个装了干粮的袋子吗？那个袋子是我用铁丝捆起来的，你本来就不可能打开。你拿锤子砸了我三次。第一次是最轻的一次，但如果它真的落到了我头上，我肯定就没命了。在我的城堡附近有一座马鞍形的山头，还有三个正方形的山谷，其中有个山谷特别深——那些都是你用锤子砸出来的。我用魔法把山挪了过来，挡在你的锤子和我的头之间，而你完全没有发觉。”

托尔听着乌特加德－洛基的解释，心中五味杂陈：惊奇、欣慰、挫败，还有逐渐上升的怒火。

“当你们一行人和我的手下比试的时候，”国王继续说，“我也用了法术。饥肠辘辘的洛基吃起饭来的确快极了，但罗吉不是别人，正是野火的化身，所以他把木槽和食物都烧掉了。夏尔菲的赛跑对手是胡吉，但胡吉其实是我的思想化成的，没有谁能跑得和思想一样快。”

听到这里，洛基向托尔恶意地笑了起来，但托尔实在看不出这有什么好笑的。

“至于你，”国王说，“当你从角杯里面喝酒的时候，你以为自己的酒量不够好。但我得告诉你，我简直不敢相信自己的眼睛。你不知道的是，角杯的杯底连着大海。等你下次看到大海，你就会发现海面比以前要低很多。”乌特加德－洛基停下来思考了一阵，又继续说道："至于那只猫，你的表现可真是太神勇了！当我们看到你逼着它把一只爪子举了起来，大家都吓坏了。当然了，那只猫也不是猫，而是尘世巨蟒耶梦加得。它首尾相连环绕着整个米德加德，你却把它举了起来，让它的背部碰到了天空。

"你能在埃里手下坚持那么久，直到最后也只是单膝跪地，那也是绝对的神迹。要知道，埃里是老年的化身。人们或许能够躲过刀剑、病痛和意外，但没有人能够敌过老年。

"而现在，我们要在这里道别了。为了你们自己，也为了我，你最好永远不要再进入我的国度。我在这之前使用了魔法；以后如有需要，我会毫不犹豫地再用它来保护乌特加德和我自己。"

托尔听到这里，已是怒不可遏。他紧紧抓住米奥尔尼尔，使出全力将它高举过头顶。

但这一切都是徒劳。乌特加德-洛基已经消失不见了。

托尔猛地转过身来，打算把乌特加德的围墙和大殿以及里面的巨人都砸个稀烂，可是在他面前只有一片闪闪发光的无垠原野，并没有什么巨人的城堡。乌特加德和它的国王都已经无影无踪；要不是那座马鞍形的山头还矗立在原处，这一切就像根本没有发生过一般。

托尔和他的同伴们会合，一行四人慢慢地走回海边，渡过海湾，回到了米德加德。托尔从农夫夫妇那里取回了他的战车和山羊。他带着洛基、夏尔菲和罗丝克瓦奔过阿斯加德金绿相间的原野，终于回到了特鲁德万。

本章注释见第 316 页。

众神不缺食物，但他们的蜜酒和麦酒都喝完了。他们坐在宴席上大吃大嚼，但是因为没有酒喝，很快就提不起胃口了。

他们杀了一只小动物，用它的血液来占卜。他们在一把沾了血的树枝上刻了如尼文，左右摇晃一阵，如尼文便开始发光。他们又晃了晃树枝，得到的结果是海洋之神埃吉尔可以帮上忙。一群男神女神前往赫雷塞岛，找到了埃吉尔和他的妻子澜恩。这对夫妇的宫殿位于海底，只用黄金的光芒来照明。

海洋之神过着与世无争、无忧无虑的日子，奥丁之子托尔的到来打乱了他平静的生活。他目光如炬地盯着埃吉尔，让后者几乎睁不开眼。"快给众神酿酒喝吧！赶快去！"托尔命令道，"别小气，多酿点！"

看到托尔这么趾高气扬，埃吉尔愤愤不平。他垂下眼睛，心里开始盘算要怎么整治托尔。"我可没有那么大的锅。"他说，"如果你拿一口够大的锅给我，我就为你们酿酒。"

众神面面相觑。他们谁也没有那么大的锅，也不知道从哪里才能搞到一口。就在这时，天性耿直的独手战神提尔开口说道："我的父亲是巨人希米尔，他住在东边很远的地方，在埃利伐加尔的另一边。我知道他有一口极大的锅，足有五里深。"

"那我们能搞到这口锅吗？"托尔问。

"能，"提尔答道，"但只能智取。别暴露你的真实身份，就说你叫维乌尔好了。"

托尔和提尔立刻动身，当天就抵达了俄吉尔的农场。托尔将他的两只长角山羊——"磨齿者"坦格尼约斯特和"咬齿者"坦格里斯尼尔——留在农场上，然后与提尔一起渡过了埃利伐加尔。他们几乎一直走到了天和地的边缘，才来到了希米尔的宫殿。它离海边不远，坐落在一座高山上。

他们遇见的第一个人是提尔的祖母。提尔一点也不喜欢这个长了九百个头的怪物。

他看着她，忍不住摇头惊叹不已。

但接下来，提尔的母亲赫萝德出现了。她皮肤白皙、穿金戴银，欢迎自己的儿子和托尔来访，给他们盛了大杯的麦酒。"我的血管里也流着巨人的血，"她说，"我知道你们如何应对最好。虽然你们都很勇敢，我还是建议你们找一口锅躲在它下面。我的丈夫对待客人的态度是相当粗鲁的。"

这个建议自然不对托尔的胃口，但是提尔站在他母亲一边，说凡事谨慎一点总没错。他们躲在一口大锅下面等着。等到相貌丑陋的希米尔终于打猎归来，天色已经很晚了。他走进大厅，胡子上的冰柱叮当作响。

他的妻子起身迎接。"你回来啦，希米尔！我有个好消息——你的儿子提尔回来了。他出门远游这么久，可算是回家了。他还带了一个同伴回来，这人名叫维乌尔。他是巨人之敌，人类之友。"这个温柔的女巨人试着软化她丈夫的态度，"你看，他们待在大厅另一头的山墙下面，躲在一根横梁的背后。他们指望你看不到他们哩。"

巨人狠狠一瞪眼，山墙的横梁马上就裂开了。八口做工结实的大锅从架子上滚了下来，其中有七口都摔得粉碎，只有一口安然无恙，就是托尔和提尔躲在下面的那一口。

两位神祇从大锅底下爬出来，面对希米尔。老巨人一双眼睛灼灼有神，直勾勾地盯着他们。虽然直觉告诉他来者不善，他还是按照惯例款待了客人。他吩咐仆人宰杀三头公牛，先剥掉皮再放火上煮。

仆人立刻照办，砍了牛头把肉丢进锅里，为他们准备了一顿丰盛的晚餐。那天晚上，希芙的丈夫托尔一口气吃掉了整整两头牛，这令希米尔大吃一惊。

赫伦尼尔的朋友希米尔说："在下一顿之前，我们非得出去打猎不可。"

"我们不如划船出去钓鱼，"维乌尔对野蛮的巨人说，"你给我准备鱼饵就行。"

"那你去牧场上找我的牛群吧，巨人克星，"希米尔说，"在牛屎里找几条蛆是再容易不过的了。"

托尔出门上山，很快就在山坡上找到了正在吃草的牛群。其中有一头牛浑身漆黑，没有一根杂毛。它名叫希敏赫约特，意思是"天穹嘶鸣"。巨人克星托尔一把抓住它高耸的双角往外掰，居然把角都掰断了，接下来又扭断了牛的脖子。

"你的胃口已经够烦人了，"希米尔冷冷地说，"但这么看来，如果我放任你乱跑，你给我带来的祸害还要更大。"

希米尔和托尔没带别人，径直去了海边坐船出海。一开始是托尔划桨，后来换成了希米尔。这个身上流着猿猴血液的巨人把船划到离海岸很远的地方，把双桨放回船里，打算开始钓鱼。

"再远点吧！"托尔说，"把船再划远点吧！"

"我不划了。"希米尔说。

凶悍的巨人拿起渔具，给他的钓线装上鱼钩，从舷边垂了下去。钓线几乎马上就绷紧了——咬钩的是两条鲸鱼！在希米尔把它们钓上来的时候，它们不断挣扎嘶鸣，卷起了巨大的旋涡。

奥丁之子维乌尔坐在船尾，细心准备自己的钓具。他把希敏赫约特的头挂在自己的鱼钩上，将钓线垂进暗色的海里。

在层层波浪下，众神的敌人尘世巨蟒张嘴吐出自己的尾巴，朝着牛头咬了下去。

托尔毫不犹豫地拉紧竿子，使劲收线。耶梦加得在海中疯狂翻滚，引起惊涛巨浪，但雷神丝毫不为所动。他把这个怪物拉出水，拖到了船上。

接下来，托尔举起了他的锤子。这把武器划过空中，结结实实地落在了巨蟒的头上，发出一道让人毛骨悚然的声响。

芬里尔的兄弟大声咆哮，响彻云霄。不仅约顿海姆的群山回声连连，就连米德加德也为之颤抖。耶梦加得撕扯着嵌在嘴里的那个巨大钩子，挣扎一番，终于把它连钩带肉吐了出来。重获自由的巨蟒再一次沉入海底。

目睹了这一切的希米尔又惊又惧，哑口无言。他小心翼翼地起桨回程，费尽心思招来顺风将船吹到海边。等到船终于靠岸，希米尔开口说道："接下来的事情得分工才行。你要么把船拖到安全的地方系好，要么把鲸鱼拖回我的大殿去。"

托尔一言不发地起身跳下船。他一把抓住船头，把整艘船都抬了起来。船舱底部的脏水一下子全都晃到了船尾。托尔把船——包括里面的船桨和一个很大的水斗——连带着鲸鱼一起拖着前进，从沙滩走到桦树林，又翻过一个山头，直到回到希米尔的大殿面前。

提尔和他的母亲欢迎他们回来，并对托尔的壮举惊叹不已。

事到如今，固执的希米尔仍然不愿承认他落了下风。他决定再和来客比试一下。"你划船的技术是不错，"他说，"但这也没什么稀罕的。如果你能把这个玻璃酒杯砸碎，我就承认你是大力士。"

战车的主人托尔从希米尔手中接过酒杯，把它往支着山墙的一根石柱子上狠狠砸去，大厅里顿时碎石横飞。一个仆人急忙赶到大厅另一边，把完好无损的酒杯从一堆废墟里捡起来还给希米尔。

希米尔的妻子悄悄地对托尔说："把酒杯对准他的脑袋砸吧。他成天大吃大喝，脑袋完全是实心的。不管酒杯多硬，他的脑袋肯定更硬。"

于是托尔又站了起来。他转身面对希米尔，用尽浑身神力，把酒杯朝着希米尔的脑门砸去。希米尔倒是安然无恙，杯子却裂成了两半掉到地上。

希米尔蹲下身子，将碎片捡起来放到自己双膝上。他盯着碎片，难过地说："我失去的可远不止一个酒杯。"他摇了摇头，突然看起来疲惫不已。"它原本是我的，现在却是你的了。我最后的一口锅现在属于你了。我不能拦着你们，但你们要把它抬起来带走也没那么容易。'给我酿酒吧，大锅，给我酿酒吧！'从今以后，我再也不能这样说了。"

提尔正等着希米尔这句话呢。他跳起来抓住大锅开始发力，但他发现自己推不动。

希米尔看着提尔，幸灾乐祸地笑了。

提尔又试了一次。他长吸一口气，又推了一把，但大锅只晃动了一下，就又回到了原地。

这次换成托尔抓住了大锅的边缘。这东西实在太大，托尔发力又太强，以至于地板都被他踩穿了。托尔将大锅扛在肩上，和提尔大步走出门去。锅的把手一直垂到他的脚踝。

两人没走多远，托尔便回头看了一眼希米尔的家。这也是他运气好，因为希米尔正率领了一群多头的巨人从东边朝他们追过来。托尔把大锅放到地上，双手拿起了米奥尔尼尔。他双脚站定，挥动神锤，把追兵杀得落花流水。

托尔又把大锅扛到肩上，和提尔继续赶路。他们很快就抵达了俄吉尔的农场，托尔的战车和两只山羊都在那里，虽然有只山羊的脚是跛的——这都怨洛基。

雷神驾车回到了他的族人身边。众神正聚集在乌尔德之泉旁边召开会议。他们看到这口大锅，个个惊叹不已，称赞托尔和提尔干得漂亮。

就这样，埃吉尔的小算盘落空了。托尔带给他的不只是大锅，还有屈辱。从那时起，阿萨众神每个冬天都会前往海神闪亮的宫殿，在那里开怀畅饮专为他们而酿的麦酒。

本章注释见第 318 页。

第十八章

欣德拉之诗

女巨人欣德拉正在睡觉。她躺在一个山洞里，不断发出咆哮一般的呼噜声。

芙蕾雅和她的野猪站在洞口，听着洞里传出的动静，扬声说道："我的好朋友欣德拉！我的好姐妹欣德拉！醒来吧！从你的山洞里面出来吧！"

刺耳的呼噜声变成了凄厉的吠鸣声。这个女巨人在打哈欠。

"山洞里多暗呀，外面天色也要暗了。"芙蕾雅说，"跟我去瓦尔哈拉，赢得奥丁的垂青吧。他对自己的追随者一向慷慨。他赐给了赫尔莫德一顶头盔和一件铠甲，还赏了西格蒙德一把宝剑。"

山洞里安静了下来。欣德拉在听她说话。

"奥丁能给人金银财宝，也能让人扬名立万，"芙蕾雅说，"能让他们博学多闻，也能让他们能言善辩。他保佑水手顺风行船，让诗人文思泉涌，令英雄无所畏惧。"她顿了一顿，又说："我还会去见托尔。虽然他对巨人充满敌意，我会央求他对你另眼相看，从此保你平安。"

一张巨大而又丑陋的脸庞从黑暗中浮现出来。洞口出现了欣德拉佝偻的身影，她身上穿着麻布袋一般的衣服。

"把你的狼带一条出来，"芙蕾雅说，"让它和我的野猪一起跑吧。我的野猪驮不动我们两人，也跑不了那么快。他可是个宝贝，我不想太辛苦他了。"

欣德拉的眼睛又小又亮。"一派胡言！"她盯着芙蕾雅说，"你的许诺都是空话。你连我的眼睛都不敢看。我就直说了吧：那可不是什么野猪，而是你年轻的情人。他叫奥塔，是因斯坦的儿子。你这是要骑着你的情人去瓦尔哈拉。"

"你这都在胡思乱想些什么呀，"芙蕾雅说，"居然说什么我要骑着情人去瓦尔哈拉！这是我的战猪希尔迪斯维尼，他金色的鬃毛哪怕在黑暗里也闪闪发光。他是由达因和纳比两位大师锻造出来的。"

欣德拉什么也没说。她吸了吸鼻子，转身就要走回洞里。

芙蕾雅才不会就这样善罢甘休。她连哄带骗，恩威并施，最后终于让欣德拉勉强答应和她一起前往阿斯加德。

"看你这不达目的不罢休的架势，"女巨人说，"我也没有别的选择。"

一如芙蕾雅建议的那样，女巨人翻身骑上狼，女神则骑着野猪。两头野兽撒腿直跑，把她俩带到了瓦尔哈拉的门前。她们在瓦尔格林德前面停了下来，惊动了正在吃食的牡鹿海德伦。这只鹿的双角之间流淌着一条河。海德伦看到她们，警觉地跑开了。

芙蕾雅和欣德拉跳下坐骑，朝着索恩德的岸边走去。"我想和你聊一下两个英雄的血统。"芙蕾雅说，"年轻的奥塔和安甘提尔，这两人都是神祇的后裔。"

欣德拉似笑非笑。她知道，芙蕾雅这是终于切入正题了。

"奥塔为我修建了一座祭坛，"芙蕾雅叫道，"上面的石板光滑得有如玻璃。他还不断地向我献祭，祭坛上时常流淌着鲜红的牛血。奥塔对我们女神是多么虔诚呀！"说到这里，芙蕾雅向女巨人凑近了一步。"我想向你请教，各个古老家族的祖先都是何人。告诉我，斯基约邓、斯基尔芬、奥瑟林和伊尔芬——这些家族的人各自都有哪些？放眼整个米德加德，是谁辈分最长，又是谁身份最尊？"

欣德拉看了看芙蕾雅。接着，她望向那只野猪，深吸一口气说道："奥塔，你是因斯坦的儿子，因斯坦是老阿尔夫的儿子，老阿尔夫是乌尔夫的儿子，乌尔夫是塞法利的儿子，而塞法利的父亲是红发斯万。"

野猪竖起耳朵，聚精会神地听着。

"你的母亲是赫勒迪丝，一位手腕上挂满金镯子的女祭司。"女巨人继续说道，"她的父亲是弗罗迪，母亲是弗丽奥特。再没有出身比她更高贵的人了！弗丽奥特的母亲是斯瓦瓦和塞孔侬的女儿希尔迪贡。他们都是你的祖先，你这个蠢奥塔！这已经是一大堆名字了，你还想再听吗？"

野猪还在听，芙蕾雅也是。

"希尔迪贡的丈夫叫作柯提尔，"女巨人继续说道，"也就是说，他是你母亲的外公。弗罗迪是卡里的哥哥，霍阿尔夫是希尔德的儿子。南娜是诺克维的女儿，她的儿子娶了你的姑姑。这个家族的族谱可长了，他们也都是你的祖先，你这个蠢奥塔！

"奥尔莫德有两个儿子，分别叫作伊苏尔夫和奥苏尔夫。他的妻子是斯克吉尔的女儿，名叫斯库尔霍德。他们都是最杰出的英雄，也都是你的祖先，你这个蠢奥塔！"

"然后，"女巨人继续说道，"别忘了十二个狂战士：赫尔瓦德和赫约瓦德、赫拉尼和安甘提尔、布伊和布拉米、巴里和雷弗尼尔、丁德和提尔芬，还有两个哈定。他们出生在一个名叫博尔姆索的岛上，都是阿恩格里姆和艾芙拉的儿子。他们在战场上狂声呼啸，冲锋速度如野火，敌人无不闻风丧胆。他们也都是你的祖先，你这个蠢奥塔！"

女巨人眯起眼睛，指着野猪说道："很久很久以前，约蒙雷克的儿子们都被献上了祭坛，而约蒙雷克是西古尔德的亲戚——听好了，就是那个屠龙的大英雄西古尔德！而西古尔德则是沃尔松的孙子，他的母亲是赫劳东一族的赫约迪丝，他的外公是奥瑟林一族的艾利米。他们可都是你的祖先啊，你这个蠢奥塔！

"吉乌基和格里姆希尔德的两个儿子叫作贡纳尔和霍格尼，女儿古德伦嫁给了西古尔德。格里姆希尔德还有个小儿子叫戈特霍姆，但他不是吉乌基所出。他们也都是你的祖先啊，你这个蠢奥塔！

"赫维德纳的父亲是赫约瓦德，他的一众儿子中就数哈吉最出色。'战齿'哈拉尔德的母亲叫作敖德，父亲则是'国君'赫罗勒克。'心思缜密者'敖德是伊瓦尔的女儿，她还和拉斯巴德生了个儿子叫兰德维尔。他们也都是你的祖先啊，你这个蠢奥塔！"

芙蕾雅得意洋洋地看着欣德拉。"奥塔和安甘提尔打赌要看谁的血统更高贵，"她说，"赌注是他们各自全部的遗产。把你的记忆之酒拿给我的野猪喝下吧，这样三天之后，奥塔就能一字不漏地把你这番话背给安甘提尔听了。我们可得好好保护这位年轻的英雄，确保因斯坦的遗产不被外人夺去。"

女巨人张开她腐烂的大嘴，打了个哈欠。"你们走吧！"她说，"我想回去睡了。我不会再帮你什么了。"她冷冰冰地看了芙蕾雅一眼，继续说道："高贵的女神呀，你在黑夜里四处奔跃，就像海德伦在山羊群里到处发情一样。"

芙蕾雅缓缓地举起了双臂。"我会在你四周设置一圈火焰，你休想离开这个地方！"

欣德拉不屑地大笑起来。"你曾经奔向你的丈夫奥德，他一颗心都扑在你身上。至于你的裙下之臣，那可是数不胜数。高贵的女神呀，你在黑夜里四处奔跃，就像海德伦在山羊群里到处发情一样。"

阿斯加德的空中出现了一圈跳跃的火焰。这个颤抖的火环将女巨人圈住了。她身子一僵，抱住了自己的身体。

"我的周围都是火焰！"女巨人喊道，"我脚下的土地都在燃烧！我如果不照她说的办，我可就没命了！"这时候火圈缩得更小了，欣德拉不禁缩了一缩。"这就是你要的记忆之酒！"她喊道，"拿去吧！这里面有毒药，他喝了可活不了。"

"你想得美哩！"芙蕾雅说，"你的心才是被毒药腐蚀了。但你的威胁起不了作用。"这位女神抚摸着野猪的背，温柔地笑了笑。"我自会去求诸神保佑奥塔，让他财运亨通，一辈子都能喝到最好的酒。"

本章注释见第 322 页。

第十九章

托尔与赫伦尼尔的决斗

众神之王奥丁能看到九界的一切动静，也知晓九界的一切奥秘；就算如此，他还是不满足。他坐立不安，想要去外面考验自己的力量。

托尔成天在铁树林里与巨人和野兽作战，奥丁却无事可做，心中十分不满。到后来有一天，他实在坐不住了，便戴上黄金头盔，骑上神马斯莱泼尼尔，打算出去找点刺激。

他策马跨过了索恩德河，跨过了一条在峡谷里蜿蜒的古老河流，又跃过了宽阔闪亮的雷普特和波下有利剑转动的斯利德。斯莱泼尼尔的八个蹄子跑在碎石上，发出清脆的声响。奥丁在这片荒凉的大地上奔驰了许久。约顿海姆的景色极为萧索：一开始是杂草丛生的平原，点缀着几个寂寞的湖泊；然后变成了寸草不生的岩层，除了石板再无他物；到最后，随着地势慢慢变高，地面上出现了冒着热烟的缝隙——烟的来源是地底深处的火焰。在这里，奥丁找到了赫伦尼尔的住所。他是巨人一族中最强大的一个。

"你是谁？"赫伦尼尔质问道。

奥丁一声不吭地裹紧了身上的蓝斗篷，将他的宽檐帽往前拉了下来。

"我一直在监视你的动静。我看到你来到这儿，黄金的头盔在阳光下闪闪发光。你的坐骑看起来一半跑在地上，一半跑在空中。"赫伦尼尔摸了摸他的大鼻子，说，"你这马可真是非比寻常啊。"

"那是肯定的，"奥丁说，"它可比约顿海姆的任何一匹马都要好。"

"你自己觉得而已。"巨人回复道。

"不是我觉得，是事实。"奥丁说。

"你以为你很了解约顿海姆吗？你这个小矮子。"赫伦尼尔开始生气了，"你话不必说得这么满。"

"我敢赌上我的人头。"

"你这个白痴！"赫伦尼尔吼道，"你没听过'金鬃'古尔法克西这个名字吗？"

"没有。"奥丁说。

"那是我的马！"赫伦尼尔继续叫道，"我的马就叫古尔法克西。不管你的马有多快，金鬃肯定更快！"

"胡扯！"奥丁往地上吐了口唾沫，"你这是胡扯！"

"古尔法克西！"赫伦尼尔一声大吼，群山纷纷响起回声。

"来吧，赫伦尼尔！"奥丁纵身上马，一溜烟跑了出去，"来取我的人头吧！"

待到赫伦尼尔也骑上马，奥丁已经到了火山的另一边。神与巨人你追我赶，在平原上一直分不出胜负。接着他们又跑过了高地，跨过了十九条河流。赫伦尼尔顾不上别的，一心只想追上前面的马。待到他意识到周围的环境已经变得十分陌生，这个愚蠢的巨人才发现自己一路骑进了阿斯加德。就在这时，他才终于意识到了他的来客是谁。

奥丁正在瓦尔格林德，也就是瓦尔哈拉的大门外面等着他。"你这马可真是非比寻常啊。"奥丁说。

巨人瞪着奥丁，十分气愤但也无可奈何。

"你骑了这么久的马，一定渴了吧。"奥丁说，"古尔法克西可以在索恩德岸边喝水。至于你，赫伦尼尔，我邀请你到瓦尔哈拉里面来喝酒。"

奥丁领着巨人，走进了这座用盾牌和长矛造成的宫殿。看到他回来了，他的两条狼弗力奇和盖里顿时起身，一溜烟向他跑过来。大厅的长凳上坐满了英灵战士；他们厮杀了一天，此时正在晚宴上大吃大喝。看到巨人出现，他们纷纷叫嚷了起来。这声音震耳欲聋，就像是海浪拍打在坚硬的岩石上一样。

战争之父举起了一只手。在骚动逐渐平息后，他朗声说道："赫伦尼尔没有带武器进来，他无意挑起争端。让他好好喝酒，然后平安离开吧。"

"你要我拿什么喝酒？"赫伦尼尔说，"我手上又没有角杯。"

斯克吉约德与斯科古尔两位瓦尔基里给他捧来了两个装满麦酒的巨大角杯，它们是托尔平时用来喝酒的。

"喝吧！"奥丁说，"看你的酒量和我们比起来如何。"

在众目睽睽之下，赫伦尼尔一口喝干了第一个角杯里的酒，然后同样一口喝干了第二个的。他喝得太多太急了，就算是托尔也未必能做到。没过多久，他就有点酒意上头了。"我决定了！"他忽然大嚷道。

奥丁看向他，独眼里闪过一道光芒。"不会吧。"奥丁低声说。

"我会的！"巨人又嚷了起来。他挥舞着自己的手臂，伸长脖子瞪着奥丁说："我会把这座破宫殿捡起来，搬回约顿海姆去。"

宫里的英灵战士都大笑了起来。赫伦尼尔猛地转过身看着他们，跟跟跄跄迈出一步。"我要把阿斯加德任到孩里去！"他口齿不清地大叫着。

奥丁袖着手思考了一番，从他的脸上看不出他都在想什么。最后他漫不经心地问："那阿斯加德的众神会怎么样呢？"

"你们！"赫伦尼尔喊道，"我要杀了你们这些神灵和战士！把你们都揉成肉泥！"他狠狠地一拳砸在桌子上，把桌子捶了个腿朝天。

大厅安静了下来。大家都注视着赫伦尼尔。"除了你们俩，"巨人指着两位最美的女神芙蕾雅和希芙说，"我会把你们都带回去。我用得上你们。"

奥丁点了点头。芙蕾雅侧身走到巨人身旁，她浑身上下的珠宝首饰都在闪闪发光，让赫伦尼尔不由得揉了揉眼睛。"你再喝点吧。"芙蕾雅这么说着，往角杯里又斟了许多酒。

"你们就只有这点酒了吗？"巨人叫道，"阿希加德的酒有多少，我就喝多少。"

赫伦尼尔又喝了许多酒，可是他却没有像芙蕾雅期盼的那样昏昏睡去，反而继续满嘴胡言，大夸海口。大家很快就听不下去了，于是奥丁派了使者前往铁树林找托尔，要后者马上回到阿斯加德。

不一会儿，托尔就挥动着锤子，风风火火地闯进了瓦尔哈拉的大门。"这是怎么回事?"他吼道。从来没人见过他这么愤怒,哪怕在洛基剪掉希芙金发的时候也没有。"这世道变成什么样了!狡猾的巨人居然也能在瓦尔哈拉喝酒!"

赫伦尼尔醉眼惺忪地看着托尔,打了个嗝。

"是谁准许你来的?"托尔追问道,"芙蕾雅为什么在给你倒酒?这场宴会的贵宾难道是巨人不成?"

巨人朝奥丁的方向挥了挥手。"是他暴政我安全通行的,"他咕噜着说,"是奥京邀请我进来的。"

"你进来容易,出去可就难了。"托尔捏紧了锤子,将它高高举起。

"我身上没带武器。"巨人说,"如果你杀了我,名声可不会太好听。"他虽然喝多了,却也知道自己必须想办法从瓦尔哈拉全身而退,而且也知道要如何应对托尔。"你如果想要靠严……靠严自己的胆量……"

"你说什么?"

"那就和我决斗吧,如果你敢。"

"如果我敢?"托尔咬牙切齿地说。

"我挑战你,"赫伦尼尔说,"在约顿海姆和阿希加德的边界和我决斗,就在石栏之屋古约顿加达尔。"

托尔看着这个巨人,意识到他是认真的。

"我傻乎乎地把我的磨刀石和盾牌都留在家里没带出来。"赫伦尼尔说,"如果我身上带了,那我们现在就可以分胜负,但如果你想要对一个赤手空拳的人动手,那你就是个懦夫。"

在这之前,从来没人敢挑战托尔决斗,所以雷神一口就答应了。"一言为定，"他对巨人说，"我从不出尔反尔，你也不能。"

于是赫伦尼尔头也不回地离开了瓦尔哈拉。他翻身上马，用最快的速度跑回了约顿海姆。

其他的巨人听说了赫伦尼尔的瓦尔哈拉之旅与他和托尔的决斗之约，都觉得他给巨人一族脸上增了光。"你已经成功了一半，胜利在望了。"他们都这么说。不过就算这样，他们还是十分忐忑：如果赫伦尼尔和托尔决斗身死，约顿海姆可就损失大了。"如果你赢不了他，"他们问道，"我们该怎么办呢？我们当中没有人比你更强了。"

古约顿加达尔旁边有一条河，河床上铺着一层黏土。

"我们可以把黏土挖出来，"巨人们说，"造一个特别巨大的泥人，这样就能吓跑托尔了。"

他们日夜工作，把黏土堆起来造了一个泥人：它的身体有三十里高，胸有十里宽。

"他个子这么高，头都伸进了云雾里，"巨人们说，"可是他的身体完全是泥巴塑成的。我们要拿什么做他的心呢？"

他们无论如何也找不到一颗够大的心脏，最后只好杀了一匹母马，把它的心放进泥人的胸腔里。随着这颗心脏开始跳动，泥人也活了过来，但他走起路来跌跌撞撞的，让人看着很难放心。众人将这个泥人取名叫莫库卡尔菲，意思是"雾驹"，然后吩咐他在石栏之屋旁边等着。

决斗的那天，赫伦尼尔如约来到了古约顿加达尔。他的族人看到他，不禁定下心来——毕竟他的心和莫库卡尔菲的心截然不同，是用锋利的坚石做的，而且他的头和巨盾也是石头的。他一手拿着盾，一手抓着一块大石，打算等托尔现身就把它丢出去。他看起来可怕极了。

大地之子托尔怒气冲冲地跳进了他的战车，夏尔菲也跟着上了车。随着托尔一声怒吼，两只山羊撒腿就跑，将他们带离了特鲁德万。天空在车轮下颤抖，闪电照亮了苍穹，米德加德的凡人以为世界马上就要陷入火海。接下来空中下起冰雹，把田里的农作物都砸扁了，人们则躲在家里瑟瑟发抖。岬角被风暴吞没，地面裂开长长的口子，大块的岩石滚进动荡的海水里。

他们一路驶进约顿海姆，朝着石栏之屋而去。夏尔菲跳下车跑到屋旁，看到赫伦尼尔和莫库卡尔菲肩并肩站在那里。莫库卡尔菲的心还在他的泥巴胸膛里跳动呢。

"托尔看到你了，赫伦尼尔。"夏尔菲把手卷成喇叭形状喊道，"你听得见吗？托尔看得到你拿着盾站在那儿。你把盾放下来，站在那里等他从下面上来吧。"

赫伦尼尔照办了。他站在盾上，双手抓紧了他的磨刀石。

托尔一看到赫伦尼尔站在那里，立刻把锤子向他投了出去。

在电闪雷鸣的夹击中，赫伦尼尔看到米奥尔尼尔向他飞了过来。他对准锤子，奋力掷出了他的磨刀石。锤子和石头在半空中相遇，迸发出耀眼的闪光，紧接着发出了一声震撼九界的巨响——磨石刀崩成了成百上千块碎片。

这些碎片呼啸着飞往四面八方。有一片飞到了米德加德，落地时又裂成了好几小块，每一块都成了产出磨刀石的采石场；还有一片则划过天空，嵌入了托尔的额头。最强大的阿萨神顿时一头栽出车外，鲜血长流。不过与此同时，托尔的锤子也击中了目标：磨刀石没能挡住米奥尔尼尔，托尔的锤子结结实实地砸在了赫伦尼尔的脑门上，打烂了巨人的脑袋。随着巨人蹒跚倒下，他的一条腿压在了托尔的脖子上。

莫库卡尔菲看着这一幕，吓得尿流满地。夏尔菲挥动斧头，向这个泥巴巨人砍去。他只够到了敌人的腿，但莫库卡尔菲毫无还击之力。泥巴巨人踉跄走了几步，脸朝天轰然倒地，整个约顿海姆都为之颤抖。每一个巨人都听到了他颓然倒下的巨响，也都明白了在古约顿加达尔发生了什么事。

"我的头！"托尔咆哮道。

夏尔菲检查了他额头的伤情，说："你的情况还是比赫伦尼尔的要好一点。"他抓住巨人的腿，想把它抬起来让托尔重获自由。可是这条腿对于他来说就像是一棵大树，他撼动不了分毫。

"快去找人帮忙！"托尔说。

夏尔菲一溜烟跑得很快，没过多久就有一众阿萨神纷纷前来。他们一边庆贺托尔的胜利，一边忙着解放雷神。大家逐一试着把巨人的腿抬起来，可是没有哪位神能够成功，就连奥丁本人也毫无办法。

最后一个抵达石栏之屋的是托尔和女巨人雅恩萨克莎生的儿子玛格尼。年仅三岁的他看到众神无法解救他的父亲，表示他也想试试。他蹲下身来，抓住赫伦尼尔的脚后跟，把巨人的脚从他父亲的脖子上挪开了。

众神不禁惊呼出声。托尔很快就站起身来。

"我要是早点来就好了。"玛格尼说，"换成是我碰到这个巨人，一定赤手空拳打死他。"

他的父亲用一只戴着铁手套的手拍了拍他的肩膀。"如果你像这样茁壮成长下去,"托尔热情地说,"那你一定会很厉害。"

"我的母亲是铁剑,"玛格尼说,"我的父亲是雷霆。"

"而且我还要把金鬃给你!"托尔说,"把赫伦尼尔的马带走吧,这是我给你的奖励。"

"不行。"奥丁厉声说道,"你怎么能把这样一匹难得的骏马送给一个女巨人的儿子?你该把它送给自己的父亲才对。"

托尔没有理会这话。他举起双手往额头上拍了拍,驱车返回阿斯加德,身后跟了一众神灵。抱怨的只有奥丁一个,别的阿萨神还是很感谢托尔代表正义战胜了邪恶。现在他们感觉又安全了,就像以前一样。

托尔回到特鲁德万,走进大殿毕尔斯基尼尔,可是那块磨刀石仍然嵌在他的额头上。他派使者去米德加德找勇者奥尔万迪尔的妻子,一个名叫格萝雅的女占卜者。这个博学的女人匆匆忙忙走过彩虹桥来到闪电之宫,为托尔念了一整夜只有她才知道的咒语。随着她不断吟唱,托尔额头上的石块一点点松动,他的头疼也逐渐减轻,所有的痛苦好像已成回忆。

知恩图报的托尔想让格萝雅快活起来。"我有个惊喜要给你。"他说。

"没有什么能给我惊喜。"格萝雅说。

"这个消息能的。"托尔说,"不久前,我在北方遇到了你的丈夫——勇敢的奥尔万迪尔。"

格萝雅身子一僵,难过地摇了摇头。

"你可能以为他死了，"托尔说，"但我把他从约顿海姆救了出来。我把他放在一个篮子里，背着他蹚过了埃利伐加尔的一条条毒河。"

"你胡说！"格萝雅的语气很粗暴。她并非不想相信托尔，只是她实在不敢。

"你要我给你看证据吗？"托尔问道。

"当然。"格萝雅说。

"你为我念咒念了几乎一整夜，"托尔说，"现在天马上就要亮了。你和我来吧。"雷神带着她走出毕尔斯基尼尔，来到静寂的庭院里。"看哪！"托尔指向天空说，"你以前见过那颗星星吗？"

格萝雅皱着眉摇了摇头。

托尔微笑着说："奥尔万迪尔有个脚趾露在篮子外面被冻坏了，所以我把它摘下来丢进了天空。从今以后，这颗星星就叫作'奥尔万迪尔的脚趾'了。"

格萝雅一颗心嗵嗵直跳，眼睛里有喜悦的泪水闪闪发光。

"现在你相信我了吧？"托尔说，"我还有一件事要告诉你，那就是你丈夫很快就要回来了。"

格萝雅一听此言，只觉得世界上其他一切都不重要了。托尔的这份恩情太重，她简直无法报答。

"把你的咒语念完吧，"托尔说，"那样我也能快活起来了。"

女占卜者久久地凝视着托尔。

"念咒吧。"托尔说。

格萝雅感到眩晕不已，只觉得血液在体内横冲直撞。她实在是太过激动，以至于一道咒语都想不起来了。

"你快想呀，女人！"托尔烦躁地说。

格萝雅双手捂脸，试图让自己平静下来，但这完全无济于事。

"你快给我想起来！"托尔叫道。他双眼发出愤怒的光芒，红胡子差点竖了起来。

可是格萝雅满心想的都是她丈夫的归期和一颗闪闪发光的星星。托尔一声怒吼，把她赶了出去。这就是为什么时至今日，那块磨刀石还嵌在他脑门上呢。

本章注释见第 324 页。

第二十章

奥丁与比林的女儿

至高者说："一把咯吱作响的弓、一棵扎根不深的树、一个新妇的情话、一个巫婆的赞美、一个国王的儿子、一团燃烧的火焰、一条打哈欠的狼、一只嘶哑的黑鸦、一头呼噜噜的野猪、一片汹涌的海洋、一壶沸腾的水、一支飞翔的箭、一片将退的潮、一块新结的冰、一条盘起的蛇、一把裂开的剑、一头顽皮的熊、一匹病恹恹的马驹、一个固执的奴隶、一具新鲜的尸体、一场与仇人的巧遇、一栋拆了一半的房子、一匹赛马（它一旦瘸了一条腿，就毫无用处了）——只有愚蠢的人才会相信这些东西。"

至高者说："男人切不可信任女人嘴里说出来的话，也切不可指望她履行诺言。女人朝三暮四，见异思迁。

"爱上一个善变的女人是什么感觉呢？就像是骑着一匹两岁的小马驹在冰面上走，这匹马驹既没钉马掌，也不听人使唤；也像是开船遇上了风暴，而且船还没有舵；还像是一个瘸子，为了捕到麋鹿，拿跛脚踩在湿滑的岩石上。"

至高者说："我不仅懂得女人所思，也懂得男人所想。让我说得明白一点吧：男人会哄骗女人。动人的说辞总是藏着龌龊的心思。我们想让女人抛弃她们的理智。为了得到一个女人的爱情，男人会赞美她的容貌，送礼物给她，对她说好听的话语。我们的利器是诡辩。

"不要嘲笑一个男人的爱情。哪怕智者也会因为美人而犯起相思病，反而是愚人因为冥顽不灵，始终得以保持自由。

"不要嘲笑一个男人的欲望。哪怕智者也会在欲望的驱使下做出愚蠢的举动。一个人的举动是否明智，最终只有他自己能够回答；对了解自己的人来说，再没有什么比一厢情愿更令人难受的了。"

至高者说："这些道理，我是坐在芦苇丛中，等待我爱慕的女人出现的时候才懂得的。我爱她就像爱我自己的生命，但那又有什么用呢？

"当我第一次看到比林的女儿的时候，她睡得正香，但她整个人犹如太阳一般光芒四射。我想，如果我不能得到她，整个世界都会化为荒土。'如果你想得到我的话，奥丁，就等天黑了再来吧，'她对我说，'我们不能让别人发现我们的幽会。'

"我匆匆忙忙地走了，她的甜言蜜语让我几乎头晕目眩。我坚信，我马上就会得到她，和她共度许多个春宵。

"当天晚上，我去了那个地方，却发现城堡里的战士们都严阵以待等着我。他们举着明晃晃的火把，拿着锋利的宝剑。我被骗了。

"但我拒绝放弃。黎明时分，我又去了那里。所有的战士都睡着了，可是我没有见到她的倩影，只见到了她拴在床上的一条狗。

"男人应该明白，女人的心犹如海底的针。是比林的女儿让我懂得了这个道理。我说尽了好话来追求她，可那个奸诈的女人却对我不屑一顾！"至高者如此说道。

本章注释见第 327 页。

第二十一章

古鲁菲与格菲翁

"你把我当成国王来对待。"古鲁菲说。

坐在对面听他说话的是一个面容干瘪、衣衫褴褛的乞丐老太婆。

"你我以大地为床，以树枝与星辰为盖。"古鲁菲说，"可是凡是你有的，不管是那一点点食物还是你的同情心，你都心甘情愿地和我分享了。"

乞丐老太婆的眼睛就像是两口深不见底的井，散发着奇怪的光芒。

"你把我当成国王来对待。"古鲁菲说，"而现在我要告诉你，我的确是个国王。"

乞丐老太婆看着他，脸上的表情毫无变化，只是吸了吸鼻子。

"既然你和我分享了你的东西，我也乐意和你分享我的东西。"古鲁菲说，"你去找四头牛来耕地吧。你在一天一夜之内能耕多少，我就分给你多少瑞典的土地。"

于是国王和乞丐老太婆各自踏上了旅途。古鲁菲找到了一条小路，离开森林回到了他的宫殿。那老太婆其实是一位女神，名叫格菲翁，她离开了米德加德，一路来到了约顿海姆。

她经过许多泥潭和温泉，绕过一座高山，终于抵达了一个与世隔绝的丰饶山谷。山谷里面没有人烟，却有四头硕大的公牛在烈日下吃草。他们都是格菲翁和一个巨人所生的儿子。

格菲翁把她的儿子们带回米德加德，来到了瑞典。她选了一片肥沃的土地，将四头牛套到一个巨大的犁上。犁刀在土里划出极深的槽沟，把地壳都撬松了，格菲翁的儿子们不得不使出全身力气，才把犁从地壳下的熔岩层拉出来。

格菲翁看着她的儿子们划出一大块土地，开心地大笑了起来。在她的督促下，四头牛拖着地，大汗淋漓地往西边慢慢走去。他们走到海边也没停下，一直来到海湾的中央才罢休。

"把这块地留在这里吧，"格菲翁说，"直到世界终结的那一天！"她把犁从她儿子们的身上取了下来。他们的眼睛和她的有几分相似，都像月亮一般。"我将这片沃土取名为西兰岛。"她说。

就这样，格菲翁利用了古鲁菲的慷慨，偷走了他的一大片土地。瑞典的国土变小了，丹麦的国土则随之变大了。这块土地在地面上留下了一片洼地。水从地下涌出，雨从天上落下，于是洼地变成了一个湖泊，就是人们口中的梅拉伦湖。

这就是为什么西兰岛岬角的轮廓和梅拉伦湖水湾的形状是一模一样的。

本章注释见第 328 页。

第二十二章

哈尔巴德之歌

托尔的背后矗立着一片连绵的山脉。有的山头看起来像翻过来的船，有些像没完工的金字塔，有些像被砍了一截的巨大锥子。每一座山看起来都是那么森严。

托尔在冻原上一直西行，太阳在空中也跟着他一起走。临近中午时分，他终于走出了雪原，迈过一片起起伏伏的灌木地，抵达了一个深深的海湾。这里的空气几近静止，而且在阳光的照耀下，流水看起来几乎一动不动。

在海湾的另一边，有个人正躺在沙滩上晒太阳。在他的身边停了一条平底船。

"喂！"托尔大吼一声，水面也跟着颤抖了起来，"对面的！你是划船的吗？"

沙滩上的人动了动，坐了起来。他将双手卷成喇叭形，回喊了一声："是哪个蠢货在对面大喊？"

"渡我过去吧！"托尔喊道，"我可以把这篮子里面吃的都给你。"他摸了摸自己肩膀上的篮子背带。"这里面的好东西可多啦，不过我已经吃饱了。我在出发前吃了许多鲱鱼，还喝了一大池子粥。"

船夫慢慢站起身来，把帽檐压得很低。"你还挺得意的嘛。哈！你根本不知道，你就要倒大霉了。等你回了家，不等进门就能听到哭号声。你的母亲没了。"

"我母亲没了？"托尔喊道。他一张脸都因为悲痛而扭曲了。"这是最可怕的噩耗了！"

船夫看到傻乎乎的托尔心乱如麻，马上就开始羞辱他："你这家伙，光着脚穿得像个叫花子，连裤子都没有一条！我看你肯定是个无家可归的流浪汉吧。"

"把你的船划过来！"托尔大吼道，"我帮你看着，不会让你撞上石礁。这船到底是谁的？"

船夫慢条斯理地转过身，背对着托尔，脸上露出一个冷笑。

"这船到底是谁的？"托尔又问道。

"'杀戮之狼'希尔多夫托我照管这艘船。他是一个智者，住在'顾问之岛'拉斯塞。他吩咐我说，切不可摆渡扒手和偷马贼之流。只有那些堂堂正正、有名有姓的人才有资格坐到这艘船里来。所以如果你想要坐船，就自报家门吧。"

"我这就告诉你！"托尔喊道，"我的身份可非比寻常！我是奥丁的儿子，梅里的兄弟，玛格尼的父亲，诸神中最强大的一个。你这个船夫，你是在和托尔说话！"雷神的喊声让水面荡起波浪，一层一层绵延到对岸船夫的脚下。"你又是谁呢？"托尔又叫道，"报上名来！"

"我一般也不隐瞒自己的名字。我叫哈尔巴德。"

"这有什么好隐瞒的？除非你是个犯了命案的亡命之徒。"

"我还担心你是亡命之徒呢！"船夫回复道，"不过除非天要亡我，否则我是不怕你这种货色的。"

托尔狠狠捋了一把胡子，凝视着冰冷的水流说："我不会特地为了你蹚水到对岸，把我下半身都弄湿透。但你这个罗圈腿给我等着——等我到了对岸，我会给你苦头吃的！"

哈尔巴德双手叉腰，答道："我就在这儿等着你，随时奉陪。自从赫伦尼尔之后，你还没遇见过像我这么厉害的人呢！"

"你也知道我杀了那个走起路来东扭西歪的巨人啊。"托尔说，"那你可知道，他的脑袋是实心的石头做成的？但他一样成了我的手下败将，在我的锤子下一命呜呼了。在我杀了赫伦尼尔的时候，哈尔巴德，你又在做什么？"

"我在阿尔格隆岛上与费约尔瓦尔一起度过了五年，中间可是干了不少事情。我们战斗厮杀，英雄和女人都是我们的猎物。"

托尔又捋了捋胡子，说道："你是怎么得到那些女人的？"

"她们一个个都热情地接待我们。这是聪明人的做法，因为她们本来就逃不出我们的掌心，就像人不可能把沙子扭成绳索，也没法挖出一个山谷的谷底。"哈尔巴德张开双臂，继续说，"她们总是先接待我。我睡过七个姐妹，每一个都让我心满意足。而你，托尔，当时你又在做什么？"

"我杀死了威猛的巨人夏兹，将阿尔瓦尔迪之子的双眼扔进了滚烫的天穹——它们向世人见证我的这项壮举。而你，哈尔巴德，当时你又在做什么？"

"我勾引女巫离开她们的丈夫，与这些夜行者交合寻欢。还有那个名叫赫勒巴德的巨人，他也不是等闲之辈。他给了我一根魔杖，却被我反过来好好揍了一顿。"

"原来你是个恩将仇报的小人！"托尔喊道。

灰胡子的船夫耸了耸肩。"一棵橡树要依靠四周树木的碎皮才能长得强壮。"他对着水的另一端喊回去说，"人不为己，天诛地灭。而你，托尔，当时你又在做什么？"

"我往东边去了约顿海姆，在高地上杀死了许多蓬头垢面的女巨人。要是我不这么做，如今米德加德就是巨人的天下，不会再有人类居住了。而你，哈尔巴德，当时你又在做什么？"

"我去'杀戮之地'瓦尔兰挑起了战争，让那里的各个领主兵戎相见，和平遥遥无期。"

托尔盯着这个船夫，皱起眉头思考着对方说的话。

"待到勇士身死战场，"哈尔巴德又喊道，"高贵的魂灵会前往奥丁的殿堂，但托尔只能分到那些出身低贱的死者。"

"你这划分办法也太不公平了，"托尔回复道，"还好规矩不是你定的。"

"你虽然体魄强壮，却有一颗懦夫的心。"船夫嘲笑道，"你的胆子有多小呢？有一次，你因为害怕一个名叫费亚拉的巨人，竟然躲到了一只手套里，而且连自己的名字都忘记了！雷神呀，那时候你怕他听到你的动静，别说不敢打喷嚏了，就连屁都不敢放一个！"

"你这个懦夫！要是我能到对岸来，我铁定一锤把你打进地府去！"

"何必呢？"哈尔巴德腔调油滑地答道，"我们这不是无冤无仇吗？而你，托尔，你后来都做了什么？"

"我在遥远的东边，在伊芬河的河岸上来回巡逻。斯瓦朗的儿子们试着偷偷过河。"说到这里，托尔突然停了下来。他猛地抓起一块岩石，把它往海湾的另一头扔去，而哈尔巴德赶快侧身躲开。石头嗖的一声划过空中，深深嵌进土里。

"他们就是这么干的！"托尔喊道，"他们向我扔石头，但那一点用都没有！于是他们只好央求我放过他们。而你，哈尔巴德，当时你又在做什么？"

"我当时也在东方，遇到了一个肤白如雪、佩戴金饰的少女。我和她私下幽会，勾起了她的春情，和她共度良宵。"

"听起来不错。"托尔说。

"要是当时你也在就好了，"哈尔巴德喊道，"你可以帮我按住她。"

"是啊，"托尔急切地回复道，"这事我肯定乐意。"

"可惜我没法信任你，因为你背信弃义。"哈尔巴德不紧不慢地说。

"什么！"托尔喊道，"我才不是呢！我又不是蛇，不会咬人的脚踝！"

"而你，托尔，当时你又在做什么？"

"我在海神之岛赫雷塞上杀死了一群阴险毒辣的女人，她们都是狂战士的新娘。"

"托尔！你太丢人了！"哈尔巴德义正词严地说，"你居然杀了女人！"

"她们不像女人，倒更像是母狼。"托尔反驳道，"她们挥舞着铁棒，攻击了我们那艘平稳行驶的船，把夏尔菲都吓跑了。而你，哈尔巴德，当时你又在做什么？"

"我加入一支大军，来到了阿斯加德的边界，摩拳擦掌要让长矛染血。"

"难道你想与众神为敌？"托尔问道。

"我可以给你一个戒指让你安心，"船夫嘲笑他说，"将它作为我们和好的见证。"

托尔听到这里，勃然大怒。他在岸上来回狠踢，扬起来的沙砾之雨打破了水面的宁静。他紧紧握住了米奥尔尼尔。"我从来没听过这么肮脏的东西！你都是从哪里听来的这些下流话？"

"这些都是住在山坡之家里的先人告诉我的。"

托尔连连摇头，又是生气又是嫉妒。"你真行啊，能把坟茔叫成'山坡之家'。"

"可不是嘛。"

"如果你敢蹚水过来，我会让你为自己的刻薄付出代价的！"托尔大吼道，"等我拿锤子砸到你脸上，你肯定号叫得比野兽还凄惨。"

哈尔巴德毫不犹豫地回复道："你的妻子希芙正在待客，你可得把你的力气留着对付她的情人。"

"你这个蠢货！"托尔咆哮道，"快闭嘴吧，你这个骗子！"

船夫用他的独眼凝视着奔流不息的海水。"我没骗你！"他顿了一顿说，"我说的都是真的。再说了，你回家的旅程也太慢了吧！你要是能乘着这条船过来，一早就可以到家了。"

"你这个混账船夫！是你让我等了这么久！"托尔在岸上不断徘徊。他一会儿转身踱步，一会儿抬头瞪着对岸，看起来犹如一头困兽。

"没想到啊，"船夫看着他说，"一个普通的船夫也能困住阿萨族的托尔。"

托尔双眼仿佛喷出火来。他大吼一声，空气也随之震动。"你给我听好了！你赶快闭上嘴把船划过来，乖乖把玛格尼的父亲送到海湾的对岸去。"

"你快走吧，"哈尔巴德答道，"我才不渡你呢。"

托尔弯下身子，在冰冷的流水里看到了自己的倒影。他明白船夫戏弄了他，也明白他的力气在这里破天荒地派不上用场。他抬头扬起下巴喊道："既然如此，那你至少告诉我要怎么绕过去吧！"

"说起来简单，走起来可不容易。"哈尔巴德答道，"你得跨过石头，跨过树根，沿着你左边的那条路一直走到米德加德，你的母亲芙约金就在那里。她会给你指路，让你踏上通往阿斯加德的彩虹桥。"

"我今天能走到家吗？"托尔问道。

"如果你一刻不停地赶路，或许能抢在天亮前回到家。"

"我已经和你浪费了太多时间了。"托尔生气地说，"你净嘲笑我！"他转身要走，但又回头看了船夫一眼。"你最好别再碰到我，否则我会让你为今天的行为付出代价的。"

于是饱受讥笑的托尔就这么怒气冲冲地走了。船夫的笑声在他身后久久回荡。"你滚吧！"哈尔巴德说，"最好是被怪物吃掉！"

托尔加快步伐，走进了广阔无垠的灰色荒原。大风将卷起来的沙暴扯成一条长长的手帕，朝着靛青色山峰的避风处吹去。

本章注释见第 330 页。

第二十三章

斯维普达格之歌

一股刺鼻的腐烂气味向他袭来，周围的冷气快要将他冻伤。黑暗从四面八方涌来，而他一步步接近了那个比最恐怖的噩梦、比恐惧本身还要可怕的地方。

就算如此，他也没有畏缩不前。斯维普达格的脚步就像光一样迅敏。他在地底深处，站在尼弗尔海姆的大门前喊道："醒来吧，格萝雅！醒来吧，我睿智的母亲！我站在亡者之国的大门前呼唤你。你还记得吗？你在入土之前，曾经告诉过你的儿子以后该如何寻求你的帮助。"

女预言者格萝雅的魂灵离开坟茔，缓缓飘到了尼弗尔海姆的门口。"我唯一的儿啊，"她呻吟道，"你是遭受了什么苦难？到底发生了多么可怕的事情，以至于你要来向我这个已经告别了阳世的亡魂寻求帮助？"

"父亲他娶了一个两面三刀的女人，"斯维普达格答道，"后母她打算陷害我。她吩咐我去赢得蒙格拉德的芳心，但那个姑娘住在一个没人能安全回来的地方。"

"你脚下的路很长，需要的时间也很长，"格萝雅说，"但爱情也是能够久长的。"

"那么母亲，我求你吟唱强大的咒语，尽你所能保护你的儿子。我还年轻，但我怕突然成为死亡的俘虏。"

"我唱的这第一道咒语，"格萝雅说，"大家都知道一定有效。拉尼曾经把它教给琳德。它会让你体魄强健，不受疾病困扰。

"我唱的这第二道咒语，会避免你误入歧途。当道路两旁都竖着乌尔德的木片，你就绝不会迷路。

"我唱的这第三道咒语，会避免你受河流涨水的威胁。霍恩和鲁斯都会流入尼弗尔海姆，河水自会分开让你前行。

"我唱的这第四道咒语，保你不受敌人袭击。他们必将对你言听计从，一心要和你和平相处。

"我唱的这第五道咒语，保你自由不受束缚。没有什么锁得住你的四肢，铁链会从你的脚上自动脱落。

"我唱的这第六道咒语，保你在海上无事。哪怕在最猛烈的风暴中，狂风和巨浪也伤不到你，你必将安全抵达彼岸。

"我唱的这第七道咒语，保你在山上平安。就算是高山上最严酷的冰霜也侵袭不了你的身体。

"我唱的这第八道咒语，是怕你在夜里走错小径。你不必担心死去的女基督徒对你下诅咒。

"我唱的这第九道咒语，是怕你在和巨人的争辩中落了下风。它会保佑你聪明伶俐，说话滴水不漏。

"上路吧！前路万般艰险，莫让邪恶的力量阻挠你对爱情的追求！千万牢记你母亲的咒语；只要你把它们铭刻在心，它们就会保你平安顺遂。"

话既至此，斯维普达格转身离开，将他的亡母和尼弗尔海姆的石头大门都抛在了身后。他回到米德加德的地面上，开始在九界中寻找蒙格拉德的踪影。然而前路漫漫，他找了许久也没发现她的下落。

有一天，在约顿海姆游荡的斯维普达格来到了一座宏伟的堡垒面前。堡垒四周有烈火燃烧，门前还有个巨人看守。"门口那边的人！"斯维普达格喊道，"你是谁呀？"

"你来这儿干什么？"巨人答道，"你是在找什么吗？而且你到底为什么要四处流浪呢？"这个巨人不仅口气不佳，看起来也很凶恶。他点了点头，竖起大拇指往自己背后指了一下。"你往那边去吧，在森林里有一条沾满露水的小路。这里不欢迎你这样的弱者。"

"你是谁呀？"斯维普达格又问了一次，"你站在这儿让旅行者吃闭门羹。"

"这里不会有人张开双臂欢迎你，"巨人回复道，"你还是打道回府吧。我叫费约尔斯维德，是个名声远扬的聪明人，但我可不随便款待客人。这座城堡里没有你的位置。你饿着肚子来的，就饿着肚子走吧。"

斯维普达格摇了摇头，说道："男人既然想要见到自己心爱的女人，就不会轻易放弃。这座金色城堡的大门闪闪发光，我会在这里住下来。"

"你的父亲是谁？"费约尔斯维德问道，"你的祖先呢？"

"我叫'寒风'文德卡尔德，"斯维普达格说，"我的父亲叫'春寒'瓦尔卡尔德，他的父亲则是'严寒'费约尔卡尔德。你对我实话实说，费约尔斯维德，这座宏伟城堡的主人是谁？是谁坐在大厅的高座上？"

"她是戴着项链的蒙格拉德，而她的父亲是斯瓦弗托林的儿子，"巨人答道，"她是这座宏伟城堡的主人。是她坐在大厅的高座上。"

"你对我实话实说，费约尔斯维德，"斯维普达格问道，"这道大门叫什么名字？它比阿斯加德的任何一道门都更严实。"

"这道大门叫作'咣当作响的'特里姆吉约尔。造它的工匠是三个兄弟，而他们的父亲是那个被阳光照瞎眼睛的侏儒索尔布林迪。不论是谁，一碰到它的门闩，就会动弹不得。"

"你对我实话实说，费约尔斯维德，"斯维普达格问道，"这座城堡叫什么名字？它比阿斯加德的任何一座宫殿都要宏伟。"

"这座城堡叫作'压死客人的'加斯特罗普尼尔。"巨人冷笑着答道，"很久以前，我用黏土巨人莱尔布里米尔的四肢造出了这座城堡，又在它内外修了加固工事。它会一直矗立到世界终结的那一天。"

"你对我实话实说，费约尔斯维德，"斯维普达格问道，"那棵开枝散叶、荫蔽九界的大树叫什么名字？"

"那棵树是弥米尔之树，叫作伊格德拉西尔，"巨人答道，"没有活人见过它的树根，也鲜少有人知道它最后会如何倒下。斧头和火焰都毁灭不了它。"

"你对我实话实说，费约尔斯维德，"斯维普达格问道，"这棵斧头和火焰都毁灭不了的树，它的种子都能长出什么？"

"分娩的女人煮它的果子吃，"巨人答道，"然后就能平安生出孩子。这就是人们崇拜这棵树的原因。"

"在树冠停了一只金光闪闪的公鸡，"斯维普达格问，"它叫什么名字？"

"那只公鸡叫作'树蛇'维多夫尼尔，"费约尔斯维德答道，"它像闪电一样浑身发光，照亮了伊格德拉西尔的树枝。它给苏尔特和他的妻子辛莫拉带来无限麻烦。"

"你对我实话实说，费约尔斯维德，有两条狼在这座城堡的大门前不断徘徊嗥叫，它们叫什么名字？"

"我实话实说吧，"巨人答道，"它们叫作吉夫和盖里。它们现在块头已经很大了，但是等到诸神的黄昏来临，它们还会更大。"

"当这两条狼睡着了，"斯维普达格问，"外人是否就可以进入城堡了？"

"它们从不同时睡着，"巨人答道，"所以才被安排看守大门。一条只在白天睡，一条只在晚上睡，所以不可能有人潜入城堡。"

"来客能不能扔肉给它们吃，"斯维普达格问，"然后趁着它们吃肉跑进去？"

"我实话实说吧，"巨人答道，"只有一种肉能起到这种效果，那就是维多夫尼尔的一双翅膀。"

"一个人要用什么武器，才能把维多夫尼尔送去赫尔的国度？"斯维普达格问道。

"只有'灾厄之杖'莱瓦汀才能杀死那只公鸡，"巨人答道，"那把剑是洛基在尼弗尔海姆的大门前，用如尼文锻造出来的。它躺在莱格雅恩的箱子里，而这个箱子在辛莫拉手里，上面挂了九把锁。"

"一个人能偷到这把剑，然后全身而退吗？"斯维普达格问道。

"如果这个人能带一件稀罕的礼物给辛莫拉，"巨人答道，"就能偷到这把剑。"

"一个人要送什么样的礼物，才能让那个面容憔悴的女巨人高兴起来？"斯维普达格问道。

"如果你把维多夫尼尔的尾巴羽毛送给辛莫拉，"巨人答道，"她就会把莱瓦汀给你。"

"这座四周有魔焰围绕的宫殿，它叫什么名字？"斯维普达格问道。

"这座宫殿叫作'炎之尖'吕尔，"费约尔斯维德答道，"它就像矛尖一样不断抖动，闪闪发光。世界上没有哪座宫殿比它更尊贵，它的大名无人不知，无人不晓。"

"是哪位神灵建造了这座宏伟的宫殿？"斯维普达格问道。

"是世人恐惧的洛基，"费约尔斯维德答道，"他还得到了许多侏儒的帮助——他们分别是乌尼和伊里、巴里和雅里、瓦尔和维格德拉希尔、多里和奥里，以及德林。"

"佳人蒙格拉德正躺在一座山上，那座山叫什么名字？"斯维普达格问道。

"那座山乃是'治愈之山'吕弗亚伯格，"费约尔斯维德答道，"它能医治百病。就算一个女人长久卧床不起，只要她爬上那座山，必将康复如初。"

"在蒙格拉德身边围坐着一群微笑的姑娘，她们都是谁？"斯维普达格问道。

"她们是'帮手'赫丽芙、'呼吸'赫丽芙丝拉萨与'守护者'斯约德瓦拉，以及耀眼的比约特与白色的布蕾克、活泼的布丽德与安详的芙丽德、和蔼的艾尔与赐人黄金的奥尔波达。"巨人答道。

"你对我实话实说，费约尔斯维德，"斯维普达格问道，"不论是谁，只要向她们献祭祈祷，就会得到她们的救助吗？"

"不论是谁，只要向她们献祭祈祷，就会很快得到她们的救助。"巨人答道，"如果她们看到谁身陷险境，也会对他伸出援手。"

"你对我实话实说，费约尔斯维德，"斯维普达格问道，"是否有人能得到佳人的垂青，在她的双臂环抱之中入眠？"

"只有一个人能在她的双臂环抱之中入眠，"巨人答道，"那个人名叫斯维普达格。耀眼如太阳的蒙格拉德注定会成为他的新娘。"

"把城门打开吧！"旅人喊道，"开得越大越好！我不是别人，正是斯维普达格！"他兴高采烈地看向费约尔斯维德。"你快去见蒙格拉德，求她答允我的愿望吧！"

巨人登上城堡背后的青山，走到了蒙格拉德和侍女们的面前。

"听我说！"他说，"城堡门口来了个男人，你非得亲自来看不可！守门的两条狼忙着讨好他，城门也突然自动大开了！我觉得这人就是斯维普达格。"

蒙格拉德看着费约尔斯维德。她的心跳得很快，好像要从胸腔里飞出来一样。她低声说："你是说，我终于等到了那个英雄。如果你在撒谎……"她的声音变硬了，"我会把你吊在树上，让贪食的乌鸦啄你的眼球吃。"

蒙格拉德带着侍女和巨人下了山，走到了城堡的大门前。她急切地看向来客，神情紧张地问道："你从何处而来，又是走的哪条路？你的族人怎么称呼你？我得先知道你的名字和血统，才能决定是否要真的做你的新娘子。"

"我叫斯维普达格，我的父亲是'太阳之辉'索尔比亚特。我沿着寒风一路来到这里。无人能够违背命运的安排，乌尔德的馈赠不问缘由。"

蒙格拉德张开双臂说："欢迎你来到这里，斯维普达格！我等你已经很久了。我要以亲吻来欢迎你。"她这么说着，慢慢走向来客。"两情相悦的人终于能够见面——世界上还有什么比这更甜蜜的吗？"

斯维普达格也向她伸出双臂。

蒙格拉德说："我在治愈之山上日复一日等着你。而现在，我朝思暮想的爱人终于出现了。"

他们向彼此靠近，终于拥抱在一起。蒙格拉德说："你我都饱受相思之苦，但从今往后，我们将长相厮守，永不分离。"

本章注释见第 332 页。

第二十四章

托尔与盖尔罗德

"把你的猎隼羽衣借我一用吧。"洛基说。

弗丽嘉微笑着点了点头。她的侍女芙拉将羽衣拿了出来，披在洛基的肩膀上。

"问题就在于，"洛基说着，盯着弗丽嘉看了看，又将目光投向了芙拉，"轻易就能得到的东西，简直还不如不要……"他系好羽衣，在芬萨里尔的大厅里绕了一圈，飞出弗丽嘉的宫殿去了。

巡天者洛基在阿斯加德的日子过得太顺了。百无聊赖的他一心要弄出点风波来，径直往约顿海姆飞去。在飞过伊芬河一阵后，他发现了一片他从未见过的绿野。这块土地是圆形的，四周围着银灰相间的乱石。石滩一直延伸到天际，绿野的中心却矗立着一座厅堂。

洛基落在窗台上往屋子里张望，看到一个巨人和他的两个女儿正在大厅里大吃大喝。

巨人的名字叫作盖尔罗德。他看到有一只漂亮的猎隼落在外面的窗台上。"把那只猎隼捉来给我。"他吩咐道。

洛基听到这话，眼睛闪闪发光。当盖尔罗德的仆人出门来抓他，他立刻跳到了墙壁的最高处，恰好是对方够不着的地方。

212

仆人爬上窗台，伸出手来，想要抓住猎隼，但洛基才不会让这家伙得逞呢。他又蹦又跳，停在了屋顶上烟囱的旁边，还朝着仆人讥讽地长啸了一声。屋顶不仅很陡，还没有栏杆，仆人要爬上来就得冒着生命危险，所以洛基决定等他爬上来了再跑。

等到仆人再一次伸出手来抓他，洛基张开翅膀，立定双脚，打算腾空而起。可惜他马上发现自己动弹不得：他的双脚就像树干上的树枝一样，被牢牢固定在房顶上了。洛基这才意识到，他就要打交道的这个巨人本事可不小。仆人抓住了猎隼，把它带给了盖尔罗德。

"我要给它系上脚带，铐上脚镣，"盖尔罗德大声说，"先把它饿昏，再一点一点喂它东西吃，直到它老实听话为止。"

巨人的仆人将猎隼放到了他主人的手心里。盖尔罗德捏着这只鸟儿细看，发现它的瞳孔时红时绿变换着颜色，而且看起来十分机灵狡猾。

"这可不是普通的猎隼。"盖尔罗德对他的两个女儿说。她们分别叫作吉亚尔普和格莱普。"看它的眼睛就知道，它一定是什么人变化而成的。"巨人用他粗糙的大手紧紧捏住鸟儿。"你是谁？"他问道。

洛基默不作声。

盖尔罗德继续发力，洛基觉得自己整个人都被揉成一块了。他喘着粗气尖叫不已，但还是一个字也没说。

"等你饿坏了，自然就会开口。"盖尔罗德说。他站起来走到大厅的另一边，打开一个大箱子，把洛基扔了进去。他嘭的一声盖上箱子，把它锁了起来。

洛基在黑漆漆的箱子里待了三个月。这期间他没有东西可吃，睡觉撒尿都只能在同一个地方。他呼吸着箱子里污浊的空气，觉得自己真是太可怜了。他被饿得奄奄一息，没人听得见他微弱的叫声——要不然就是巨人和他的两个女儿决定不理他。等到三个月过去，盖尔罗德打开箱子，把猎隼提了出来。

"你关够了没？"巨人就问了这一句话。

猎隼眨了眨眼，左顾右盼。

"看起来是没够啊。"巨人说。

"洛基。"猎隼说。

"哎哟！"盖尔罗德叫道。他把鸟儿捏得更紧了。"洛基啊。"他重复了一次，微笑了起来。

洛基恋恋不舍地望着大厅的地板，但巨人把他紧紧捏着，他丝毫没有逃跑的希望。

"那么洛基，"盖尔罗德说，"你想再多活一阵吗？"

洛基仔细听着巨人的话。

"我可以饶你一命，"巨人说，"但条件是，你要发誓把托尔带到我这里来——而且他不能带他的锤子，也不能戴他的力量腰带。"

洛基没有回答。盖尔罗德又开始用力捏他，而且很明显没有停下来的打算。洛基别无选择，只好发誓把托尔带到巨人家里来。盖尔罗德让他敞开肚皮大吃了一顿，然后洛基恨恨地看了巨人和他的两个女儿一眼，展翅飞回了阿斯加德。

托尔和洛基关系很好，两人经常一起在九界旅行。这一天，当他们在阿斯加德东边的高地漫步的时候，洛基说他们再往前走一点，越过软软的青草地，就可以去拜访巨人盖尔罗德了。天真的托尔对这个提议丝毫没起疑心，只回复说他从来没听说过盖尔罗德。

"他长得挺丑的，"洛基说，"但他有两个漂亮的女儿。他想见你，而你保准想见到她们。"

托尔努起了嘴，心想米奥尔尼尔和力量腰带要在身上就好了，万一出了什么状况呢。

"这样我们今晚就可以在格丽德那里留宿，"洛基说，"她一向好客。"

托尔觉得这个主意听起来不错。

"奥丁进过她家的门，出来的则是维达尔。"洛基挑起眉毛，笑嘻嘻地说。

托尔继续往前走。他俩赶在夜幕降临前跨过伊芬河，抵达了格丽德的家，受到了女主人的欢迎。

在他们吃过晚饭后不久，洛基铺好稻草睡下了。在不断摇曳的火光下，他的睡颜看起来阴晴不定——前一秒还轻松快活，后一秒就变得冷酷无情。

"既然洛基睡着了，"格丽德说，"关于盖尔罗德，我要告诉你实话。"

醉醺醺的托尔望向这个女巨人。

"你听我说，"格丽德说，"盖尔罗德非常讨厌众神，更不要提杀了赫伦尼尔的那个了。"

"那不就是我吗！"托尔叫道。

"我就是这个意思，"格丽德厉声说道，"你听我说！盖尔罗德是条狡猾的老狐狸，哪怕是你也不能对他掉以轻心。他会设下陷阱，让你走着进去躺着出来。"

托尔心想，要是他能醒一醒酒就好了。他使劲眯起眼睛又张开，努力转动眼珠子。

"你如果非去不可就去吧，"格丽德说，"但你得带上武器才行。我就把我的借给你好了。"她这么说着，把自己的力量腰带、铁手套和坚不可摧的手杖都拿给了托尔。

托尔感谢了她，倒头睡去。

第二天早上，托尔和洛基离开格丽德的家上路了。洛基看着托尔身上的武器，心里嘀咕着不知格丽德在他睡着之后对托尔说了些什么；托尔则看着洛基，疑惑对方是否知道盖尔罗德是个什么样的角色。

他们走了一阵，来到了宽阔的维穆尔河面前。这条河里流的不只是水，还有月事的血。水面遍布乱石，越往水下走，乱石越多。河中浪花掀起泡沫，发出嘶嘶的声音。

托尔拴紧了力量腰带，叫洛基紧紧抓住它。随后他握住格丽德的手杖，把重心压在杖子上蹚水过河。河底的鹅卵石踩起来很滑，狗鱼把他的脚踝咬得痒痒的；河水很快就涨到了托尔的腰部，而洛基只剩下脑袋还露在水面上。

待到他们走到河心，洛基已经用双手搂住了托尔的脖子。河水漫过了托尔的肩膀，而且水面还在不断上升。托尔对着河水高声咒骂起来："不管你涨多高，都休想拦住我去巨人那里！你尽管涨吧，我能顶天立地！"

他喊完歇了口气，往上游的乱石沟里望去。这一看让他发现了麻烦的来源：盖尔罗德的女儿吉亚尔普双腿分跨在河流的两岸，身下源源不断地流出血液，这就是河水一直在涨的原因。

"啊哈！"托尔大喊一声。他蹲下身，从河床上捡了块石头起来。"一条河要修坝，那得从源头开始！"他这么说着，瞄准了吉亚尔普奋力一扔。吉亚尔普身受重伤，一边哭号，一边挣扎着回家去了。

不过与此同时，河水实在太过湍急，以至于把托尔和挂在他脖子上的洛基一起冲走了。情急之下，托尔抓住了一棵牢牢长在河里的花楸树，靠它重新站稳，然后一步步走到了河对岸。

"那棵花楸树救了我们一命啊。"托尔说。

两人歇了一会儿，继续上路，快到傍晚的时候来到了盖尔罗德的家门前。他们没见到主人，但很明显盖尔罗德知道他们会来：一个巨人仆从欢迎了这两位来客，说可以带他们去休息。

托尔和洛基很乐意接受邀请。他们长途跋涉已经很疲劳了，而且浑身都是泥和血。

仆从领着他们穿过厅堂外围的便所，把他们带到一间又黑又臭的山羊棚里。这间棚子里除了一堆腐烂的稻草，就只有一把椅子。受到慢待的托尔心里十分不满，但他没有出声抱怨，而是决定要等到和盖尔罗德面对面再算这笔账。

洛基去附近的小溪里洗澡，托尔则在椅子上坐下。他紧紧握住格丽德的手杖，打了一个哈欠。疲劳最终战胜了愤怒，他开始打起了瞌睡。

托尔闭上眼睛没多久，就梦到了自己又在横渡维穆尔河：他被激流卷走，在夹着血水的河里挣扎，随波逐流……他一睁眼就意识到了这个梦的来源：他又浮起来了。是的，他连人带椅都浮在半空，而且越升越高，眼看就要撞上山羊棚的椽子了。

托尔紧紧握住格丽德的手杖，把它举起来卡住屋顶。他用尽浑身力气一顶，立刻就把他椅子下面的东西压垮了。椅子咣当一声掉回地面，棚子里响起了阵阵哀号。

藏在椅子下面的是盖尔罗德的两个女儿——吉亚尔普和格莱普。她们一心想要压死托尔，却被雷神以其人之道还治其人之身。姐妹俩的身体根本承受不了托尔的重量：她们的肋骨和脊椎骨全都断了，死得极其痛苦。

没过多久，洛基洗完澡回来了。又过了一会儿，盖尔罗德的仆从站在羊棚外向两位神祇喊话，说盖尔罗德正在大厅里等着托尔。"他想要挑战你玩点游戏呢。"仆人说。

托尔一听这话就知道，这个巨人准没安好心。他戴上格丽德给他的力量腰带和铁手套，与洛基一起走进了盖尔罗德的殿堂。托尔讶异地发现大厅里没有单个的火堆，倒是沿着墙壁摆着长长一排的巨型火炉。大厅的泥墙被火光照耀得无比闪亮，整个房间里都热得不行。

盖尔罗德在大厅的另一头等着他的客人。仆人一关上门，盖尔罗德就伸出手来，向两位神祇走去。

他伸手可不是为了表示欢迎，而是为了拿起一把钳子。他用钳子从炉里夹起一个烧得通红的铁球。"欢迎你们来做客！"他这么喊着，将铁球瞄准托尔投了过去。

托尔是有备而来的。他放下手杖，双脚稳稳站在原地不动，拿铁手套接住了飞过来的铁球。他的眼睛像是在喷火，下巴上的红胡子因为愤怒而翘了起来。大厅里的众人纷纷蹲在桌子下面避难，盖尔罗德则赶快藏到了一根铁柱背后。

托尔高高举起右手，他手心里的铁球还在冒烟。他往前跨了一步，用尽全力将铁球往大厅另一头扔去。

他这一扔不仅砸穿了柱子，还把盖尔罗德的肚子砸了个洞出来。铁球穿透了大厅的墙壁，最后嵌在了房外的山坡里。

盖尔罗德面朝天倒在地上，嘴里嘶嘶作响，就好像他身体里的毒液终于要溢出来了一般。他四肢狠狠抽搐了一下，喉咙里发出痛苦的喘息，就此一命呜呼。

托尔挥舞起格丽德的手杖，砸碎了大厅里一群愚蠢仆人的天灵盖，洛基则趁乱溜了出去。

末了，托尔走出一片死寂的大厅，凝望着四周的乱石。他想起了洛基对他说的话——软软的青草地，还有巨人那两个漂亮的女儿。他摇了摇头，发誓要找那个两面派算账。

本章注释见第 335 页。

第二十五章

洛德法夫尼尔之歌

　　个冬夜，一群男女聚在米德加德的一间农舍里，聊天的聊天，喝酒的喝酒，唱歌的唱歌，还有人做着针线活。只见人群中一个男人站起身来，跨过了火堆。

　　"轮到我来诵诗了。"这个名叫洛德法夫尼尔的男人说，"我站在乌尔德之泉旁边默默凝视，思绪万千。我在至高者的门外聆听了许久，又在至高者的大厅里聆听了许久，听到了如下这些。

　　"听我说，洛德法夫尼尔，你给我听仔细了！你若听我这番忠告，定然受益匪浅。夜里睡下了就别再起身，除非你外出巡逻侦察，或者急着去茅房。

　　"听我说，洛德法夫尼尔，你给我听仔细了！千万别被女巫的甜言蜜语迷惑，也不要和她同床共枕。她会对你施法下咒，让你打不起精神见人。到时候你吃不香，喝不好，在床上忧心忡忡睡不着。

　　"听我说，洛德法夫尼尔，你给我听仔细了！你若听我这番忠告，定然受益匪浅。切莫试图引诱他人的妻子，也不要妄想和她私下来往。

　　"听我说，洛德法夫尼尔，你给我听仔细了！你每次出远门，不论是登高山还是渡海湾，定要带够食物才能动身。

"听我说，洛德法夫尼尔，你给我听仔细了！你若运气不佳，可别找坏人帮忙，这种人满嘴谎言不可信任。我见过长舌妇血口喷人，害得好人含冤而亡。

"听我说，洛德法夫尼尔，你给我听仔细了！若是想交可靠的朋友，定要时常来往走动。友情的道路要是疏于打理，不用多久就会长满藤草。

"听我说，洛德法夫尼尔，你给我听仔细了！要与智者结交朋友，向他求教治病的咒语。

"听我说，洛德法夫尼尔，你给我听仔细了！切莫主动开口与人绝交。若是没了朋友可诉衷肠，愁闷只能郁积在心中。

"听我说，洛德法夫尼尔，你给我听仔细了！别为蠢货和坏蛋浪费时间，惺惺相惜才能当成兄弟。真正的朋友会对彼此坦诚相待，可恶的骗子才巧言令色，真朋友不怕说逆耳忠言。

"听我说，洛德法夫尼尔，你给我听仔细了！别和坏人起争执，动起手来好人往往要吃亏。

"听我说，洛德法夫尼尔，你给我听仔细了！莫当鞋匠，也莫给人做武器。要是别人拿了你做的东西发现不好用，少不了把你破口大骂。

"听我说，洛德法夫尼尔，你给我听仔细了！你若发现坏人坏事，定要弄得众人皆知。莫向敌人妥协讲和。

"听我说，洛德法夫尼尔，你给我听仔细了！干坏事带来的欢喜不长久，唯有善行是快乐之本。

"听我说，洛德法夫尼尔，你给我听仔细了！沙场上战斗正酣时莫要抬眼看敌人，以防对方对你下咒语。

"听我说，洛德法夫尼尔，你给我听仔细了！要赢得女人的芳心不必开海口，但说到就该做到，这样才能讨人喜欢。

"听我说，洛德法夫尼尔，你给我听仔细了！小心谨慎是没错，但也不用终日惶惶不安。喝酒要有度，看到别人的老婆莫动心思，还要小心盗贼的巧手。

"听我说，洛德法夫尼尔，你给我听仔细了！莫对客人和旅行者冷嘲热讽，主人往往并不清楚客人的底细来头。世上哪来什么完人，最坏的人也总有可取之处。

"听我说，洛德法夫尼尔，你给我听仔细了！莫要瞧不起头发灰白的歌者，年纪大的人往往见多识广。就算皮肤干瘪起皱如兽皮，长者还是能给出好建议。

"听我说，洛德法夫尼尔，你给我听仔细了！不可辱骂你的客人，也莫将他早早赶出门。对待穷人要慷慨。不过自家的大门一定要牢固，否则殷勤待客反倒没有好下场。

"听我说，洛德法夫尼尔，你给我听仔细了！喝酒时要靠大地的力量才不会醉。泥土克醉酒，正如火焰克疾病，橡树克便秘。对付巫术用谷穗，对付疝气用黑麦，对付恼恨用月亮，对付疮痂用草药，对付剑伤如尼文。水来自有土掩。

"至高者在殿堂里说了这些话，句句都对人类有所助益，但在巨人听来反倒像是诅咒。祝福念诵这番话的人！祝福聆听这番话的人！只要记得这些语句，生活定当蒸蒸日上！祝福聆听这番话的人！"

本章注释见第 337 页。

第二十六章

奥托的赔命钱

冬天即将过去，阿尔瓦克和阿斯维德这两匹骏马一天比一天起得早，拉着太阳的四轮马车在天空中巡游。在米德加德的地面上，白雪开始无声无息地融化消逝，鸟儿也逐渐开始歌唱。奥丁、洛基和霍尼尔急不可耐地想要离开阿斯加德，去外面的世界探险。

这天清晨，三位神灵有说有笑地穿过彩虹桥，几乎是蹦蹦跳跳地来到了米德加德。长腿的霍尼尔走得特别快，奥丁和洛基必须迈开大步才能赶上他。

一场突如其来的暴风雪给他们带来了麻烦。湿漉漉的大块雪花四处飞舞，铺天盖地地向他们扑来。不过这场风雪来得快去得也快。没过多久，太阳就从厚实的云层后面探出头来，发出耀眼的黄色光芒。云层很快散去，只留下阳光明媚的无垠蓝天和广袤的人世。

三位神灵沿着一条河流前行，朝着它的源头进发。到了下午，他们来到了一道瀑布下面。他们穿过轰隆的水帘和晶莹的飞沫，注视着瀑布下面的旋涡。

奥丁发现有一只水獭正躺在河岸上离他们不远的地方，便把

223

它指给洛基和霍尼尔看。这只水獭刚在瀑布里抓了一条鲑鱼。它在午后的阳光里闭着眼睛，昏昏欲睡，快活极了。

洛基撇了撇嘴，弯腰捡起了一块拳头大的石头。他瞄准水獭，使出全身力气把石头扔了出去。水獭被石头击中脑袋，当场毙命。

"好啦！"洛基喊道。他把鲑鱼和软绵绵的水獭尸体分别夹在腋下，回到了奥丁和霍尼尔身边。"怎么样？一石二鸟吧？"

三位神灵都十分欣喜：洛基得意于自己表现神勇，而奥丁和霍尼尔则想着他们的晚饭有着落了。

他们翻过瀑布旁边的山崖，在越来越窄的山谷里往上攀爬。

太阳渐渐西沉，天眼看就快黑了。就在这时，他们看到不远处有一个农庄，房子里还有缕缕炊烟升起。他们加快脚步，庆幸今晚有了过夜的地方。

"你能收留我们过一晚吗？"奥丁向农夫赫雷德玛问道，"我们不想在野外过夜。"

"你们一共有几个人？"赫雷德玛问。

"除了我，还有两个人在门外等着。"奥丁答道，"作为交换，我们可以给你食物。我们今天运气不错，打到的食物够大家一起吃。"

"也够我的两个儿子——法夫尼尔和雷金吃吗？"赫雷德玛问道，"而且我还有两个女儿——吕恩海德和洛芬海德。"

"都够的。"奥丁轻快地答道。

赫雷德玛点了点头，兴致却并不高。奥丁折回门边，把洛基和霍尼尔叫了进来。

"你好呀。"霍尼尔说。

"我们带了晚饭过来。"洛基欢快地说，"我拿一块石头打到了两个猎物。"

赫雷德玛看到水獭的尸体，整个人顿时都僵硬了。他呆滞了一瞬，然后转身走出了房间。

"他这是怎么了？"洛基问道。

奥丁耸了耸肩，说道："他态度再冷淡，也总比我们在外面冻着过一夜好。"

"这很难说啊。"霍尼尔说。

"你当然这么说了，"奥丁说，"你总是这么优柔寡断！"

赫雷德玛穿过低矮的走廊，在草皮墙上狠狠打了几拳。他找到了法夫尼尔和雷金。"你们猜怎么着？"他说，"你们的兄弟奥托死了。"

"死了？"兄弟俩跳起来喊道。

"死了。而且你们知道吗？杀他的凶手就是我们今晚的来客。"

法夫尼尔和雷金怒气冲天，发誓要为奥托报仇。

"我们和他们人数相当，"赫雷德玛说，"所以只能靠出其不意。待我一点头，我们就动手。他们有个人手里拿着一根看起来很厉害的长矛，我们得先把它拿走。还有一个人脚上穿着一双奇怪的靴子，我们要让他打赤脚。至于第三个，看起来没什么好怕的。我会用魔法来对付他们——先念一道咒语让他们失去力量，再唱一道咒语把他们绑起来。"

兄弟俩按他们父亲的吩咐做了。父子三人跳到三位来客面前，精通魔法的农夫赫雷德玛让他们失去了招架之力——奥丁握不稳长矛贡尼尔，洛基也丢了巡空靴。三位神灵被五花大绑扔在地上，赫雷德玛冲他们吼道："我的儿子！你们杀了我的儿子！我要杀了你们为他报仇。你们杀了我的儿子！"

"你都在说什么啊？"奥丁问道。

"奥托是我们的兄弟。"法夫尼尔说。

"他是一个技艺高超的渔夫。"雷金说。

"他在白天会变成水獭，"法夫尼尔说，"因为他总是待在河里。"

"他天天都把捕到的猎物带给我们父亲。"

"他总是能捕到许许多多的鲜鱼。"

"他是我们的兄弟！"

"我们不知道他是你们的兄弟。"奥丁说，"要是我们知道，洛基绝不会杀他的。"

"但事实是，你们把他杀了。"赫雷德玛说。

"我们真的不知道呀。"奥丁重复了一次，"要是知道，我们怎么会跑到他父亲的农场来？在你们动手之前，至少要给我们一次机会用钱买下他的命。"

赫雷德玛望着躺在地上的三个来客，一言不发。

"我是代表我们三个人这么说的。"奥丁说，"你尽管开价，我们一定应允。"

赫雷德玛思考了一阵，最后说："如果你们说到做到，倒也算是公平。但我要你们都发誓。如果你们毁约，我就要你们的项上人头。"

三个来客都发誓说，不论赫雷德玛要多少赔偿，他们都会想办法支付。

"好吧。"赫雷德玛转身对法夫尼尔和雷金说，"吕恩海德和洛芬海德在哪儿？让她们去把奥托的皮剥了拿过来。"

兄弟俩按照父亲吩咐的做了。赫雷德玛拿到了一张漂亮的水獭皮，把它在火旁铺开。"我要你们先用赤金填满这张皮，然后又用赤金盖住它，一根毛都不能漏。只有这样，才能赔偿我儿子的性命。"他说。

"好吧。"奥丁说。他滚到洛基身边，朝着洛基耳朵低语了一番。

在仔细听完奥丁的话后，洛基对赫雷德玛说："放我走吧。我去拿金子，这两个人可以留在你这里当人质。"

赫雷德玛给洛基松了绑。后者瞥了一眼，嘲讽地笑了笑，使得不光是父子三人，就连霍尼尔也跟着忐忑了起来。洛基打开门跑了出去，消失在茫茫夜色之中。

洛基的巡空靴还在赫雷德玛手中，不过他本来也不急着赶路。他知道现在杀了奥丁和霍尼尔对赫雷德玛也没什么好处，那个农夫会等他带着赤金回去。再说了，强大的奥丁和长腿的霍尼尔被五花大绑躺在地上——这番光景其实挺好笑的。洛基在人界晃悠一番，最后抵达了位于赫雷塞岛海底的海神宫殿。

在那里，他找到了海神埃吉尔和他的妻子澜恩。"出大事啦！"洛基气喘吁吁地告诉澜恩，"连奥丁都被抓了！他和霍尼尔都被绑了起来，只有你的网才能救他。"

海神之妻浅色的眼睛睁得老大，散发着冷冷的光。

"把你用来打捞死者的网借给我吧。我拿了它，就可以去解救奥丁和霍尼尔了。"

洛基担心澜恩变卦，一拿到她的网就离开了海底的宫殿，前往黑暗精灵的家园。

他穿过许多滴水的隧道和幽暗的密室，终于来到了一个巨大无比的洞穴里面。洞穴里的石柱比树干还要粗，昏暗的角落则一片死寂。不过在洞穴顶端的正中有一道缝，漏下来的光线让洛基找到了他的目标：一个寂静的大池子，里面的池水看起来无处可去，也无源可循。

洛基把又细又密的网投进了水中。当他把网拉起来时，网底躺着一尾拼命挣扎的狗鱼。

狗鱼的牙齿非常尖利，黄色的眼睛里则闪着凶光。洛基避开它的牙齿和目光，把它提起来，狠狠地摇晃了一通，说："你先变回人形来。"

"……变回人形来。"洞穴里响起了回声。

网里的狗鱼不见了，取而代之的是一个名叫安德瓦利的侏儒。洛基把他从湿漉漉的网里捞出来，提着他的后颈不放。

"你这是想干什么？"安德瓦利抱怨道。

"……想干什么？"回声在继续。

"把你所有的金子都给我，否则我就像拧衣服一样拧断你的脖子。我要你所有的金子。"

"……所有的金子。"回声还在继续。

瑟瑟发抖的安德瓦利带领洛基走出洞穴，穿过一条弯曲的小径，走进了他的铁铺。这地方又闷又热，烟雾缭绕，不过该有的工具一应俱全，还有许多金子在火光的照耀下闪闪发光。侏儒摊开手，耸了耸肩。

洛基踢了踢地板上的一小块金子，说："把你的金子都装起来。"

安德瓦利不断咒骂，但他还是按照洛基吩咐的做了。他连滚带爬地把铺子里的金盘、金块、金片和金条都收集了起来。所有的金器，不管是做好的还是没做好的，安德瓦利也都把它们堆到了一起。洛基看着这一大堆赤金，心满意足。"就这些了？"他问道。

安德瓦利一言不发地把金子都装进了两个陈旧的口袋里，正好都装满了。他吭哧吭哧地把这两个口袋拖到铺子的另一端，放到洛基面前。

"那枚戒指呢？"洛基指着侏儒的右拳问道，"我看到你藏了一枚戒指。"

安德瓦利摇了摇头。

"把它放进袋子里去。"洛基说。

"把这个戒指留给我吧，"安德瓦利哀求道，"就一枚戒指而已。"

"把它放进袋子里去。"洛基说。

"把这枚戒指留给我吧，我只要它就够了，"安德瓦利继续哀求道，"这样我还能弄到更多的黄金。"

"这些黄金已经够了，"洛基说，"但我还是要把你扒光了再走。"他往前跨了一步，打翻了一袋金子。他掰开侏儒的拳头，抢走了那个奇形怪状的小东西。这枚戒指可以说是巧夺天工，洛基把它套在了自己的小指头上。"既然你不愿意把它送给我，我就只能抢了。"他说。

"我可没送过东西给你。"安德瓦利说。

洛基把口袋扛在肩上，往铁铺的门口走去。

"好吧，你尽管把那枚戒指拿去吧！"侏儒喊道，"我诅咒那枚戒指，诅咒那些黄金！它们会为它们的主人招来毁灭！"

"好极了。"洛基转过身来，面向着安德瓦利说。

"我的财富不会给任何人带来幸福！"安德瓦利喊道。

"如果我把这话转告给那些就要得到这些黄金的人，"洛基说，"安德瓦利，你的诅咒就会成真。"他又一次转过身去，把侏儒的辱骂和诅咒都留在了身后。他离开黑暗精灵的国度，回到了米德加德。

"你来得可真够慢的。"奥丁说。

霍尼尔一言不发，他看起来有些害怕。

"这事颇费了我一番功夫，不过我不辱使命回来了。"洛基说。他把两袋赤金扔到他的同伴面前，又把他从安德瓦利那里抢来的戒指拿给奥丁看。"你觉得这东西如何？"他悄声问道。

奥丁不禁眨了眨眼睛，因为这枚戒指实在是太美了。"你把它给我。"他说。

这时候赫雷德玛走了进来，身后跟着他的儿女。"你终于回来了。"他说。在他的示意下，法夫尼尔和雷金割开了奥丁和霍尼尔身上的绳索。两位神灵缓缓起身，动作十分僵硬。他们活动浑身的肌肉，搓了搓僵硬的手，检查了一番被绳子勒得生疼的手腕和脚踝。

"所以呢？"赫雷德玛说。

"这事非得你自己动手不可，"洛基说，"否则你是不会满意的。"他倒了一袋金子在地上。赫雷德玛一块接一块地把金子塞进了水獭皮里，直到整条水獭看起来都鼓鼓的，好像要被金子塞爆了一样。

"现在我们可以拿金子把它盖起来了。"洛基说。他打开第二个口袋，往泥灰岩地板上倒了又一堆金山出来。霍尼尔倒提着水獭，奥丁和洛基则绕着它堆金子，给它砌了一座纯金的坟墓。

"你看，"奥丁满意地说，"你自己来看吧，赫雷德玛！我们拿赤金把这张皮都盖满了。"

赫雷德玛围绕着这堆金子绕了许多圈，仔细检查了每一寸皮、每一根毛上的金子。"这里！"他说，"你们没给这根胡须盖上金子！你们必须拿赤金来把它盖住，否则就是违背了誓言，我不会对你们手下留情的。"

洛基看向奥丁，而奥丁看向了洛基小指头上那枚奇形怪状的戒指。他吸了下鼻子，把戒指取了下来，将它挂在那根没有金子的胡须上。"我们把奥托的赔命钱付清了。"奥丁大声地说。

"是的。"赫雷德玛说。

奥丁跌跌撞撞地走到房间的另一端，拿起了支在角落里的贡尼尔。洛基抓起他的巡空靴，马上就穿在了脚上。他们能感觉到体内重新涌动起力量。他们看着赫雷德玛、法夫尼尔和雷金，心中泛起了憎恶之情。

"你们听好了！"洛基说，"那枚戒指和那些金子本来都属于一个名叫安德瓦利的侏儒，他对这些财宝下了咒。"他顿了顿，接着说："我要复述他的诅咒，这样它就会成真了。"洛基的声音低沉而富有魔力。"你尽管把那枚戒指拿去吧！我诅咒那枚戒指，诅咒那些黄金！它们会为它们的主人招来毁灭！"

奥丁向洛基看去，眼里有光芒闪动。洛基露出了一个坏笑。霍尼尔迈出一步，和他们肩并肩站到了一起。三个朋友走出农舍，呼吸着清新的春之气息。

本章注释见第 338 页。

第二十七章

阿尔维斯之歌

阿尔维斯从黑暗精灵的国度动身来到阿斯加德，急匆匆地前往闪电之宫毕尔斯基尼尔。在那里，他见到了他要找的那位神灵，却没有认出对方的身份。

"我来迎接我的新娘了。"侏儒开门见山地说，"我一路上已经花了太多时间，现在我要马上带特鲁德去她的新家。或许别人会说我太心急，但我可不想在这个地方多待上哪怕一分一秒。"

"你是谁？"托尔问道，"不，也许我该问，你是什么？你的鼻子怎么这么苍白？你平时是住在墓穴里与死人为伍的吗？"托尔打量了阿尔维斯一番。"你看起来活像一个怪物。特鲁德是绝不会嫁给你的。"

侏儒昂首挺胸看着对方，不过就算这样，他还是很矮。"我叫阿尔维斯。"他说，"天下没有我不知道的事情。我住在一个山底的岩洞里面。"说到这里，他不耐烦地挥了挥手。"我是来领特鲁德的。我给众神打造了许多武器，他们答应把她给我当作报酬。众神是不会毁约的。"

"我这就替他们毁了。"托尔愤怒地说，"我可没听说过这个约定。"他朝着阿尔维斯走过来，大声说道："女儿的婚事只有当父亲的说了才算，别人都没这权利。"

"那你又是谁呢？"阿尔维斯问道，"我那位美丽的新娘子要嫁给谁，你以为你就有权决定吗？你一看就是个无名无姓的流浪汉。"他的嘴角抽搐了几下。"你妈一定是被人拿聘礼买下来才生的你吧？"

托尔的双眼散发出凌厉的光芒。阿尔维斯看着他，不禁害怕了起来。"我是投锤者托尔，"雷神一字一顿地说，"四处流浪的神灵，奥丁的儿子。我绝不会让你娶到我的女儿。"

"啊！"阿尔维斯惨白的脸上浮起了一个微笑，"我很快就会赢得你的好感，让你回心转意的。我渴望得到你肤白如雪的女儿，我愿意为她努力，获得你的首肯。"

"我聪明的客人，"托尔说，"如果你能够回答我所有的问题，我就不再阻挠这门婚事。阿尔维斯！既然你知晓每一个神和人的命运，那你告诉我：九大世界的居民如何称呼我们周围的这块土地？"

"人类将它叫作'大地'，"阿尔维斯回复道，"阿萨神族将它叫作'原野'，华纳神族将它叫作'大道'。它是巨人口中的'长青'，精灵口中的'生长'。至于至上之神，他们叫它'泥土'。"

"阿尔维斯！既然你知晓每一个神和人的命运，那你告诉我：九大世界的居民如何称呼海洋之子天空？"

"人类将它叫作'天上'，"阿尔维斯回复道，"阿萨神族将它叫作'高处'，华纳神族将它叫作'织风之穴'。它是巨人口中的'上界'，精灵口中的'美丽的房顶'，侏儒口中的'滴水的厅堂'。"

"阿尔维斯！既然你知晓每一个神和人的命运，那你告诉我：

九大世界的居民如何称呼月亮？"

"人类将它叫作'月亮'，"阿尔维斯回复道，"但它是神祇口中的'虚假的太阳'，亡灵口中的'转轮'，巨人口中的'匆忙的旅者'，侏儒口中的'发光球'，精灵口中的'计时器'。"

"阿尔维斯！既然你知晓每一个神和人的命运，那你告诉我：九大世界的居民如何称呼太阳？"

"人类将它叫作'太阳'，"阿尔维斯回复道，"但神祇叫它'天体'，侏儒叫它'德瓦林的欢欣'，巨人叫它'不灭之光'，精灵叫它'美丽的圆轮'。至于神的后裔，他们管它叫'红彤彤的光亮'。"

"阿尔维斯！既然你知晓每一个神和人的命运，那你告诉我：九大世界的居民如何称呼盛着雨水的云朵？"

"人类将它叫作'云朵'，"阿尔维斯回复道，"阿萨神族将它叫作'将至之雨'，华纳神族将它叫作'风筝'。它是巨人口中的'雨之期盼'，精灵口中的'天气之力'，亡灵口中的'秘密之盔'。"

"阿尔维斯！既然你知晓每一个神和人的命运，那你告诉我：九大世界的居民如何称呼无所不在的风？"

"人类将它叫作'风'，"阿尔维斯回复道，"但神祇叫它'摇晃者'，至上之神叫它'嘶喊者'，巨人叫它'哭号者'。精灵叫它'咆哮的旅者'，亡灵则叫它'爆裂的气流'。"

"阿尔维斯！既然你知晓每一个神和人的命运，那你告诉我：九大世界的居民如何称呼风停之后的安宁？"

"人类将它叫作'安宁'，"阿尔维斯回复道，"阿萨神族将它叫作'平静'，华纳神族将它叫作'风息之时'。它是巨人口中的

'湿热'，精灵口中的'一日中的歇息'，侏儒口中的'一日中的庇所'。"

"阿尔维斯！既然你知晓每一个神和人的命运，那你告诉我：九大世界的居民如何称呼船只航行的海洋？"

"人类将它叫作'大海'，"阿尔维斯回复道，"阿萨神族将它叫作'平面之水'，华纳神族将它叫作'波涛'。它是巨人口中的'鳗鱼之家'，精灵口中的'饮水处'，侏儒口中的'深渊'。"

"阿尔维斯！既然你知晓每一个神和人的命运，那你告诉我：九大世界的居民如何称呼熊熊燃烧的火焰？"

"人类将它叫作'火'，"阿尔维斯回复道，"阿萨神族将它叫作'烈焰'，华纳神族将它叫作'火浪'。它是巨人口中的'饥饿之舌'，侏儒口中的'燎烧者'，亡灵口中的'速燃者'。"

"阿尔维斯！既然你知晓每一个神和人的命运，那你告诉我：九大世界的居民如何称呼四处生长的树木？"

"人类将它叫作'森林'，"阿尔维斯回复道，"阿萨神族将它叫作'田野的鬃毛'，亡灵叫它'山头的水草'，巨人叫它'火焰的吃食'，精灵叫它'美丽的枝丫'，华纳神族则管它叫'树枝'。"

"阿尔维斯！既然你知晓每一个神和人的命运，那你告诉我：九大世界的居民如何称呼纳尔维的女儿夜晚？"

"人类将它叫作'夜晚'，"阿尔维斯回复道，"神祇将它称为'黑暗'，至上之神叫它'头罩'，巨人叫它'无光'，精灵叫它'安睡'，侏儒则管它叫'织梦者'。"

"阿尔维斯！既然你知晓每一个神和人的命运，那你告诉我：九大世界的居民如何称呼播撒在田里的种子？"

"人类将它叫作'麦粒'，"阿尔维斯回复道，"阿萨神族将它叫作'谷物'，华纳神族将它叫作'丰饶'。它是巨人口中的'吃食'，精灵口中的'磨粉'，亡灵口中的'细梗'。"

"阿尔维斯！既然你知晓每一个神和人的命运，那你告诉我：九大世界的居民如何称呼喝进肚里的酒水？"

"人类将它叫作'麦酒'，"阿尔维斯回复道，"阿萨神族将它叫作'啤酒'，华纳神族将它叫作'泡沫'。它是巨人口中的'无云之雨'，亡灵口中的'蜜酒'，而苏通的儿子们则管它叫作'宴会之饮'。"

托尔说："你是我见过的第一个洞悉如此之多古老智慧的人。"他意味深长地对着他的客人笑了笑，缓缓地点了点头。"但你的舌头就是你的枷锁，阿尔维斯。太阳的光芒会把你困住。"

侏儒闻言猛地转身，但是已经太迟了。

"太阳的光芒会把你困住，"托尔得意地说，"将你化为顽石。而现在，阳光又照进我的大殿里来了。"

本章注释见第 341 页。

第二十八章

巴尔德的梦

巴尔德在不断呻吟。他扭动着身体，试图逃开那些黑影的魔爪。他喘息一番，突然醒了过来。半明半暗的微光笼罩着这位阿萨族最为俊美的神：他的额头洁白如花瓣，一头金发熠熠生辉。巴尔德试着抓住他的梦境，想要说出每一个形状的名字，以此消除它们的威胁。可是既然他现在已经醒来，那些原本躲在暗影里的形状也逐渐模糊。随着恐惧之心逐渐变成淡淡的不祥预感，巴尔德也闭上眼睛，又开始打起盹来。

他一入睡，可怕的噩梦便卷土重来。那些阴森恐怖的形状又开始气势汹汹地向他逼近。巴尔德在床上踢腿挣扎，最后被自己的喊声惊醒了。恐惧再一次向他袭来，他觉得自己来日不多了。

阿萨众神得知了巴尔德做了噩梦，赶快聚在一起商议梦境的含义。大家都说巴尔德是阿斯加德最仁慈、最温柔也最受人爱戴的一位神明，无论如何也不该被噩梦困扰。再说了，也从来没有任何不洁的东西能进入巴尔德的宫殿——万丈光芒的布雷达布利克。可是说完这些话，他们自己也愈发狐疑起来。他们当中没人能解巴尔德的梦。

"我会亲自去求人解这个梦。"众神之父奥丁，也就是巴尔德的父亲如此说道。这位和时间本身一样苍老的魔法师起身迈出大门，骑上斯莱泼尼尔出发了。神驹飞奔过不断震动的彩虹桥，从米德加德一路往北。这条长长的道路一直延伸到尼弗尔海姆的迷雾之中。

赫尔的看门狗加尔姆远远就听到了奥丁的马蹄声。加尔姆待在尼弗尔海姆门口悬崖上的一个岩洞里，不停地大声吠叫，喉咙和胸前满是血污，但如尼之主奥丁连看都没有看它一眼。斯莱泼尼尔跑得飞快，冰封的地面在它蹄下不断颤抖。它一直跑到了赫尔高耸的大殿门前才停下。

奥丁下马往大厅里望去。厅内塞满了死者，各种金环和金饰闪闪发光。他把斯莱泼尼尔牵到大殿的东门，因为在那里埋着一位女先知。奥丁在她的墓旁站定，独眼凝视着土堆。随着他念起咒语，女先知的魂魄也从坟里缓缓升起，在他面前飘动。

"是哪个，"她呻吟道，"是哪个陌生人打扰我的安息，逼我回到这个悲哀的世界？我被雪花盖住，被大雨鞭打，被露水渗透——我已死去很久了。"

"我名叫'流浪者'维格坦，"奥丁说，"而我的父亲是'战斗者'瓦尔坦。我已去过其他八个世界，现在要你告诉我冥界的消息。为什么赫尔的长凳上摆满了金环？为什么他们拿金子装饰了整座大厅？他们是在等谁到来？"

"他们拿盾牌盖在大缸上，酿起闪光的蜜酒，"女先知答道，"是为了欢迎巴尔德。强大如阿萨诸神，也会尝到绝望的滋味。我本来就不想开口，现在更不会多说了。"

"你别走，女先知，"奥丁说，"你得留下来回答我所有的问题。

是谁会杀死巴尔德，夺走奥丁之子的性命？"

"盲眼的霍德手里拿着一根致命的树枝，"女先知答道，"是他会杀死巴尔德，夺走奥丁之子的性命。我本来就不想开口，现在更不会多说了。"

"你别走，女先知，"奥丁说，"你得留下来回答我所有的问题。是谁会杀死霍德为巴尔德报仇？是谁会把杀死巴尔德的凶手放到火葬堆上？"

"琳德会和奥丁生下一个名叫瓦利的儿子，"女先知答道，"他会在'西方之厅'维斯特萨里尔呱呱落地，出生之后第二天就为巴尔德报仇。他不会洗手也不会梳头，直到他把杀死巴尔德的凶手放在火葬堆上。我本来就不想开口，现在更不会多说了。"

"你别走，女先知，"奥丁说，"你得留下来回答我所有的问题。那些为巴尔德哀悼哭泣，将头巾扔向天空的少女是谁？"

"我以为你是维格坦，"女先知说，"但你并不是。你是魔法师奥丁，你和时间本身一样苍老。"

"你也不是什么女先知，"奥丁说，"而且你也没有什么智慧可言。你生了三个孩子，个个都是怪物。"

"奥丁，回阿斯加德炫耀你的本事去吧。"女先知说。她提高音量，听起来有些幸灾乐祸。"我会一直睡到洛基摆脱他的枷锁，黑暗大军在末日之战前完成集结的那一天。"

闪闪发光的苍白鬼魂逐渐消散，回到了坟墓里面。

奥丁转过身去。他心情沉重地骑上斯莱泼尼尔，踏上了归途。

本章注释见第 342 页。

第二十九章

巴尔德之死

众神得知巴尔德被不祥的噩梦困扰，聚到一起商量对策。他们坚信巴尔德的生命受到了威胁，花了很长时间商议要如何保护他。

众神罗列出神灵的各种死法，列举了九界中每一样可以让巴尔德丧命的东西。随后巴尔德的母亲弗丽嘉一一访问九大世界，要世间生灵和万物都发誓它们不会伤害巴尔德。

火焰发誓不会烧到巴尔德，水则发誓不会淹没他。包含黑铁在内的所有金属都发了誓，石头也发了誓。没有什么东西能阻挡弗丽嘉完成她的使命，也没有谁能无视她温柔而忧伤的请求。大地发了誓，树木发了誓，每一种疾病也都发了誓。随着巴尔德的母亲四处奔走，每一种飞禽走兽，包括在地上爬行的蛇，也都发誓绝不会伤害巴尔德。

众神再度聚到一起。弗丽嘉向他们保证说，世间万物都不会伤害巴尔德。

"我们这就来试一下吧。"众神说。一位神灵捡起一块鹅卵石，往巴尔德的头上扔去。

这块小石头落在巴尔德的头上，没有对他造成任何伤害。巴尔德甚至感觉不到有人朝他扔了石头。"我毫无感觉。"他说。

众神大笑起来。他们走出欢愉之宫格拉兹海姆，让阳光洒在他们的脸上。宫殿的金顶和金壁熠熠生辉，翠绿的伊达平原也热闹非凡：众神的仆人来回往返，许多光精灵在忙碌，来自异域的访客吃惊地四处张望，各种各样的动物则在吃食休息……一派生机盎然的景象。

阿萨族的各位男神在格拉兹海姆聚会，女神则在文格尔夫齐聚一堂。他们讨论人间英雄的壮举和命运，末了又一起寻欢作乐。他们闲谈聊天，饮酒唱歌，比试力量，还会玩各种游戏作为消遣。

没过多久，众神想再一次确认巴尔德不会受伤。他们忍不住要和他玩游戏：一位神灵往他的脸颊上扔了一小块石头，还有一位往他的胸前扔了一根树枝。

"我毫无感觉。"巴尔德说。

众神笑了起来，开始拿别的东西做试验。他们的玩笑很快就越来越夸张，以至于到后来大家让巴尔德站在一堵墙面前，把他当作飞镖靶子。然而飞镖从光明之神身上弹开，自动落在他的脚下。有的阿萨神朝着他丢石头，有的则操着刀剑斧头向他砍去，不过巴尔德自始至终都毫发无伤。最温柔美丽的阿萨神遭受了一波又一波的猛烈袭击，但没有任何东西可以伤到他。在场的众神都喜欢上了这种崭新的娱乐方式，同时也为巴尔德的不死之身欢欣鼓舞。

几乎所有的神祇都是这么想的，但洛基却是个例外。他看着眼前的这一切，心中充满了厌烦。嫉妒成性的他看到巴尔德获得不死之身，忍不住愤愤不平。这股怨恨之情在他心中日益滋长，到后来简直要把他吞噬。他拒绝参加这场游戏，却又忍不住一直旁观。

这天下午，洛基照例懒洋洋地靠在格拉兹海姆的大门上，看着大殿里聚会的光景。就在这时，他突然有了一个主意。他半闭上眼睛，舔着嘴唇微笑了起来。他悄悄起身离开，向着芬萨里尔的方向疾步而去。

易形者在芬萨里尔的门前停了下来。他四处张望了一番，先是确认周围没人能看到他，然后低声念了道咒语，把自己变成了一个老太婆。

弗丽嘉正独自坐在芬萨里尔的大厅里，这正中洛基下怀。洛基颤颤巍巍地走到女神面前，用手背抹了下鼻涕，又拿脏兮兮的黑裙子擦了手。"我这是在哪儿？"她问道。

弗丽嘉起身欢迎来客，向她表明了自己的身份。

"我一路过来好远啊，"老太婆说，"而且我觉得，我一开始就不该来的。"

弗丽嘉耐心地听着。

"我在这之前路过了一个地方，那儿真是吵死了！都没人理会我。那边的人都在朝一个男人丢石头。那个可怜的家伙皮肤很白，真的很白……而且一头金发闪闪发光。怎么一大群人都在欺负他一个呢？在阿斯加德居然也有这种事情！"

弗丽嘉微笑了一下，等着老太婆说完。

"我没待多久就走了。我这人可不喜欢看石刑。真是没想到啊，我大老远过来，居然还是碰到了那种玩意。那个可怜的男人一看就活不了多久——现在他肯定已经咽气了吧。"老太婆絮絮叨叨地说着，看起来完全忘记了还有别人在场。不过她马上又用力摇了摇头，气呼呼地问弗丽嘉："这都是怎么回事？他们为什么要砸死他？"

弗丽嘉告诉来客，所谓的石刑不过是一群阿萨神在和她的儿子开玩笑罢了。巴尔德不仅完全不会受伤，而且也很乐意参加这场游戏。

"这都是什么魔法呀？"老太婆问道。她的嘴唇上方有一道淡淡的胡子，抖来抖去怪恶心的。

"没有什么东西会伤害巴尔德，"弗丽嘉答道，"不管是金属还是树木，没有任何东西会让他受伤。我让世间万物都对我发了誓。"

"世间万物？"老太婆回复道，"不会吧。"

弗丽嘉开始有点烦这个老太婆了。她耸了耸肩，看起来希望来客快走。

"真的是世间万物吗？"老太婆吸了吸鼻子说，"你真的让每一样东西都对你发誓说，它不会伤害巴尔德？"

"是的，每一样，"弗丽嘉不耐烦地说，"除了长在瓦尔哈拉西边的一丛槲寄生。它太幼小了，我就没有要它发誓。"

老太婆哼了一声。"谢谢你抽空和我说话，"她说，"谢谢你，现在我该告辞了。"

弗丽嘉点了点头。

老太婆转过身去，跟跟跄跄地离开了芬萨里尔。弗丽嘉心想，这位不速之客可算是走了。

待到四下无人，易形者又念了一道咒语。他一声叫喊，又变回了洛基的样子。

洛基轻快地走过伊达平原。现在这里已经没有其他人了，只有一群群动物静静地站在原地不动。它们似乎是在等待着什么，又或者从来就没有挪过地方。空气仿佛快要凝固，稍微远一点的东西看起来都模糊发蓝。夜晚就要降临了。

洛基急匆匆地路过格拉兹海姆，朝着瓦尔哈拉的方向而去。他在瓦尔哈拉门外听到英灵战士的喧哗叫嚷，脸上露出微笑。他在越发黯淡的暮光中一路往西，一边吹着口哨，一边左顾右盼，时不时还看着脚下。最后他走进了一片树林，在那里发现了要找的东西。这东西既不长在土里，也不长在水中，而是从橡树的树干中长出来的。狡猾的洛基找到了一丛槲寄生。

槲寄生的浆果看起来像是一串串苍白的眼睛。它的叶子翠绿与黄绿相间，茎枝则是绿色的。哪怕是在明媚的阳光下，它的外表也十分怪诞；在黯淡的暮光中，它看起来就更诡异了。

洛基一把抓住这丛槲寄生，把它从橡树的树干上扭了下来。他离开树林向格拉兹海姆走去，一路上双手忙个不停。他选了最直的一根枝丫，一边走一边剥，把多余的叶子都扔在身后。这根光秃秃的枝丫有洛基的小臂那么长。洛基削尖了它的一头，将棍子绑在腰上，踏进了格拉兹海姆的暖光之中。

大厅里的众神玩得正开心，谁也没有注意到洛基往而复返。狡猾的洛基四处张望，发现弗丽嘉也来了，不禁微笑了起来。巴尔德的亲兄弟霍德也在。盲眼的他和平时一样站在人群的边缘，动作缓慢而又笨拙。看着他这副可怜样子，洛基抿了抿嘴，眯起了眼睛。

众神又在朝着巴尔德扔飞镖玩了。洛基看着这景象，突然弯下了身子。有那么一瞬间，他全身不断抽搐，好像是在无声大笑，又好像是痛苦到了极点。

一个仆人赶快给洛基端来了酒。洛基一口干掉酒，不疾不徐地穿过宽敞的大厅，走到了众神和他们随从围成的半圆形背后。他悄悄来到霍德旁边，戳了戳对方的胸口。

"你一定是洛基吧？"霍德说。

"一点不错。"洛基在他耳边说道。

"你找我干什么？"霍德问。

"你怎么不加入他们的游戏呢？你为什么不朝你的兄弟扔飞镖呢？"

"因为我看不见他在哪儿。"霍德说。

洛基咂了咂嘴。

"而且我手上也没有武器。"霍德继续说。

"这可不行啊，"洛基听起来有点愤慨，"他们不该这么冷落你，何况你还是他的兄弟呢。"

霍德脸上的表情并没有变化。他早已学会了接受自己的命运。"怨恨于人无益。"他说。

他的声音被众神的哄笑盖住了。

"发生什么了？"霍德问道。

"没什么，"洛基说，"还是同样的把戏，他们扔的飞镖又中了。不过现在该轮到你了，霍德，你应该和别人一样向巴尔德致意。"

"我没有武器。"霍德重复了一次。

"那你就用这根小树枝好了。"洛基把削尖的槲寄生放到霍德手中，接着说，"我可以告诉你他站在哪里。我会站在你身后，帮你瞄准。"

洛基的眼睛像是要喷出火来一般。他浑身燥热，脸上写满了邪恶和渴望。

霍德抓住槲寄生，举起了右臂。在洛基的帮助下，他将这支飞镖对准了他的兄弟巴尔德。

槲寄生飞过大厅，击中了巴尔德，在他的身体上刺了一个洞出来。光明之神扑在地上，当场丧命。

格拉兹海姆一片死寂。除了刺耳的沉默，再没有别的声音。众神瞠目结舌地看着他们当中最俊美、最聪慧的巴尔德倒在地上。他看起来还是那么光芒四射，可是他已经死了，而众神中竟没有谁能上前一步把他扶起来。

面面相觑的众神将目光转向了霍德和洛基。他们都很清楚究竟是谁杀死了巴尔德，但眼下他们还不能动手报仇。没人愿意用鲜血玷污格拉兹海姆，这座宫殿可是神族的圣地。

霍德看不见众神的表情，但洛基无法面对他们可怕的目光。他大步跑了出去，消失在门外的黑暗中。

大厅里的沉默终于被打破了。随着一位悲痛欲绝的女神终于哭出声来，格拉兹海姆很快就充满了哀鸣。大家试图用言语表达他们的悲伤，但泪流满面的他们连一句话也说不出来。

奥丁也目睹了这场悲剧，在场众神中没有谁比他更难过。他明白，巴尔德的死对神祇和人类来说代表着一场前所未有的灾难，并且为未来的毁灭与苦难拉开了序幕。

首先开口的人是弗丽嘉。"你们当中有谁……"她问道，"有谁想要赢得我的垂青？"

大家纷纷望向她。

"你们当中有谁愿意去遥远的冥界，把巴尔德带回来？"

一众女神用手捂脸，又开始啜泣。

"你们当中有谁，"弗丽嘉提高了音量，"愿意去和赫尔交涉？我愿意给她一笔赎金，只要她愿意让巴尔德回到阿斯加德。"

以勇敢闻名的奥丁之子赫尔莫德上前一步。"我愿意，"他说，"我准备好了。"

大厅里的气氛终于又活了过来。仆人们听奥丁命令，赶快出门牵来了奥丁的坐骑斯莱泼尼尔。

众神之父把斯莱泼尼尔的缰绳交给了赫尔莫德。赫尔莫德在大厅内翻身上马，他俯视着众神的脸庞，又看向巴尔德毫无生命的美丽身体。他发力策马，斯莱泼尼尔的蹄子在大理石地板上踢踏作响。赫尔莫德骑着神骏跑出大厅，消失在无尽的黑夜之中。

众神无法入眠，在格拉兹海姆沉默地守了一夜。他们围在巴尔德白得发光的遗体旁边，各自想着心事。赫尔莫德真的能够成功地把巴尔德从冥界带回来吗？他们应该如何处置巴尔德可怜的兄弟霍德？洛基又该受到什么样的惩罚？对大家来说，巴尔德之死到底意味着什么？

黎明眼看就要来了。一开始只是东边泛起微弱的光亮，然后四面八方都迅速地亮了起来。

四位神灵沉痛地将巴尔德的遗体抬到肩上，其余诸神则跟在他们后面，排起了一条长长的送葬队伍。他们将巴尔德带到海边，放到他的大船旁边。这艘大船名叫灵虹，有着弯曲的船头。

众神打算在灵虹的甲板中间靠桅杆的地方为巴尔德堆一个柴

堆。他们抓住船尾，想把灵虹推入海中，却发现哀伤让他们精疲力竭，无论如何也没法推动船底下的滚筒木。

于是他们派了一位使者去约顿海姆，寻求女巨人希尔罗金的帮助。众神在海滩上坐下来，看着浪头起起伏伏，心里充满了悲哀与忧戚。他们一个个自顾不暇，没有余力安慰别人。

过了一会儿，希尔罗金骑狼而来。她神情冷酷，身材魁梧，手中以毒蛇为缰绳。她脚一落地，奥丁便吩咐四个狂战士去看守她的巨狼和毒蛇，免得它们伤人。

巨狼一看到身披兽皮的狂战士便生起气来，眨着眼睛咆哮不止。

狂战士捉住了希尔罗金的毒蛇，却按不住她的巨狼。他们无助地吊在巨狼的身上，任它在沙滩上把他们拖来拖去。到后来，狂战士终于发狂了，他们提拳对着巨狼一阵狂打，直到它瘫倒在地才住手。

希尔罗金走到灵虹面前，望着这艘庞大却又优雅的船。她捏紧船头，定住双脚使力，发出一声惊天动地的吆喝。随着她用力一推，船底下的滚筒木很快开始滚动，灵虹也猛地掉入水中。木头在摩擦之下燃烧了起来，九界也随之颤抖。

"够了！"托尔喊道。他紧紧抓住锤子，感觉自己的力量又涌上来了。

希尔罗金轻蔑地瞥了他一眼。

"够了！"托尔重复了一次，"我非让你懂规矩不可。"

奥丁和其他几位阿萨神急忙拉住了他。他们抓住托尔的手臂，提醒他说希尔罗金是受了邀请才来的。

"我要锤烂她的头。"托尔咕哝道。

"你不能对她动手呀，"众神对他说，"你别理她就好。"

托尔的盛怒逐渐平息了下来。他在海滩上来回走着，踢着沙子，卷起一片沙暴。

这时候，将遗体扛到海边的四位神灵又一次小心翼翼地把死者抬了起来，蹚水来到了已经入水的灵虹的旁边。他们将巴尔德干净的遗体放到一条很高的凳子上，又拿一块赤红的布盖在他身上。

巴尔德的妻子南娜注视着这一切。当她看到巴尔德一动不动地躺在船上，她的身体不受控制地颤抖了起来。她的哀痛过于深重，就连一滴眼泪也流不出来，但她的心已经碎了。涅普的女儿就这样倒地气绝。众神将她也抬到船上，放在她丈夫的身边。

送葬的队伍越来越壮大。奥丁来了，肩上停着他的两只乌鸦——"思想"胡金和"记忆"穆宁。陪同他的除了弗丽嘉，还有一众瓦尔基里——"震动"赫里斯特、"迷雾"米斯特、"战斧之时"斯克吉约德、"战争"斯科古尔、"战士"希尔德、"力量"特鲁德、"吵嚷"赫洛克、"锁链"赫费约托尔、"尖叫"高尔、"举矛者"盖罗洛尔、"举盾者"兰德格里德、"不和"拉德格里德与"神之后裔"雷金莱芙。这群美丽的姑娘平时在沙场上决定战士的生死，此时却都围在战争之父身边。

弗雷也出席了这场葬礼。为他拉车的是古林博斯帝，侏儒兄弟布罗克和艾特里造出来的那头金鬃野猪。海姆达尔离开阿斯加德，骑着他的爱马古尔托普来了。芙蕾雅也驾着她用猫拉的战车来了。

精灵来了，侏儒也来了。成百上千的冰霜巨人和岩石巨人跟着希尔罗金，也从约顿海姆过来了。岸上聚了黑压压的一大群人，其中既有来哀悼光明之神的，也有纯粹好奇来凑热闹的。海鸟扑腾尖叫，海水哭泣不止，大家都站在海陆交接的边界，看着船上举行的仪式。

众神围着巴尔德和南娜的遗体堆了一个柴堆。这些干燥的枯枝只需一朵火花就能熊熊燃烧起来。火苗会吞没亡者的尸体，让他们的灵魂踏上旅途。

接下来他们往船里堆了许多珍贵的首饰，比如腰扣、胸针、戒指、钩扣和别针。不仅如此，他们还放了各种生活必需品，比如刀子、水桶、剪刀、纺锤和铲子。

他们把巴尔德的骏马拉到岸边让它飞跑了许久，直到它汗流浃背才停下。一名仆人拿起匕首往马的喉咙一戳，只见马儿猛烈地抽搐了一下，随即一声不响地倒下了。仆人们把它的身体砍成几大块，也扔进了船里。

奥丁涉水来到船边。他伸手抓住船舷，爬进船里，低头凝视了儿子的遗体一阵，随后慢慢地从身上取下了臂环德罗普尼尔，把它套在巴尔德的手臂上。这个神奇的金环每过九夜，就会生出八个和它一样重的金环。奥丁弯下身子，凑到巴尔德的耳边悄声说了什么。他在说完后又盯着巴尔德看了一会儿，最后离开了灵虹。

在奥丁的示意下，一名仆人拿了火把上来。他点燃柴堆，浓烟顿时蹿上天空。

托尔举起了他的锤子。他缓慢而庄重地念起咒语，为这场葬礼祈禳。

这时候，一个名叫利特的侏儒等得不耐烦了，沿着海岸撒腿就跑，直接跑到了托尔面前。托尔勃然大怒，伸脚绊倒了他。不等利特起身，托尔又狠狠踹了他一脚，把他直接踢到了熊熊燃烧的火堆上，于是利特就在巴尔德身边被烧死了。

众神放开船绳，将灵虹送入海中。随着大船在水中颠簸着漂向远方，岸上的哀悼者也终于不再压抑他们的悲痛之情。他们放声大哭，缅怀他们当中最美丽、最温柔也最聪慧的巴尔德。

灵虹被海风推着，往大海深处飘去。火焰舔舐着它的边缘，很快便吞没了整艘船。它在海平面上摇晃着向众人告别，那一团烟火聚成的云，始终笼罩在船的上方。

赫尔莫德在一个伸手不见五指的山谷中骑行了九天九夜。随着地面逐渐后退，冥界的冷气越来越重。他跨过了一条又一条河流——冰凉的斯沃尔、不屈的贡特拉、费约尔姆、冒着气泡的芬布图尔、可怕的斯利德、咆哮的赫里德、席尔格、伊尔格、宽阔的维德和纤细如闪电的雷普特，最后来到了极寒的吉约尔的岸边。面对湍急的水流，斯莱泼尼尔不需赫尔莫德鞭策，自觉跑上了河上那座铺满黄金的桥。

在桥的另一头，一个名叫莫德古德的少女举起她苍白得奇怪的手臂，让赫尔莫德停了下来。"你如果想要过桥，"她说，"就得先告诉我你的名字和出身。"

赫尔莫德没有回答她。

"昨天来的死人有五支军队那么多，"莫德古德说，"他们都从这座桥上过去了，但你比他们所有人加起来还要吵闹。"

赫尔莫德还是一言不发。

"你看起来不像是个死人，"莫德古德说，"你是谁？"

"我是奥丁之子赫尔莫德。我必须去冥界找我死去的兄弟巴尔德。你看到他从这边过去了吗？"

"他已经过河去了，"莫德古德回答道，"他骑着马过了这座桥。但去冥界的路很远，虽然你已经走了很远的路，你还得继续往北走，而且还要往下走才行。"

赫尔莫德感谢了莫德古德，她便侧身放他过去了。斯莱泼尼尔认出了前面的路，载着赫尔莫德往前跑去。最后，他们终于来到了冥界的高墙大门面前。

斯莱泼尼尔停下脚步，嘶鸣起来。

赫尔莫德下马，在昏暗的光线中环视了一圈。冥界外围的大门紧锁着，看起来只有前往死尸之壑纳斯特隆德的人才能通过。他收紧马镫，翻身上马，狠狠踢了斯莱泼尼尔一脚。

奥丁的坐骑朝着大门跑去。斯莱泼尼尔似乎犹豫了一瞬，但他很快用力一蹬，后腿高高跃起，越过了冥界的黑铁大门。

大胆的赫尔莫德一直骑到了赫尔的宫殿埃琉德尼尔的大门前。他再一次翻身下马，直接走进了空旷的大殿。无数死者都望向来客。他们刚死不久，脸色发绿，皮肉已经开始腐烂，脸上骨头比肉还多。有的死人看起来可怜兮兮，有的则龇牙咧嘴；有的看起来阴险狡诈，有的则苦不堪言。他们中的每一个都直勾勾地盯着赫尔莫德。

但赫尔莫德的眼中只有那个坐在贵宾位上的金发男子，那便是他的兄弟巴尔德。

为了巴尔德，也为了阿斯加德众神，赫尔莫德在大厅里过了一整夜。他坐在大门旁边一言不发，而死者中没人能和他主动交谈。他一直等到赫尔在她的病床上苏醒，撩开幔帐走下床来。

赫尔的上半身是活人的模样，下半身却是腐烂起斑的尸体。她慢慢地走向赫尔莫德，表情十分阴森。赫尔莫德向她致意，告诉她众神如何为巴尔德哀恸不已，阿斯加德又如何笼罩在泪水和悲伤之中。他小心翼翼地遣词造句，请求赫尔让巴尔德和他一起回去。

赫尔思考片刻，脸上的表情没有任何变化。"大家都说巴尔德深受众生万物的爱戴，"她最后说，"但我看这可未必。"

她等着赫尔莫德回复她，但来客一言不发。

"不过，"赫尔继续说，"我们可以测试一下这话的真假。"她的语速和她两位年迈的仆人——冈拉提和冈洛特——走路的速度一样慢，以至于她的话听起来就像是沉默之间的停顿。"如果遍布九界的众生万物都为巴尔德哭泣，"赫尔宣布道，"我就允许他回到阿斯加德。但如果有任何一样东西拒绝，如果有任何一样东西不为巴尔德流下眼泪，那他就必须留在尼弗尔海姆。"她说完这番话，转身慢慢离开了。

巴尔德从座位上站了起来，南娜也起身站到了他的身旁。他们穿过满厅的死者，从大殿的另一头向赫尔莫德走来，巴尔德白皙的脸庞闪闪发光。他们向赫尔莫德问好，领他走出了埃琉德尼尔。在巴尔德的葬礼上，奥丁把德罗普尼尔给了他的儿子，而现在巴尔德把它从自己的手臂上取下来，放到了赫尔莫德手里。他说："请把这东西带给我的父亲，好让他记得我。"南娜则给了赫尔莫德许多礼物，包括一卷可以用来做头饰的麻布。"这是给弗丽嘉的，"她说着，又给了赫尔莫德一个金戒指，"这是给芙拉的。"

赫尔莫德和他们道了别，随后骑上斯莱泼尼尔，日夜赶路回到了阿斯加德。他走进格拉兹海姆，将他在冥界看到和听到的一切告诉了众神。

众神向九界的每一个角落都派去了使者。他们请求世间的众生万物都为巴尔德哭泣，好让巴尔德重返阳间。正如这之前它们发誓不会伤害巴尔德，现在众生万物也纷纷为光明之神流泪。火焰和金属哭了，石头和泥土哭了，每一种疾病，每一种飞禽走兽，每一种有毒的植物，甚至每一条在地上爬行的蛇——大家都流下了眼泪，就像寒霜在春天到来之际开始融化一般。

众神的使者踏上了归程。他们都觉得自己已经完成了使命，直到他们碰到了一个坐在山洞里的女巨人。

"你叫什么名字？"一位使者问道。

"我叫托克。"女巨人说。

使者向她说明了他们的任务。他们恳求托克像其他人一样为巴尔德哭泣，好让他离开赫尔的国度。

女巨人瞪着他们，一脸阴郁地说："托克的眼里没有泪水可流。我从来就不喜欢那个老头子的儿子。不管他是死是活，都对我没有任何用处。让赫尔把他留在冥界吧。"

任凭使者百般恳求，托克再没吐出一个字。她拒绝改口，也拒绝为巴尔德流泪。

使者们离开山洞，垂头丧气地跨过彩虹桥，回到了阿斯加德。众神看着他们神色黯然的样子，不等他们开口就立刻明白了一切。

这个噩耗令众神身心交瘁。大家都坚信，山洞里的那个女巨人其实就是洛基。

本章注释见第 344 页。

第三十章

洛基的争辩

在巴尔德去世一段时间之后，众神虽然依旧被不祥的预感笼罩着，但总算是能冷静下来面对光明之神的死亡了。有一天，他们前往赫雷塞岛赴宴。

埃吉尔在闪耀的海底宫殿里招待了他们。既然托尔和提尔为他从希米尔手中弄来了那口大锅，埃吉尔也只有按照约定，酿了许多酒招待客人。

托尔当时不在，因为他又去了约顿海姆，但以奥丁和弗丽嘉为首的许多阿萨神都来了，包括托尔的妻子希芙、布拉吉和他的妻子伊童。将自己的一只手留在了魔狼芬里尔口中的提尔也来了，大家都感谢他帮助托尔，从他的父亲希米尔那里弄来了足有五里深的大锅。尼约尔德和他的妻子斯卡娣来了。弗雷和芙雷雅不仅来了，还带了弗雷的两个仆人——毕格维尔和贝拉。奥丁的儿子维达尔跟大家一起来了。洛基也来了。

除了他们，还有许多神祇和一众精灵都聚在海神的大殿里。埃吉尔的这座宫殿是用闪闪发光的金块来照明的。随着客人们在长凳上坐下，埃吉尔的两个仆人——"伶俐者"费玛芬和"烧火者"埃尔迪尔——走来走去招待他们。酒水源源不断，大家都在快活

255

地交谈。

洛基听到众神纷纷赞扬埃吉尔的两个仆人干活勤快，心里十分不快。他将大厅里的祥和景象看在眼里，心里的愤恨就像沸水不断翻腾。他毫无预兆地跳起来扑向费玛芬，一刀捅死了对方。

这下宴席上炸开了锅。众神纷纷站了起来，摇动盾牌向洛基问罪。洛基被他们赶了出来，只好逃到岛上幽暗的森林里。埃吉尔、澜恩、众神和精灵又坐下来享用宴席，喝酒聊天。

没过多久，洛基又回到了大厅前面。他在门外偷袭了埃吉尔的另一个仆人埃尔迪尔。"别动，埃尔迪尔。"他说，"你告诉我，为什么大厅里如此喧闹？高贵的众神除了忙着喝酒，都在谈论什么？"

"高贵的众神在比较他们的武器和武艺。"埃尔迪尔说，"不管是神还是精灵，他们中没有谁会为你说话。"

洛基撇了撇嘴，露出一个可怕的笑容。"我不管，"他说，"我要回去。我才不会错过这场宴会。我要让他们的心里充满仇恨和悲哀，往他们的酒杯里拌进毒液。"

"他们会狠狠教训你的。"埃尔迪尔说。

"你说话当心点，埃尔迪尔。"洛基说，"不管你骂我什么，我保证加倍奉还。"他轻蔑地一肘子推开埃尔迪尔，进入了大厅。当众人意识到洛基进来了，整个大殿上顿时鸦雀无声。

他们的沉默就像是一堵墙，但洛基并没有退缩。"巡天者很渴了，"他缓缓地走到大厅中间，淡然说道，"我走了好久才来到埃吉尔这里。你们有哪位愿意给我倒一杯酒喝吗？"他一动不动地站在那里，环顾四周，看着在场的众神。"你们为什么拉长了脸，一句话都不说呢？就没有谁能回复我吗？你们要么给我让个位子让我入席，要么告诉我说，这里不欢迎我。"

向来伶牙俐齿的布拉吉开了口："我们的宴席上不会再有你的位置了，我们不希望和你这样的家伙一起宴饮。"

洛基完全不理会布拉吉，他看着至高者奥丁说："奥丁，你还记得吗？在很久很久以前，我们曾经发了血誓结为兄弟。你当时起誓说，如果别人拒绝招待我，你也决不会成为他们的座上客。"

"维达尔，你挪一下吧，"奥丁转头对自己的儿子说，"给魔狼的父亲腾一个座位出来。我们不能再让他在埃吉尔这里惹麻烦了。"

维达尔起身倒了一杯酒，把它递给了洛基。洛基环顾四周，愤恨之情溢于言表。"我向你们致意，在座的男女诸神！"他扬声说道，"我向每一位高贵的神祇致意，除了瘫在那边的布拉吉。"

布拉吉摇头答道："如果你懂得如何闭嘴，就不至于散布仇恨，招来众神的愤怒。你要是能闭上嘴巴，我愿意从自己的马厩里挑一匹马送给你，再给你一把剑和一枚戒指。"

"净说大话的布拉吉！"洛基说，"你在这之前没有过什么马匹和戒指，这之后也永远不会有。这座大厅里坐满了神明和精灵，可是没有谁的胆子比你更小。你一看到敌人射箭，就只会赶快躲到你的盾牌后面。"

"要不是我们正坐在埃吉尔的宫殿里，"布拉吉平静地答道，"我一定会徒手把你这个混蛋的脑袋拧下来。那是你应得的惩罚。"

"你也就是嘴巴上逞逞强罢了，"洛基反唇相讥道，"大家都看得到你坐在那里，低眉顺眼就像个新出嫁的姑娘家！若是你真的生气了，那就站起来和我打一架吧！真的英雄可不会说这么多废话。"

伊童转过身对她的丈夫说："布拉吉，求求你，想一想我和孩子们，还有在座的诸神吧。别和洛基一般见识，不要再在这里争执了。"

"你够了，伊童！"洛基喊道，"还有哪个女人比你更放荡吗？你的胃口可真了不得！你甚至和杀了你兄弟的人勾肩搭背呢。"

面对洛基的污言秽语，伊童依旧不动声色。"我不会在埃吉尔的宫殿里和洛基吵架。"她说，"布拉吉说这么多，完全是因为他喝多了。我已经让他冷静下来了。"

这时候女神格菲翁说道："这有什么可吵的呢？大家都知道洛基喜欢嘲笑别人，而且他还憎恨阿萨神族。"

"你够了，格菲翁！"洛基喊道，"别以为我不知道你的那些丑事。我知道诱惑你的人是谁——那个男孩子送了你一根金光闪耀的项链，你就骑到他身上去了。"

"洛基，你这是疯了才会招惹格菲翁。"奥丁说，"你彻底疯了。她的预言能力不在我之下。"

"你够了，奥丁！"洛基喊道，"你向来不公，经常让战场上弱势的一方取得胜利。"

"这话没错，"奥丁答道，"但你曾经作为一个女人在地下生活了八年，天天给牛挤奶。你甚至还生儿育女，让他们吸吮你的乳汁。你完全就是个女人。"

"你曾经在萨姆塞岛上施展女巫的魔法，"洛基说，"并且以女巫的形象示人。你完全就是个女人。"

奥丁的妻子弗丽嘉试图结束这场争吵。"你们俩谁都不该把这些陈年旧事扯出来。"她说，"说这些都有什么意义呢？过去的就让它都过去吧。"

"你够了，弗丽嘉！"洛基喊道，"芙约金的女儿，你天生就是个荡妇。你身为奥丁的妻子，却曾经和他的两个兄弟——维利和维伊——同床共枕。"

"要是我还有个儿子，"弗丽嘉说，"要是我的儿子巴尔德如今坐在我身边，他一定会动手为我讨回公道。"

"啊，弗丽嘉，"洛基尖刻地说，"看来你想知道我的本事。要知道，由于我从中作梗，你是再也没法让巴尔德回来了。"

这时候芙蕾雅突然发声了。"洛基，你一定是疯了才会夸耀自己犯下的罪行。"她这么说着，双眼燃烧着怒火，"虽然弗丽嘉经常一言不发，但世界上没有她不知道的事情。"

"你够了，芙蕾雅！"洛基喊道，"你的事情我可是太清楚了——你也不是什么圣女。这大厅里这么多神明和精灵，只要是个男的，就一定上过你的床。"

"你再胡说八道就会大难临头，"芙蕾雅说，"到时候你会希望自己从来没来过这里。"

"你够了，芙蕾雅！"洛基喊道，"你这个邪恶的女巫，干了多少坏事！阿萨众神曾经捉到你和你自己的兄弟睡在一起，然后你，芙蕾雅，你还放了个屁。"

尼约尔德扬声维护各位女神，反驳洛基。

"丈夫也好，情人也好，两个人同时一起也好，一个女人要让谁上她的床，这又有什么关系呢？你身为男性，却像一个女人那样生了孩子，这才让人看不下去吧。"

"你够了，尼约尔德！"洛基喊道，"你是从东边作为人质来到阿斯加德的。希米尔的女儿们蹲在你脸上，把你的嘴当成她们的夜壶。"

"我的确从远方而来，"尼约尔德说，"但能到这里来当人质，本身就已是极大的荣耀。何况我还有一个儿子在阿斯加德备受爱戴，享尽尊荣。"

"瞧你这话说的，"洛基说，"我现在就要揭你的老底！你那个金发的儿子是你和自己的姐妹生的，所以你一开始就知道他会长什么样！"

这时候，提尔出来为尼约尔德的儿子说话了。"在勇敢的众神中，没有谁比弗雷更品格高洁。"他说，"弗雷从不勾引未婚的姑娘，也不诱惑别人的妻子，而且他还让凡人得到自由。"

"你够了，提尔！"洛基喊道，"你想要当和事佬，但你可没这手腕。"他恶毒地笑了起来："芬里尔是怎么把你的右手咬下来的，还用得着我提醒你吗？"

"我是失去了一只手，但你也失去了巨狼赫罗德维特尼尔。那一天我们都不太走运。如今芬里尔被绑在岛上拼命挣扎，一直要等到末日到来才能脱身。"

"你够了，提尔！"洛基继续喊道，"我看得起你的妻子，让她给我生了个儿子，而你这个蠢货连一个铜板都没拿到。"

"那条魔狼已经被绑住了，"弗雷说，"他会一直趴在河口，直到我们灭亡的那一天。你这个满嘴谎言的家伙如果继续说胡话，很快就会和他一个下场。"

"你拿黄金买下了居米尔的女儿，"洛基回复道，"顺便还把你的剑给了出去。你这个可怜的蠢货！当穆斯佩尔的子民穿过幽暗之林，你只有赤手空拳等着他们。"

弗雷的仆人毕格维尔听到洛基如此侮辱自己的主人，不禁怒火中烧。"要是我有弗雷那么尊贵的出身，又有他那么崇高的地位，"他说，"我一定会逮住这只可恶的乌鸦，让他粉身碎骨。"

"那个小个子是谁？"洛基问道，"在地上爬来爬去，叽叽喳喳说个不停！你要么是在弗雷的耳边低语，要么是在磨盘的旁边反复嘟囔。"

"我是'大麦'毕格维尔，"弗雷的仆人答道，"身手敏捷的我，最爱看到众神之父的子嗣聚在一起喝麦酒。"

"你够了，毕格维尔！"洛基喊道，"你贡献不出肉食。在战士准备出阵的时候，你却突然消失了踪影——地板上铺着稻草，而你躲在稻草的下方。"

"你喝多了，洛基，"海姆达尔说道，"这些调侃也太过火了。你还是到此为止吧。喝醉的人控制不住自己的舌头。"

"你够了，海姆达尔！"洛基喊道，"你这一生注定乏味无比。你不能合眼，也不能坐下；作为众神的守望者，你必须日夜站岗。"

"没有谁比你动作更快，洛基，"斯卡娣说道，"但你逍遥法外的日子很快就要到头了。众神会杀了你的儿子，拿他冰冷的肠子当绳子把你绑在大石上。"

"就算如此，当年多亏了我把巨人夏兹带进阿斯加德，我们才能捕杀你的父亲。"洛基奚落道。

"若真如此，"斯卡娣说，"我对你的诅咒将永远在我的宫殿和我的神庙之中回荡。"

洛基扯了扯嘴角，眼中闪过橙色和绿色的光。"你在邀请劳菲的儿子上床的时候，说得可比这个好听多了。既然我们在戳彼此的痛处，我怎么会忽略这一点？"

托尔的妻子希芙起身走向洛基。她从洛基握得紧紧的右手里温柔地拿过酒杯，为他重新倒满了麦酒。"你好呀，洛基，"她的声音甜美而清脆，"我拿水晶杯为你斟了一杯好酒。你得承认，在众神当中，我是唯一清白的一个。"

洛基举起杯子，一饮而尽。"你平时在男人面前总是那么冰清玉洁，但我知道有个男人曾经把你勾引到手，让你意乱情迷，那个男人就是狡猾的洛基。"

这时候，弗雷的另一个仆人贝拉大声说道："外面地动山摇，托尔一定是从毕尔斯基尼尔过来了。他会让这个血口喷人的混蛋闭上嘴的。"

"你够了，贝拉！"洛基喊道，"你这个毒妇是毕格维尔的老婆。你浑身如此肮脏，竟然还能和众神共坐一席。"

洛基只顾说得痛快，完全没意识到托尔已经走进了埃吉尔的宫殿。待他说完，雷神走上前来朝着桌子重重捶了一拳，桌上的水晶杯顿时被震飞了。"闭嘴吧，你这个渣滓！"托尔大吼道，"否则我就要用我的米奥尔尼尔帮你把它闭上，让你脖子和脑袋分家！"

"大家快看！"洛基毫不在意地喊道，"大地之子来了！托尔，你是个气焰嚣张的恶霸。但等到你和芬里尔缠斗，眼睁睁地看着他吞掉胜利之父奥丁，你就不会这么嚣张了。"

"闭嘴吧，你这个渣滓！"托尔大吼道，"否则我就要用我的米奥尔尼尔帮你把它闭上！我要把你举起来丢到东边去，这样我们就不用再看到你这张脸了！"

"托尔，要是我是你的话，"洛基说，"我才不会提起什么东边之旅呢。你这位高贵的神灵当时缩在一只手套里瑟瑟发抖，连自己叫什么都忘记了。"

"闭嘴吧，你这个渣滓！"托尔大吼道，"否则我就要用我的米奥尔尼尔帮你把它闭上！我只消举起我的右手，你就会和赫伦尼尔一样粉身碎骨！"

"虽然你拿锤子反复威胁我，"洛基说，"但我觉得我还能活得挺久的。你还记得巨人斯克里米尔的那个口袋吗？你无论如何也解不开那上面的绳索，当时可被饿得够呛。"

"闭嘴吧，你这个渣滓！"托尔大吼道，"否则我就要用我的米奥尔尼尔帮你把它闭上！它既然把赫伦尼尔送去见了赫尔，也能把你送去亡者之国的门口！"雷神紧紧握住米奥尔尼尔，看起来凶神恶煞。

洛基举起一只手，摇了摇头说："我把自己邪恶的心思告诉了众神和他们的后代。但既然你来了，现在我就该走了。我非常清楚你的力量。"

他顿了一顿，挑衅地环视了一圈，然后转向东道主。"埃吉尔，你的确很会酿酒，但这么盛大的宴会，你是不会再举行第二次了。"他越说越大声，"这座宫殿将被火焰吞没，大火会烧掉你的一切，包括你的身体。"

洛基说完便转身走了，但他那些可怕的话语还在空气中回荡。众神和精灵坐在凳子上，凝视着面前的酒杯，心里充满了震惊和悲伤。他们木然坐了许久，最后默默起身，离开了埃吉尔的宫殿。

本章注释见第 352 页。

第三十一章

洛基被囚记

洛基心里明白，他在阿斯加德的日子到头了。在他们的悲伤化为愤怒之后，众神很快就会为巴尔德报仇。

所以他跑了。他跑去了米德加德一个荒无人烟的地方。那个山谷坐落在海边，地势十分陡峭。洛基在弗拉南瀑布附近找到了一块空地，用周围的岩石和瓦砾修了一间矮屋子。这屋子非常不显眼，路人是决计发现不了的。而且它还有四扇门，这样他就能观察四面八方的动静了。

就算如此，洛基还是有如惊弓之鸟。每当他头顶上有海鸥鸣叫盘旋，或是山坡上有块石头挪动位置，又或者有风吹进了他的小屋，欺骗者总会惊慌失措地跳起来，心想他这下是被发现了。日子逐渐流逝，并没有任何人来他的小屋，但洛基的焦虑却与日俱增。这成了他治不好的心病。

他想，他不如离开这间屋子，变成别的样子在外面生活。待到黎明时分，易形者把自己变成一条鲑鱼，跃入了瀑布底部的水潭里。池中激流交错，顶上水声咆哮，但变成鲑鱼的洛基还是恐惧不已。

洛基觉得，众神抓住他是迟早的事。不过他虽然每天都过着提心吊胆的日子，却还是更担心众神的报复。他发誓要尽力躲避众神的捕捉，能多自由一天就算一天。

一天傍晚，洛基坐在火堆旁，手里玩着一团麻线。他反复摆弄这几条线，把它们交叉起来绑到一起，最后编织出了一张渔网。这张网非常细密，就连小小的鱼儿也没法从网眼中溜出去。洛基盯着它看了很久。

突然间，他听到山谷中传来了人声，又看到一群神灵往他这边过来了。洛基跳起来，将网扔进火堆里，而后夺门而出。他冲下山坡往瀑布狂奔，很快再次变成鲑鱼，跳进了冰冷的水潭。

坐在至高王座上的奥丁能看到九界万象，没有任何人或者事能逃过他的眼睛。他看到洛基试图摆脱众神的追捕，便派了一群阿萨神去抓他。

率先走进洛基小屋的是众神中最睿智的克瓦希尔。他在昏暗的暮光中一言不发地打量着这间屋子：粗糙的桌子和凳子、光秃秃的墙壁，还有一个即将熄灭的火堆。克瓦希尔俯身注视着地上白色灰烬的形状，很快便琢磨出了洛基烧了什么东西。"这东西是用来捕鱼的。"他对同伴们说，"我们要去抓一条鱼。"

众神坐在洛基家里，编了一整晚的网，以便他们去水潭和河边捕鱼。他们按照克瓦希尔在余烬里发现的奇妙图样编织，在入睡前成功编出了一张让人满意的大网。

第二天天刚亮，他们便来到了弗拉南瀑布底下。瀑布的水声震耳欲聋，空气中充满了飞沫与水雾。众神注视着这一切，感觉整个世界都镀上了一层灰白色。托尔拿起网的一端，打手势让其他神明都站在原地不动，然后涉水走到了水潭的另一头。他们很快就开始拉网，而洛基变成的鲑鱼抢先游在网的前头。过了一会儿，狡猾的洛基找到了一个安全的藏身之处：他躲在两块黏滑的大石头中间，大网虽然从他的背上刮了过去，却没有把他网住。众神把网收了回来。虽然网中空空如也，他们还是很确定网在水中碰到了某样活物，于是决定再试一次。这一次，他们会把石头绑在网的下面，这样鱼就不能从网下游过去了。

他们回到弗拉南瀑布下面。托尔站在水潭的一端拉网，其他神明站在另一端。洛基又一次游在他们前头，但这下他没法躲在潭底了，只好急忙朝着大海的方向游去。他很快意识到，众神打算一直把网拉到水潭入海的地方。鲑鱼面朝大网弓起身子，用尽全身力气往空中跃去，成功地落在了网的另一边。

众神纷纷喊叫着，指向在阳光下闪闪发光的鲑鱼。他们急忙回到瀑布旁边，开始七嘴八舌地争论到底该怎么抓这东西。每个神都有自己的想法，不过最后大家决定听克瓦希尔的。克瓦希尔说，他们应该分成两组，分别站在水潭的两端拉网，而托尔则涉水跟在网的后面走。

第三次拉网开始了。这一次洛基依然在下游，和网隔了还有一段距离。他知道自己只有两个选择：要么冒险前往浅水的部分游向大海，要么再一次跃过拖网。他觉得前一个选择过于危险，很可能还没游到大海就被抓了，所以他回头弓起身子，奋力往空中一跃。只见阳光下鱼鳞闪过，这条鲑鱼又从网上跳了过去。

但他马上就被托尔伸手抓住了。滑溜溜的鲑鱼想要从托尔手中逃走，但雷神紧紧抓住他不放——托尔用力捏着鲑鱼的身子，最后捉住了鱼尾。任凭鲑鱼百般挣扎，他还是无法逃脱。洛基明白，他这下是彻底落入众神的手中了。

巴尔德已死，众神不愿拿洛基的血弄脏格拉兹海姆，不过米德加德的荒原就是另一回事了。他们一个个都摩拳擦掌，等不及要施行报复。

托尔和一群神灵把洛基带进了一个昏暗的山洞里。洞里蝙蝠纷飞，顶上的钟乳石源源不断地淌着水滴。另一群神灵则去追捕洛基的两个儿子——瓦利和纳尔维。他们把瓦利变成了一条狼，而他立刻袭击了纳尔维，咬断了他兄弟的脖子。瓦利把纳尔维的身体撕成碎片，嘶吼着往约顿海姆跑去。

众神的惩罚还远未结束。他们把纳尔维的肠子挖出来，带到了关着洛基的山洞里。洛基忠实的妻子希格恩也和他们一起去了。她一路上不仅为她的儿子们哀悼，也为她的丈夫洛基伤心不已。

众神将洛基扔到地上。洛基一动不动地躺在那里，他不仅拒绝和任何人对视，还紧闭双唇，一言不发。众神找来了三块石板，将它们竖起来，在中间穿了一个孔，然后将平纳尔维的肠子，拿它把洛基捆在石板上。受到这种刑罚的，洛基还是第一个。他们把谎言之神的肩膀、胯骨和膝盖各自捆在一块石板上，然后用他儿子的肠子绑住他的腋下、臀部和双腿。在他们打完最后一个结之后，纳尔维的肠子变得像铁链一样坚硬。

斯卡娣带了一条毒蛇过来。她把蛇绕在洞顶的石柱上，让它把毒液滴到洛基脸上。饶是老奸巨猾的洛基，眼下也彻底无计可施。他一动不动地躺在那里，不仅拒绝和任何人对视，还紧闭双唇，一言不发。众神逐渐平静了下来。他们满怀哀戚地离开了山洞，只留下忠贞的希格恩与洛基自生自灭。

希格恩和洛基在潮湿黑暗的山洞里等待着。万籁俱寂，他们只能听到洞顶水滴的阴森回响和他们自己的呼吸声。希格恩捧着一个木碗挡在洛基头上，让蛇毒一滴一滴灌进碗里。每当碗装满了，希格恩便会起身把毒液倒进一个岩槽。

失去保护者的洛基眯起眼睛，但毒蛇并不会放过他。每当蛇毒滴到洛基脸上，洛基就痛苦地四处挣扎，然而他无处可逃。整个大地都因为他的颤抖而震动。

洛基就这样被囚在了山洞中。他会一直被关在那里，直到诸神的黄昏来临。

本章注释见第 355 页。

第三十二章

诸神的黄昏

在斧的时代与剑的时代，每一块盾牌都会碎裂。在世界毁灭之前，还会有风的时代与狼的时代。

一开始，战火在米德加德蔓延了整整三年。父子兄弟互相残杀，家庭伦理彻底崩坏。

接下来，寒冷漫长的芬布尔之冬笼罩了整个人界。四面八方刮起强劲的风雪，太阳也无法赶走严酷的霜冻和刺骨的寒风。一个冬天接着又一个冬天，一连三个冬天之间没有别的季节。

然后末日就会来临。铁树林里的女巨人生下的那两条狼终将如愿以偿：斯考尔会咬住太阳将她吞入腹中，而他的兄弟哈蒂则会吃掉月亮。天空里的星辰都将失去踪影。

大地会震裂，巨木会倒下，高山会战栗，山岩会滚落，世间所有的锁链和镣铐都将不复存在——魔狼芬里尔将会重获自由。

巨人的守望者艾格瑟尔将会坐在他的坟茔上，冷笑着弹奏他的竖琴。无所不知的红色公鸡费亚拉蹲在树上，向巨人昭告末日的到来。在瓦尔哈拉，金冠公鸡古林肯比平时每天都唤醒英灵起床，但现在它将对着众神打鸣。在赫尔的国度，一只锈红色的公鸡将会唤醒亡灵。

随着海面不断上升，汹涌的波涛狂拍着海岸；尘世巨蟒耶梦加得愤怒地翻滚，他很快就要到岸上来了。用亡者的指甲造成的大船纳格尔法在海上航行，从船头到船尾都塞满了巨人；赫里姆负责掌舵，将它开往决战之地维格里德。恢复了自由身的洛基也将从北地乘船前往维格里德，他的船上载满了冥界的死人。

芬里尔和耶梦加得这一对兄弟将会并排前进。恶狼张着血盆大口，唾液横流，他的上颚顶到了天空，下颚抵住了大地，哪怕这样也没能把嘴巴完全张开。烈焰在他的眼中燃烧，从他的鼻孔中喷出。巨蟒则不断地从口中喷出毒液，天地间的一切都不能幸免。

整个世界都会陷入动荡。天空将会不断轰隆作响，回荡着刺耳的回声。穆斯佩尔的子民将会从南边朝着维格里德进发，天空也将为他们裂开。苏尔特是他们的首领，他手中的剑像太阳一样耀眼。待到苏尔特的大军跨过比弗罗斯特，彩虹桥将会颤抖碎裂。巨人和亡灵、芬里尔和耶梦加得、苏尔特和火焰巨人将在维格里德集结完毕，将这块方圆三百六十里的平原挤得水泄不通。

众神并不会坐以待毙。海姆达尔将会离开希敏比约格，吹起那巨大的加拉尔号角，那声巨响将响彻九大世界。所有神祇纷纷醒来，开会商量对策。接下来奥丁将会骑上斯莱泼尼尔，策马前往弥米尔之泉寻求忠告。

覆盖九界的梣树伊格德拉西尔将会大声呻吟，而一对凡人男女将会藏身在它不断战栗的枝叶中。从天国到地面乃至地底，世间万物都在颤抖。

阿萨神族和瓦尔哈拉的英灵战士都整装待发。他们戴好头盔，穿上铠甲，拿起各种武器。瓦尔哈拉一共有五百四十扇门，每扇门里都会出来八百勇士。在奥丁的率领下，这支浩浩荡荡的大军将会出发前往维格里德。众神之父戴着黄金的头盔，穿着闪亮的铠甲，手里舞动着长矛贡尼尔。

奥丁立刻冲向巨狼芬里尔。他身边的托尔遭到耶梦加得攻击，自顾不暇。弗雷的对手是火焰巨人苏尔特，当苏尔特舞起火焰之刃，弗雷方才后悔自己当年将神剑送给了仆人斯基尼尔。他激战许久，最终丧命。来自格尼帕洞窟的地狱巨犬加尔姆一跃而起，咬住了独手战神提尔的咽喉，结果双双殒命。洛基与海姆达尔这对宿敌再次狭路相逢，同归于尽。

大地之子托尔与亮出獠牙的尘世巨蟒此前亦曾交手，双方旗鼓相当；此番在维格利德，雷神将会杀死巨蟒，却逃不过耶梦加得喷出的毒液——他将踉跄退后走出九步，一命呜呼。

奥丁与芬里尔的恶斗揭开了大战的序幕。一场激战之后，巨狼将一口咬住众神之父，将他吞入腹中。奥丁的死期就此到来。

奥丁之子维达尔立刻迈步上前，将芬里尔的下颚踩在脚下。到时候他脚上穿的这只鞋子可非比寻常，因为它和时间本身一样古老。它的材料来自凡人做鞋时裁掉的一切边角余料，这些零碎的皮革都是送给维达尔的礼物。然后奥丁之子将会抓住芬里尔的上颚，将巨狼活活撕成两半，为父亲报仇雪恨。

苏尔特将火焰扔向四面八方。不论是阿斯加德还是米德加德，约顿海姆还是尼弗尔海姆，九大世界将会变成一座熔炉——烈火熊熊，黑烟缭绕，最终一切都将化为灰烬。世界将不复存在，阿斯加德的众神也会死去。瓦尔哈拉的英灵战士会死。米德加德的男人、女人和孩子们都会死。精灵、侏儒和巨人，怪物和冥界的造物，每一种飞禽走兽——他们也都会死。太阳将会失去光芒，星辰将从天穹坠落，大地将会沉到海底。

大地将会再一次从水中升起，美丽依旧，绿意盎然。老鹰将会飞过瀑布上空，钻进水帘，在石缝里捕捉鱼儿。虽然无人耕种田野，庄稼却会自动成熟丰收。

维达尔和瓦利活了下来。他们会逃过大火与洪水的侵袭，安然无恙地回到众神的家园——闪闪发光的伊达平原。在那里，他们会遇到摩迪和玛格尼。托尔的这两个儿子继承了父亲的神锤米奥尔尼尔。巴尔德和霍德很快便会返回阳间，在伊达平原的嫩绿草地上漫步。霍尼尔则将握着法杖预言未来之事。除了他们，维利和维伊的后代也会在风之故乡天堂居住。

他们会坐在阳光下交谈，轮流回忆只有他们才知道的故事。他们会谈论过去发生的许多事情，讲起邪恶的尘世巨蟒和魔狼芬里尔。然后他们会在长长的草丛里发现黄金的棋盘，惊奇地凝视着阿萨神族曾经的宝贝。

世上又会出现许多国度，其中有光明美好之地，也有邪恶盘踞的地方。最美的地方是天国的金利，这座宫殿以黄金为顶，比太阳更加耀眼。世上的王族在那里远离纷争，过着平静的日子。还有一座宫殿叫作布里米尔，位于无冻之地奥科尔尼尔——那里的土地总是温热无比，还有美酒不断流淌。在黑暗的尼德山里还有第三座宫殿，它以赤金造成，名叫辛德里。善良的人都可以住在这些地方。

然而，在死尸之壑纳斯特隆德还矗立着另一座宫殿。它的大厅宏大雄伟，阴森恐怖，所有的门都朝北开。它的墙壁和屋顶是毒蛇组成的，由于蛇头全都向里，毒液全都滴进了大厅。违背誓言者、杀人凶手和好色之徒都必须蹚过蛇毒汇成的条条河流。尼德霍格也会活下来。他会继续盘踞在世界之树的根底，吮吸死尸的血液。

有一对人类男女将会藏身在世界之树伊格德拉西尔——又叫霍德弥米尔之树——里逃过末日，他们叫作利弗和利弗斯拉希尔。苏尔特的火焰不仅伤不到他们，甚至连他们的身体都碰不到。他们以朝露为食，透过大树的枝叶，发现光明又重回世间——原来太阳在被恶狼斯考尔吞噬之前，已经生下了一个和她同样美丽的女儿；这个女儿将会驰车碾过母亲昔日的轨道，照亮整个世界。

利弗和利弗斯拉希尔将会生儿育女，世代繁衍生息。大地上到处都是新的生命。旧世界已经结束，新世界方才开始。

本章注释见第 357 页。

现在，我无法想象，你还能有什么问题要问了。从未有人把世界的故事说得这么详细过。好好运用这些知识吧。

——斯诺里·斯蒂德吕松《散文埃达》

注　释

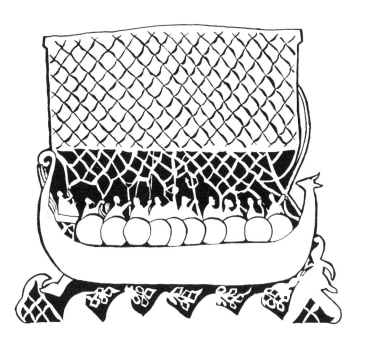

第一章　世界之初

斯诺里·斯蒂德吕松妙笔生花，在他的《散文埃达》中非常详尽地为读者描绘了北欧的创世神话。他最主要的信息来源是《渥尔娃的预言》——《诗体埃达》中让人最为浮想联翩的诗篇。《渥尔娃的预言》成形于10世纪后期到11世纪前期，讲述了世界开初是如何形成，最终又将如何毁灭。虽然如此，斯诺里的版本和《渥尔娃的预言》还是有一些出入。比如说，他笔下的人类起源故事就和《渥尔娃的预言》中的并不一致。而且斯诺里版的创世神话包含了大量的细节，这在《渥尔娃的预言》以及另外两首提及世界起源的诗篇（《格里姆尼尔之歌》与《瓦弗斯鲁德尼尔之歌》）里面都是没有的。很明显，除了这三首诗，斯诺里还参考了一些已经失传的故事。我在写作时基本上依照了斯诺里的版本，但考虑到故事的结构和前后一致的重要性，我把诸神创建阿斯加德的那一段挪了挪位置，将它放到了昼夜循环、日月更迭和侏儒诞生之后。

事实上，北欧创世神话是三个故事的混合体：伊米尔的躯体化为万物，母牛奥杜姆拉从冰块中舔舐出布利，以及贝格米尔和他的妻子逃过洪水之劫，成为巨人一族的祖先。

清洗邪恶的旧世界、开启光明新世界的灭世洪水这一概念深植于人类的想象之中，在诸多神话体系中频频出现。从古巴比伦、古印度到俄罗斯，从印度尼西亚、美拉尼西亚到新几内亚，从北美洲的莫哈韦人到南美洲的谢伦特人，大洪水的故事在世间广为流传。有些学者认为北欧神话中的大洪水故事受到了《圣经》中洪水故事的启发，甚至可能是将它重述了一次。然而这两个故事并没有什么相似之处，其中洪水的起因、用途和过程也都截然不同。我认为，北欧神话中的洪水故事是印欧神话体系的一个分支，和体系内的其他神话同源。

与此相比，北欧创世神话前两个部分的来源没有太多争议。我们在印度神话和伊朗神话中都能找到与其对应的故事，而且母牛奥杜姆拉让人不禁想起埃及神话中的众神之母哈索尔——她也是一头奶牛。我们可以将奥杜姆拉看作是神族和巨人族共同的母亲，因为她不仅从冰块中舔出了布利的身体，还用自己的乳汁喂养了伊米尔。

伊米尔既是冰霜巨人一族的父亲，也是他们的母亲。他的名字多半来源于梵文中的"阎魔"（यम，意为双胞胎或双性人）。而在伊朗神话中，世界也是由一个双性生命的身体变化而成的：他的头颅（就像伊米尔的一样）化作天空，双脚化作大地，眼泪化作海洋，而须发化作各类植物。许多印欧语系的神话都有类似的故事，其中包括巴比伦的创世神话（这是世界上目前已知最古老的创世神话）。雅各布·格林在《德国神话》中写道，根据交趾支那的传说，佛陀用巨人邦尼奥的身体创造了世界，其过程和伊米尔的故事有异曲同工之妙。格林还写道："在日本和锡兰，也流传着类似的巨人故事。"

从这些惊人的共通之处可以看出，北欧创世神话的前两个部分来自东方的传说，但我无法确定后者是在何时传入了北欧，并融入了当地传说。这些东方故事也许是在公元后数百年里，跟随商人沿着贸易路线来到了欧洲。不过还有一个更为激动人心的可能：早在公元前一两千年，条顿诸民族大举迁移，从俄罗斯的草原一路往西走到了欧洲，又北上抵达了斯堪的那维亚。北欧创世神话的前两个主要元素或许就是这些移民带来的。他们在印欧语系中的兄弟族群有一部分往东而去，在印度、中国和日本播下了类似的种子；还有一部分往南迁移，将同一个故事的雏形带到了伊朗和近东地区。

不论它究竟源出何处，北欧创世神话最终在冰岛定型；在它的字里行间，到处都可以看出这个岛国的地理风貌。冰岛是一个极端的矛盾体——它既有沸腾的火山，也有连绵的冰川；既有太阳不落的极昼之夏，也有黑夜漫漫的极夜之冬。对熟悉这个国家的人来说，穆斯佩尔、尼弗尔海姆和落雾成霜的埃利伐加尔无疑都似曾相识。在他们为神话添砖加瓦的过程中，冰岛的诗人从他们身边的大自然汲取了许多灵感。他们知道生命无法在严寒与酷暑的两极生存，所以非常自然地得出结论说，生命起源于两极相遇、冰火相融的中间点。

在冰岛的广大乡下，常有这样的景色：在孤单的农舍旁边，有一棵树茕然而立。这是古代北欧宗教遗留至今的传统。在基督教传入北欧之前，不管是农庄还是圣坛，在建筑物旁边总有这样一棵供人礼拜的守护树。有时候它甚至长在房屋内部，任由树冠破顶而出。在这些树当中，世界之树伊格德拉西尔无疑是最重要的一棵。这棵巨大的梣树守护着整个世界，它既没有起源，也不会在诸神的黄昏之际迎来终结。在欧亚的许多神话体系里都有这样一棵连接了世间万物的巨大神树，所以世界之树的来源也许和双性先祖以及神牛一般古老。我在本书的导读中详细介绍过这个假说，而本书第四章及其注释对此也有涉及。

我在前面提起过，关于人类的起源，斯诺里和《渥尔娃的预言》有不同的说法。我再三权衡，在这本书里尽可能采用斯诺里的版本，但同时也在注释里记录了其他重要的版本。在《渥尔娃的预言》里，创造人类的不是布尔的三个儿子，而是奥丁、霍尼尔和洛德。亨利·亚当斯·贝洛斯的译本是这样描述的：

> 奥丁给他灵魂，霍尼尔给他感知，
> 而洛德则给他体温与血色。

洛德很可能就是洛基。若真如此，那么这三位神灵就曾经在三个故事里一起出现（另见第八章和第二十六章），而这是他们第一次同时登台。

在描述了侏儒的起源之后，斯诺里·斯蒂德吕松——列出了他们的名字。我在正文中不想分散读者的注意力，且将其记录在此：尼伊、尼迪、诺德里（北）、苏德里（南）、奥斯特里（东）、维斯特拉（西）、阿尔斯约夫、德瓦林、比弗尔、巴弗尔、彭博尔、诺里、奥因、米约德维特尼尔、维格、甘道夫、文道夫、托林、菲利、基利、芬丁、瓦利、特罗尔、特伦、特克、利特、维特、尼尔、尼拉德、雷克、拉德斯维德、德罗普尼尔、多戈斯瓦利、浩尔、胡戈斯塔利、赫雷德约夫、格罗因、多里、奥里、杜夫、安德瓦利、海普蒂菲利、哈尔、斯维阿尔、斯基费尔、维尔费尔、斯加维德、艾伊、阿尔夫、因吉、艾金斯克亚迪（橡木盾）、法尔、弗罗斯蒂、费德，以及最后一个——金纳尔。《渥尔娃的预言》中列出的侏儒名单和斯诺里的版本虽然有许多拼法不同，但基本上大同小异，除了几个斯诺里没有提到的名字：斯维乌尔、弗拉尔、霍恩波里、弗拉格、洛尼、奥尔万和雅里。这些侏儒中的绝大部分都没有在任何故事中露脸。与此同时，这两份名单却又都遗漏了几个在神话中扮演了重要角色的侏儒，比如说布罗克、艾特里和阿尔维斯。

在描述了阿萨神族如何移居阿斯加德之后，斯诺里·斯蒂德吕松列出了诸位主神的名字、特点和居所。我在讲述创世神话的时候略去了这一段，因为我们在后面的许多故事里会自然而然地接触到这些信息。

第二章　阿萨神族与华纳神族之战

世间首次战争的唯一详细记录来自斯诺里·斯蒂德吕松的《英灵萨迦》第四章，它为我提供了这个故事的蓝图。然而在他的《散文埃达》的《诗歌语言》中，斯诺里也提起过这场战争。他对此的描述是：为了完成和约仪式，阿萨神族与华纳神族纷纷往一个罐子里吐唾液，而一个名叫克瓦希尔的人就从诸神的唾液里诞生了。可是在《英灵萨迦》里，他笔下的克瓦希尔是华纳神族中最为睿智的一员，因此被送去了阿斯加德当人质。

《散文埃达》里的版本可能更为古老，它在后面还提到了克瓦希尔的血是如何被酿成了神奇的蜜酒，让人喝一口就能拥有诗人的才情（见本书第六章）。这样看来，在这个传说的两个不同版本中，弥米尔的头颅和克瓦希尔的身体其实代表着同一样东西：灵性。鉴于《散文埃达》的版本完全没有描写战争本身，而《英灵萨迦》则完整记录了大战全过程，我采用了后者的版本。

然而就连《英灵萨迦》也没有记载这场战争究竟为何爆发。这个故事的前面四段，我是参照《渥尔娃的预言》第21至24节写成的。

　　许多民族都有神族大战的传说。它可能来源于民间记忆中不同信仰群体之间发生的冲突，不过从故事的结果来看，这两个群体最终融汇为一。掌管丰收与生育的华纳神族是早期的主要神族，好战的阿萨神族是后来才出现的（见本书导读）。我们可以确定，不管是在《英灵萨迦》还是在《散文埃达》里，战争的结果都是阿萨神族掌控了灵性的化身：在《英灵萨迦》和《渥尔娃的预言》中，阿萨神族习得了原本只有华纳神族才知晓的魔法，并且从此诸神都以阿萨统称之。也就是说，阿萨神族取得胜利，将华纳神族吸收同化了。

　　不死女巫古尔薇格的名字和黄金密切相关。有学者认为，这个名字代表着世人对黄金的贪婪引起的疯狂和堕落。她的别名是海德，意思是"明亮之人"或"耀眼之人"。这样看来，古尔薇格无疑就是最伟大的华纳女神芙蕾雅。有许多故事都描述过芙蕾雅与黄金的密切关系（尤其是本书第十三章），而且她不仅是一位占卜者，还是一名强大的女巫。古尔薇格／芙蕾雅直接导致了这场神族大战。当她陪同父兄作为人质来到阿斯加德的时候，这已经是她第二次现身神域了。

　　世界之树有一条树根扎进约顿海姆，在根下藏有一眼泉水。我在第四章里会讲到，奥丁是如何将弥米尔的头颅放在泉边，让他担任看守。《渥尔娃的预言》和斯诺里都描述过奥丁想要喝泉水以获得智慧，并为此付出了一只眼睛作为代价。被砍下来的头颅有某种魔力——不管是原始部落还是文明社会的人，应该都不会对这种说法感到陌生。菲律宾的某些部落为了保证农作物丰收，直到本世纪初仍然保有猎首的习俗。J. G. 弗雷泽在《金枝》中提到，在西非，当阿贝奥库塔的国王去世之后，酋长们会砍掉他的脑袋，而他的继任者会把这个头颅当成偶像来崇拜。古爱尔兰史诗《夺牛记》里描写了勇士砍掉敌人的脑袋，捆在马鞍上带走。在英国的民间传说《一口井里的三颗头》（以及夏尔·佩罗的《钻石与蟾蜍》及挪威、瑞典、丹麦和德国的类似故事）里，被砍下来的头颅都有惩恶扬善的本事。约翰·济慈更是围绕这个题材，写下了长诗《伊莎贝拉》。

第三章　阿斯加德的城墙

　　这个故事唯一的完整版本来自斯诺里·斯蒂德吕松的《散文埃达》。《渥尔娃的预言》里有几节提起过众神争论是谁答应将芙蕾雅嫁给一个巨人，以及他们是如何违背了自己的誓言，让怒发冲冠的托尔打死了这个巨人。斯诺里在书中引用了《渥尔娃的预言》的句子，但只是将它们作为自己版本的佐证。有些学者认为他误解了这一段，《渥尔娃的预言》的相关内容说的完全是另外一个故事。无论如何，不管是《渥尔娃的预言》还是《欣德拉之诗》（后者短暂地提起过洛基如何生下了斯莱泼尼尔），都没有提供更多的信息。

　　斯诺里在《散文埃达》里其他地方提到了黄金时代："在巨人之国的女人出现之前"，世间曾充满和平与欢愉，就连最普通的器具也是由黄金打造而成的。《阿斯加德的城墙》首次具体描述了众神与巨人之间的仇恨，这种敌对关系一直要到诸神的黄昏才能真正做出了结。北欧神话中的神祇行事算不上光明磊落，而巨人也不见得就是彻头彻尾的反派——有几位女巨人甚至嫁给了阿萨神族。然而归根结底，众神与巨人之间的对峙是一场正邪之争：神祇代表着自然和社会的秩序，而巨人代表的是想要破坏秩序的混沌之力。

在这个故事里，巨人工匠开出的条件清晰地体现出了双方冲突的本质。在许多地方都有神灵和工匠签订契约的民间传说，虽然这名工匠的真实身份可能是巨魔或者魔鬼，而他要求的报酬可能是日月或者灵魂。但修建阿斯加德城墙的巨人工匠索要的远不止太阳和月亮，女神芙蕾雅才是他首要的目标。芙蕾雅不仅艳冠阿斯加德，同时也是华纳神族的一员，掌控着繁衍与丰饶。通过得到芙蕾雅，工匠希望停止四季的轮回，让世界无法复苏；如果他同时还夺走太阳与月亮，那么众神就只能生活在冰冷的永恒黑暗之中了。

我在导读中分析过洛基这个人物，而这是他第一次在故事中登场。在斯诺里·斯蒂德吕松笔下，阿萨神族中最爱惹是生非的就数满口谎言的洛基，他被诸神和凡人视为耻辱。在这个故事里，洛基将众神引入歧途，说服他们和巨人签订契约，但最后又帮助他们脱出困境。在大部分故事里，他都是以这种亦正亦邪的善变形象出现的。

拥有变身能力的洛基曾在故事里化成各种动物，比如跳蚤、苍蝇、鸟类和鲑鱼。不仅如此，他还能像奥丁一样变为女人，甚至可以怀胎分娩。洛基在《巴尔德之死》（第二十九章）里化身为一位老妇，而在这个故事里，他将自己变成了一匹母马。古代的冰岛人对于双性恋的接受程度并不高，更将同性恋视为违法。就算当时的信徒可以接受一名神灵做出这种事情，他们应该仍然反感洛基的种种风流韵事。

洛基与斯瓦迪尔法利的孩子是斯莱泼尼尔，一匹举世无双的灰色神马。他是奥丁的坐骑，也是丰饶和死亡的象征。在维京人的墓穴里时常会有马骨。斯莱泼尼尔能够前往冥界，奥丁和神使赫尔莫德都曾经骑着他抵达了亡者之国（第二十八章及第二十九章）。这匹神马有八条腿，这或许是他风驰电掣的原因；但按照 H. R. 埃利斯·戴维森的说法，这八条腿也有可能代表着葬礼上抬棺的四个人——远远看过去，看不到这些送葬者的头部和身体，只能看到棺材下方的八条腿。

按照时间轴来看，米奥尔尼尔（第十章）和布里欣嘉曼（第十三章）是在巨人建造了城墙之后才被制造出来的。北欧神话故事的成形时间参差不齐，所以难免会有自相矛盾之处。至于城墙一开始崩塌的原因，读者可以参考本书第二章《阿萨神族与华纳神族之战》。最后，"噬尸者"赫雷斯维尔格其实是一个变身为老鹰的巨人。《瓦弗斯鲁德尼尔之歌》里提到他栖息在天空的尽头，盘踞于冥界之上；每当他扇动翅膀，都会引起狂风呼啸。

第四章　绞架之神

许多故事都提起过奥丁是如何苦心孤诣索求智慧，又是如何运用他费尽心思得来的这些知识。他学习的对象包括聪明的巨人，特别是瓦弗斯鲁德尼尔（见第十五章），也包括被他复活的渥尔娃女祭司（见第二十八章），甚至是被绞死的囚犯。在本章的故事里，奥丁为了获取只有亡者才知道的神秘知识，不惜牺牲了自己的生命。在他复活后，他将这些知识带回了阳间。

这个故事主要有两个来源，都出自《至高者的箴言》，它们描述了奥丁如何入手如尼文符咒，还一一列出了各道符咒的用途。《至高者的箴言》是《王家抄本》版《诗体埃达》里的一首诗，同时也包括了一系列谚语和人生忠告，其中有些是奥丁说给一个名叫洛德法夫尼尔的男人听的（第二十五章）。奥丁与比林之女的故事（第二十章）和奥丁得到诗之蜜酒的故事（第六章）也都来自《至高者的箴言》。

在向读者介绍《至高者的箴言》的内容之前，我要先说一下世界之树，以及奥丁是如何在弥米尔之泉献祭了一只眼睛来寻求智慧。这段故事来自《格里姆尼尔之歌》和斯诺里·斯蒂德吕松的《散文埃达》。

我在本书导读里已经分析过，在许多神话体系里都有一棵连接了世间万物的巨树。世界之树的名字"伊格德拉西尔"中的"伊格"意为"可怖者"，而"德拉西尔"的意思是"马"。目前学术界普遍认为，"伊格德拉西尔"的本义是"奥丁之马"。鉴于古代北欧的诗人常常将绞架之树比喻为马，奥丁将世界之树当作坐骑也是很自然的事。

奥丁的信徒，乃至日耳曼神话中与奥丁相关的战争之神的信徒，都有过人祭的习俗。不来梅的亚当，一位生活于11世纪的历史学者，曾在乌普萨拉的祭林里见过许多尸体被吊在树上，在不远处就是祭祀奥丁、托尔与弗雷的神殿。各部萨迦里也有证据表明，奥丁的信徒会将长矛刺进这些受害者的身体，将他们献祭给奥丁。别号"长矛之神"和"倒吊者之神"的奥丁，会以同一种方式在世界之树上受死。

奥丁之死与耶稣之死有许多明显的相似之处：他们都是自愿赴死；身体都被长矛刺中；奥丁无水可喝，而耶稣在渴的时候被迫喝醋；奥丁在死前发出一声尖啸，而耶稣则"大声呼号"。不过，虽然《至高者的箴言》的作者可能听说过耶稣在十字架上受刑的故事并受其影响，但学者们普遍认为（借用 E. O. G. 特维尔-彼得的话）"北欧神话中的几乎每一个元素，乃至于对奥丁的崇拜，都能用异教传统来解释"。如果读者有兴趣进一步比较奥丁与耶稣的形象，特维尔-彼得的《北欧神话与宗教》不可不读。

通过他在世界之树上的自我牺牲，奥丁究竟学到了什么呢？首先，他从巨人勃尔索的儿子那里学会了九首歌。鉴于勃尔索的女儿贝丝特拉是奥丁的母亲，这些歌是奥丁的舅舅传给他的。在基督教传入日耳曼社会之前，舅舅和外甥之间的关系非比寻常。当舅舅的类似于后来的教父，需要教导外甥分辨黑白是非，有时还得担任后者的监护人。盎格鲁-撒克逊的诗人们时常提起这种舅甥关系，并称之为 swustersunu（在古英语中，swuster 意为"姐妹"，sunu 意为"儿子"）。靠着这九首歌，奥丁从苏通的女儿手中获取了蜜酒（见第六章），而大锅奥德罗里尔也在这个故事中再次亮相。

其次，奥丁学会了十八道如尼文符咒。这些符咒让他能够治愈病患、折断刀剑、未卜先知、逢凶化吉、熄灭火焰、平息风暴、诱惑女性，还能让女巫在空中不停旋转，并与绞刑架上的尸体进行交谈。当然了，《至高者的箴言》没有告诉我们这些符咒到底是什么，只列出了它们各自的功用。读着这个故事，我们不难想象奥丁在北欧先民眼中的形象——一个神通广大、令人生畏的魔法师。为什么这里的符咒是十八道呢？我觉得这是因为十八是九的两倍，而正如我在导读中解释过的那样，"九"是北欧神话中最重要的数字。

还有两点需要做出说明。第一点：阿萨神族向华纳神族送去了两名人质，而智者弥米尔就是其中之一（见第二章）。华纳神族砍掉了弥米尔的头颅，将其送回了阿斯加德。奥丁对这颗人头进行了防腐处理，让它担任自己的顾问，还让它看守位于约顿海姆世界之树树根下的智慧之泉。第二点：诺恩三女神的名字分别是乌尔德（意为"命运"）、斯库尔德（意为"存在"）和维尔丹迪（意为"必然"）。三女神和阿萨神族平起平坐，负责决定世间众生的命运——不仅是人类，也包括神祇、巨人、侏儒等芸芸众生。虽然诺恩三女神在萨迦中偶尔会扮演非常可怕的角色，但她们在神话故事里则十分超然，可以看作各自概念的化身。她们对应希腊神话中的摩伊拉三女神（罗马神话中的帕耳卡三女神）：手拿纺织杆的克洛托（诺娜）、纺织生命之线的拉刻西斯（得基玛）和剪断生命之线的阿特洛波斯（摩耳塔）。

第五章　里格之歌

这个故事唯一的来源是一首名叫《里格之歌》的诗。这首诗虽然是《诗体埃达》的一部分，却既不见于《王家抄本》，也不见于《马格努松抄本》。它能流传至今，是因为斯诺里·斯蒂德吕松在《散文埃达》（《沃缅努斯抄本》版）里提起过它。然而《里格之歌》是《沃缅努斯抄本》留存下来的最后一部分，内容并未保留完全。

很难确定《里格之歌》成形于何时何地，不过鉴于"丹"和"丹普"都是丹麦王族的名字，这首诗可能源于丹麦。作者大概是应某个国王的要求，创作了一首诗来证明丹麦王族是神灵的后裔。不过，故事刚说到紧要关头，就突然没了下文。虽然《诗体埃达》里许多诗都来自冰岛，但《里格之歌》应该是个例外，因为冰岛没有王室的传统，从一开始就是一个共和国。基督教于公元960年传入丹麦，在那之后就不大可能有文学作品将王室和异教神灵联系起来了。综上所述，我认为《里格之歌》应该是在10世纪前半叶在丹麦成形的。

将《里格之歌》加入《沃缅努斯抄本》的抄写员在正文前面加了几句，表示里格就是海姆达尔。在《渥尔娃的预言》的开头，渥尔娃也请"海姆达尔的后人，无论贵贱"认真听取。不过，除了这两首诗，没有别的文献将海姆达尔归为人类的先祖。

学术界普遍认为"里格"这个名字来自爱尔兰语中的"国王"一词，但《里格之歌》和凯尔特文化的联系不止于此：就像这个故事的里格一样，爱尔兰神话中有一个名叫玛诺南的海神也曾四处游荡，留下许多子嗣。海姆达尔是一个复杂多面的角色，同时拥有九个母亲——她们是海神埃吉尔的女儿，有种说法是九朵浪花。考虑到海姆达尔曾经化作一头牡羊，或者至少是和牡羊有很深的关联，我不得不提起一个看起来十分玄乎，但的确很有意思的猜想：在1909年，乔治·杜梅齐尔引用了一位威尔士古代学家的论点，指出海浪有一个别名叫作"美人鱼的绵羊"，然而第九朵浪花不是绵羊而是牡羊。我们不清楚《里格之歌》和类似的爱尔兰传说之间的关系。《里格之歌》的作者或许受到了后者的启发，甚至有可能曾在爱尔兰岛生活过，不过最有可能的解释是，这两个故事的起源都是凯尔特－日耳曼传说，但在不同的地方衍生出了独立的版本。无论如何，抄写员将里格指认为海姆达尔，应该有他的道理。如果我们能知道更多关于海姆达尔的信息，或许就会知道为什么是他（而不是想当然的奥丁）被尊为人类的始祖了。

这个故事采用了三重叙事体，叙述和对话又都有大段重复，与其说是神话故事，似乎更接近民间传说。它生动地描述了维京社会中奴隶、农民和战士三个不同阶级的生活。在原文里有一长串有趣的名字，一个个的读音都很难念，可是如果完全意译，又会失去原文的韵味和意趣。我尽我所能，在这个版本里将原音和意译糅合到了一起。在故事的开头，我交代了海姆达尔的名字、日夜的交错和四季的变换，这一部分来自《散文埃达》，但余下的部分都是从《里格之歌》照搬过来的。

雅尔的小儿子名叫孔恩（Kon），而在古北欧语中，konungr也有"国王"的意思。孔恩和雅尔都像奥丁一样习得了如尼文的奥义，而且据说孔恩比他的父亲还要博学，他跟西古尔德一样，能听懂飞禽的语言。在这个故事里就有一只乌鸦不停地责骂他，要他懂得维京社会那些残酷的道理，成为一个真正的维京人。

第六章　诗之蜜酒

据说英王乔治二世曾说过："我讨厌司人，也讨厌发家。"这话本身就很可笑，何况这位汉诺威王朝的君主由于英文不好，连"诗人"和"画家"的发音都发不对，于是便格外滑稽了。语言是人类文明的起源。在原始社会中，诗人的地位仅次于部落首领。诗人能够给人和事物命名，所以被他的族人尊崇。对于一个部落或者一个族群来说，诗人是他们的群体记忆的化身，因为只有他能够以诗歌的形式将他们的历史记录下来。诗人的灵感来自神灵的馈赠；他实际上是一个灵媒，是凡人和神灵之间的桥梁。

许多神话体系都含有关于诗歌的神话，北欧神话也不例外。在第四章《绞架之神》里，我们读到奥丁是"倒吊者之神"和"长矛之神"，能够通过和死者交谈来获取神秘的智慧。在这个故事里，我们则接触到了奥丁的另一副面具——诗歌与灵感之神。斯诺里·斯蒂德吕松的确提起过一位独立的诗歌之神，说他名叫布拉吉。然而布拉吉是奥丁的儿子之一，他的相关故事很可能是到后面才出现的。我认为，布拉吉仅仅是代表着奥丁诸多侧面中的一面罢了。

在《散文埃达》的《诗歌语言》中，斯诺里·斯蒂德吕松详细描述了奥丁是如何拿到诗之蜜酒的，我参照的也是他的版本。通过这个故事，斯诺里解释了北欧诗歌中许多常见的迂说式修辞——比如"克瓦希尔之血""侏儒的酒""侏儒的船""苏通的蜜酒"和"赫尼特比约格之海"等等。这个故事在《至高者的箴言》里出现过三次。有一次是奥丁简短地提到，他在世界之树上倒挂了九夜之后，从勃尔索的儿子那里学会了九首魔法歌曲，靠它们获取了蜜酒；还有一次，奥丁说他在"聪明的费亚拉家里"（这个费亚拉应该就是斯诺里提到的侏儒）品尝了蜜酒，还喝醉了；在《至高者的箴言》的第103至110节里，奥丁则讲述他如何诱惑贡露，从她手里拿到了蜜酒。《至高者的箴言》版的蜜酒故事和斯诺里的有几个区别：其一是，在《至高者的箴言》里，勃尔维克用拉提从里往外钻，而不是从外往里钻；其二是，当冰霜巨人来到阿斯加德询问关于勃尔维克的事情时，奥丁指着自己的戒指发誓说，勃尔维克不在阿斯加德——冰霜巨人似乎并没有意识到奥丁就是勃尔维克；其三是，贡露在故事的末尾心碎不已，于是诗人问道，从今以后，还有谁能信任奥丁呢？在这里我们要注意两点：首先，从《至高者的箴言》的残片和可以确认日期的迂说式修辞来看，这个故事在10世纪就已经有了不同的版本，而且流传甚广；其次，除了《至高者的箴言》，斯诺里一定还参考了别的文献，但只有《至高者的箴言》流传到了今天。

在这个故事里，诗人的灵感被化为一种非常具体的东西：蜜酒。确切地说，是一壶用克瓦希尔之血和蜂蜜混在一起酿成的蜜酒。在第二章的注释中，我提起过阿萨与华纳神族签订和约，每位神灵都往罐子里吐了一口唾液，由此诞生了智者克瓦希尔。唾液和酵母一样，能够起到发酵的作用。"克瓦希尔"（Kvasir）这个名字来自格瓦斯（kvas），一种烈性啤酒——现代英语中的 quash 和 squash 也出自同一个词。E. O. G. 特维尔–彼得在《北欧神话与宗教》里提到，印度神话里也有一个关于诗之蜜酒的故事。在那个版本里，有个怪物在死后被一分为四，分别代表四种不同的醉意。印度神话里还有一种喝了能够精神振奋、长生不老的饮料，叫作苏摩，也是被一只老鹰从看守森严的城堡里偷走的。这些相似绝不是偶然。许多神话都提到过受人觊觎的神酒，这个概念应该是在大迁徙时期，在世界各地传播开来的。在接下来的一两千年内，欧洲和印度衍生出了各自的版本，而北欧神话的版本最终被斯诺里·斯蒂德吕松记录了下来。

奥丁在约顿海姆使用的名字是勃尔维克，意思是"作恶者"。通过他对那九个农工的所作所为，我们看到了奥丁身为战争之神的残忍一面。这应该是北欧先民最为熟悉的奥丁形象：一个生性邪恶、言而无信、喜欢挑起争端，甚至离间挚友的神灵。这个故事虽然可能起源于亚洲，但它和第十三章里奥丁对芙蕾雅的要求遥相呼应。在那个故事里，奥丁拒绝把芙蕾雅的项链还给她，除非她在人界挑起两个国家之间的宏大战争。在本书导读里，我详细解读了奥丁这个角色的多面性。

第七章　洛基的子女和芬里尔的锁链

斯诺里·斯蒂德吕松在《散文埃达》里的记载是这个故事唯一流传下来的版本。他将这一段写得生动紧凑，妙趣横生。斯诺里在正文前面加了一段对洛基的三个孩子的描述，在这里我也是这么做的。他提起过众神"从预言里得知"这三个孩子会给他们带来灾难，所以我在这个版本里加入了诺恩三女神。

提尔是最早的日耳曼战神，也就是奥丁的前身。等到这些北欧神话被书写记录下来的时候，他已退居二线。在这本书里，除了这个故事，他只在第十七章、第三十章和第三十二章中出场。然而考虑到提尔在早期的重要性，以及其他神话体系里也有类似的独手之神（考古发现也能证明这一点），我认为这个故事本身非常古老——在斯诺里·斯蒂德吕松写成《散文埃达》的一两千年前，北欧先民可能就已经知道这个故事了。

提尔可能也是一位正义之神。他的名字（Tyr）来自提威（Tiw）或提瓦兹（Tiwaz）。按照塔西佗和其他古罗马作家的说法，提尔的信徒有人祭的习惯，他们也把这位北欧战神和罗马战神马尔斯对应起来。说来也巧，拉丁语中的 Dies Martalis（马尔斯之日），在古北欧语中被叫作 Tysdagr（提尔之日），在古英语中被叫作 Tiwesdaeg（提威之日），也就是现代英语中的 Tuesday（星期二）。在别的神话体系里也有和提尔很像的神，比如爱尔兰神话中的独手战神努阿哈和印度神话中的正义与白昼之神密特拉。"提瓦兹"这个名字的来源很有意思，按照 E. O. G. 特维尔–彼得的说法：

> 它对应的是拉丁文中的 deus、古爱尔兰语中的 dia 以及梵文中的 deva。再考虑到古北欧语中"神"的复数名词是 tivar，那么 Tyr 的意思其实是单数的"神"。不过某些学者认为这个名字和希腊文中的 Zeus（宙斯）以及梵文中的 Dyaus（天父）更加接近；若真如此，那么提尔就是一个极为古老的天空与白昼之神。虽然相关记录没有确凿流传下来，但提尔确实曾是一个非常重要的神明。

提尔勇冠众神，芬里尔能被制服也是多亏了他。在古北欧语里，手腕被称作"狼的关节"。为了禁锢他们最危险的敌人，阿萨众神不得不献祭了提尔的右手——要知道，提尔曾经是他们最强大的守护者。

虽然巨人一族被描绘得十分可怕，但他们在神话中的面目模糊不清。我们都默认，只要托尔挥舞起米奥尔尼尔，巨人就不是阿萨神族的对手。但芬里尔、耶梦加得和赫尔代表着一种截然不同的威胁：他们是洛基的孩子，而洛基是阿斯加德的内敌。他们将和洛基一起带来神族的衰败，将诸神领向最终的灭亡。

赫尔在亡者之国尼弗尔海姆称王，管理那些病死、老死或是生前作恶多端的亡魂。耶梦加得不是北欧神话里唯一的一条大蛇，但他无疑是最可怕的一条。他的体形是如此庞大，以至于躺在洋底的他不得不咬住自己的尾巴，将整个人界缠绕。在维京人的首饰上常有许多打了结的繁复花纹，看起来很像耶梦加得的形状。

北欧先民熟悉并且惧怕狼。北欧文学里的传统三战兽，除了鹰和乌鸦，就是狼了。不论战场上谁胜谁负，狼是永远的赢家。且看《贝奥武甫》里的这一段：

> 垂死的人四周
> 只有乌鸦聒噪，
> 向秃鹰夸耀它丰盛的宴席，
> 同灰狼抢夺，掏空尸体。[1]

在北欧神话里，有两条狼追着太阳和月亮不放；诸神的黄昏

1　译文出自《贝奥武甫》第156页，生活·读书·新知三联书店1992年版，冯象译。

来临之际，他们终会如愿以偿，吞掉太阳和月亮。地狱巨犬加尔姆（不少人认为他和芬里尔是一回事）看守着尼弗尔海姆的入口，并且会在末日大战里杀死提尔。但只有芬里尔才是终极的魔狼，他给众神带来的威胁之大，使他们不惜一切代价也要将他绑起来。哪怕他无法合上自己的嘴，待到诸神的黄昏来临，他还是会吞掉奥丁。在所有怪物里，芬里尔是毁灭（或许也包括自我毁灭）的完美化身。

在本书第十一章《斯基尼尔之歌》里，我们还会再见到弗雷的使者斯基尼尔。除了他带回来的格莱普尼尔，侏儒还为众神打造过许多神器。贪婪的他们时常被黄金打动，帮助众神对抗邪恶（见第十章）。斯诺里将格莱普尼尔的制作材料这一段用"负逻辑"写得非常风趣。吉恩·I.杨是这么翻译的：

> 虽然这些东西闻所未闻，但我说的显然都是大实话。正如女人不长胡须，猫跑起来悄无声息，山也的确没有根——我发誓，虽然有些事情本身就无法证明，但我说的这一切都千真万确。

第八章　伊童的金苹果

和其他许多北欧神话故事一样，这个故事唯一的详细版本来自斯诺里·斯蒂德吕松的《散文埃达》，不过它的起源很早，至少在斯诺里下笔前三百年就有了。挪威的初代国王——"金发王"哈拉尔雇用过一位宫廷诗人，名字叫作何汶的西奥多夫。西奥多夫创作了一首名为《长秋之歌》的盾诗（这种诗描述的是一块盾牌上雕刻的人物和故事），其中有四分之一讲的就是金苹果的故事，还有四分之一讲的是托尔与赫伦尼尔的决斗，剩下的一半则佚失了。《长秋之歌》用十二节诗说了伊童和她的金苹果，却没有仔细讲述故事的来龙去脉。斯诺里忠实地保留了西奥多夫的描写，同时又添加了许多细节。洛基如何将伊童骗出阿斯加德，当洛基抵达特里姆海姆的时候并没有见到夏兹，洛基把伊童变成了一颗坚果——这些细节都是《长秋之歌》里没有的。斯诺里完全保留了《长秋之歌》本来的描写，而且他在记录其他神话故事的时候往往会参考多个来源，所以我认为，这些细节并不是斯诺里自己凭空想出来的；除了《长秋之歌》，他应该还参考了其他早期文献，只是后者没能流传下来。我的版本基本上来自《散文埃达》，不过我添加了对于米德加德和特里姆海姆的描写，把奥丁对洛基的威胁写得具体了一些，又补写了几段关于衰老的描述。

斯诺里说伊童是北欧神话里最重要的女神之一，可就连她我们也知之甚少，只有她和金苹果的故事流传下来了。如果更多的关于女神的故事能流传下来，那该多好啊。伊童可能原本是华纳神族的一员，因为她掌管丰饶、青春和死亡。这就是为什么在《诗体埃达》的《洛基的争辩》一诗中，洛基骂她和芙蕾雅一样生性淫荡，和杀了自己兄弟的人同床共枕。在本书第十一章《斯基尼尔之歌》里，她的金苹果和弗雷也有联系，而弗雷则是一众丰饶之神的领袖。洛基将伊童变成一颗坚果，这一点也值得深究。H. R. 埃利斯·戴维森提起过，在斯堪的纳维亚的古代坟墓里，学者发现过水果和坚果（这是为了确保死后的生命，作为陪葬品放进去的）；她还说，坚果在爱尔兰史诗里代表着永恒的青春。

希腊神话里也有金苹果，果园由赫斯珀里得斯三姐妹看守。伊童并不是这三姐妹在北欧的翻版，她的故事也和希腊的金苹果神话没有直接的联系。就算是古北欧语里的 epli 真的意为苹果（事实上，它可以是任何一种圆滚滚的果实），伊童的故事也更接近爱尔兰神话中图林的三个儿子的故事。最大的可能是，希腊、爱尔兰和北欧的神话同出一源，各自衍生出了独立的版本。伊童和她永葆青春的金苹果从很早开始就是北欧神话的一部分了。

在这个故事里，奥丁、洛基和霍尼尔共同行动。这种情况一共出现过两次或者三次（见第一章注释和第二十六章）。洛基扮演的不再是平时那个煽风点火的角色，而是实实在在地与众神为敌。不过他仍然是一个易形者：他穿上芙蕾雅的猎隼羽衣（另见第十四章和第二十四章），飞到了约顿海姆。鉴于芙蕾雅是一名女萨满，这件羽衣原本的作用应该是将她的灵魂带进亡者之国。我在本书的导读里详细分析了芙蕾雅这个角色。

第九章　尼约尔德与斯卡娣的婚事

在斯诺里·斯蒂德吕松的《散文埃达》里，夏兹偷走金苹果、最后身死阿斯加德的故事，和斯卡娣试图为父复仇的故事是连在一起的。虽然《散文埃达》是这个故事唯一的已知来源，但早在11世纪就有吟唱诗人提起过斯卡娣的失败婚事。由此可知，早在斯诺里下笔前两百年，斯卡娣的故事就已经流传开来了。

鉴于斯诺里将斯卡娣称为"穿着雪靴的女神"，她很可能代表了北欧地区的寒冬季节：冰雪、严寒、黑暗、荒凉与死亡。她的名字有可能来自古北欧语中的 skaði（意为"伤害"或"受伤"），也有可能来自古英语中的 sceadu（意为"阴影"或"暗色的形状"）。斯卡娣和乌尔一样热爱滑雪和狩猎，但两者看起来并无关联。

斯卡娣靠看脚来选择自己的丈夫——这个情节读起来有点奇怪，更像是民间传说里的情节，可是目前并未发现类似的民间传说。读者也许还记得，在阿萨神族和华纳神族签订和约后，尼约尔德和他的一双儿女（弗雷与芙蕾雅）一起来到了阿斯加德。尼约尔德的子女是他和自己的姐妹乱伦产下的后代，但是乱伦对于阿萨神族来说是个禁忌，于是这位倒霉的姐妹兼情人就再也没有在神话故事里登场了。尼约尔德掌管航海和捕鱼（他的宫殿诺阿通的意思就是"修船场"），但他的本事远不止于此。他不仅会让信徒获得土地和财富，而且和他的子女一样，代表着繁衍丰饶。

如此看来，尼约尔德和斯卡娣这场婚事的本质，其实是生命和死亡的结合。他们分别代表着海与山、夏与冬、生与死。为什么这场婚姻最后以失败收场呢？解释起来很简单：尼约尔德和斯卡娣代表了无法调和的两个极端，注定不能相容。

奥丁将夏兹的双眼变成了星辰。后来托尔也做了类似的事情，将奥尔万迪尔被冻坏的脚趾变成了一颗星星（见第十九章）。往前追溯一点，则有奥丁、维利和维伊将穆斯佩尔的余烬化为星辰的故事。

洛基把自己的裆部拴到一只山羊上，成功地把斯卡娣逗笑了，以此取得了她的宽恕——至少是暂时的宽恕。不过斯卡娣才是笑到最后的那一个：当洛基最终被缚的时候，是她在洛基头上放了一条毒蛇，让洛基饱受毒液折磨之苦。

第十章　众神的宝物

北欧先民的诗歌经常使用迂说式修辞。斯诺里·斯蒂德吕松在《散文埃达》的《诗歌语言》里记录下的神话和英雄传说，可以解释不少迂说式修辞的来源。当然了，很多比喻都是关于黄金的，比如"奥托的赔命钱"（第二十六章将对此做出解释）；又比如"法夫尼尔的巢穴""格尼塔荒原的金属"和"格拉尼的负担"（斯诺里用它们写下了西古尔德的故事：这位英雄在格尼塔荒原上杀死了恶龙法夫尼尔，将龙巢中的黄金用坐骑格拉尼驮走了）；还有"希芙的头发"（于是斯诺里又讲述了眼下这个洛基剪掉希芙金发的故事）——最后这个故事没有其他的版本流传下来，不过成形于10世纪的《格里姆尼尔之歌》提到过伊瓦尔迪的两个儿子制造了神船斯基德布拉德尼尔。

这个故事是最广为人知的北欧神话故事之一。它角色鲜明，诙谐生动，悬念迭起。虽然它（至少是它眼下的版本）成形比较晚，但它在北欧神话体系中享有重要的地位，因为它讲述了各位神祇与其宝物的关系，比如托尔和他的锤子。这些关系是北欧神话从一开始就有的。

关于德罗普尼尔，我想说的不多。这个臂环并不代表奥丁的任何一面，也不见于奥丁的各个别名，但它象征着某种紧密的关系。它的无限复制能力可能是在暗示，奥丁的庇护并非个别人的特权——任何人，特别是战士和诗人，都能向奥丁寻求庇护。德罗普尼尔被放在了巴尔德的火葬柴堆上（见第二十九章），这个情节一定有其深意。它是否能够让巴尔德起死回生？还是说，这个故事预告了诸神的黄昏，包括奥丁之死和巴尔德的复活？

贡尼尔代表着奥丁残忍可怕的一面。他是战争之神，也是胜利之神。在本书第二章，奥丁将他的长矛掷入华纳诸神的阵营中，掀起了世间第一场战争。北欧先民在战场上纷纷效仿这一动作，以此祈求奥丁的庇护。《埃里人萨迦》是这样描述的：

> 这里乱石遍地，正是厮杀的好地方。他们做好准备，待到斯诺里和手下出现在他们下方，斯坦索按惯例往敌人的头上掷了一根矛，以此祈求好运。

长矛贡尼尔还代表了奥丁信徒的人祭习惯（见第四章注释）。奥丁有两个别名——"长矛之神"和"倒吊者之神"。在把他的活人祭品吊上绞架之前，奥丁的信徒会用长矛刺入祭品的身体。那些躺在病床上却一心想要进入瓦尔哈拉的战士，在死前也会做出相似的动作。这是为了纪念那位倒挂在世界之树上，身体被长矛刺穿的神灵。

神船斯基德布拉德尼尔提醒我们，弗雷是一位丰饶之神。北欧先民从很早以前就把船看作丰饶和生死轮回的代表。早在青铜时代，斯堪的纳维亚就已经有雕刻将船只、马匹和太阳轮联系在一起：船只是人类驯服海洋的工具，马匹是驯服土地的工具，太阳轮则是生命的起源。船葬的风俗有厚有薄：它可以是富丽堂皇的船樯，比如挪威出土的"戈克斯塔德"号和英格兰出土的萨顿胡船墓，也可以就是一个破盆子埋在土里。不管哪一种，船葬都代表死者踏上了前往亡者之国的旅程。不过斯基德布拉德尼尔为什么可以折叠起来放在口袋里呢？H. R. 埃利斯·戴维森是这么说的：

> 这个传说的起源是宗教仪式上用到的船，人们在仪式当天把它抬出来游行，其他时候就将它折叠起来以便保存。从中世纪到现在，北欧许多地方都有这样的船，平时都收藏在教堂里。在丹麦，人们用这些船来举行仪式，祈祷丰收。虽然丹麦人民后来改信基督教，弗雷的神船还是留下了它的痕迹。

至于金猪古林博斯帝，弗雷与芙蕾雅兄妹都和野猪有关，但正如《贝奥武甫》的作者所言，野猪这个符号的首要意义是在战场上保人平安：

> 战士的护颊上，闪耀着野猪盔饰：
> 细细地镶嵌了黄金，那血与火淬砺了的，
> 他们生命的护佑。[1]

考古界的发现也佐证了这一点。在英国德比郡出土的本蒂格兰奇头盔是7世纪的文物，在它顶上就站着一只漂亮的野猪。这只野猪有白银的鬃毛，护鼻面具上还镶嵌了一个十字架！由此可见，战争之神和丰饶之神的职责区分并不清晰，很多时候两者兼顾。战

1　译文出自《贝奥武甫》第17页，生活·读书·新知三联书店1992年版，冯象译。

士会祈求华纳神族在战场上保佑他们，而阿萨神族也和丰饶与繁殖息息相关。

托尔的锤子米奥尔尼尔完美体现了这种双重身份。米奥尔尼尔是托尔力量的象征，但它的作用不仅仅是击退阿斯加德的敌人。当托尔举起锤子，天空中定有闪电划过；不管他将锤子扔出去多少次，它总是会像回旋镖一般回到他的手中，给大地带来圣火和甘霖。古北欧语中的 vigja 一词常被用来描写米奥尔尼尔的作用，它意为"圣化"或"祈禳"。在《特里姆之歌》（第十四章）中，米奥尔尼尔代表阳具，在婚礼上被用来祝福新娘。在萨迦里，这把锤子被用来祝福新生儿。在《巴尔德之死》里，它又被用来为死者祈禳。在第十六章的故事里，托尔用米奥尔尼尔在他死去的两只山羊顶上晃了晃，让它们起死回生。所以米奥尔尼尔不仅是带来毁灭的武器，同时还代表了丰饶和复活，正如托尔守护的不只是战士，还有米德加德的广大农民。

关于希芙，我们所知甚少。在托尔之前，她还和一名身份不明的男性结过婚，乌尔就是她首次婚姻生下的儿子。在《洛基的争辩》里，洛基声称他和希芙曾经有过鱼水之欢。她的一头金发很可能代表着黄金的麦田。希芙的原型多半是一位掌管丰饶的女神。这个神话故事成形的时候，她已经逐渐失去了独立的重要性，不过从她与托尔的婚姻关系，我们仍可窥见北欧先民对于托尔的二重印象。

在第三章的注释里，我解释了洛基的变形能力。侏儒的形象则是在导读里已经分析过了。

第十一章　斯基尼尔之旅

这个故事出自《诗体埃达》。《王家抄本》有其完整的版本（名为《斯基尼尔之旅》），《马格努松抄本》也有一部分（名为《斯基尼尔之歌》）。学术界普遍认为，这个故事成形于10世纪上半叶。斯诺里·斯蒂德吕松在《散文埃达》里概括了《王家抄本》版的故事，还采用了它最后的一个小节。他应该没有参考《王家抄本》之外的故事来源。

弗雷与奥丁及托尔一道，构成了北欧神话中最重要的三位男神。他是这个神话体系中最主要的丰饶之神（见导读），掌管着太阳、雨水和收成。他常被称为"明亮的"，而"斯基尼尔"这个名字的意思也是"明亮之人"。由此可见，弗雷的使者其实是他的分身。

女巨人格尔德的名字据说来自 gerð，意思是"田野"。《斯基尼尔之歌》中描写格尔德的手臂闪亮无比，照亮了整个天空和海洋，而且她还给了斯基尼尔一个"霜杯"。她代表着冰雪覆盖、寸草不生的大地。

一开始，格尔德并不为斯基尼尔的说辞所动；但是他的凶狠恐吓——抑或是炎炎日照——融化了她冰冷的心，于是她同意在森林中与弗雷相见。森林的名字"芭里"据说来自 barr，意思是"大麦"——也就是说，弗雷和格尔德的结合代表了阳光融化冻土，让庄稼能够生长。这个故事结合了季节变迁和农作物收成的元素。在第九章的故事里，弗雷的父亲尼约尔德则是和另一位女巨人斯卡娣结的婚，这两桩婚事不乏相似之处。

这首诗里有两处将格尔德和伊童联系了起来。在格尔德初次见到斯基尼尔的时候，她担心来者就是杀了她兄弟的凶手。在《洛基的争辩》里，洛基嘲笑伊童，说她和杀了自己兄弟的人同床共枕。斯基尼尔还给了格尔德十一个来自伊童的金苹果，这似乎暗示着她和伊童一样负责守护众神的青春。虽然证据不足，但我猜想伊童和格尔德原本是同一位女神，后来衍变成了两个独立的角色。在第八章的注释里，我提到过凯尔特神话也有和金苹果相关的故事。斯基尼尔穿过烈焰才来到格尔德的门前，这个元素可能来自凯尔特神话，因为后者也有与其呼应的故事。

弗雷在至高王座赫利德斯克亚夫上看到了格尔德，这把椅子位于奥丁以白银为顶的宫殿瓦拉斯克亚夫。当奥丁和弗丽嘉坐在这把椅子上，他们能看到九界里发生的一切。天空里的王座不是北欧神话的独创。雅各布·格林在他的《德国神话》里说道："'坐在神右边'这个概念来自《圣经》，但俯视凡人可不是……宙斯坐在伊达山上俯视人间，这是他权力的王座……"接下来格林讲述了一个广为流传的民间故事：一个男人在进入天堂后"爬上了'上帝的椅子，看到了人间发生的所有事情'"。

虽然我们不知道斯基尼尔是怎么拿到德罗普尼尔的，但他把这件宝物送给了格尔德。在这里，他提到斯基尼尔被放在巴尔德的火葬堆上（见第二十九章）。我在序言里分析过神话体系中不可避免的时间线冲突问题。

在我看来，《斯基尼尔之旅》是一部充满激情的作品：它既描写了弗雷的相思之苦，也记录了斯基尼尔残忍的威胁。它是一个感人的爱情故事，弗雷最后的喊叫尤其令人动容；与此同时，它也是一首写给夏天的颂歌。北欧先民在室内熬过了漫漫寒冬之后，一定无比渴望阳光灿烂、生机勃勃的夏日的到来。

第十二章　格里姆尼尔之歌

　　和所有的神话故事一样，北欧神话一开始是以口头文学的形式流传下来的。北地的吟唱诗人四处游荡，一代又一代传颂着诸神的故事。在他们的作品中，有一部分是类似于词库的押韵诗，这种诗歌列举各种人物、地点和事件的名字，但把相关细节留给了其他作品去叙述。许多口述传统都有类似的作品，其中一些还流传至今，成了文学传统的一部分。

　　这个故事的来源《格里姆尼尔之歌》也是一首词库押韵诗，同时见于《王家抄本》和《马格努松抄本》。这部作品的诗歌部分最早是在10世纪上半叶成形的，散文部分则要晚得多（见下段）。对古代北欧的诗人来说，它的地位类似于早期威尔士诗歌中的三题诗或是早期盎格鲁–撒克逊诗歌中的《旅者之歌》。

　　但《格里姆尼尔之歌》的作用不只是帮助诗人背诵各个名字。它含有大量神话情节，是一部供诗人当众表演的作品。一开始诗人或许会在表演前后即兴加上故事背景，可是随着岁月的流逝，它的背景逐渐被人遗忘。这就是为什么十二三世纪的一位抄写员特意在诗歌的前后加上了叙事的散文。这几段并不是他凭空想出来的，因为其中的基本情节——奥丁被盖尔罗德架在火上烤，唤起了后者的儿子阿格纳尔的恻隐之心——在原诗中便曾提及。

　　除了《格里姆尼尔之歌》，《诗体埃达》还收录了四首词库诗：

《渥尔娃的预言》《瓦弗斯鲁德尼尔之歌》《欣德拉之诗》和《阿尔维斯之歌》。《阿尔维斯之歌》（第二十七章）列举了北欧诗歌里各种近义比喻，《欣德拉之诗》（第十八章）则记录了历史信息和家谱，但《渥尔娃的预言》和《瓦弗斯鲁德尼尔之歌》就像《格里姆尼尔之歌》一样，包含了大量的神话信息。斯诺里·斯蒂德吕松在《散文埃达》里也大量借鉴了这几部作品。他利用了《格里姆尼尔之歌》的全部内容：原诗一共五十四节，他原封不动照搬了其中二十多节；他对于世界的起源、诸神的黄昏、世界之树、瓦尔哈拉以及奥丁各个名字的描写也都基本来自这部作品。在所有现存的古北欧语诗歌中，只有《格里姆尼尔之歌》详细描写了瓦尔哈拉的样子。这首诗还提起了一些不见于其他作品的典故（比如说，奥丁欺骗了一个名叫索克弥米尔的巨人）；别忘了，只有很小一部分古北欧语诗歌流传了下来。

我在撰写这一章的时候碰到了一个难题：原文有二百二十多个名字，我要怎样才能把它编成一个可读性较强的故事？我在本书导读里阐述了我对于原文的取舍原则，也说过实施起来会有例外，我对于这个故事的处理就属于后面一种。

第十三章　闪亮的项链

最早关于布里欣嘉曼的记录来自10世纪诗人乌尔夫·乌加松的吟唱诗歌《家之歌》。按照《拉克斯谷人萨迦》第二十九章的记录，乌尔夫第一次吟唱《家之歌》是在公元978年冬天的一场婚宴上，距今已过去千年有余。在婚宴大厅的壁板和天花板上有许多含有神话元素的雕刻，而乌尔夫用这部作品诠释了这些雕刻的含义。

《家之歌》的大部分内容都已佚失，保留下来的只有以下内容：一段祈求听众专心看表演的祷告；三节诗讲述托尔和希米尔一起钓鱼，与尘世巨蟒作战（见第十七章注释）；五节诗罗列有哪些神灵参加了巴尔德的葬礼，以及他们各自的属性；还有一节诗则提到布里欣嘉曼。李·M.霍兰德对最后这一节的翻译如下：

> 彩虹桥的贤明守卫
>
> 和劳菲的狡猾儿子
>
> 在辛加斯坦为
>
> 项链一决高下
>
> 九个母亲的儿子
>
> 夺到布里欣嘉曼
>
> 愿我的这首诗
>
> 将他名声传扬

斯诺里·斯蒂德吕松也知道《家之歌》。在《散文埃达》的《诗歌语言》里，他借鉴了这首诗的说法，说海姆达尔有九个母亲。他还在其他地方写道，海姆达尔常去"一块名叫辛加斯坦的岩石，并且在那里和洛基争夺项链。乌尔夫·乌加松的《家之歌》里有很长一段就是讲这段故事的，他说当时双方都化身为海豹在争斗"。很不幸，对于这个故事的原型，我们就知道这些碎片，无法还原故事本身了。

然而，布里欣嘉曼的故事还有一个版本，它来自《平岛之书》（约1400年成书）里的《索尔利的故事》。在这个故事里面，北欧神祇以凡人的形象出现：奥丁变成了阿萨国的国王，该国位于亚洲，首都是阿斯加德。由于角色形象非常相似，两位基督教教士作者明显采用了更早的故事作为写作素材。就我所知，这个故事的英译版只有一个，收录在埃里克·马格努松和威廉·莫里斯合译的《三个北欧爱情故事》（伦敦：朗文–格林出版社，1895年）里。我认为本书不该漏掉布里欣嘉曼的故事，便采用了后面这个版本作为本章的蓝本。我将奥丁、芙蕾雅和洛基又变回了神祇，并且删去了原版末尾一段基督教色彩浓厚的台词。在奥丁要芙蕾雅挑起战争，让双方"陷入永无止境的厮杀"之后，《索尔利的故事》的作者通过奥丁之口又说了这么一段话（参照马格努松和莫里斯的英译）：

> 除非哪位显赫的君主麾下能出一位英勇的基督教徒，胆敢前往他们的战场，将双方士兵统统杀死。只有如此才能免除他们永恒争斗之苦，让他们终于得以安息。

基督教不仅擅长打压异教，也很会将异教文化挪为己用呢！

　　这个故事里每个角色都极其自私。它不仅仅是一个抨击贪欲的说教故事，但由于它早期的版本基本佚失，我们很难分析它的神话成分。"布里欣嘉曼"（Brisingamen）可以理解为"布里欣人的项链"，可是布里欣人究竟是谁呢？他们的项链又是什么东西？这两个疑问至今众说纷纭。"布里欣"可能是某个部落或家族的名字，但也可能来自古北欧语中的 brisingr（意为"火焰"），用来形容项链的光彩。古北欧语中的 men 可以是项链，也可以是腰带，但盎格鲁-撒克逊长诗《贝奥武甫》提到的 Brosinga mene 很明显是项链，所以布里欣嘉曼应该也是项链才对。

在《北欧众神及神话》里，H. R. 埃利斯·戴维森写道："从远古时代开始，项链就和地母神的形象紧密相连。地中海地区出土过一些戴着项链的小型塑像，其历史可以追溯到公元前3000年。在丹麦也出土过戴着项链的青铜时代小型女性塑像，学术界认为它们代表生育女神。"她在脚注里进一步解释道："弗洛伊德的拥趸会说，项链和生育女神的形象是紧密相连的，因为人们常常用上半身的器官和首饰来代表下半身的性器官。"这样看来，芙蕾雅在《索尔利的故事》通过性交易得到的项链或许代表着她作为生育女神的一面。她掌管的除了爱情，还有肉欲。

与此同时，《索尔利的故事》也把芙蕾雅和战争与死亡联系在了一起。《格里姆尼尔之歌》里有一节提到芙蕾雅的宫殿位于"万众之野"弗尔克万，说她和奥丁一样会挑选战死沙场的勇士。虽然这大概和原作者的想法背道而驰，但《索尔利的故事》里奥丁最后对芙蕾雅的要求——在人世挑起战争、用魔法复活勇士——可能正中这位女神下怀。芙蕾雅在某些地方神似奥丁：她精通魔法，统领战场英灵，而且生性淫荡。这样看来，《索尔利的故事》的作者暗示他们有肉体关系也就不足为奇了。虽然《索尔利的故事》是这段关系的孤证，但一直有学者怀疑芙蕾雅"失踪"的丈夫奥德其实就是奥丁。

《索尔利的故事》里的奥丁是一位凶恶强硬的战争之神。在奥丁的诸多名号中，'战争之父'西格弗德、'好战者'赫尔泰特和

'作恶者'勃尔维克最符合他在这个故事里的形象。他对芙蕾雅开出的条件让人想起萨克索·格拉玛提库斯在《丹麦人的事迹》里通过战士比阿尔基之口说的一番话：

> 战争是贵族和名门的特权，平民哪能立下王侯的功业？……冥王普路同的猎物不是卑微渺小的凡人，而是卓尔不凡的勇士。在熔岩之河中燃烧的，尽是高贵的灵魂。

虽然侏儒德瓦林在这个故事里如愿以偿和芙蕾雅发生了关系，但他最后的下场十分凄惨。本书第二十七章间接提到了他的结局：德瓦林被朝阳照到，化成了石头。至于另外三个侏儒后来如何，我们就不得而知了。

第十四章　特里姆之歌

这个故事的唯一来源是《诗体埃达》里的《特里姆之歌》（见《王家抄本》）。斯诺里·斯蒂德吕松对《诗体埃达》了如指掌，而且还对托尔和巨人一族的争斗很感兴趣。然而奇怪的是，虽然他的《散文埃达》里收集了不同来源的托尔大战巨人的故事，却偏偏少了这一篇。更奇怪的是，这个故事的内容和文风都该很对他胃口才是。《特里姆之歌》的成形年代众说纷纭，从10世纪到13世纪都有。如果是后者，那它的作者很可能就是斯诺里本人。

《特里姆之歌》是一部通俗喜剧。我们不用挖掘其中深意，因为它纯粹是为了娱乐大众而作的。别忘了，在北欧先民的心目中，托尔是一个长着大胡子的魁梧壮汉，众神和人类的强大保护者；他脾气暴烈，有时候会有些迟钝，引来其他神祇的嘲笑。无论如何，他也不像是会男扮女装的角色！这首诗情节紧凑，一共也就三十二节（每节四行）外加一行献词。它角色形象鲜明，又包含许多有意思的细节——比如特里姆奢华空虚的生活，又比如托尔的婚礼盛装。它轻描淡写的文风和不动声色的喜剧风格相得益彰。作为一部文学作品，《特里姆之歌》不仅在《诗体埃达》中首屈一指，在世界诗坛上也占有一席之地。

我在前面的分析里已经提起过这首诗大部分的神话元素。比如在第十章的注释里，我分析了米奥尔尼尔作为阿斯加德保护者和阳具象征的双重身份。《特里姆之歌》是唯一一部提及用锤子来圣化新娘的古北欧文学作品，但很明显，托尔从一开始就知道特里姆会把锤子拿出来圣化新娘——否则他是绝对不会同意男扮女装的。

我在导读里分析了芙蕾雅的猎隼羽衣。洛基穿过这件羽衣三次，这是其中一次。芙蕾雅以掌管繁育与性爱闻名，许多巨人都对她的美貌垂涎三尺。不止特里姆，修筑阿斯加德城墙的石匠（第三章）和赫伦尼尔（第十九章）都想要得到她。她最珍贵的宝物布里欣嘉曼（第十三章）在这个故事里先是断开，后被修复如初。我不知道为什么《特里姆之歌》里出点子帮助芙蕾雅的人是海姆达尔，但布里欣嘉曼的最早相关记载（见第十三章注释）提到过，海姆达尔与洛基争抢这条项链；在这里，他再一次扮演了芙蕾雅的救星。《特里姆之歌》中有一处提到，海姆达尔和芙蕾雅同属华纳神族，可以预知未来。我在第五章的注释里就分析过海姆达尔，他和芙蕾雅之间一定有某种已不可考的联系。

在故事的末尾，特里姆提起了一位名叫瓦尔的女神。据斯诺里说，她是北欧神话体系中最重要的几位女神之一："她倾听男女对彼此立下的誓言。这种誓言以她为名，叫作 varar，而破誓者都会受到她的惩罚。"

第十五章　瓦弗斯鲁德尼尔之歌

《诗体埃达》的《瓦弗斯鲁德尼尔之歌》是这个故事的唯一来源，《王家抄本》有它的全版，而《马格努松抄本》则缺了一页，少了头二十节。学术界普遍认为，它成形于 10 世纪中叶。没有证据表明它在被收录进《诗体埃达》之前经历过版本变化。我在第十二章的注释里解释过什么是词库押韵诗，这首诗也是其中之一。

对于斯诺里·斯蒂德吕松来说，《瓦弗斯鲁德尼尔之歌》和《格里姆尼尔之歌》同样弥足珍贵。他一字不改抄了原诗八个小节，又化用了其中大部分内容。原诗含有一些不见于其他古代北欧文学作品的说法。比如说，它对世界上第一对男女的来源的解释就和《渥尔娃的预言》的截然不同；它描写了瓦尔哈拉的英灵战士如何在决斗和宴饮之间无限循环，直至诸神的黄昏来临；它还提起了会有一对人类男女——利弗与利弗斯拉希尔——藏在霍德弥米尔之树里，逃过世界的末日。它和《格里姆尼尔之歌》一样，让我不得不再次发出疑问（我在第十二章的注释里曾经问过）：倘若如此重要的信息都只有孤证得以流传下来，还有多少同样重要的故事已经彻底泯没在时间的长河里？

聪明绝顶的巨人是北欧神话中常见的角色。奥丁倒挂在世界之树上习得的九首歌就来自巨人勃尔索的儿子，而且奥丁能得到诗之蜜酒也多亏了巨人。不过，瓦弗斯鲁德尼尔的智慧是从哪里来的呢？他告诉奥丁，他之所以知晓如尼文的奥义，是因为他去过多雾的亡者之国。智慧的代价理应非常高昂，瓦弗斯鲁德尼尔或许是在暗示，他就像第四章《绞架之神》里的奥丁，曾经在追寻智慧的过程中死而复生。

不管这个推测是否正确，瓦弗斯鲁德尼尔的智慧最后没能保住他的人头，毕竟奥丁有个别名是"掌握真理者"桑格塔尔。不仅如此，老奸巨猾的奥丁在最后问了一个巨人不可能答得出的问题。这个情节再次提醒我们，北欧神话中存在着不可避免的时间线冲突（见序言）。不过，奥丁究竟在巴尔德耳边低语了什么？在《渥尔娃的预言》里，渥尔娃告诉众神之父，在奥丁身亡、众神覆灭之后，会有一片绿色的大地从海水中升起，而巴尔德也会重返阳世。或许这就是奥丁对爱子说的最后一句话？

第十六章　托尔的乌特加德之旅

北欧神话中最有名的故事，除了《巴尔德之死》，就数《托尔的乌特加德之旅》了。这个故事虽以魔法和恐怖为基调，却充满了轻松活泼的喜剧元素和扣人心弦的戏剧冲突，无疑是斯诺里·斯蒂德吕松的巅峰之作。他在《散文埃达》中对该篇大书特书，其篇幅远超书中其他任何一篇，也是我撰写本章时唯一的参考来源。

　　就像第十四章的《特里姆之歌》一样，《托尔的乌特加德之旅》是一部娱乐之作。前者拿托尔的豪迈雄风做文章，后者则取笑雷神的惊人神力。托尔是诸神中首屈一指的大力士，但他在魔法面前连连败退。这个幻象之宫实在不是他的福地。托尔在乌特加德－洛基面前无计可施，却并未沦为读者取笑的对象：他生生锤出了三个山谷，让海洋有了潮起潮落，将尘世巨蟒从大洋里抓出，还很快就在另一次冒险中重振雄风。我们喜欢托尔，因为他性格豪迈、头脑简单，也因为他代表着法律与秩序本身。在我看来，这个故事和《特里姆之歌》证明了托尔在北欧先民心中的地位：大家不仅尊敬他、畏惧他，同时也信任他、爱戴他。他的性格很好捉摸，所以人们觉得这位神明十分亲切。我在本书导读中详细分析过，托尔是自由农的守护神。

　　洛基这个人物充满悖论。大家都知道他不可信赖，可他却也是北欧神话三大主神中的两位——奥丁与托尔——的亲密伙伴。据说他是奥丁的养兄弟，并且曾经和奥丁与霍尼尔一起旅行过两次或三次（见第八章和第二十六章，以及第一章注释）。他善于与人相处，但同时也两面三刀。乌特加德－洛基没有在别的故事里出现过，我们可以将他视为巨人版的洛基，因为他名字本身的意思就是"乌特加德的洛基"。这个巨人和洛基一样是个易形者，擅长以阴谋达成目标。E. O. G. 特维尔－彼得认为洛基和乌特加德－洛基原本是同一个角色，他的证据是萨克索·格拉玛提库斯笔下的这个故事（写于13世纪早期）。他说：

主人公托尔基路斯——这名字看上去就是托尔的翻版——离开丹麦，历尽艰险，想要找到怪物乌特加迪洛库斯，以获得后者的宝藏。这个巨人长相丑恶，手脚上挂着巨大的镣铐。他似乎就是被逐出阿斯加德并在乌特加德生活的洛基。他在谋划了巴尔德之死后就变成了这副狰狞的样子。诸神拿锁链将他捆了起来，他一直要到诸神的黄昏才会重获自由。

乌特加德是巨人族的一座堡垒。斯诺里说托尔一行人渡海才来到这里，但这个情节和他在创世神话中对九大世界的描述是矛盾的。在后者中，他说米德加德和约顿海姆连在一起，周围才是海洋（见本书导读）。

故事本身通俗易懂，我在这里只有几点要说。托尔一见到斯克里米尔就拉紧了女巨人格丽德给他的力量腰带，所以这个故事理应发生在托尔与盖尔罗德的故事（第二十四章）之前。我在第十章的注释里分析了米奥尔尼尔的各种用处。托尔复活山羊的情节在不止一个印欧神话故事乃至民间传说里都能找到对应。比如说，亚历山大·阿法纳西耶夫在他的《俄国民间故事》中收录了一个名叫《奇中之奇》的故事：故事里有一只神奇的鹅，人们在吃完它后把它的骨头堆起来，它就能自动靠魔法复活。

第十七章　希米尔之歌

印欧神话体系里有一个常见的情节：守护人类的天空之神和

可怕的怪物决一死战，斗争到底。在北欧神话中，这就是托尔和尘世巨蟒耶梦加得的故事。他们在乌特加德－洛基的地盘上遇见过，当时耶梦加得化为一只灰色巨猫与托尔争斗。当诸神的黄昏来临，他们将同归于尽。

这个故事一定很受北欧先民欢迎，因为它在很早以前就有至少四个版本了。9世纪的布拉吉·博达松在《拉格纳之歌》里就提起过这个故事。到了10世纪，它又多了三个版本：乌尔夫·乌加松的《家之歌》、伽姆利的诗与爱斯坦·瓦尔达松的诗。不过它最有名、最详细的版本还是成形于11世纪上半叶左右的《希米尔之歌》。《诗体埃达》与斯诺里·斯蒂德吕松的《散文埃达》采用的都是这个版本。这个故事显然在当时就传到了英格兰——位于坎布里亚郡戈斯福斯村的圣玛丽教堂有一块石板和一个十字架，都能追溯到公元900年左右。石板上雕刻的是托尔拿牛头钓鱼，而十字架的顶端有托尔与尘世巨蟒作战的雕像。

遗憾的是，为了尽可能还原《希米尔之歌》的原貌，我在这本书里没有采用斯诺里的版本。不过，从吉恩·I.杨的译本中，我们可以一窥斯诺里的诙谐文笔：

任谁也想得到，托尔在乌特加德吃了亏之后，没过多久就又离家踏上了旅程。他走得极其匆忙，没带战车，没带山羊，也没带同伴。他乔装成一个年轻人溜出了阿斯加德，当晚在一个名叫希米尔的巨人的家里住了下来。第二天清晨，希米尔起床穿戴整齐，打算划船出海去捕鱼。这时候托尔从床上跳起来表示他也要去。希米尔说他弱不禁风，帮不上忙："如果我带你去我平时捕鱼的地方，你肯定不出多久就着凉了。"但托尔坚持说，他能把船划出老远，而且到时候是谁先想回岸上还不一定呢。他越说越气，很想拿锤子往巨人的头顶上招个招呼，但他还是忍了下来，因为他想用别的方法试验自己的力量。他问希米尔都拿什么鱼饵去钓鱼，但希米尔让他自己出门去找。托尔在外面看到了巨人的牛群，其中最大的一头叫作希敏赫约特，他把这头牛的头扭下来带到了海边。希米尔已经准备开船了，而托尔坐进船里捡起船桨就开始划，速度还挺快的。

于是托尔坐在船尾，希米尔坐在船头划桨，两人一直划到希米尔平时钓鱼的地方，但托尔说他还想去更远的海域，于是他们又是一顿猛划。希米尔说再远就危险了，保不准会碰到尘世巨蟒。可是托尔一意孤行，又把船往远处划了一段，这让希米尔十分生气。

托尔搁好船桨，拿出了一根非常结实的钓线和一个同样结实的大鱼钩，又将牛头挂在钩上。他用力一甩，钩便直直沉入海底。他上次在乌特加德没能举起巨蟒，颜面扫地，但这次轮到尘世巨蟒出洋相了。巨蟒一口咬上牛头，顿时被鱼钩紧紧钩住。它奋力挣扎，让托尔的双拳狠狠地撞在了船舷上。愤怒的托尔使出全身神力，双脚使力太猛，以至于一脚踩穿船底站到了海里。当他把巨蟒拽上船来，那画面真是太可怕了！托尔狠狠地盯着巨蟒，而这个怪物也瞪着他狂喷毒液。

我听说，接下来的事情是这样的：希米尔看到托尔与巨蟒相搏，掀起一阵阵惊涛巨浪，不禁面如土色。当托尔高高举起自己手中的锤子，希米尔赶快抓起他的鱼饵刀，在船舷旁砍断了托尔的钓线。耶梦加得立刻沉回了海中。托尔把锤子朝着水中砸了下去，有人说他砸烂了尘世巨蟒的头，但就我所知，那条巨蟒活了下来，至今还好好地潜在海底呢。托尔捏紧拳头，给了希米尔的脑袋一拳。巨人头往下掉进了海里，不过后来他涉水上了岸。

按照斯诺里的说法，托尔去拜访希米尔是为了洗刷他在乌特加德受到的耻辱；但《希米尔之歌》的说法是，他是想找一口足够大的锅给众神酿酒。这口锅在《洛基的争辩》中还会再次出场（见第三十章注释）。在最早的《王家抄本》版《诗体埃达》中，《希米尔之歌》之后紧跟着的就是《洛基的争辩》。

学术界尚不能确定，这个故事里的提尔是否就是被魔狼芬里尔咬掉了一只手的提尔（第七章）。前者的父亲是希米尔，后者的父亲是奥丁。有人说提尔是奥丁和希米尔之女的儿子，但与此相左的证据实在太多。考虑到神话不可避免会有前后矛盾之处，我觉得这两个提尔应该是同一位神。

托尔自然而然地把自己的两只山羊留在了俄吉尔的农场上。他似乎并不是第一次这么干了。《托尔的乌特加德之旅》（第十六章）说夏尔菲和罗丝克瓦有一个父亲，但没有提及他的名字，俄吉尔或许就是这两个人类仆从的父亲。《希米尔之歌》说托尔有只山羊瘸了腿是因为洛基，但在《散文埃达》里这事要怪夏尔菲：后者为了喝骨髓，拿刀切开了山羊的大腿骨，于是托尔将他和他的妹妹带走作为仆从。斯诺里的版本明显参照了某个如今已不可考的来源。

希敏赫约特（意为"天穹嘶鸣"或是"天穹之跃"）这个名字

实在太棒了，而且又和天空之神托尔有关系，所以我从斯诺里那里把它借了过来，写进了这个故事里。

第十八章　欣德拉之诗

这个故事唯一的来源是《诗体埃达》的《欣德拉之诗》，不过它既不见于《王家抄本》，也不见于《马格努松抄本》，而是被收录在了于1400年左右落笔的《平岛之书》里。学术界普遍认为，虽然《欣德拉之诗》含有大量的历史和家谱信息，其中有一部分可能还很古老，但这首诗的成形时间不会早于12世纪。

我在故事中省略了《欣德拉之诗》的部分原文，就是所谓的《短版渥尔娃的预言》。这部分是对正版《渥尔娃的预言》的拙劣模仿，而且与芙蕾雅和欣德拉的对话没有任何关系。它之所以出现在原文里，只可能是因为抄书员抄串了书。

在这个故事里，芙蕾雅的形象十分多面。她是繁殖女神——欣德拉不是第一个嘲讽她生性淫荡的人，本书第十三章的故事也着重讲述了这一点。她也是战争女神，因为奥塔化作的野猪坐骑叫作希尔迪斯维尼，意思是"战猪"。她同时还是巫术女神，能够将女巨人困在火圈之中。芙蕾雅描述奥塔不仅为她修建祭坛，还把血涂在祭坛上。如果想要把石板烧成玻璃，那可是需要高温的火焰！

对于部落社会的领袖来说，血统与出身至关重要。这一点从《旧约》里那一串串名字也能看得出来。在当时的西北欧，异教徒的国王同样声称他们是神祇的后裔。比如说，《盎格鲁-撒克逊编年史》的前半部分就列了许多国王的家谱，一直可以追溯到巴尔达格（巴尔德）和沃登（奥丁）。

我们不知道奥塔和安甘提尔到底是什么关系，但他们的豪赌本身就很说明问题。《欣德拉之诗》的作者在这部作品里提到了许多半神话的人物，他们当中不少都在《诗体埃达》、萨克索·格拉玛提库斯的著作以及各部萨迦里面出现过。当时的听众一听到这些名字就能联系上各个人物的具体事迹，所以对他们来说，这部作品的信息量非常丰富。按照女巨人的说法，奥塔是西古尔德和沃尔松一族的后裔，所以这场赌局奥塔是赢定了——毕竟西古尔德不仅是日耳曼人最伟大的英雄，身上还流着神祇的血。

不止一个古典时期的历史学家——比如塔西佗和普罗柯比——都描写过日耳曼民族的狂战士。这些战士崇拜战争之神，按照他们自己的法律和规则行事。欣德拉在诗里列了十二个狂战士的名字，他们的盘踞点在约姆斯堡。这些受到奥丁庇护的战士会在战斗开始前进入狂暴状态，身披动物皮毛上阵杀敌（"狂战士"一词的原文 berserk 就是"熊衫"之意）。在《英灵萨迦》里，斯诺里这样描写狂战士：

> 他们不穿甲胄就冲锋陷阵，有如疯狗或恶狼般狂暴；啃咬自己的盾牌，具有熊和野牛一般的神力；能把敌人一击致命，在火焰和武器面前毫发无伤。

不少英雄诗歌和萨迦都颂扬过狂战士，比如《埃吉尔萨迦》中就有一段重点描写了他们在战场上的狂暴雄姿。他们的存在推动了北欧先民对奥丁的崇拜。

最后说一说海德伦，那只被欣德拉拿来和淫荡的芙蕾雅做比较的母山羊。她终日在瓦尔哈拉附近晃荡，啃食列拉德树的枝叶，源源不断地为瓦尔哈拉的英灵战士提供蜜奶。

第十九章　托尔与赫伦尼尔的决斗

这个故事和第八章《伊童的金苹果》所出同源。斯诺里·斯蒂德吕松在《散文埃达》里的版本参考了10世纪早期的盾诗《长秋之歌》，用了其中六节半。可是故事里还有许多内容，比如决斗的细节、故事的开头（赛马和酒席）与结尾（格萝雅的失忆），都不见于《长秋之歌》，而这些部分的来源已不可考。从其他吟唱诗歌里的迂说式修辞可以看出，早在10世纪，这个故事就已经广为传播：托尔有时候会被称为"劈开赫伦尼尔头颅的人"，而赫伦尼尔的盾牌则是非常拗口的"劫走特鲁德之人脚前的叶子"。在这个故事的早期版本里，赫伦尼尔一定劫走或强暴了特鲁德。鉴于特鲁德是托尔的女儿，于公于私，托尔都有理由要杀掉这个巨人。

和其他吟唱诗歌一样，《长秋之歌》的内容非常隐晦，时常别有所指，让人无法翻译出通俗易懂的版本。其中最有意思的一节描述了托尔驾车去会赫伦尼尔：天空在车轮下颤抖，闪电照亮了苍穹，地面裂开长长的口子。我们都知道托尔是雷神，却说不清他究竟是如何操纵雷电的。有学者认为托尔的神锤米奥尔尼尔本身就代表着闪电或雷霆，这从词源的角度也说得通。然而《长秋之歌》

的这一段似乎说明，至少是在10世纪早期，人们认为雷电来自托尔在空中奔驰的战车——而且这个猜想也是有词源依据的！古北欧语中的 reið 有"雷"和"战车"的双重含义。

在这个故事里，不仅托尔和赫伦尼尔一决高下，雷神的仆人夏尔菲也击败了泥巴巨人莫库卡尔菲。在《日耳曼人的神话与神祇》中，乔治·杜梅齐尔写道：

> 在另一场决斗中，拥有黏土之躯的巨人败给了夏尔菲。他输掉的原因和岩石之躯的巨人输给托尔是一样的：托尔的攻势有如闪电，在灵活敏捷的攻击面前，庞大笨重的防御工事丝毫不是对手。在这个故事里，夏尔菲有样学样地对假人进行了攻击。我们是否可以把他看作托尔的徒弟？所有宗教仪式的形式都植根于其神话之中。若是这样，那么这个故事其实有两条平行的情节线。诗人用比较写实的风格描绘了夏尔菲的初次战斗——虽然多少还是有些荒诞……而托尔的首次一对一决斗，则简直是惊天动地。

接下来，杜梅齐尔将这个故事和印度神话里的类似故事做了比较。在他看来，这场决斗很明显不是某个诗人心血来潮的奇思妙想：它是围绕着神话体系中"初次战斗"（特别是一对一决斗）这一元素展开的。

米奥尔尼尔和磨刀石为什么在空中相撞？磨刀石的碎片为什么又嵌进了托尔的前额？《埃里人萨迦》的佚名作者描写过信徒为托尔建造神殿的过程："在刚进大门的地方立着高位的柱子，上面钉着'神圣之钉'。这些柱子背后的整座建筑都是托尔的圣所。"

H. R. 埃利斯·戴维森认为这种钉子和北欧原住民拉普人的某种习俗有关：在异教时代，拉普人会把铁钉钉入雷神的木像，以此生火。托尔神殿里的神圣之钉或许也是同一种用途。她进一步分析道，要是果真如此：

> 嵌在托尔脑门里的石片应该可以用拉普人用雷神脑袋生火的习俗来解释。赫伦尼尔的磨刀石遇到雷神的铁锤，就像是人们用打火石和金属来生火，溅出来的火花则像是雷神的闪电。

女占卜者格萝雅在第二十三章中还会再次出场。托尔将她丈夫奥尔万迪尔的脚趾摘下来丢进了天空。这个情节和创世神话中奥丁三兄弟创造星星的方式十分相似，应该是移花接木过来的。类似的还有巨人夏兹的眼睛被扔到空中，化为星辰的故事——斯诺里说这事是奥丁干的，但在《哈尔巴德之歌》里面是托尔。从斯诺里的记录看来，在他生活的那个时代，真的有过一个星座叫作"奥尔万迪尔的脚趾"。这一点在古北欧诗歌和盎格鲁–撒克逊诗歌里都有旁证。究竟哪一颗星星才是奥尔万迪尔的脚趾呢？虽然我们下不了定论，但根据现有证据来看，它似乎是一颗非常明亮的星星，说不定就是启明星。

斯诺里认为，在托尔所有的敌人中，赫伦尼尔是最强的一个：他块头大、拳头硬、脸皮厚，而且还非常好色——他不仅像其他两个巨人那样想要得到芙蕾雅（见第三章和第十四章），甚至还打起了希芙的主意。虽然托尔在第二十四章里还会再次遇到巨人盖尔罗德，但随着赫伦尼尔的死去，阿萨诸神与巨人族的争斗实际上已经结束。巨人们从一开始就知道，这场决斗将决定他们一族的前途。死去的不只是赫伦尼尔，还有他们杀死托尔、攻下阿斯加德的美梦。在后期的北欧神话中，最让众神忧心的不是外界的侵略者，而是来自内部的敌人。

第二十章　奥丁与比林的女儿

虽然《至高者的箴言》的内容大多是通过奥丁之口说出的谚语和社交守则（第二十五章），它也记载了几个故事，比如说奥丁是如何学会如尼文并道出其奥义的（第四章），奥丁是如何拿到诗之蜜酒的（第六章），以及奥丁对比林之女热烈的单相思（原文第96至102节）。只有《至高者的箴言》提起过这个故事，比林那个言而无信的女儿在其他故事里没有再出现过。

在进入故事正题之前，《至高者的箴言》的第81至95节感叹了爱情的善变。这几段文风各异，其中有几节还是出色的短诗，明显不是同一个人的作品。我认为《至高者的箴言》的编者将它们拼凑在了一起，然后用奥丁和比林之女的故事来佐证女人的善变，于是我把这几节编成了故事的前奏。

故事本身倒是很简单。奥丁与许多女神和凡人女子都发生过关系，并且将其作为谈资（第二十二章），所以我忍不住要佩服比林的女儿——能抵挡住奥丁的诱惑还让他吃了亏的人，她是独一个。再说了，奥丁平时也是一个傲慢自大、反复无常的角色，现在只不过是风水轮流转罢了。

第二十一章　古鲁菲与格菲翁

斯诺里·斯蒂德吕松讲过两次古鲁菲与格菲翁的故事，第一次是在《散文埃达》最开始的时候，第二次则是在《挪威列王传》的《英灵萨迦》里面。两个版本出入很大，而我在这本书里参考得更多的是斯诺里的神话作品而不是他的史料记载，所以我的版本是按照《散文埃达》来的。

这个故事的《挪威列王传》版本（见《英灵萨迦》第五章）大意是这样的：亚洲有个国家叫阿萨国，其国王为奥丁。由于奥丁有先知的能力，他知道他的后代会在"世界的北部"繁衍生息。他穿过俄罗斯，抵达了德国北部，在那里将他的儿子们立为国王。然后他前往费延，在一个名叫奥丁索的岛屿上住了下来，并且派遣格菲翁北上寻找新的土地。国王古鲁菲答应给后者土地，于是格菲翁把一块土地从瑞典带走，以此扩张奥丁的国土。但奥丁后来去了瑞典的乌普萨拉峡湾，即今日的西格图纳一带。两个版本还有一个不同之处是，在《挪威列王传》里，格菲翁前往约顿海姆与巨人生了四个儿子，然后把他们变成了牛，但在《散文埃达》里，她的儿子们在这之前已经出生了，所以真是很方便。两个版本的结尾都来自布拉吉·博达松的《拉格纳之歌》。斯诺里从这部9世纪的作品借用了一段，描写四头牛大汗淋漓的样子和格菲翁得意的笑声。

格菲翁和犁有联系，是一位掌管丰饶的女神。她的名字来自动词 gefa（意为"给予"）。在《洛基的争辩》中，洛基说格菲翁为了一根项链出卖了自己的身体；奥丁则说她跟自己一样，拥有预知未来的能力。可见格菲翁的能力综合了芙蕾雅的（丰饶）和弗丽嘉的（未卜先知）。

《挪威列王传》里的格菲翁和奥丁之子斯基约德（即席尔德）结了婚，在丹麦的莱尔住下，并且在莱尔还有一座圣所。席尔德是丹麦王族传说中的祖先之一，《贝奥武甫》一诗在最开头提起的国王就是他，诗中还将丹麦人都称为"席尔德一族"。

从格菲翁用犁耕地的故事衍生出了一个在西北欧十分常见的习俗：在每年春天播种之前，人们会象征性地耕作一小块地，祈求丰收。8世纪的盎格鲁-撒克逊人会念一道"大地之母"的咒语，其结尾如下：

> 动手犁田，
> 划出第一道槽沟，然后说：
> 向您致敬，大地，人类的母亲！
> 您在神的祝福下，
> 给予我们食物的惠赠。

类似的习俗没有随着北欧传统宗教一起消亡。在雅各布·格林内容极为丰富的《德国神话》里，作者提起过在德国绍姆堡的丰收节庆典上，人们唱歌会提到奥丁。他还说，在德国下萨克森地区，"人们常常会在田里留下一小丛农作物，说这是给沃登的马吃的"。这些农村的迷信风俗其实源于先民对异教神灵的祈祷。

古鲁菲不仅在格菲翁手下吃过亏，还是《散文埃达》的第一部分《古鲁菲受骗记》的主人公。在这个故事里，他是一个渴望寻求智慧的国王，乔装成一个老人前往阿斯加德。他想知道，众神的力量是来自他们本身还是更高的神灵。阿萨众神预知他会来，安排"至高者"哈尔、"同样至高者"雅芬哈尔和"第三人"特里迪坐在宝座上，回答访客的问题。他们向古鲁菲介绍了众神的许多事迹，以及九界的过去和未来。末了，哈尔对古鲁菲说："现在你该没有问题要问了吧？从来没人把整个世界的故事说得如此详细过！希望你从中学到了用得上的东西。"

这三个奇怪的人物是众神的代表吗？他们说的故事真的可信吗？还是说，古鲁菲被他们骗了？斯诺里没有给出明确结论。三人的语调时而虔诚，时而淡漠，时而风趣——换言之，和斯诺里自己的叙事文风颇为相似。我们可以把他们看作是作者的传声筒。斯诺里时常依靠传声筒这种叙事手法来向他当时的读者——13世纪的冰岛基督徒——介绍北欧先民那些饱受打压、已被大众遗忘的神话故事。

第二十二章　哈尔巴德之歌

这个故事的来源《哈尔巴德之歌》只见于《诗体埃达》。《王家抄本》有它的全版，《马格努松抄本》则漏了头二十节。学术界普遍认为，它成形于11世纪。在《诗体埃达》里有两首"对骂诗"（见第三十章注释），一首是《洛基的争辩》，另一首就是《哈尔巴德之歌》。

哈尔巴德的意思是"灰胡子"。虽然托尔没认出他来，但这人的真身明显是奥丁。在第十二章《格里姆尼尔之歌》里，奥丁列了一长串自己的别名，其中就有哈尔巴德。托尔到底能说服船夫渡他去对岸吗？读者或许会关心这个问题，不过这个神话故事的重点不在于情节发展，而在于通过两个角色的对话——他们的自吹自擂和冷嘲热讽——来描绘他们迥然不同的性格。父子虽然血脉相连，却只有在女人的话题上能说到一块去。

在两人相遇时，托尔立刻就亮出了自己的身份，而奥丁则躲在面具后面。这非常符合他们各自的性格：托尔朴实直率，明白事理；奥丁则狡猾奸诈，目中无人。奥丁吹嘘自己善于驾驭女人，拥有强大的魔法能力，还喜欢在凡间挑起战争。他的这三个特征，在北欧神话的许多故事里都可以得到印证。然而奥丁在阿尔格隆岛的五年里经历什么，又是如何在瓦尔兰挑起战争的？这我们就不得而知了。他说自己曾经兵临阿斯加德城下，又是什么意思呢？难道北欧先民曾经有过奥丁与阿斯加德的敌人联手的传说？又或者，奥丁说的是阿萨神族与华纳神族的大战？还有一种可能是，奥丁不愿意让托尔猜出自己的身份，于是撒了一个谎。还有一个奇怪的情节是，奥丁说他要给托尔一个戒指，对此托尔反应非常激烈。或许领取戒指这个动作象征着归顺君主，所以船夫是在嘲笑托尔。不过还有一个可能是，原稿写到这里佚失了一部分。

托尔以自己的保护神身份为傲，所以他口中的每一项功绩都是围绕这个特征展开的。他提起了他与赫伦尼尔的决斗（第十九章），还说自己杀死了巨人夏兹（第八章）。在《散文埃达》里是奥丁把夏兹的眼睛扔进天空化为星星的（第九章），但在《诗体埃达》里，这么做的是托尔。除此之外，托尔还提起了两个细节已经失传的故事：一是他曾和斯瓦朗的儿子们在伊芬河——阿斯加德和约顿海姆的分界河——两岸对扔石头，二是他杀死了一群可怕的女人——狂战士的妻子。奥丁嘲笑托尔曾经躲在一只手套里，这个情节明显出自《托尔的乌特加德之旅》，但在现存的版本中，手套的主人是费亚拉而不是斯克里米尔。托尔最大的功绩可以用他自己的一句话来概括：要是他没有杀死那群女巨人，"如今米德加德就是巨人的天下，不会再有人类居住了"。

从这个故事里我们可以看出，奥丁和托尔不仅性格迥异，保护的人类阶层也大不相同。在故事一开始，奥丁侮辱托尔，说后者穿得像个乞丐（也见第二十七章）。他还特意强调说，战死沙场的王公贵族和战士会前往奥丁的瓦尔哈拉，而那些出身低贱的人，包括奴隶和农民，在死后只能向托尔寻求庇护。这一点我在导读里也分析过。

在故事的末尾，阴阳怪气的哈尔巴德还是没让托尔坐进他的船，而托尔只好忧心忡忡地绕弯路回家。不仅如此，在他临行前，哈尔巴德还送了他一个诅咒。在他们当年听到这个故事的时候，北欧先民应该都十分同情托尔吧。

第二十三章　斯维普达格之歌

虽然《斯维普达格之歌》是《诗体埃达》的一部分，但它只见于后者17世纪往后的版本。它由《格萝雅的咒语》和《费约尔斯维德之歌》这两首不同的诗组成。这两首诗很明显说的是同一个故事的前后两半，所以编者都把它们连在一起。它们的浪漫风格和诗句格式与《诗体埃达》其他的篇章都不同，看起来成形时期要更晚，可能是13到14世纪的作品。

中世纪的西北欧故事时常会提到渥尔娃女祭司。有不止一部萨迦提起过这些女占卜者的萨满仪式，《诗体埃达》里也有作品描写神祇向死去的渥尔娃请教知识（《渥尔娃的预言》和《巴尔德的梦》），或是凡人召唤出渥尔娃的亡灵以祈求保护（《斯维普达格之歌》）。学术界普遍认为，斯维普达格的亡母格萝雅和治疗过托尔的女占卜者（第十九章）是同一人：她曾经念咒想要取出嵌在托尔额头上的石头，到最后关头却分心忘记了咒语。

斯维普达格向费约尔斯维德提了许多问题，而且提问的格式从头到尾十分相似。许多别的故事，比如《阿尔维斯之歌》《哈尔巴德之歌》和《瓦弗斯鲁德尼尔之歌》，也采用了类似的模板。费约尔斯维德的一连串回答其实是一个死循环：如果来客想要分散看门狼的注意力，就必须拿公鸡维多夫尼尔的两只翅膀喂给它们吃；唯一能杀死这只鸡的武器是莱瓦汀，而这把剑在女巨人辛莫拉手里——然而要拿到这把剑，来客非把维多夫尼尔的尾羽拿给辛莫拉不可！费约尔斯维德其实是在说，除了那个命中注定的男人，无人能够走进蒙格拉德的城堡。

费约尔斯维德和蒙格拉德的身份令人生疑。在《格里姆尼尔之歌》里，奥丁列出了自己的一长串名号，其中就有"智者"费约尔斯维德。在本章的故事里，费约尔斯维德声称他用一个死巨人的四肢建造了加斯特罗普尼尔，这个情节和奥丁三兄弟用伊米尔的肢体创造世界的故事（第一章）十分相似。奥丁有两条狼，叫作盖里和弗力奇（这两个名字都意味着"贪欲"），而这个故事里的看门狼则叫作吉夫和盖里。

如果说费约尔斯维德看起来和奥丁有不少共通之处，蒙格拉德则是芙蕾雅和弗丽嘉的混合体。我在本书导读里提到过，这两位女神都是地母神的化身。蒙格拉德这个名字的意思是"喜欢戴项链的人"，而印欧文化的地母神最显眼的装饰就是项链了。本书第十三章讲述了芙蕾雅是如何得到闪亮的项链布里欣嘉曼的。作为奥丁的妻子，弗丽嘉比其他女神的地位要高出一头，斯诺里就曾写过有些女神是弗丽嘉的侍女。蒙格拉德坐在"治愈之山"吕弗亚伯格上，她的侍女会救助那些"向她们献祭祈祷"的人。这群侍女当中还有一个叫作艾尔，即治疗女神。所以说，费约尔斯维德和蒙格拉德这两个角色明显受了奥丁、芙蕾雅和弗丽嘉的影响。不过他们虽然魔力高超，却不是神祇，而且故事的地点也不是阿斯加德而是约顿海姆。

《斯维普达格之歌》里提到了许多人物。其中一些，比如洛基、苏尔特和乌尔德，在其他故事里还会再次出场。《渥尔娃的预言》的第42至43节里提到两只公鸡，分别叫作"全知者"费亚拉和"金冠"古林肯比，说它们在诸神的黄昏来临之时会大声啼鸣，而《斯维普达格之歌》里这只名叫维多夫尼尔的公鸡可能就是这两只中的一只。

在这个故事里，人们把世界之树的果实摘下来烹饪，拿给分娩中的女人吃。《诗体埃达》中有不止一首诗把世界之树描绘为新生命的来源。

第二十四章　托尔与盖尔罗德

盖尔罗德是托尔最强大的巨人对手之一。他俩的故事很受北欧先民欢迎，有四个版本流传至今。

在《散文埃达》的《诗歌语言》里，斯诺里·斯蒂德吕松不仅写了他自己的版本，还引用了10世纪晚期吟唱诗人埃利夫·戈兹吕纳尔松的《托尔之歌》，一部极其复杂精妙的作品。在《丹麦人的事迹》第八卷里，萨克索·格拉玛提库斯也讲过这个故事。最后一个版本则见于某部15世纪晚期的冰岛手稿，题目是《托尔斯坦的故事》。后两个版本都是以基督教世界为背景：在《丹麦人的事迹》里，托尔被改名为托尔基路斯；在《托尔斯坦的故事》里，他则是挪威国王奥拉夫一世的追随者，名叫托尔斯坦。

萨克索忠实地记录了这个故事在13世纪时的面貌，而且他的版本明显源自冰岛的口述传统，但我这本书写的是神话——神就是神，不是凡人，更不是基督徒！所以我在写书时参考的是《诗歌语言》和《托尔之歌》。

不过这两个版本之间也有很大出入。两位作者中只有斯诺里写了洛基一开始是怎么去的盖尔罗德家里。值得注意的是，在所有的神话中，这是他唯一一次找弗丽嘉（而不是芙蕾雅）借用猎隼羽衣。在更早的《托尔之歌》里，陪托尔去见盖尔罗德的不是洛基而是夏尔菲，而且托尔还带上了他的锤子。很明显，斯诺里参考的文献不止《托尔之歌》。由于斯诺里的版本比《托尔之歌》更详细，我在讲述这个故事的时候以《诗歌语言》为主，同时也借鉴了《托尔之歌》不和前者冲突的部分。

虽然各个版本有许多出入，但这个故事的中心思想很简单。托尔的胜利代表着力量胜过了诡计——包括洛基骗他拜访巨人的谎言，以及盖尔罗德和他两个女儿的各种阴谋。虽然如此，托尔能够取胜，还是多亏了女巨人格丽德的帮助。有几位女巨人和阿萨神祇交好，看起来是站在秩序而非混沌的一边，格丽德也是其中之一。身为奥丁的情人，她与奥丁生下了维达尔。在阿萨众神中，除了托尔，维达尔是最强大的一个。待到诸神的黄昏到来，他将是为数不多的幸存者之一。

在《睿智的伤口》（伦敦：维克多·戈兰茨出版社，1977年）一书里，作者彼得·雷德格罗夫和佩内洛普·沙特尔认为，盖尔罗德的女儿吉亚尔普"或许是一个会在月经期间进行占卜的女萨满"。至于托尔跨过的那条经血之河，他们写信告诉我说："在埃及，尼罗河每年春天都会发大水，水流里夹带着来自上游山区的红土。对于埃及人来说，红色的河流和女人的经期同样代表着生殖之力。有趣的是，河马（埃及人口中的'水马'）不仅是古代母神的造型之一，同时也被称为'吼叫者'——吉亚尔普这个名字的意思也是'吼叫者'。就像在［苏格兰］民歌《守灵挽歌》里面一样，这条血河不仅代表着生殖，同样可以代表死亡。在中国神话传说里似乎也有类似的一条河，上面架着一条彩虹或是一座刀剑铸成的桥。如果主人公从桥上掉下去，他就会跌入血水与亡魂为伍。"

托尔在渡河的过程中差点被河水冲走，全靠抓住了一棵花楸树才化险为夷。很多国家的人都认为这种树能保佑凡人不受伤害，而且对付女巫特别有效。比方说，它曾出现在盎格鲁－撒克逊歌谣

《班堡的丑虫子》里；凯萨琳·布里格斯则说，苏格兰高地的居民曾经特别看重花楸树，在每幢房子旁边都要种一棵。在描写完托尔终于成功渡河之后，斯诺里评论道："这就是为什么我们说，花楸树对托尔有救命之恩。"

第二十五章　洛德法夫尼尔之歌

我们可以把《至高者的箴言》看作当时的道德准则。它通过奥丁之口，罗列了一系列谚语和为人处世的道理。这首诗不仅内容很有意思，诙谐紧凑的写作风格也让人过目不忘。

《至高者的箴言》的第111到138节叫作《洛德法夫尼尔之歌》，因为这部分是说给一个名叫洛德法夫尼尔的男人听的。此人前往乌尔德之泉和奥丁的殿堂，从至高者奥丁那里听到了一系列箴言，然后将它们转述给自己的听众。我的故事就是基于这一部分写成的。《至高者的箴言》前八十小节的内容和《洛德法夫尼尔之歌》中心思想十分相似，不过说得要更加详细。全诗的英文版本可以参考亨利·亚当斯·贝洛斯翻译的《诗体埃达》（纽约：美国-斯堪的纳维亚基金会，1923年）、保罗·B.泰勒和W. H.奥登的《老埃达选集》（伦敦：费伯出版社，1969年）以及帕特里夏·特里翻译的《维京人的诗歌》（印第安纳波利斯及纽约：鲍勃斯-梅里尔出版社，1976年）。

奥丁对洛德法夫尼尔的头两条忠告涵盖了《至高者的箴言》内容的两个极端。他一边告诫听者要相信迷信提防女巫的咒语，一边又给了非常精明实用的叮嘱（半夜起床容易招来他人的怀疑），顺便还讲了个低俗的笑话。不过整体而言，广交朋友少树敌、准备万全再上路、善待旅客、慷慨和节约并重、行善不求回报……这些都是《洛德法夫尼尔之歌》宣扬的价值观。

诗中有两点值得一提。第一是说老人的皮肤"干瘪起皱如兽皮"。对于当时的冰岛人来说，兽皮是常见的家用品。他们会晒干动物的皮毛和肠子，把它们做成被褥、衣服、容器等等。第二，虽然在诗的开头提起过"要与智者结交朋友，向他求教治病的咒语"，但倒数第二段的咒语看起来仍像是硬插进去的。说不定《王家抄本》的抄写员在抄《至高者的箴言》时被重复的部分弄得头昏眼花，结果多写了一行"听我说，洛德法夫尼尔，你给我听仔细了！"。我和贝洛斯一样，把《至高者的箴言》的最后一节移花接木搬到了这个故事的末尾，因为它不仅和故事的开头呼应，也是一个合适的结尾。

第二十六章　奥托的赔命钱

这个故事有三个来源：一是斯诺里·斯蒂德吕松的《散文埃达》，二是13世纪作品《雷金之歌》开头的几节诗和插入的散文部分（见《王家抄本》），三则是13世纪晚期的《沃尔松萨迦》的第十四章。这三个版本的主要情节大致相同，其中要数斯诺里的最为详细。我主要参照了斯诺里的版本，不过也从另外两个版本里借了一些细节过来。

在《雷金之歌》和《沃尔松萨迦》里，讲述这个故事的人是赫雷德玛的儿子雷金。不管是哪个版本，这个故事和日耳曼民族英雄西古尔德的故事都是连在一起的：为了得到安德瓦利的金子，法夫尼尔杀死了自己的父亲。他不愿意和弟弟雷金分享这笔财产，就变成了一条恶龙，把金子藏在他位于格尼塔荒原的巢穴里。雷金后来去了日德兰半岛，在赫亚普雷克国王手下当了一名铁匠。他收养了沃尔松与赫约迪丝的儿子西古尔德，怂恿后者杀死法夫尼尔。接下来，就像《法夫尼尔之歌》和《西格德丽法之歌》里面也描述了的那样，西古尔德杀死了恶龙法夫尼尔，把它的黄金和智慧都据为己有，还获得了听懂飞禽语言的能力。他得知雷金想要杀了他夺走财富，便先下手为强杀了雷金，骑着马带上黄金远走高飞。再后来，他在一座山上发现了一个全副武装的沉睡女子。这个女子究竟是布伦希尔德还是西格德丽法？是瓦尔基里还是人类女性？从这个节点开始，西古尔德的故事衍生出了许多不同的版本。

西古尔德可以说是北欧的亚瑟王。他在历史上或许确有其人，但后来有许多不相关的故事也被算在了他头上。他不仅是《沃尔松萨迦》的主人公，也是13世纪日耳曼史诗《尼伯龙人之歌》和理查德·瓦格纳的巨作《尼伯龙人的指环》系列歌剧的中心人物（他在后面两部作品中叫作西格弗里德）。在翻译了《沃尔松萨迦》之后，埃里克·马格努松和威廉·莫里斯写道："这个故事是北欧民族的最高杰作。它对我们的重要性不亚于《伊利亚特》在希腊人心中的地位。在未来的某一天，当我们这个民族已成为史书上的一个名字、一段故事，那时候的人们在读起《沃尔松萨迦》时仍然会为之感动，就好像我们今天为《伊利亚特》而动容一般。"

西古尔德的相关传说——包括它的起源、发展和传播——一直是学术界的热门议题，其内容之复杂不是我在这里能说清的。不过我要强调，这些传说的舞台是莱茵河流域以及法兰克人的势力范围；它们的起源不在斯堪的那维亚，而在欧洲大陆上的德国。也许西古尔德一开始是神而不是凡人，但在所有与他相关的北欧故事里，他都是以人类或者拥有神祇血脉的超人类英雄的面目出现的。这其中包括斯诺里的作品、萨克索的作品，还有至少三分之一的埃达诗歌。鉴于这本书的主题是北欧神话，我没有收录西古尔德的故事，不过它的确含有一些神话元素——比如说洛基从赫雷德玛手中夺走的受了诅咒的金子，还有瓦尔基里这个角色（不论她是叫布伦希尔德还是西格德丽法）。

　　我们无法确认西古尔德的传说究竟在何时传入了斯堪的那维亚，也不清楚它为什么和水獭奥托的神话扯上了关系，不过"受了诅咒的金子"在日耳曼传说中并不鲜见（参考盎格鲁-撒克逊史诗《贝奥武甫》）。或许当年有一位北欧诗人听到了法兰克人关于西古尔德的精彩故事，觉得其中受了诅咒的黄金可以和奥托的神话联系起来，于是他在转述西古尔德的故事时便以奥托的故事作为序幕，为西古尔德的黄金添上了一抹神话的色彩。无论如何，学术界普遍认为，西古尔德的传说和奥托的神话是后来才被联系在一起的。

　　这个故事还有几点值得一提。为什么奥丁、洛基和霍尼尔关系这么好？这一点我们无从得知，不过奥丁和洛基据说是养兄弟（见第三十章）。这已经不是他们第一次三人行了（见第一章注释和第八章）。

洛基找澜恩借她网用这个情节是我参考《雷金之歌》和《沃尔松萨迦》写成的，但它和斯诺里的版本有冲突。在前面两部作品里，澜恩用那张网来打捞海里的死者，但斯诺里说，世界上第一张网是洛基在试图逃过众神的怒火时发明出来的（见第三十一章）。

在所有的诗人中，只有斯诺里提起过安德瓦利的戒指有自动复制的能力。在这一点上，它和布罗克和艾特里兄弟俩为奥丁打造的德罗普尼尔（见第九章）有异曲同工之妙。

第二十七章　阿尔维斯之歌

这个故事的唯一来源是12世纪的埃达诗歌《阿尔维斯之歌》。虽然它的神话情节也挺有意思，但它的主要价值在于诗中罗列出的一系列迂说式修辞。这种修辞是北欧吟唱诗人的拿手好戏，而《阿尔维斯之歌》读起来就像是《诗歌语言》的补充材料。《诗歌语言》为斯诺里·斯蒂德吕松所作，旨在论述吟唱诗歌的语言应用。它罗列了大量吟唱诗歌常用的比喻，包括男人、女人、头部、心脏、手臂、言语、知识和俗语等等。有意思的是，斯诺里在其中两次提起了《阿尔维斯之歌》。

从许多神话故事可以看出，侏儒和巨人拥有独特的知识和咒语体系，偶尔也会和众神分享他们的智慧。（阿尔维斯没认出托尔的身份，这应该是因为托尔平时太土气了，看起来完全没有神祇应有的样子。）在这个故事里，阿尔维斯其实没有满足托尔的要求，因为他没有列全"每一个世界"的称呼：他的十三个答案里每次都列出了阿萨神族、人类和巨人各自的叫法，但精灵的叫法只出现了十一次，华纳神族（又称"至上之神"）的出现了九次，侏儒的则只出现了七次。不过这部作品的重点并不在于情节逻辑，而是展示诗人常用的修辞技巧。再说了，托尔也并不在乎阿尔维斯的回答不够严密，因为他打一开始就是想要拖到太阳升起。

对于住在地下的侏儒和住在山洞里的巨人来说，阳光是他们共同的死敌。阿尔维斯说侏儒一族将太阳称为"德瓦林的欢欣"，但这个代称无疑充满了讽刺意味，因为侏儒德瓦林的下场和阿尔维斯毫无二致。

托尔从一开始就没有打算按照约定让阿尔维斯带走特鲁德，因为这个承诺并不是雷神自己许下的。这个故事和《托尔的乌特加德之旅》（第十六章）以及《诗之蜜酒》（第六章）一样，讲的都是绝对的实力——不管是蛮力还是智力——不一定能敌过魔法和欺诈。在《阿斯加德的城墙》（第三章）和《阿尔维斯之歌》里，哪怕是托尔也不惜要诈达成目标，别的神灵就更不用说了。

第二十八章　巴尔德的梦

毫无疑问，巴尔德的梦不仅预示了他自己的命运，也揭开了众神末日的序幕。伴随着巴尔德之死，洛基从亦正亦邪的恶戏之神彻底变成了十恶不赦的邪神。巴尔德的死亡残忍地提醒了人们，众神并不是全知全能的，而且他们也没有不死之身。众神捉住并且严惩了洛基，却仍然无法将巴尔德带回阳间。他们失去了英俊美丽、性格内向、代表着慈悲之心的巴尔德。从巴尔德之死开始，九界的秩序开始崩坏，诸神的黄昏也步步逼近。

奥丁前往冥界的故事只见于《巴尔德的梦》，一首收录在《马格努松抄本》里的短诗。虽然《马格努松抄本》是14世纪的文献，但这首诗本身可能创作于10世纪早期。有学者认为，《巴尔德的梦》《渥尔娃的预言》和《特里姆之歌》都出自同一位诗人之手。《巴尔德的梦》和《渥尔娃的预言》对巴尔德之死的描写非常一致，而且都是通过奥丁向渥尔娃（即女先知）询问来描写这件事，所以它们之间至少存在着借鉴关系。我在描写巴尔德的外貌和性格时参考了斯诺里·斯蒂德吕松在《散文埃达》里的人物素描。我在第二十九章的注释里分析了这位充满谜团的神灵，列出了相关神话的各个不同版本。

这位被奥丁骂作"不是什么女先知"的女先知究竟是谁呢？她和洛基一样生下了三个怪物。别忘了，洛基不仅是害死巴尔德的幕后黑手，而且在斯诺里的版本和《洛基的争辩》里，他也明显和巴尔德在冥界的遭遇相关。如果说这位女先知就是洛基本人，那无疑是把事情想得太简单了；但如果说她和洛基没有联系，那肯定也不对。

那位名叫琳德的女神，其唯一的作用就是和奥丁生下瓦利。这个孩子会按照古代北欧的英雄律条以血还血，为巴尔德报仇。

奥丁口中那些"为巴尔德哀悼哭泣，将头巾扔向天空"的少女又是谁呢？这个问题尚无定论。她们最有可能是海神埃吉尔的九个女儿，即海洋中的浪花。滔天的海浪会卷起船只的帆布，将它们扔向天空。

第二十九章　巴尔德之死

在所有的北欧神话故事中，巴尔德之死可以说是知名度最高、被讨论最多的一个。同一个故事在斯诺里·斯蒂德吕松和萨克索·格拉玛提库斯的笔下有两个截然不同的版本，因为这两位作者明显采用了不同的素材来源。除了他们，《诗体埃达》里也数次提起了巴尔德之死。

斯诺里·斯蒂德吕松在《散文埃达》的《古鲁菲受骗记》中描述了巴尔德之死。他笔下的这个故事非常精彩——叙事节奏张弛有度，气氛庄严凝重，最后以悲剧结尾。斯诺里参考的素材之一是《渥尔娃的预言》里面相关的几行，之二是《家之歌》，但巴尔德之死具体场景的原始资料已不可考，只有出席葬礼的神祇名单流传至今。

无论如何，斯诺里一定很熟悉这些已经失传的资料，因为他详细描写了巴尔德之死和赫尔莫德的冥界之旅。他应该也很熟悉《诗体埃达》中的《巴尔德的梦》（见第二十八章），但完全没有采用这个版本，而他这么做一定有自己的理由。《巴尔德的梦》描写奥丁前往冥界请求女先知解梦；鉴于同一个故事里面不大可能有两次不同神祇前往冥界的情节，前者很可能代表着这个故事的另一个版本。

萨克索·格拉玛提库斯的《丹麦人的事迹》成书于1215年前后。在这个版本里面，北欧众神是人而不是神；他们依靠自己的力量和奸计让世人将他们奉为神明，而萨克索对此抱着明显的批判态度。E. O. G. 特维尔–彼得概述了萨克索笔下的巴尔德之死：

霍德是瑞典国王霍德布罗德的儿子，他有一个兄弟叫作阿希瑟尔（即古北欧语中的阿迪尔斯、古英语中的埃德吉尔斯）。在他父亲去世之后，霍德在挪威被格瓦尔抚养长大。他从小就擅长各种体育竞技，还弹得一手好竖琴。他的高超乐技不仅打动了听众，也为他赢得了格瓦尔之女南娜的爱。

巴尔德看到美丽的南娜沐浴的情景，顿时起了色心，决定要杀死情敌霍德。

有一日，霍德打猎时在雾中迷了路，来到了一群林中少女的小屋。少女们告诉他说，她们在沙场上能隐身参战，左右战事的结局。她们将巴尔德的阴谋告诉了霍德，但警告他不要攻击巴尔德——巴尔德虽然可恶，却是一名半神。说到这里，少女们就和小屋一起消失了，只留下霍德一个人在开阔的野地里。

霍德回到他的养父身边，请求格瓦尔将南娜嫁给自己；然而格瓦尔惧怕巴尔德，不敢答允这门婚事。他要霍德去找一把能够杀掉巴尔德的剑和一个能够为其主人带来财富的臂环。这两样宝物都属于一个名叫米明的半羊人，而此人住在遥远的冰封之地。

于是霍德踏上了一段漫长的旅程。最终他依靠计谋制服了米明，夺走了两样宝物。

在这之后霍德又经历了一些冒险，不过都和故事的主题关系不大。他后来又去了一次遥远的北方，巴尔德便乘机来向格瓦尔索要南娜。格瓦尔让女儿自己决定，而南娜巧妙地拒绝了巴尔德。她说，巴尔德是一位神灵，而神与人之间隔着一条不可逾越的鸿沟。

巴尔德的狂妄之举令霍德勃然大怒。他联合盟友，起军讨伐巴尔德。两边的军队似乎是在丹麦相遇的。奥丁和所有的神族都站在巴尔德一边，托尔则更是挥动着他的大棒冲锋陷阵。正当神族看起来胜券在握时，霍德砍掉了大棒的头，众神顿时吓得作鸟兽散。霍德终于得以和南娜结为连理，将她带回了瑞典。那里的人民十分尊敬霍德，时常讥笑巴尔德。

然而没过多久，战情发生了变化，巴尔德在丹麦打败了霍德的军队。尽管如此，巴尔德还是每天夜里都会看到南娜的幻影；他身体越来越虚弱，以至于后来无法骑马，只能坐战车行动。

双方军队展开了拉锯战，但最后巴尔德又取得了一场胜利，霍德不得不仓皇逃跑。他在瑞典的森林中游荡，又遇见了之前的林中少女。这一次她们告诉他，如果他想取胜，就必须吃掉巴尔德的魔法食物，因为这是后者的获胜秘诀。双方再度兵戎相见，战情极为惨烈，在夜幕降临之后才暂时停下来。

当天深夜，霍德发现三位少女拿着巴尔德的魔法食物，一路追踪她们来到了小屋。他假装成一名游吟诗人，弹琴给她们听。少女们本来正在用三条毒蛇的毒液来给巴尔德准备食物。原文中这部分令人费解，总之霍德说服她们，让他尝了一口魔法食物，少女们还给了他一条胜利腰带。

霍德在回去的路上遇见宿敌，拔剑刺入了对方的身体。巴尔德虽然受了致命伤，可是第二天还是让人用担架把他抬上了战场。那天晚上，巴尔德见到——抑或是梦到——冥后普洛塞庇娜告诉他大限将至。三天之后，巴尔德就死了。他的追随者为他举行了盛大的葬礼，将他的尸体埋在土堆下。

奥丁向一个名叫罗斯提奥斐斯（即古北欧语中的赫罗斯皮约弗）的拉普族巫师求助。后者告诉奥丁，如果他想给巴尔德报仇，复仇者只能是他和罗斯尼亚人（即俄罗斯人）国王之女琳达（即古北欧语中的琳德）所生之子。奥丁使用各种伪装在国王手下干活，但琳达一次又一次拒绝了他的求爱。最后奥丁装扮成一个女人，成了琳达的侍女，借机强奸了她。

琳达和奥丁的儿子叫作博乌斯。他和霍德在战场上狭路相逢，在杀死对方的同时，自己也受了致命伤。

虽然萨克索和斯诺里的两个版本乍一看大不相同，但细读之下，它们还是有许多共通之处的。H. R. 埃利斯·戴维森把两者的相似点概括了一下：

> 巴尔德在梦中预见了自己的死亡；他获得了奥丁和众神的强力支持；有超自然之力帮助他，也有超自然之力和他作对；一般的武器伤不了巴尔德，所以霍德用一把特殊的武器杀死了他；巴尔德之死对奥丁打击很大；在巴尔德死后，奥丁会有另一个儿子为他报仇；故事里包括前往冥界的情节。

尽管如此，两个版本也有不少根本的分歧：在萨克索的版本里，霍德和巴尔德并不是兄弟；巴尔德好色、固执而又好战，霍德才是品德高尚的一方；南娜的丈夫是霍德而非巴尔德；霍德不靠洛基的帮助就杀死了巴尔德；他使用的武器是利剑，不是槲寄生。他们双方中，究竟谁的版本更接近神话的原貌呢？

目前学术界的共识是，萨克索在写作时参考的是丹麦和东斯堪的那维亚的资料，斯诺里采用的资料则来自冰岛。虽然萨克索给他的故事加了一些中世纪元素，但两个版本的基本情节差不多同样古老。我无法鉴别这两个版本到底哪一个更"真实"，不过我还是想分析一下它们的主要分歧。

一个男人不小心杀死了自己的兄弟。对于当时的西北欧人民来说，这个故事并不陌生。8世纪的史诗《贝奥武甫》里面穿插了一段十分动人的故事：赫士军射箭误杀了他的大哥赫尔巴，令抚养他们的国王雷泽尔哀痛不已。我把这一段翻译如下：

> 仿佛一位老人，眼睁睁看着亲生儿子
> 年纪轻轻犯了死罪，在绞架上晃荡。
> 他，只有忍，
> 只有呻吟和挽歌，当儿子吊在高处
> 做了乌鸦的食物，而他
> 垂暮之年，拿不出一点办法。
> 每天清晨醒来，雷泽尔的心头
> 便重新萦绕起对长子的怀念。
> 他不再希望，也无心等待第二个继承人
> 在城堡里长大，因为第一个
> 已经做了惨剧的牺牲。
> 他满怀忧伤，看着长子的大厅

日渐荒芜，卧房内

凄风代替了欢笑：骑士睡了，

英雄黄土，再没有竖琴的歌谣，

宫廷的飨宴，当年的热闹。

于是他回到卧房，一个人

为儿子唱着哀歌。田野、居室，

一切都变得那么空旷。

就这样，风族的护主心中翻滚着哀思，

没有一点办法

替赫尔巴向凶手报还一箭之仇；

更不能动手加害于那个武士，

虽然他一向不喜欢次子。[1]

　　赫尔巴和赫士军这两个名字很像巴尔德和霍德。有学者认为，《贝奥武甫》的这段插曲其实是巴尔德之死的早期版本。斯诺里把巴尔德和霍德写成了兄弟俩，这个设定肯定有更早的来源。

　　许多学者都研究过巴尔德这个人物。斯诺里将这位被动承受灾祸的神写得非常生动，令读者久久不能忘怀。巴尔德的形象明显源自近东地区的一众丰饶之神，包括塔木兹、阿提斯、阿多尼斯、巴尔和俄耳甫斯。E. O. G. 特维尔-彼得写道："这类神灵总是年纪轻轻就死于非命。在某些地方，人们会在秋天过节悼念他们，就好像眼泪能让他们死而复生一样。到了第二年春天，人们又会欢庆他们的复活。"斯诺里对巴尔德的描写可能也受到了耶稣

1　译文出自《贝奥武甫》第126—128页，生活·读书·新知三联书店1992年版，冯象译。

的故事的影响。在我之前就已经有人指出过，万物为巴尔德哭泣的情节和盎格鲁-撒克逊古诗《十字架之梦》中的一段非常相似：

> 阴影笼罩大地，云朵低垂，
>
> 投下暗色的影子。世间万物都在哭泣，
>
> 为那死去的君王：基督被钉在十字架上。

虽然如此，学术界普遍认为萨克索的版本和斯诺里的同样古老；巴尔德一开始可能是战士，或是半神半人的英雄。前面《贝奥武甫》的片段描写悬在绞架上的尸体，这或许是某种神圣的献祭仪式。在古北欧语中，巴尔德的名字也不止一次出现在"战士"的迂说式修辞里。而且霍德这个名字的意思是"尚武"，这也和斯诺里对他的描写相去甚远。萨克索和斯诺里，究竟哪一个版本才更接近一开始的巴尔德？这看来注定是一桩无头公案了。

学术界的共识是，杀死巴尔德的武器从一开始就是槲寄生——萨克索写巴尔德死在剑下，只是为了把故事中的神话元素合理化。J. G. 弗雷泽在《金枝》里面推断，在基督教兴起之前的欧洲，人们普遍认为槲寄生是一种极为神圣的植物：

> 自古以来，欧洲人民一直崇拜迷信槲寄生。老普林尼的《自然史》里有一段著名的记录，写的就是德鲁伊教对槲寄生的崇拜。在列举了各种不同的槲寄生之后，老普林尼写道："在讨论这个问题的时候，我们必须认识到高卢人广泛崇奉槲寄生。他们的巫师，也就是他们口中的德鲁伊，认为槲寄生和其

所寄生的树都是极为神圣的——只要那棵树是橡树。"

　　在《巴尔德与槲寄生》这一章里，弗雷泽提出了一个观点："巴尔德是，而且只是，长了槲寄生的橡树的化身。"虽然我对这一结论不敢苟同，但巴尔德的确一开始就和槲寄生息息相关。由于槲寄生不是冰岛的本土物种，一般人可能并不熟悉这种娇弱的植物，也不知道它不可能被拿来当成武器，所以萨克索把槲寄生写成了剑。

　　我自己写作时参考的是斯诺里·斯蒂德吕松的版本。这一方面是为了保持前后一致，另一方面则是因为萨克索·格拉玛提库斯对待北欧众神的态度。毕竟这本书讲的是北欧神话，而萨可索不仅否认他们的神格，还毫不掩饰自己对他们的轻视。在描写巴尔德的葬礼时，我除了斯诺里的版本，还参考了另外的历史记录以及最近的一些考古发现。前者包括《贝奥武甫》中对"麦束之子"席尔德的船葬以及对贝奥武甫火葬的描写，还有阿哈迈德·伊本·法德兰记录下的10世纪时罗斯人在伏尔加河上的船葬。至于后者，考古学者近年来在西北欧发现了不止一座船墓。我在这个故事里列出了一长串瓦尔基里的名字（也见第十二章）。这份名单有不止一个版本，我参照的是《格里姆尼尔之歌》第36节里面的。我在第十八章的注释里已经简要讨论过狂战士这个群体。在第十章的注释里，我分析了米奥尔尼尔的祈禳与圣化功用。在巴尔德的遗体被众神火化之前，奥丁附身在他的耳旁低语——这个情节来自《瓦弗斯鲁德尼尔之歌》的末尾。奥丁问巨人瓦弗斯鲁德尼尔的最后一个问题就是他对巴尔德说了什么，而巨人自然无法回答

（见第十五章）。

　　在描写赫尔莫德前往埃琉德尼尔的时候，我参考了斯诺里·斯蒂德吕松在《古鲁菲受骗记》里对赫尔和冥界的详细描写。南娜在赫尔莫德离开冥界之前给了他一枚戒指，要他转交给芙拉。斯诺里说芙拉的地位十分崇高，但她看起来只是弗丽嘉保管珠宝匣子的侍女。芙拉这个名字的意思是"填满"；从她的长发看来，她原本是一位掌管丰饶的女神。

　　斯诺里不仅充分利用各种写作素材，而且就像心理学家一样，他擅长把爱与恨、无辜与欺诈、被动与主动等种种矛盾交织起来。故事的背景超越神域与冥府，涵盖整个九界。这个扣人心弦的故事生动地描绘了一位神灵的死亡，同时也表明他最终会在世界末日复活。虽然我想要毫无保留地相信它，但我也明白，身为一位创作者和一位历史学者，斯诺里必定对作品进行了各种加工。巴尔德之死的故事向我们展示了北欧神话的诸多未知之处：从萨克索到斯诺里，从萨迦作者到吟唱诗人和埃达诗人，我们始终无法窥见古代北欧文学的全部真容。

第三十章　洛基的争辩

　　这个故事唯一的来源是《王家抄本》版《诗体埃达》的《洛基的争辩》，紧接在《希米尔之歌》（见第十七章及其注释）后面。它的散文体导言提到众神在埃吉尔家里举行的宴会是为了庆祝托尔和提尔带了大锅回来，借此将两个故事连在了一起。虽然学术界普遍认为《洛基的争辩》成形于10世纪晚期到11世纪早期，诗中的散文部分却应该是《王家抄本》的抄写员在1170年加上的。比起忠实还原重现先人的信仰，这位抄写员更关心的是尽量把故事编圆一点，体现出前后部分之间的因果关系。

这一举动并未改变《洛基的争辩》和《希米尔之歌》本身的情节，但前者的散文体后记就不一样了。在洛基对埃吉尔大骂一通并扬长而去之后：

> 洛基变成了一尾鲑鱼，藏身于弗拉南瀑布，但众神在那里抓到了他。他们用他兄弟瓦利的肠子绑住洛基，又把他儿子纳尔维变成了狼。斯卡娣将一条毒蛇悬在洛基上方，让毒液不断滴在他的脸上。洛基的妻子希格恩坐在洛基身旁，捧着碗接住毒液。每当这个碗满了，她便起身将它倒空，这时候毒液就会落在洛基脸上。洛基在痛苦中拼命挣扎，整个世界也跟着他痉挛起来，这就是我们口中的地震。

斯诺里·斯蒂德吕松在《散文埃达》里详细描写过这段故事，同时又改动了一些情节（见本书第三十一章）。这两个版本最重要的区别是，在《洛基的争辩》里面，洛基受到惩罚是因为他对众神极为无礼，但在斯诺里的版本里面，他受罚是因为他一手策划了巴尔德的死亡，又阻挠巴尔德回到阳间。从许多地方都可以看出，斯诺里远比《诗体埃达》的整理者更清楚北欧神话的早期版本，所以我在这一章里省去了《洛基的争辩》的最后一段，将它独立写成了《洛基被囚记》，并且将洛基的受罚与巴尔德之死联系了起来。

（从情节顺序而言，《洛基被囚记》本应紧接在《巴尔德之死》后面，但《洛基的争辩》中提起了巴尔德的死亡；北欧神话原本就已有不少时间线冲突，我不想在此再添一个。）

《诗体埃达》收录了两首对骂诗（现代英语叫作 flyting，起源于古英语的 flītan，意思是"奋力"或者"争吵"），其一是《洛基的争辩》，另一则是《哈尔巴德之歌》（见第二十二章）。北欧先民的诗歌和萨迦里常有双方唇枪舌剑的段子。虽然诗人在《洛基的争辩》里揭露了众神的许多丑事，他很有可能仍然是北欧神灵的信徒，诗中也没有任何证据表明他信仰基督教。不过在当时，阿萨众神的信仰在北欧很可能已经式微了。

《洛基的争辩》里提到了关于众神的种种，其中一部分可以从其他文献得到佐证。比如说，斯诺里告诉我们，洛基的确导致了巴尔德之死；《英灵萨迦》提起过尼约尔德和自己的姐妹生有儿女；《斯基尼尔之歌》里提到弗雷把自己的剑给了斯基尼尔；斯诺里和《哈尔巴德之歌》则都写了托尔杀死赫伦尼尔。也就是说，《洛基的争辩》并不是诗人信口开河编出来的。虽然我们无法考证它的每一项内容，但大体来说，它应该是忠于北欧先民早期的信仰和传说的。故事里的一些要点，比如说阿萨神族和华纳神族的关系，我在导读里面就已经分析过。

《洛基的争辩》是一个充满讽刺意味的故事。它告诉我们，在光辉炫目的外表之下，众神并不完美，他们和九大世界的其他居民一样有许多短处与缺陷。很不幸，他们无法在洛基的漫骂面前保持冷静，只得用同样的污言秽语回敬他。

在这里，洛基已经从一开始的"骗子"彻底变成了"恶魔"。

在巴尔德之死的故事里，他是邪恶的化身。在这个故事里，他腐蚀了身边所有的神灵——往大一点说，我们每一个人。故事进行到这里，他下一步就该服法受刑了。

第三十一章　洛基被囚记

洛基被绑在石头上，等待诸神的黄昏的到来——这个画面很容易让人想起普罗米修斯的故事。在希腊神话中，提坦族的普罗米修斯从天界偷火给人类，为此受到宙斯的惩罚：他被锁在高加索山的悬崖上，每天都有一只鹰来啄食他的肝脏，但到了夜里他的肝又会重新长上。除了洛基和普罗米修斯，各地神话中还有其他各种受缚的怪物，其中有些还会像洛基一样引发地震。虽然学术界还不能确认这些故事之间到底有什么关系，但这些相似点绝非偶然。E. O. G. 特维尔–彼得甚至更进一步说："洛基的这段经历来自基督教的传说——敌基督被绑在地狱里，但在最后的审判之前会重获自由。正如纯洁无瑕的巴尔德和基督有共通之处，洛基和撒旦也有许多相同点。"

有意思的是，坎布里亚郡戈斯福斯村圣玛丽教堂的十字架（见第十七章注释）上不仅有托尔与尘世巨蟒作战的雕像，也有希格恩拿着碗为洛基接毒液的图案。当时基督教方兴未艾，但泛神教的信仰尚未完全衰败；对于普通人来说，不同宗教中"善"与"恶"的代表在某种程度上是相通的。

我笔下的这个故事主要参照了斯诺里·斯蒂德吕松在《散文

埃达》里的版本，不过在《诗体埃达》里，《洛基的争辩》的散文体后记也简短地讲述了同一件事（译文见第三十章注释）。这两个版本唯一的重大分歧是，在斯诺里笔下，众神将瓦利变成了一条狼，让他把自己的兄弟纳尔维撕得粉碎；但在《洛基的争辩》里，众神"用他兄弟瓦利的肠子绑住了洛基，又把他儿子纳尔维变成了一条狼"。大家都熟悉洛基和女巨人安格尔波达生下的三个可怕的孩子（芬里尔、耶梦加得和赫尔），但只有斯诺里谨慎地提起过洛基和希格恩的两个儿子——瓦利和"纳里，又名纳尔维"。请注意，这个瓦利和奥丁之子瓦利并不是同一位。后者是奥丁为了杀死霍德给巴尔德报仇，特地和琳德生下来的。

除了以上两部作品，《诗体埃达》的《渥尔娃的预言》和《巴尔德的梦》也都提到了洛基受罚的故事。这个故事并没有重塑洛基的形象，它的重要性在于，它承载了三个北欧先民的传说。

第一个传说是，按照斯诺里的说法，世界上第一张渔网是洛基造出来的。可是这里克瓦希尔的出场就很奇怪了，因为斯诺里明明早就写过，他死在了费亚拉和加拉的手下（第六章）。侏儒兄弟把他的血掺入蜂蜜，酿成了诗之蜜酒。

第二个传说也和鱼有关，它讲到了鲑鱼的形状：托尔抓住洛基变成的鲑鱼，费了好大力气才捏住。斯诺里的说法是："他差点就从托尔的手里滑走了，但托尔最后捏住了他的尾巴，这就是为什么鲑鱼在靠尾的部位形状很窄。"

第三个传说则让人印象非常深刻：每当毒液滴到洛基脸上，他的挣扎就会引发地震。虽然洛基已经身陷桎梏，人们仍然不能小瞧他的力量。他所代表的邪恶之力过于强大，众神无法彻底消除他的影响。他仍然是凡人的灾星，能让他们瞬间家破人亡。

第三十二章　诸神的黄昏

　　许多北欧神话故事都有一个共同的主题，那就是命运不可抗拒，死亡无可避免。这种思想每每为神祇和凡人的故事染上了一抹庄严的悲剧色彩。这就是为什么在所有的埃达诗歌中，要数描绘众神最终命运的诗行最为波澜壮阔、扣人心弦。这些诗行组成了《渥尔娃的预言》的第二部分，这部成形于公元1000年左右的作品，讲述奥丁复活了一名渥尔娃女祭司，后者向他告知了世界的初始与即将到来的终结。

　　在《散文埃达》里，世界的初始与终结都以《渥尔娃的预言》为蓝本。在诸神的黄昏这一段，斯诺里·斯蒂德吕松还参考了别的文献（比如流传下来的《瓦弗斯鲁德尼尔之歌》和其他已经佚失的），可能还加入了一些自由发挥。他笔下的诸神的黄昏是现存资料中描写最详细的一个版本，也是本书终章的原型。斯诺里没有采用《渥尔娃的预言》的部分细节，但我把它们又加了回去。

　　不管是哪一种宗教，终结与开始——死亡与重生——都是其教义的核心。诸神的黄昏始于芬布尔之冬，一个长达三年的寒冬。在那之后，有一对人类男女将会躲进霍德弥米尔之树，即世界之树伊格德拉西尔。我在第一章的注释里指出过，北欧神话和伊朗神话的创世故事有异曲同工之妙。古代波斯人对于末日的想象也和诸神的黄昏颇为相似：凛冬冻死了地上几乎全部的生灵，只有极少数的人类和动物躲进双性人伊玛建造的地窖里，从而幸免于难。

在维格里德平原上，重获自由的诸多怪物将与众神决一死战。在凯尔特神话里也有类似的情节。双方的信徒都相信，虽然世界本身不会彻底毁灭，也有极少数生命能够存活下来，但他们熟知的世界将会在大火与洪水中消逝。问题在于，就像芬布尔之冬与伊朗神话一样，我们无法确认这些相似情节的因果关系。它们究竟是同一个古老故事在世界各地的不同变体，还是后世单纯的借鉴影响？再不然，两者兼有也是完全可能的。

印欧文化的相通之处不仅存在于神话中，在民间传说里也比比皆是。正如丹麦著名人类学家 A. 奥尔里克所言，我们能在各种民间传说里找到《渥尔娃的预言》的痕迹，比如重获自由的巨人和用死者的指甲造成的大船。而且古代的伊朗人也相信，死人的指甲会被邪恶势力利用。公元900年左右，某个维京人在英国北部雕刻了一个带有《渥尔娃的预言》场景的十字架，即我们口中的戈斯福斯十字架（见第十七章注释及第三十一章注释）。有大量的零散证据可以证明，《渥尔娃的预言》的许多情节都扎根于维京社会的古老泛神教信仰，不能说是诗人的原创。

《渥尔娃的预言》的作者是否受到了基督教末世论的影响？不少学者都讨论过这个议题。的确，诗人说不定知道基督徒担心世界将会在公元1000年或者1033年迎来末日，甚至可能还熟悉《圣经》里对于世界末日前奏的描写，比如《马可福音》第13章第8节：

> 民要攻打民，国要攻打国，多处必有地震、饥荒。这都是灾难的起头。

或是同一章第24—25节：

> 在那些日子，那灾难以后，日头要变黑了，月亮也不放光，
> 众星要从天上坠落，天势都要震动。

但这些相似之处并不能说明诗人直接借用了《圣经》的片段。正如
H. R. 埃利斯·戴维森所言：

> 就算诗人没有参考基督教早期教义和次经，他完全可以
> 凭空想象得出，在世界末日来临之际，星辰会坠落，月亮会无
> 光……我不认为《渥尔娃的预言》真的受了多少早期基督教信
> 仰的影响。

综此，虽然不少人认为《渥尔娃的预言》中诸神的黄昏起源于
基督教教义中最后的审判，考虑到各种神话与民间传说的相通之处，
以及诗人在创作时的自然联想，我认为这个说法是站不住脚的。

我更想探讨的是，冰岛的地理环境如何影响了诗人对于末日
的想象。我在第一章的注释里写过，北欧神话的创世故事带着冰
岛大自然的烙印；到了诸神的黄昏，这种影响甚至从细节上一一
体现了出来。有学者认为，《渥尔娃的预言》里末日来临的过程其
实对应着火山喷发的不同阶段。不管这个推测正确与否，当时的
冰岛人一定非常熟悉诗中描述的严寒与烈火，以及随之到来的融
冰与急速上升的海面。"穆斯佩尔的子民"这个称呼可能来自一首

9世纪晚期的巴伐利亚诗歌，诗中将"穆斯佩尔"描述为"吞没整个世界的火焰"。不过中世纪的冰岛人在想象世界末日的时候，必然会考虑到现实环境中来自大自然的威胁。这是一个完美的轮回：正如生命起源于冰火相融的中间点，它也将在烈焰与洪水的侵袭之中结束。

斯诺里·斯蒂德吕松忠实地参照了《渥尔娃的预言》的作者对于诸神的黄昏的描述。在《渥尔娃的预言》成形的时候，随着基督教传入斯堪的那维亚，北欧众神的信仰已经式微。在这个背景下，诗人创作了一部描述旧神之死的作品。他深切地感受到了新旧信仰之间的冲突，并为旧神的消逝伤怀，而《渥尔娃的预言》则将这种宿命论的悲剧气氛淋漓尽致地表现了出来。这位诗人虽然只看到了一线微弱的希望之光，却并未为此灰心丧气。在流传至今的所有古北欧文字记录中，唯有《渥尔娃的预言》详细描述了末日之后的新世界。诗人告诉我们，终会有一个光辉纯洁、焕然一新的世界在等着我们。在基督教传入斯堪的那维亚之前，这个概念便早已深植于北欧先民的心底，但《渥尔娃的预言》的作者赋予了它全新的生命。在面对了世间所有的灾厄之后，他终于能够为我们描绘一个生机勃勃的翠绿天堂，借此表达芸芸众生对复活的殷切期盼。

词汇表

阿尔夫海姆（精灵世界） 阿斯加德的一部分，光精灵的居所。

阿尔格隆（全绿） 一座岛屿。奥丁曾化名为哈尔巴德，在这座岛上待过五年。详见第二十二章。

阿尔瓦克（早起者） 拉着太阳在天空中巡游的骏马之一。

阿尔维斯（全知者） 一个聪明的侏儒。他被托尔欺骗，化成了石头。详见第二十七章。

阿格纳尔 哥特国王赫劳东的大儿子。他深获弗丽嘉的喜爱，但被他的弟弟盖尔罗德抢走了继承权。详见第十二章。

阿格纳尔 哥特国王盖尔罗德的儿子，和他被抢走了继承权的伯伯同名。他拿酒给奥丁解渴。详见第十二章。

阿萨神族 住在阿斯加德的神族。他们的原身是战斗之神，以奥丁为首。

阿斯加德 众神的居所。

阿斯卡（梣树） 世上第一个男人。他是布尔的三个儿子用一棵倒下的树造出来的。详见第一章。

阿斯维德（疾行者） 拉着太阳在天空中巡游的骏马之一。

埃尔迪尔（烧火者） 埃吉尔的仆人之一。

埃吉尔 海神。他和他的妻子澜恩一同住在赫雷塞岛海底的宫殿里。

埃里（老年） 在乌特加德-洛基面前和托尔摔跤的老妇人。详见第十六章。

埃利伐加尔（狂波） 十一条河流的合称。它们都源出于尼弗尔海姆的赫瓦格密尔泉。

埃琉德尼尔 赫尔在尼弗尔海姆的宫殿。

艾达（曾祖母） 奴隶阶级的女性祖先。

艾尔 治疗女神。也有可能是蒙格拉德的侍女之一。

艾特里 侏儒，布罗克的兄弟。这位技艺精湛的铁匠为众神打造了三件了不起的宝物。详见第十章。

艾伊（曾祖父） 奴隶阶级的男性祖先。

安德瓦利 一个拥有大量黄金的侏儒。为了向奥托的父亲支付赔命钱，洛基抢走了他的黄金，安德瓦利便给金子下了诅咒。详见第二十六章。

安格尔波达（带来苦难者） 女巨人，和情人洛基生下了芬里尔、耶梦加得和赫尔。

奥德 芙蕾雅失踪的丈夫。虽然她为他泪流不止，奥德却再也没有出现过。

奥德罗里尔（心之搅拌者） 一口大锅，用来盛放诗之蜜酒的容器之一。

奥丁 托尔的父亲，阿萨神族的首领。诗歌、战争与死亡之神。他有许多别名，包括"众神之父""可怖者""独眼龙"和"战争之父"等。

奥杜姆拉 由金伦加鸿沟的冰块化出来的母牛。她用乳汁喂养了世间第一个生命伊米尔，然后又从冰块中添出了众神的祖先布利。详见第一章。

奥尔万迪尔 女先知格萝雅的丈夫。托尔摘下了他冻僵的脚趾，将其丢进夜空变成了一颗星。详见第十九章。

奥格米尔 第一个冰霜巨人伊米尔的别名。

奥科尔尼尔（无冻） 一个在诸神的黄昏过去之后方才出现的地方，那里的土地总是温热无比。布里米尔便坐落于此。

奥塔 芙蕾雅的人类情人。为了隐藏他的身份，芙蕾雅将他暂时变成了一头名叫希尔迪斯维尼的野猪。他是德国民间英雄西古尔德的后裔。详见第十八章。

奥托 务农的魔法师赫雷德玛的儿子。在他死于洛基之手后，奥丁、霍尼尔与洛基给了他父亲大堆赤金作为赔偿。详见第二十六章。

巴尔德 奥丁与弗丽嘉的儿子。他容貌俊美、博学多才、生性温柔。他虽然死于霍德之手，却会在诸神的黄昏结束之后复活。

巴乌吉 巨人，苏通的兄弟。他雇用奥丁（当时化名为勃尔维克）在约顿海姆为他干活，而奥丁这么做是为了获取诗之蜜酒。详见第六章。

白昼 夜晚和德林的儿子。他骑着一匹名叫斯京法克西的骏马在天空中奔驰。

贝格米尔 奥丁三兄弟杀死伊米尔之后，世界被伊米尔的血液淹没，在巨人中只有贝格米尔和他的妻子得以幸存。

贝拉 弗雷的侍女，毕格维尔的妻子。

贝丝特拉 女巨人，布尔的妻子，奥丁、维利和维伊三兄弟的母亲。

比弗罗斯特 连接阿斯加德与米德加德的彩虹桥。

比林的女儿 一名人类女性。她不仅抵挡了奥丁的诱惑，还戏弄了他。详见第二十章。

毕尔斯基尼尔 托尔在阿斯加德的宫殿。

毕格维尔 弗雷的仆人，贝拉的丈夫。

勃尔维克（作恶者） 奥丁的化名之一。在奥丁前往约顿海姆夺取诗之蜜酒的时候，他用的就是这个名字。详见第六章。

博登（容器） 一个罐子，用来盛放诗之蜜酒的容器之一。

布尔　布利的儿子，奥丁、维利和维伊三兄弟的父亲。

布拉吉　诗歌与口才之神。奥丁的儿子，伊童的丈夫。

布雷达布利克（万丈光芒）　巴尔德在阿斯加德的宫殿。

布里欣嘉曼（闪亮的项链）　一条举世无双的项链（或是腰带）。
　　它是芙蕾雅从四个侏儒手中拿来的。详见第十三章。

布利　众神的祖先。母牛奥杜姆拉从冰块中舔出了他的身体。

布罗克　侏儒。他和他的兄弟艾特里一起为众神打造了三件宝物，
　　赌赢了洛基。详见第十章。

大地　夜晚和安纳尔的女儿。

德罗普尼尔（掉落者）　奥丁的金臂环。每过九夜，它就会生出八
　　个和它一样重的臂环。

德瓦林　一个被阳光化为石头的侏儒。后来侏儒一族将太阳讽刺地
　　称为"德瓦林的欢欣"。

杜林　侏儒一族的二号首领。

恩布拉（榆树）　世上第一个女人。她是布尔的三个儿子用一棵倒
　　下的树造出来的。详见第一章。

法布提（残忍攻击者）　巨人，洛基的父亲。

法夫尼尔　务农的魔法师赫雷德玛的儿子，奥托和雷金的兄弟。详
　　见第二十六章。

法瑟尔（父亲）　贵族阶级的男性祖先。

费玛芬（伶俐者）　埃吉尔的仆人之一。

费亚拉　侏儒，和兄弟加拉联手杀害了智者克瓦希尔，用后者的血
　　酿成了诗之蜜酒。详见第六章。

费亚拉　一只公鸡。在诸神的黄昏来临之际，它会打鸣警告巨人一族。

费约尔斯维德 巨人。蒙格拉德住在约顿海姆的一座城堡里，他负责看守大门。

芬布尔之冬 长达三年的严寒之冬。它是诸神的黄昏的前兆。

芬里尔 巨狼，洛基与安格尔波达的儿子。他被众神绑住，要等到诸神的黄昏才能重获自由。

芬萨里尔（水宫） 弗丽嘉在阿斯加德的宫殿。

弗尔克万（万众之野） 阿斯加德的一部分。芙蕾雅的宫殿就建在这里。

弗拉南瀑布 米德加德的一处瀑布。洛基曾化为鲑鱼躲在这里，却还是没能逃过众神的渔网。详见第三十一章。

弗雷 尼约尔德的儿子，华纳神族的领袖。

弗丽嘉 奥丁的妻子，阿斯加德的神后，巴尔德的母亲。

芙拉 女神，弗丽嘉的侍女。

芙蕾雅 尼约尔德的女儿，华纳神族中各位女神的领袖。

芙约金 她与奥丁生下了托尔。她可能是一位大地女神。

福尔塞提 正义之神，巴尔德与南娜的儿子。

盖尔罗德 试图杀死托尔的巨人。详见第二十四章。

盖尔罗德 哥特国王。他原本受到奥丁的青睐，后来却在不知情的情况下折磨了奥丁，最后倒在自己的剑尖上身亡。详见第十二章。

冈拉提（迟缓） 赫尔的侍从。

冈洛特（迟缓） 赫尔的侍女。

格尔德（田野） 令弗雷一见倾心的冰霜女巨人。她后来与弗雷结为夫妻。详见第十一章。

格菲翁（给予者） 一位丰饶女神。她用犁从瑞典国王手中骗到了一大片土地，即今天的西兰岛。详见第二十一章。

格拉兹海姆（欢愉之地）　众神的圣所。它矗立于伊达平原之上，内有奥丁和其他主神的高座。

格莱普（抓紧者）　巨人盖尔罗德的女儿，吉亚尔普的姐妹。

格莱普尼尔　侏儒工匠打造出来的魔法绳索。众神用它绑住了魔狼芬里尔。

格里姆尼尔（假面者）　奥丁的化名之一。在奥丁乔装拜访自己的养子——哥特国王盖尔罗德的时候，他用的就是这个名字。详见第十二章。

格丽德　女巨人，奥丁的情人。她把自己的力量腰带、铁手套和坚不可摧的手杖都借给了托尔，后者依靠它们打败了巨人盖尔罗德。详见第二十四章。

格利特尼尔　福尔塞提在阿斯加德的宫殿，用黄金和白银筑成。

格萝雅　女先知，曾试图把磨刀石片从托尔的额头里取出来。奥尔万迪尔的妻子，斯维普达格的母亲。详见第十九章。

格尼帕洞窟（悬崖上的洞窟）　位于尼弗尔海姆入口处的一个洞窟，加尔姆就被拴在里面。

贡露　巨人苏通的女儿。苏通吩咐她看守诗之蜜酒，但奥丁引诱了她，偷走了蜜酒。详见第六章。

贡尼尔　奥丁的魔法长矛。它是由侏儒伊瓦尔迪的两个儿子打造的。

古尔法克西（金鬃）　巨人赫伦尼尔的马。它的主人和奥丁比赛谁的马跑得更快，但它输给了八足神驹斯莱泼尼尔。

古尔薇格　一位华纳神族的女神，又名海德。曾被阿萨神族烧死三次，但三次皆得复生。她很可能就是芙蕾雅。详见第二章。

古林博斯帝（金鬃）　两位侏儒工匠锻造出来的金猪。他们让洛基把它作为礼物送给了弗雷。

古林肯比（金冠）　一只公鸡。它每天清晨都会打鸣，唤醒瓦尔哈拉的英灵战士。待到诸神的黄昏来临，它会打鸣警告众神。

古鲁菲　被女神格菲翁设计欺骗的瑞典国王。详见第二十一章。

哈蒂　追逐月亮的狼。在诸神的黄昏来临之前，他将会得逞。斯诺里说他的全名是哈蒂·赫罗德维特尼松。

哈尔巴德（灰胡子）　和托尔争吵的船夫。他其实是由奥丁装扮成的。详见第二十二章。

海德伦　一头山羊。她为瓦尔哈拉的英灵战士提供源源不尽的蜜奶。

海姆达尔　九位母亲的儿子，加拉尔号角的主人，众神的守望者。学术界普遍认为他就是里格，人类社会三个阶级的祖先。详见第五章。

赫尔　洛基与安格尔波达的女儿，半人半尸的怪物，冥界的统治者。

赫尔莫德　奥丁之子。他前往冥界，试图带回他的兄弟巴尔德。详见第二十九章。

赫雷德玛　务农的魔法师。奥托、法夫尼尔和雷金的父亲。他要求奥丁、霍尼尔和洛基向他支付奥托的赔命钱。详见第二十六章。

赫雷塞　海神埃吉尔和他的妻子澜恩的海底宫殿就在这座岛屿的附近。学术界普遍认为它是丹麦卡特加特海峡的莱斯岛。

赫雷斯维尔格（噬尸者）　巨人变成的老鹰。每当它拍打翅膀，世界上便狂风大作。

赫利德斯克亚夫（山崖的开口）　奥丁在瓦拉斯克亚夫的王座，他坐在上面就能看到九界里发生的一切。

赫林法克西（霜鬃） 夜晚的马匹。

赫伦尼尔 巨人一族中最强的一个。他输掉了和奥丁的赛马，后来和托尔决斗身亡。详见第十九章。

赫罗德维特尼尔 魔狼芬里尔的别名。

赫尼特比约格 巨人苏通在山里的堡垒。他把诗之蜜酒藏在里面。

赫瓦格密尔 尼弗尔海姆的泉水，位于世界之树的一条树根下方。合称埃利伐加尔的十一条河都发源于此。

胡吉（思想） 一个年轻的巨人。他和托尔的人类仆从夏尔菲赛跑，轻松获胜。他其实是巨人国王乌特加德 - 洛基的思想化成的。详见第十六章。

胡金（思想） 奥丁的两只乌鸦之一。另一只是穆宁。

华纳海姆 华纳神族的国度，位于阿斯加德之内。

华纳神族 掌管丰饶的神族，后来与阿萨神族融为一体。

霍德 盲眼的神灵，误杀了自己的兄弟巴尔德。他会在诸神的黄昏结束之后复活。详见第二十九章。

霍德弥米尔之树 世界之树伊格德拉西尔的别名。

霍尼尔 腿长的神灵，遇事犹豫不决。华纳神族将他作为人质送到阿斯加德，以见证双方和平。他会从诸神的黄昏之中生还。详见第二章。

吉林 巨人，和他的妻子都死于费亚拉与加拉两兄弟之手。他们的儿子苏通后来为他们报了仇。

吉亚尔普（吼叫者） 巨人盖尔罗德的女儿。她试图用自己的经血淹死托尔，后来还试图把他顶到屋顶上撞死。详见第二十四章。

加尔姆 一条猎犬，被拴在尼弗尔海姆入口处的格尼帕洞窟里。在诸神的黄昏来临之际，他会重获自由，和战神提尔同归于尽。

加根拉德 奥丁的化名之一。在奥丁乔装拜访瓦弗斯鲁德尼尔的时候，他用的就是这个名字。详见第十五章。

加拉 侏儒，和兄弟费亚拉联手杀害了智者克瓦希尔，用后者的血酿成了诗之蜜酒。详见第六章。

加拉尔（作响的号角） 海姆达尔的号角，吹起来九界都能听见。

金利 待到诸神的黄昏结束之后，众神将住在这座宫殿里。

金伦加鸿沟（表面的虚空） 在天地初开之前，这片虚空便已存在于穆斯佩尔与尼弗尔海姆之间。

居米尔 冰霜巨人。他的女儿格尔德嫁给了弗雷。

卡尔（农工） 农民阶级的男性祖先。

克瓦希尔 一个背景不甚清晰的角色。他有可能是华纳神族的一员，也有可能是从诸神的唾液里诞生的人类智者。他死于两个侏儒之手，后者将他的血酿成了诗之蜜酒。详见第二章及第六章。

孔恩（国王） 雅尔之子，海姆达尔的后代。他习得了如尼文，也能够听懂飞禽的语言。

狂战士（熊衫） 这群战士会在战斗开始前进入狂暴状态，身披动物皮毛上阵杀敌。当时的人们相信奥丁会庇佑他们。

拉塔托斯克（快牙） 一只住在世界之树上的松鼠，在树顶的巨鹰和树根的恶龙尼德霍格之间不断来回，充当它们对骂的传声筒。

澜恩 海神埃吉尔的妻子。她用渔网将溺水者拖到海底。

劳菲 女巨人，洛基的母亲。

雷金 务农的魔法师赫雷德玛的儿子，奥托和法夫尼尔的兄弟。详见第二十六章。

里格（国王） 海姆达尔的别名。在他创造人类社会三个不同阶级的时候，他用的就是这个名字。

利弗（生命） 躲在世界之树里逃过诸神的黄昏，在新世界繁衍后代的人类男性。

利弗斯拉希尔（热爱生命） 躲在世界之树里逃过诸神的黄昏，在新世界繁衍后代的人类女性。

利特 在巴尔德与南娜的火葬堆里被烧死的侏儒。

列拉德 世界之树伊格德拉西尔的别名。

琳德 女神，奥丁的情妇。她和奥丁生下了瓦利。

灵虹 巴尔德的船。他和南娜的遗体就是在这艘船上被火葬的。

罗吉（火焰） 化为巨人之形的火焰，在乌特加德-洛基面前和洛基比赛吃东西并获胜。详见第十六章。

罗丝克瓦 一个人类农夫的女儿。她和她的兄弟夏尔菲一起成了托尔的仆人，并陪同托尔前往乌特加德冒险。详见第十六章。

洛德法夫尼尔 一名人类男性。他找到了乌尔德之泉和奥丁的宫殿，从神灵那里学到了知识。详见第二十五章。

洛芬 守护禁忌之爱的女神。

洛基 英俊潇洒、亦正亦邪、惹是生非的神，由一对巨人所生。常见的别名包括"狡猾者""欺骗者""易形者"和"巡天者"。随着时间推移，他心中的黑暗逐渐滋长，最后导致了巴尔德之死。为此他被众神绑了起来，要到诸神的黄昏才能重获自由。

吕恩维 位于安斯瓦特尼尔湖中心的小岛。魔狼芬里尔被绑在岛上。

吕尔（保暖） 蒙格拉德在约顿海姆的住所。

吕弗亚伯格（治愈之山） 蒙格拉德宫殿附近的山坡。

玛格尼（力量） 托尔和女巨人雅恩萨克莎的儿子。他和他的兄弟摩迪将会活过诸神的黄昏，并继承托尔的神锤米奥尔尼尔。

玛瑟尔（母亲） 贵族阶级的女性祖先。

蒙迪尔法利（翻转） 一名人类男性，月亮和太阳的父亲。

蒙格拉德（喜欢戴项链的人） 一位女性。女先知格萝雅的儿子斯维普达格四处寻找她，最后和她结为眷侣。她和芙蕾雅有许多相似之处。

弥米尔 一位睿智的阿萨神。阿萨神族将他作为人质送给华纳神族，以见证双方和平，但弥米尔后来死于华纳神族之手。奥丁将他的头颅保存下来，放在弥米尔之泉旁边。详见第二章。

弥米尔之泉 世界之树有一条树根扎进约顿海姆，弥米尔之泉就位于这条根的下方。弥米尔的头颅看守着这眼泉水。

米奥尔尼尔 托尔的锤子，由侏儒兄弟艾特里与布罗克所造。它象征着毁灭、丰饶和复活。

米德加德（中庭） 人类的居所。

冥界 死人的世界，位于尼弗尔海姆。它是赫尔的领地。

摩迪（愤怒） 托尔的儿子。他和他的兄弟玛格尼将会活过诸神的黄昏，并继承托尔的神锤米奥尔尼尔。

莫德古德 一名少女。她在约顿海姆看守吉约尔河上的桥。

莫德索格尼尔 侏儒一族的首领。

莫库卡尔菲（雾驹） 一个用黏土造成的巨人，足有三十里高。赫伦尼尔在和托尔的决斗中指望他能帮上忙，但他令人大失所望。详见第十九章。

穆宁（记忆） 奥丁的两只乌鸦之一。另一只是胡金。

穆斯佩尔　南方的火焰之国。巨人苏特尔守护着它。穆斯佩尔的热炎与尼弗尔海姆的寒冰在金伦加鸿沟的中间相遇，生命由此而生。

穆斯佩尔的子民　火焰巨人。在诸神的黄昏来临之际，他们将会在苏特尔的指挥下与众神作战。

纳尔维　巨人，夜晚的父亲。

纳尔维　洛基与妻子希格恩生下的儿子，后来被自己的兄弟瓦利所杀。众神用他的肠子绑住了洛基。又名纳里。详见第三十一章。

纳格尔法　一艘用亡者的指甲造成的大船。在诸神的黄昏来临之际，巨人会乘坐这艘船前往决战的战场。

纳斯特隆德（死尸之滩）　冥界的一个地方，生前作恶多端的人在死后就会待在这里。恶龙尼德霍格也盘踞在这里啃咬尸体。

南娜　巴尔德的妻子，内普的女儿。

尼德霍格（啮尸者）　一条恶龙。他盘在世界之树的根底啃咬树根，噬食尸体。

尼弗尔海姆　一个寒雾缭绕的漆黑世界，位于世界之树的根底。冥界是尼弗尔海姆的一部分。

尼约尔德　华纳神族之一，弗雷和芙蕾雅的父亲，后来与斯卡娣成婚。他与风和海洋都有联系。

诺阿通（修船场或港口）　尼约尔德在阿斯加德的宫殿。

诺恩三女神　三位命运女神，分别是乌尔德（命运）、斯库尔德（存在）和维尔丹迪（必然）。

萨迦　女神，每天都和奥丁在她的宫殿索克瓦贝克饮酒。

塞斯伦尼尔（座位众多）　芙蕾雅在阿斯加德的宫殿。

瑟尔（苦力） 一个人类女性，特拉尔的妻子。

丝诺 农民阶级的女性祖先。

斯基德布拉德尼尔（木桨） 一艘可以折叠起来的魔法船。它是由侏儒伊瓦尔迪的两个儿子打造的。

斯基尼尔（明亮） 弗雷的使者。女巨人格尔德在他的胁迫之下同意嫁给弗雷。详见第十一章。

斯京法克西（亮鬃） 白昼的马匹。

斯卡娣 巨人夏兹的女儿，曾和华纳神族的尼约尔德结过婚。她与滑雪和打猎都有联系。

斯考尔 一条追在太阳后面的狼。在诸神的黄昏来临之际，他会吞掉太阳。

斯克里米尔（大块头） 在托尔一行人前往乌特加德的路上，他们遇见了这个高大得出奇的巨人。他其实是乌特加德–洛基变的。

斯库尔德（未来） 诺恩三女神之一。

斯莱泼尼尔 奥丁的八足神马。他是洛基与骏马斯瓦迪尔法利交配生下来的。

斯瓦迪尔法利 帮助巨人石匠修建阿斯加德城墙的骏马，是奥丁坐骑斯莱泼尼尔的父亲。详见第三章。

斯瓦塔尔夫海姆 黑暗精灵的国度。

斯维普达格（迅捷之日） 女先知格萝雅的儿子。他四处寻找蒙格拉德，最后抱得佳人归。

斯约芬 掌管激情的女神。

松恩（血） 一个罐子，用来盛放诗之蜜酒的容器之一。

苏尔特（黑色） 在天地初开之前，苏特尔就已经在守护火焰之地穆斯佩尔。当诸神的黄昏来临之时，苏尔特的火焰将会吞没整个世界。

苏通 巨人，吉林之子。他拥有过一阵诗之蜜酒。

索克瓦贝克（下沉的地板） 萨迦在阿斯加德的宫殿。

太阳 蒙迪尔法利的女儿。她驾驶太阳在空中巡游。

坦格里斯尼尔（咬齿者） 为托尔拉车的两只山羊之一。另一只是坦格尼约斯特。

坦格尼约斯特（磨齿者） 为托尔拉车的两只山羊之一。另一只是坦格里斯尼尔。

特拉尔 一个人类男性，艾伊与艾达的儿子，瑟尔的丈夫。

特里姆 冰霜巨人之王。他偷走了托尔的锤子，为此付出了生命的代价。详见第十四章。

特里姆海姆（嘈杂之地） 巨人夏兹在深山中的堡垒。夏兹死后，他的女儿斯卡娣继承了这座堡垒，但她的丈夫尼约尔德拒绝住在这里。

特鲁德（力量） 托尔的女儿。众神曾经答应将她嫁给侏儒阿尔维斯为妻。详见第二十七章。

特鲁德海姆（力量之地） 托尔在阿斯加德的领地，又称特鲁德万。托尔的宫殿毕尔斯基尼尔就坐落于此。

提尔 战神。他的父亲可能是奥丁，也可能是巨人希米尔。为了绑住魔狼芬里尔，勇冠众神的提尔牺牲了自己的一只手。详见第七章。

托尔 奥丁与大地女神芙约金的儿子，西芙的丈夫。阿萨神族的二号领袖兼保卫者。他是天空与雷霆之神，所以也保佑农田丰收。

此外，他还守护着人类世界的法律与秩序。他有许多别名，其中最常用的是"雷神"和"战车主人"。

托克 女巨人，很可能是洛基扮成的。她拒绝为巴尔德哭泣，于是光明之神无法返回阳间。

瓦尔（誓言） 见证婚姻誓言的女神。她会惩罚那些违背誓言的人。

瓦尔哈拉（英灵殿） 一座极为宏伟的宫殿，它的主人是奥丁。在这里，英灵战士日复一日决斗厮杀、大吃大喝，等待着诸神的黄昏的到来。

瓦尔基里（挑选英灵者） 一群年轻美丽的姑娘。她们在战场上决定战士的生死，将战死的勇者带回瓦尔哈拉。

瓦弗斯鲁德尼尔（擅长解谜者） 一位聪慧的巨人。他和奥丁比赛知识，最后被奥丁施计打败，就此丧命。详见第十五章。

瓦拉斯克亚夫（亡者之厅） 奥丁在阿斯加德的宫殿。

瓦利 洛基和希格恩的儿子。在众神把他变成一条狼之后，他咬死了自己的兄弟纳尔维。详见第三十一章。

瓦利 奥丁和女巨人琳德的儿子。他与生俱来的使命是为他同父异母的兄弟巴尔德报仇。

维达尔 奥丁与女巨人格丽德之子。在诸神的黄昏到来之际，他会为自己的父亲复仇，并且活着迎接新世界。

维尔丹迪（现在） 诺恩三女神之一。

维格里德（战斗之地） 位于阿斯加德的一块平原。有人说它长宽各一百里，也有人说它方圆三百六十里。在诸神的黄昏到来之际，各路人马将会来到这里进行最后的决战。

维利 布尔的儿子，奥丁与维伊的兄弟。

维穆尔　位于约顿海姆的一条河，女巨人吉亚尔普曾将自己的经血注入河里。

维伊　布尔的儿子，奥丁与维利的兄弟。

文格尔夫　一座位于阿斯加德的宫殿，内有各位女神的高座。

沃恩（期盼）　由魔狼芬里尔的唾液汇成的河流。

沃尔　一位无所不知的女神。

乌尔（荣光）　和射箭与滑雪相关的神。

乌尔德（命运）　诺恩三女神之一。三位女神在世界之树的根部守护着乌尔德之泉，众神每天都在泉边举行集会。

乌特加德　约顿海姆境内的一处要塞，由巨人之王乌特加德-洛基统治。

乌特加德-洛基　乌特加德之主。他精通魔法，依靠幻术打败了托尔一行。详见第十六章。

希恩　女神。受审判的人会以她的名字发誓。

希尔迪斯维尼（战猪）　这头野猪的真身是一个名叫奥塔的年轻男子，他是芙蕾雅的人类情人。奥塔从女巨人欣德拉口中得知了自己的家谱。详见第十三章。

希尔罗金　在巴尔德的葬礼上，将大船灵虹推进海里的女巨人。详见第二十九章。

希芙　托尔的妻子。在洛基剪掉了她的一头金发之后，侏儒工匠用黄金为她做了一顶假发。

希格恩　洛基忠贞的妻子。

希米尔　巨人。众神需要他的大锅酿酒，于是托尔从他手里拿走了大缸，最后还杀死了他。详见第十七章。

希敏比约格（天堂之崖）　海姆达尔在阿斯加德的宫殿。

希敏赫约特（天穹嘶鸣）　巨人希米尔的牛。托尔把它的头扭下来当了鱼饵。详见第十七章。

夏尔菲　一个人类农夫的儿子，托尔的仆人。他跑得很快，但还是在乌特加德-洛基面前败给了胡吉。详见第十六章。

夏兹　巨人。他偷走了女神伊童和她的金苹果。在洛基救出伊童之后，夏兹追赶他们，最后死于阿斯加德众神之手。详见第八章。

辛德里　一座用赤金建成的宫殿。它要等到诸神的黄昏过去之后才会出现。

欣德拉（母狗）　女巨人。芙蕾雅的人类情人奥托从她口中得知了自己的家谱。详见第十八章。

雅恩萨克莎（铁剑）　女巨人。托尔的情人，玛格尼的母亲。

雅尔（贵族）　海姆达尔承认他是自己的儿子，向他传授了如尼文的奥义。详见第五章。

亚菲（祖父）　农民阶级的男性祖先。

亚玛（祖母）　农民阶级的女性祖先。

耶梦加得　巨蟒，洛基与安格尔波达的儿子。他咬住自己的尾巴，环绕了整个米德加德。又称"尘世巨蟒"。

夜晚　纳尔维的女儿，白昼的母亲。她骑着骏马赫林法克西在空中奔跑。

伊达利尔（紫杉谷）　乌尔在阿斯加德的宫殿。

伊达平原（活动之地）　阿斯加德的中心地带，格拉兹海姆和文格尔夫都坐落于此。众神聚集在这两座宫殿内商讨事宜。

伊芬　阿斯加德和约顿海姆的界河。它从不结冰。

伊格德拉西尔（可怖者之马） 世界之树，一棵连接并守护九大世界的梣树。

伊米尔 世上第一个巨人，在冰与火的交融之间诞生。奥丁三兄弟用他的身体创造了世界。

伊童 诗歌之神布拉吉的妻子。她掌管着永葆青春的金苹果。

伊瓦尔迪 侏儒。他的两个儿子为众神打造了三件了不起的宝贝。

英灵战士（英雄） 住在瓦尔哈拉的英灵。日复一日，他们在白天激烈战斗，每到晚上则参加豪宴，等待着诸神的黄昏的到来。

约顿海姆 巨人的国度。

月亮 蒙迪尔法利的儿子。他驾驶马车，决定月亮在空中的路线和它每月的盈亏。

诸神的黄昏 众神与巨人的最后决战，世上所有的种族都会卷入其中。到最后，几乎所有生灵都会同归于尽，九大世界也都会沉入海中。

参考文献

以下所列参考文献以英文书为主，除非该作品特别重要且尚无英译本；第一部分的原始文献自然也非英文。在写作本书的过程中，并非每一本书都参考到了。

1. 原始文献

《诗体埃达》

Die Lieder des Codex Regius nebst Verwandten Denkmälern, I–II. Edited by G. Neckel. Heidelberg, 1936. Fourth edition revised by H. Kuhn, 1962.

Havamal (*The Words of the High One*). Edited by David A. H. Evans. Viking Society for Northern Research Text Series 7. London, 1986.

《散文埃达》

Edda Snorra Sturlusonar. Edited by Finnur Jónsson. Copenhagen, 1926.

《丹麦人的事迹》

Kilderne til Sakses Oldhistorie, I–II. Edited by A. Olrik. Copenhagen, 1892–1894.

Saxo Grammaticus: Gesta Danorum. Edited by A. Holder. Strasbourg, 1886.

Saxo Grammaticus: Gesta Danorum. Edited by J. Olrik and H. Raeder. Copenhagen, 1931.

《挪威列王传》

Heimskringla, I–III. Edited by Bjarni Aðalbjarnarson. Reykjavik, 1946–1951.

吟唱诗歌

Corpus Poeticum Boreale: The Poetry of the Old Northern Tongue from the Earliest Times to the Thirteenth Century. Edited by Guðbrandur Vigfússon and F. York Powell. Oxford, 1883. 含原文及英译文。

Den norsk-isländska Skaldedigtningen, I–II. Edited by E. A. Kock. Lund, 1946–1949.

Den norsk-isländske Skjaldedigtning, A I–II B I–II. Edited by Finnur Jónsson. Copenhagen, 1908–1915. 最完整的吟唱诗歌合集，含丹麦语译文。

有意学习古北欧语的读者可购买：

A New Introduction to Old Norse – I. Grammar. By Michael Barnes. London, 2008.

A New Introduction to Old Norse – II. Reader. By Anthony Faulkes. London, 2001; fourth edition, 2007.

A Concise Dictionary of Old Icelandic. By Geir T. Zoëga. Toronto, Buffalo and London, 2004.

2. 原始文献英译本

《诗体埃达》

The Elder Edda: A Selection. Translated by Paul B. Taylor and W. H. Auden. Introduction by Peter H. Salus. London, 1969.

The Elder or Poetic Edda. Part I – The Mythological Poems. Translated by Olive Bray. London, 1908.

Poems of the Vikings: The Elder Edda. Translated by Patricia Terry with an Introduction by Charles W. Dunn. Indianapolis and New York, 1976.

The Poetic Edda. Translated by Henry Adams Bellows. New York, 1923.

The Poetic Edda. Translated by Lee M. Hollander. Second edition, Austin, Texas, 1962.

The Poetic Edda. Translated and introduced by Carolyne Larrington. Oxford, 1996.

《散文埃达》

The Prose or Younger Edda. Translated by George Webbe Dasent. Stockholm, 1842.

The Prose Edda. Translated by Lee M. Hollander. Austin, Texas, 1929.

The Prose Edda. Translated by Arthur Gilchrist Brodeur. New York, 1916.

The Prose Edda. Selected and translated by Jean I. Young. Introduced by Sigurður Nordal. Cambridge, 1954. Reissued, Berkeley, Los Angeles and London, 1971.

Snorri Sturluson: Edda. Translated and edited by Anthony Faulkes. London, 1987.

The Prose Edda. Translated by Jesse L. Bycock. London and New York, 2005.

《丹麦人的事迹》

The First Nine Books of the Danish History of Saxo Grammaticus. Translated by Oliver Elton. London, 1894.

Saxo Grammaticus: The History of the Danes. Books I–IX. Translated by Peter Fisher and with a Commentary by Hilda Ellis Davidson. Two volumes, Woodbridge, 1979–1980.

《挪威列王传》

Heimskringla. Part One. Translated by Samuel Laing. Revised and with an Introduction and Notes by Jacqueline Simpson. Everyman's Library. London and New York, 1964.

Heimskringla. Part Two. Translated by Samuel Laing. Revised with an Introduction and Notes by Peter Foote. Everyman's Library. London and New York, 1961.

Stories of the Kings of Norway. Translated by Eiríkr Magnússon and William Morris. Four volumes. London, 1893–1905.

Heimskringla, or The Lives of the Norse Kings. By Snorri Sturluson. Edited by Erling Monsen and translated with the assistance of A. S. Smith. New York, 1990.

吟唱诗歌

The Skalds: A Selection of Their Poems, with Introduction and Notes. Edited and translated by Lee M. Hollander. New York, 1945. Paperback, Michigan, 1968.

Scaldic Poetry. By E. O. G. Turville-Petre. Oxford and New York, 1976.

3. 神话故事与英雄传说

BOULT, KATHERINE, *Asgard and the Norse Heroes.* London, 1914.

BYCOCK, JESSE L., *The Saga of the Volsungs: The Norse Epic of Sigurd the Dragon-Slayer.* London, 2004.

COLUM, PADRAIC, *The Children of Odin.* London, 1922.

CROSSLEY-HOLLAND, KEVIN (editor), *The Faber Book of Northern Legends.* London, 1977.

—— *The Norse Myths.* London and New York, 1980. Reissued by Penguin Books as *The Penguin Book of Norse Myths: Gods of the Vikings.* London, 1993.

GREEN, ROGER LANCELYN, *Myths of the Norsemen.* (First published as *The Saga of Asgard*, 1960.) Harmondsworth and Baltimore, 1970.

GUERBER, H. A., *Myths of the Norsemen.* London, 1908.

HOBHOUSE, ROSA, *Norse Legends.* London, 1930.

HOSFORD, DOROTHY, *Thunder of the Gods.* New York, 1950, and London, 1964.

KEARY, ANNIE, *The Heroes of Asgard and the Giants of Jötunheim.* London, 1857.

MABIE, HAMILTON WRIGHT, *Norse Stories.* London, 1902.

MORRIS, WILLIAM, *The Story of Sigurd the Volsung and the Fall of the Niblungs.* London, 1877.

PICARD, BARBARA LEONIE, *German Hero-Sagas and Folk Tales.* London and New York, 1958.

—— *Tales of the Norse Gods and Heroes.* London and New York, 1953.

THOMAS, EDWARD, *Norse Tales.* Oxford, 1912.

WILMOT-BUXTON, E. M., *Told by the Northmen.* London, 1908.

4. 相关当代文献

The Anglo-Saxon Chronicle. Translated by Dorothy Whitelock. Revised edition, London, 1961.

The Anglo-Saxon Chronicles. Edited and translated by Michael Swanton. London, 2000.

The Anglo-Saxon Chronicle. Translated and edited by G. N. Garmonsway. London, 1990.

Anglo-Saxon and Norse Poems. Translated by N. Kershaw. London, 1922.

Anglo-Saxon Poetry. Translated by R. K. Gordon. Everyman's Library, London and New York, 1926.

The Battle of Maldon and Other Old English Poems. Translated by Kevin Crossley-Holland and edited by Bruce Mitchell. London and New York, 1965.

Beowulf. Translated by Kevin Crossley-Holland and introduced by Bruce Mitchell. London and New York, 1968. Reissued, Cambridge, 1977.

Eaters of Dead: The Manuscript of Ibn Fadlan. Translated by Michael Crichton. New York, 1976.

Egil's Saga. Translated by Hermann Pálsson and Paul Edwards. Harmondsworth and Baltimore, 1976.

Eirik the Red and Other Icelandic Sagas. Selected and translated with an Introduction by Gwyn Jones. World's Classics, London and New York, 1961.

Eyrbyggja Saga. Translated by Hermann Pálsson and Paul Edwards. The New Saga Library. Edinburgh, Toronto and Buffalo, 1973.

The Heroic Legends of Denmark. By Axel Olrik. Translated and revised by L. M. Hollander. New York, 1919.

Hrafkel's Saga. Adapted and retold by Barbara Schiller. New York, 1972.

Hrolf Gautrekson: A Viking Romance. Translated by Hermann Pálsson and Paul Edwards. New Saga Library. Edinburgh, 1972. Toronto and Buffalo, 1973.

Illustrations of Northern Antiquities. Translated by Henry Weber, R. Jamieson and W. S. (Walter Scott). Edinburgh, 1814.

King Harald's Saga. Translated by Magnus Magnusson and Hermann Pálsson. Harmondsworth and Baltimore, 1966.

Landnamabok (*The Book of Settlements*). Translated by Hermann Pálsson and Paul Edwards. Volume I in the University of Manitoba Icelandic Studies. Manitoba, 1972.

Laxdaela Saga. Translated by Magnus Magnusson and Hermann Pálsson. Harmondsworth and Baltimore, 1969.

Das Nibelungenlied: Song of the Nibelungs. Translated by Burton Raffel. New Haven and London, 2000.

The Nibelungenlied. Translated and with an Introduction by Cyril Edwards. Oxford and New York, 2010.

The Nibelungenlied. Translated by A. T. Hatto. Harmondsworth and Baltimore, 1965.

Njal's Saga. Translated by Magnus Magnusson and Hermann Pálsson. Harmondsworth and Baltimore, 1960.

The Norse Discoverers of America: The Wineland Sagas. Translated by G. M. Gathorne-Hardy. London, 1921.

The Northmen Talk. Translated by Jacqueline Simpson. London, 1965.

The Saga Library. Translated by William Morris and Eiríkr Magnússon. Six Volumes. London, 1891–1905.

Stories and Ballads of the Far Past. Translated by N. Kershaw. London, 1921.

The Story of Gisli the Outlaw. Translated by George Webbe Dasent. Edinburgh, 1866.

The Vinland Sagas. Translated by Magnus Magnusson and Hermann Pálsson. Harmondsworth and Baltimore, 1965.

Volsunga Saga. This appears in Volume VII of the *Collected Works of William Morris.* Twenty-four volumes. London, 1910–1915.

Voyages to Vinland. Translated by Einar Haugen. New York, 1942.

5. 神话学与宗教学

BRANSTON, BRIAN, *Gods of the North*. London, 1955. Reissued 1980.

—— *The Lost Gods of England*. London, 1957. Reissued 1974.

CAMPBELL, JOSEPH, *The Masks of God*. Four volumes. London, 1973.

CHADWICK, H. M., *The Cult of Othin*. London, 1899.

CRAIGIE, W. A., *The Religion of Ancient Scandinavia*. London, 1906.

DAVIDSON, H. R. ELLIS, *Gods and Myths of Northern Europe*. Harmondsworth and Baltimore, 1964. Reissued as *Gods and Myths of the Viking Age*. London, 1980.

—— *The Lost Beliefs of Northern Europe*. London and New York, 1993.

—— *Myths and Symbols in Pagan Europe: Early Scandinavian and Celtic Religions*. Manchester, 1988.

—— *Roles of the Northern Goddesses*. London, 1998.

—— *Scandinavian Mythology*. London, 1969.

DU BOIS, THOMAS A., *Nordic Religions in the Viking Age*. Philadelphia, 1999.

DUMÉZIL, GEORGES, *Mythes et Dieux des Germains*. Paris, 1939. Translated by John Lindow et al. as *Gods of the Ancient Northmen*. Berkeley, 1973.

ELIADE, MIRCEA, *Images and Symbols: Studies in Religious Symbolism*. Translated by Philip Mairet. London, 1961.

—— *Myth and Reality*. World Perspectives, London, 1964.

—— *Patterns in Comparative Religion*. London, 1958.

FRAZER, J. G., *The Golden Bough: A Study in Magic and Religion*. Abridged edition. London, 1922. Paperback, London, 1957.

GRIMAL, PIERRE (editor), *Larousse World Mythology*. Feltham, Middlesex and New York, 1965.

GRIMM, J., *Deutsche Mythologie*. Berlin, 1875–1878. Translated into

English by J. S. Stallybrass under the title of *Teutonic Mythology*. Four volumes. London, 1882–1888.

GUIRAND, FELIX (editor), *New Larousse Encyclopaedia of Mythology.* Introduced by Robert Graves. Feltham, Middlesex, 1963.

LEVI-STRAUSS, CLAUDE, *The Raw and the Cooked: Introduction to a Science of Mythology.* Translated by John and Doreen Weightman. London and New York, 1970.

LINDOW, JOHN, S*candinavian Mythology: An Annotated Bibliography.* New York and London, 1998.

—— *Norse Mythology: A Guide to the Gods, Heroes, Rituals and Beliefs.* Oxford, 2001.

MACCULLOCH, J. A., *The Celtic and Scandinavian Religions.* London, 1948.

—— *Mythology of All the Races.* Thirteen Volumes, Volume II, London, 1930.

MUNCH, PETER ANDREAS, *Norse Mythology.* In the revision of Magnus Olsen. Translated by Sigurd Bernhard Hustvedt. New York, 1927.

O'DONOGHUE, HEATHER, *From Asgard to Valhalla: The Remarkable History of the Norse Myths.* London, 2007.

ORCHARD, ANDY, *Dictionary of Old Norse Myth and Legend.* London, 1997.

PAGE, R. I., *Norse Myths.* London, 1990.

PHILLPOTTS, BERTHA S., *Edda and Saga.* London, 1931.

SIMEK, RUDOLF, *Dictionary of Northern Mythology.* Translated by Angela Hall. New edition (Garland Folklore Bibliographies, 13). Woodbridge and Rochester, 1993.

TURVILLE-PETRE, E. O. G., *Myth and Religion of the North.* London, 1964.

6. 历史学、考古学与文学批评

ARBMAN, HOLGER, *The Vikings*. Translated by Alan Binns. London, 1961.

AUDEN, W. H., "The World of the Sagas" in *Secondary Worlds: The T. S. Eliot Memorial Lectures*. London and Boston, 1968.

BAILEY, RICHARD N., *Viking Age Sculpture in Northern England*. London, 1980.

BRØNDSTED, JOHANNES, *The Vikings*. Translated by Kalle Skov. Harmondsworth and Baltimore, 1965.

CARLYLE, THOMAS, *On Heroes, Hero-Worship and the Heroic in History*. London, 1840.

CHAMBERS, R. W., *Beowulf: An Introduction to the Study of the Poem*. With a supplement by C. L. Wrenn. Cambridge, 1959.

EINARSON, STEFÁN, *A History of Icelandic Literature*. New York, 1957.

ELLIOTT, R. W. V., *Runes*. Manchester, 1959. Corrected edition, 1963.

FELL, CHRISTINE, *Women in Anglo-Saxon England*. London, 1984.

FERGUSON, ROBERT, *The Hammer and the Cross: A New History of the Vikings*. London and New York, 2009.

FOOTE, P. G., and WILSON, D. M., *The Viking Achievement*. London, 1970. Revised with a supplement, 1980.

GILCHRIST, CHERRY, *The Soul of Russia: Magical Traditions in an Enchanted Landscape*. Edinburgh, 2008.

GILLESPIE, G. T., *A Catalogue of Persons Named in Germanic Heroic Literature*. Oxford, 1973.

GRAHAM-CAMPBELL, JAMES, and KIDD, DAFYDD, *The Vikings*. London, 1980.

HALLBERG, PETER, *Old Icelandic Poetry: Eddaic Lay and Skaldic Verse*. Translated by Paul Schach and Sonja Lindgrenson. Lincoln,

Nebraska and London, 1975.

HAYWOOD, JOHN, *Encyclopedia of the Viking Age.* London, 2000.

—— *The Penguin Historical Atlas of the Vikings.* Harmondsworth, 1995.

HODGKIN, R. H., *A History of the Anglo-Saxons.* Two volumes. Third edition. London and New York, 1952.

HOLMAN, KATHERINE, *Historical Dictionary of the Vikings.* Maryland, 2003.

JESCH, JUDITH, *Women in the Viking Age.* Woodbridge, 1991.

JONES, GWYN, *A History of the Vikings.* Revised edition. Oxford and New York, 1984. Paperback, London, 1973.

JONES, PRUDENCE, and PENNICK, NIGEL, *A History of Pagan Europe.* London, 1995.

KENDRICK, T. D., *A History of the Vikings.* London, 1930.

KER, W. P., *Epic and Romance: Essays on Medieval Literature.* London, 1897. Reissued, New York and London, 1957.

—— *The Dark Ages.* London, 1904. Reissued, London, 1955.

KNUT, HELLE (editor), *The Cambridge History of Scandinavia, Vol. I* (*Prehistory to 1520*). Cambridge, 2003.

LOGAN, F. DONALD, *The Vikings in History.* London and New York, 1991.

MAGNUSSON, MAGNUS, *The Vikings.* London, 1980.

OLRIK, AXEL, *Viking Civilisation.* London, 1930.

OLSEN, M., *Farms and Fanes of Ancient Norway.* Translated by Th. Gleditsch. Oslo, 1928.

PAGE, R. I., *Chronicles of the Vikings: Records, Memorials and Myths.* London, 1995.

POLOMÉ, EDGAR (editor), *Old Norse Literature and Mythology: A Symposium.* Toronto, 1969.

PULSIANO, PHILLIP (editor), *Medieval Scandinavia: An Encyclopedia.* New York and London, 1993.

ROESDAHL, ELSE, *Viking Age Denmark.* Translated by Susan Margeson and Kirsten Williams. London, 1982.

—— *The Vikings.* Harmondsworth, 1987.

SAWYER, P. H., *The Age of the Vikings.* London, 1962.

—— (editor), *The Oxford Illustrated History of the Vikings.* Oxford and New York, 1997.

SIMPSON, JACQUELINE, *Everyday Life in the Viking Age.* London, 1966.

—— *The Viking World.* London, 1980.

SVEINSSON, EINIE ÓL, *The Age of the Sturlungs.* Translated by Jóhann S. Hanesson. Ithaca, N.Y., 1953.

TURVILLE-PETRE, G., *The Heroic Age of Scandinavia.* London, 1951.

WILSON, DAVID M. (editor), *The Northern World: The History and Heritage of Northern Europe AD 400–1100.* London, 1980.

WRENN, C. L., *A Study of Old English Literature.* London, 1967.

7. 个人杂录

神话和民间故事可谓文坛的邻居。我在注释里解释过，书中有不止一个神话故事含有常见的民间传说元素。如果读者对斯堪的纳维亚民间故事感兴趣，市面上有不少佳作可供选择。冰岛相关的有：

ÁRNASON, JÓN, *Icelandic Folktales and Legends.* Translated by Jacqueline Simpson. London, 1972.

挪威相关的有：

ASBJORNSEN, PETER C., and MOE, JORGEN I., *Popular Tales from the Norse.* Translated by George Webbe Dasent. Edinburgh, 1859. Reissued, London, 1969.

CHRISTIANSEN, REIDAR (editor), *Folktales of Norway.* Translated by Pat Shaw Iversen. Chicago and London, 1964.

丹麦相关的有：

GRUNDTVIG, SVENDT, *Danish Fairy Tales.* Translated by J. Grant Cramer. New York, 1919. Reissued, New York and London, 1972.

瑞典相关的有：

BLECHER, LONE THYGESEN, and BLECHER, GEORGE (editors), *Swedish Folktales and Legends.* New York, 1993.

至于将这几个国家的民间故事一网打尽的著作，我心目中最好的两本是：

JONES, GWYN, *Scandinavian Legends and Folk-Tales.* London, 1956.
Scandinavian Folktales. Translated and edited by Jacqueline Simpson. London, 1988.

除此之外，在以下这本书里也出现了一些和北欧神话相通的元素：

NORMAN, HOWARD (editor), *Northern Tales: Traditional Stories of Eskimo and Indian Peoples*. New York, 1990.

和民间故事相比，英雄传说和神话的关系甚至更为紧密。可惜的是，高水平的相关著作委实不多。如果读者对《诗体埃达》里的英雄传说感兴趣，最好的办法是直接阅读第二部分列出的《诗体埃达》英译本。我在第三部分也列出了几部英雄传说的重述作品，但目前仍没有一部涵盖所有北欧英雄传说的权威巨著。

对于想了解古代北欧文学的读者而言，有这样一本绝佳的入门读物：

O'DONOGHUE, HEATHER, *Old Norse-Icelandic Literature: A Short Introduction*. Oxford, 2003.

除了北欧本土的小说家，也有众多以英语为母语的作家创作过以维京时代为背景的作品，包括塞西莉亚·霍兰、简·斯迈利、弗朗西斯·贝里和乔治·麦凯·布朗。布朗用诗句描绘了维京人在奥克尼群岛上"暗含着神圣而可怖的喜悦"的生活，这些诗被收录在以下诗集中：

The Collected Poems of George Mackay Brown. Edited by Archie Bevan and Brian Murray. London, 2005.

鉴于北欧神话最后是在冰岛定型的，或许有读者会对冰岛这个国家本身感兴趣。在19世纪的相关作品中，我最为推荐达费林勋爵的《高纬度来信》（1858）和威廉·莫里斯的《冰岛日记》（1871—1873）。在20世纪，没有哪本书可以同 W. H. 奥登和路易斯·麦克尼斯合著的《冰岛书简》（1937）相匹敌。这本书带有作者强烈的个人色彩，收录了诗歌、散文、日记、北欧古谚和旅行建议，甚至还包括一章《冰岛旅行选集》以及奥登的著名长诗《致拜伦勋爵的信》。西蒙·阿米蒂奇与格林·马克斯维尔合著的《月亮之国》（1996）也颇有其风范。

W. H. 奥登在《冰岛书简》中写道："对冰岛感兴趣的英国人为数不多，但他们一个个都爱得热烈。"我要推荐《孤独星球》和《易行指南》给想要访问冰岛的游客（两本书的作者分别是弗兰·帕尔内尔和戴维·莱夫曼）。凯萨琳·谢尔曼的《火的女儿》（1976）不仅勾勒了这个岛国的历史和地理，更向我们讲述了它扣人心弦的过去和现在。

如果读者想要了解挪威的地形，保罗·沃特金斯的《与幽灵同行》（2004）值得一读，作者在书中描绘了他在挪威群山中的旅程，将其称为"神话与现实相遇之地"；彼得·戴维森的《北方的概念》（2005）则从文学、传说、绘画、风景画和摄影等不同角度探索了北欧地理，令人身临其境。希望有一天，我们能看到研究北欧音乐的著作。

我还可以继续列出一长串名单：爱德华·伯恩–琼斯画笔之下的奥丁，一个陷入沉思的忧郁男人，完美地体现了前拉斐尔派的艺术风格；在北欧传统文化的影响之下，威廉·莫里斯持续高产的创作生涯；理查德·瓦格纳的伟大歌剧《尼伯龙人的指环》，毫无疑问是所有北欧神话改编作品中的扛鼎之作；埃里克·拉维利乌斯的战时画作，从中能看到他对北地风光的痴迷；J. R. R. 托尔金的史诗巨著《魔戒》（1954—1955），得益于这位大学者在北欧神话及古北欧语言方面的深厚造诣……继续列下去，意味着我将跨越某种边界：在上述巨匠之外，还有许许多多来自世界各地、分属于不同艺术领域的人物，也都受到了北欧神话直接或间接的影响。北欧神话堪称西北欧这片土地上最绚烂的文化遗产。

译名对照表

A

A. 奥尔里克	A. Olrik
阿贝奥库塔	Abeokuta
阿迪尔斯	Adils
阿多尼斯	Adonis
阿恩格里姆	Arngrim
阿尔夫	Alf
阿尔夫海姆	Alfheim
阿尔弗德	Alfod
阿尔弗里格	Alfrigg
阿尔芙罗苏尔	Alfrothul
阿尔格隆	Algron
阿尔斯约夫	Althjof
阿尔瓦尔迪	Alvaldi
阿尔瓦克	Arvak
阿尔维	Arvi
阿尔维斯	Alvis
《阿尔维斯之歌》	*Alvissmal*

阿耳忒弥斯	Artemis
阿佛洛狄忒	Aphrodite
阿格纳尔	Agnar
阿哈迈德·伊本·法德兰	Ahmad ibn Fadlan
阿林内费亚	Arinnefja
阿娜特	Anat
阿萨国	Asaland
阿萨神族	Aesir
阿斯加德	Asgard
阿斯卡	Ask
阿斯蒙德	Asmund
阿斯塔蒂	Astarte
阿斯维德	Alsvid
阿塔尔	Athal
阿特里德	Atrid
阿特洛波斯	Atropos
阿提斯	Attis
阿希瑟尔	Athisl
埃德吉尔斯	Eadgils
埃尔迪尔	Eldir
埃吉尔	Aegir
《埃吉尔萨迦》	*Egil's Saga*
埃里	Elli
埃里克·拉维利乌斯	Eric Ravilious
埃里克·马格努松	Eirikr Magnusson
《埃里人萨迦》	*Eyrbyggja Saga*
埃利伐加尔	Elivagar
埃利夫·戈兹吕纳尔松	Eilif Guthrunarson
埃琉德尼尔	Eljudnir

奥尔莫德	Olmod
奥尔姆特	Ormt
奥尔瓦尔迪	Olvaldi
奥尔万	Aurvang
奥尔万迪尔	Aurvandil
奥夫尼尔	Ofnir
奥格米尔	Aurgelmir
奥科尔尼尔	Okolnir
奥克文卡尔法	Okkvinkalfa
奥拉夫一世	Olaf Tryggvason
奥里	Ori
奥米	Omi
奥瑟林	Othling
奥斯基	Oski
奥斯特里	Austri
奥苏尔夫	Osulf
奥塔	Ottar
奥托	Otter

ᛒ

巴恩	Barn
巴尔	Baal
巴尔达格	Bældæg
巴尔德	Balder
《巴尔德的梦》	*Baldrs Draumar*
巴弗尔	Bafur

巴勒格	Baleyg
巴里	Bari
巴乌吉	Baugi
芭里	Barri
《班堡的丑虫子》	*The Laidly Worm of Spindleston Heughs*
邦尼奥	Banio
保罗·B. 泰勒	Paul B. Taylor
保罗·沃特金斯	Paul Watkins
《北方的概念》	*The Idea of North*
《北欧神话与宗教》	*Myth and Religion of the North*
《北欧众神及神话》	*Gods and Myths of Northern Europe*
《贝奥武甫》	*Beowulf*
贝尔林	Berling
贝格米尔	Bergelmir
贝拉	Beyla
贝丝特拉	Bestla
本蒂格兰奇	Benty Grange
比阿尔基	Biarki
比弗尔	Bifur
比弗罗斯特	Bifrost
比勒格	Bileyg
比林	Billing
比约特	Bjort
彼得·戴维森	Peter Davidson
彼得·雷德格罗夫	Peter Redgrove
毕尔	Bil
毕尔斯基尼尔	Bilskirnir
毕夫林迪	Biflindi
毕格维尔	Byggvir

C

《长秋之歌》   *Haustlong*

D

达费林勋爵	Lord Dufferin
达因	Dain
戴维·莱夫曼	David Leffman
丹	Dan
《丹麦人的事迹》	*Gesta Danorum*
丹普	Danp
得基玛	Decima
《德国神话》	*Deutsche Mythologie*
德冷	Dreng
德里特斯克尔	Dritsker
德林	Delling
德伦巴	Drumba
德伦布	Drumb
德罗米	Dromi
德罗普尼尔	Draupnir
德罗特	Drott
德瓦林	Dvalin
迪格拉迪	Digraldi
丁德	Tind
杜夫	Duf
杜拉特罗尔	Durathror

费玛芬	Fimafeng
费亚拉	Fjalar
费延	Fyen
费约尔卡尔德	Fjolkald
费约尔姆	Fjorm
费约尔尼尔	Fjolnir
费约尔斯维德	Fjolsvid
《费约尔斯维德之歌》	*Fjolsvinnsmal*
费约尔瓦尔	Fjolvar
费约斯尼尔	Fjosnir
芬布尔之冬	Fimbulvetr
芬布图尔	Fimbulthul
芬丁	Fundin
芬里尔	Fenrir
芬萨里尔	Fensalir
冯德	Vond
弗尔克万	Folkvang
弗尔尼尔	Fulnir
弗拉尔	Frar
弗拉格	Frag
弗拉南	Franang
弗兰·帕尔内尔	Fran Parnell
弗朗西斯·贝里	Francis Berry
弗雷	Freyr
弗力奇	Freki
弗丽奥特	Friaut
弗丽嘉	Frigg
弗丽约德	Fljod
弗罗迪	Frodi

弗罗斯蒂	Frosti
芙拉	Fulla
芙蕾雅	Freyja
芙丽德	Frid
芙约金	Fjorgyn
福尔塞提	Forseti

盖尔加	Gelgja
盖尔罗德	Geirrod
盖尔沃穆尔	Geirvomul
盖里	Geri
盖罗洛尔	Geirolul
甘道夫	Gandalf
冈恩	Gang
冈拉提	Ganglati
冈勒里	Gangleri
冈洛特	Ganglot
高尔	Goll
高特	Gaut
《高纬度来信》	*Letters from High Latitudes*
戈克斯塔德	Gokstad
戈穆尔	Gomul
戈普尔	Gopul
戈斯福斯	Gosforth
戈特霍姆	Gotthorm

戈因	Goin
格尔德	Gerd
格尔丁	Gelding
格菲翁	Gefion
格拉巴克	Grabak
格拉德	Glad
格拉弗沃鲁斯	Grafvolluth
格拉尼	Grani
格拉普斯维德	Glapsvid
格拉兹海姆	Gladsheim
格莱普	Greip
格莱普尼尔	Gleipnir
格勒尔	Gler
格雷尔	Grerr
格里姆	Grim
格里姆尼尔	Grimnir
《格里姆尼尔之歌》	*Grimnismal*
格里姆希尔德	Grimhild
格丽德	Grid
格利特尼尔	Glitnir
格林·马克斯维尔	Glyn Maxwell
格伦	Glen
格罗德	Grod
格罗因	Gloin
格萝雅	Groa
《格萝雅的咒语》	*Grougaldr*
格娜	Gna
格尼帕洞窟	Gnipahellir
格尼塔荒原	Gnita Heath

格瓦尔	Gevar
贡德利尔	Gondlir
贡露	Gunnlod
贡纳尔	Gunnar
贡尼尔	Gungnir
贡特拉	Gunnthra
贡托林	Gunnthorin
古德伦	Gudrun
古尔法克西	Gullfaxi
古尔托普	Gulltopp
古尔薇格	Gullveig
古林博斯帝	Gullinbursti
古林肯比	Gullinkambi
古鲁菲	Gylfi
《古鲁菲受骗记》	*Gylfaginning*
古约顿加达尔	Grjotunagardar

H

H. R. 埃利斯·戴维森	H. R. Ellis Davidson
哈蒂	Hati
哈定	Hadding
哈尔	Har
哈尔巴德	Harbard
《哈尔巴德之歌》	*Harbardsljoth*
哈吉	Haki
哈康四世	King Hakon

哈拉尔德	Harald
海德	Heid
海德伦	Heidrun
海尔	Hal
海姆达尔	Heimdall
海普蒂菲利	Heptifili
浩尔	Haur
何汶的西奥多夫	Thiodolf of Hvin
赫尔	Hel
赫尔巴	Herebeald
赫尔布林迪	Helblindi
赫尔莫德	Hermod
赫尔泰特	Herteit
赫尔瓦德	Hervard
赫尔扬	Herjan
赫费约托尔	Herfjotur
赫拉	Hera
赫拉尼	Hrani
赫莱姆	Hreim
赫劳东	Hraudung
赫勒巴德	Hlebard
赫勒迪丝	Hledis
赫雷德玛	Hreidmar
赫雷德约夫	Hledjolf
赫雷塞	Hlesey
赫雷斯维尔格	Hraesvelg
赫里德	Hrid
赫里姆	Hrym
赫里姆格里姆尼尔	Hrimgrimnir

赫里姆尼尔	Hrimnir
赫里斯特	Hrist
赫丽芙	Hlif
赫丽芙丝拉萨	Hlifthrasa
赫利德斯克亚夫	Hlidskjalf
赫林法克西	Hrimfaxi
赫伦尼尔	Hrungnir
赫罗德维特尼尔	Hrodvitnir
赫罗恩	Hronn
赫罗勒克	Hrorek
赫罗普塔提尔	Hroptatyr
赫罗斯皮约弗	Hrosspjofr
赫萝德	Hrod
赫洛克	Hlokk
赫尼卡尔	Hnikar
赫尼库德	Hnikud
赫尼特比约格	Hnitbjorg
赫士军	Hæthcyn
赫斯珀里得斯	Hesperides
赫瓦格密尔	Hvergelmir
赫维德纳	Hvedna
赫希尔	Hersir
赫亚姆贝里	Hjalmberi
赫亚普雷克	Hjalprek
赫约迪丝	Hjordis
赫约瓦德	Hjorvard
亨利·亚当斯·贝洛斯	Henry Adams Bellows
红发埃里克	Eric the Red
红发斯万	Svan the Red

∫

吉斯尔	Gisl
吉乌基	Gjuki
吉亚尔普	Gjalp
吉约尔	Gjoll
加尔姆	Garm
加根拉德	Gagnrad
加拉	Galar
加拉尔	Gjall
加斯特罗普尼尔	Gastropnir
伽姆利	Gamli
《家之歌》	*Husdrapa*
简·斯迈利	Jane Smiley
"金发王"哈拉尔	Harald Fairhair
金利	Gimli
金伦加鸿沟	Ginnungagap
金纳尔	Ginnar
《金枝》	*The Golden Bough*
居里尔	Gyllir
居米尔	Gymir

K

卡尔	Karl
卡里	Kari
凯萨琳·布里格斯	Katharine Briggs
凯萨琳·谢尔曼	Katharine Scherman
柯尔劳格	Kerlaug

柯尔姆特	Kormt
柯弗西尔	Kefsir
柯提尔	Ketil
克勒吉	Kreggi
克鲁尔	Klur
克洛托	Clotho
克瓦希尔	Kvasir
克亚拉	Kjalar
孔恩	Kon
狂战士	Berserk
昆巴	Kumba
昆德	Kund

L

拉德斯维德	Radsvid
拉德格里德	Radgrid
《拉格纳之歌》	*Ragnarsdrapa*
《拉克斯谷人萨迦》	*Laxdaela Saga*
拉刻西斯	Lachesis
拉尼	Rani
拉斯巴德	Rathbard
拉斯塞	Rathsey
拉塔托斯克	Ratatosk
拉提	Rati
莱尔	Lejre
莱尔布里米尔	Leirbrimir

利特	Lit
列拉德	Laerad
林迪斯法恩	Lindisfarne
林恩	Rin
林南迪	Rinnandi
琳达	Rinda
琳德	Rind
琳恩	Lin
灵虹	Ringhorn
鲁斯	Ruth
鲁特	Lut
路易斯·麦克尼斯	Louis MacNeice
吕恩海德	Lyngheid
吕恩维	Lyngvi
吕尔	Lyr
吕弗亚伯格	Lyfjaberg
《旅者之歌》	*Widsith*
罗吉	Logi
罗丝克瓦	Roskva
罗斯尼亚	Ruthenia
罗斯提奥斐斯	Rostiophus
洛德	Lodur
洛德法夫尼尔	Loddfafnir
《洛德法夫尼尔之歌》	*Loddfafnismal*
洛芬	Lofn
洛芬海德	Lofnheid
洛基	Loki
《洛基的争辩》	*Lokasenna*
洛尼	Loni

M

马尔斯	Mars
《马格努松抄本》	*Arnamagnaean Codex*
玛格尼	Magni
玛诺南	Manannan
玛瑟尔	Mothir
"麦束之子"席尔德	Scyld Scefing
梅拉伦	Mälar
梅里	Meili
蒙迪尔法利	Mundilfari
蒙格拉德	Menglad
弥米尔	Mimir
米奥尔尼尔	Mjollnir
米德加德	Midgard
米德维特尼尔	Midvitnir
米尔恰·伊利亚德	Mircea Eliade
米明	Miming
米斯特	Mist
米约德维特尼尔	Mjodvitnir
密特拉	Mitra
摩迪	Modi
摩耳塔	Morta
摩伊拉三女神	Moirai
摩因	Moin
《魔戒》	*The Lord of the Rings*
莫德古德	Modgud
莫德索格尼尔	Modsognir

莫格	Mog
莫格斯拉希尔	Mogthrasir
莫库卡尔菲	Mokkurkalfi
穆罕默德·穆加多西	Mohammed Mugaddosi
穆宁	Muninn
穆斯佩尔	Muspell
穆斯佩尔海姆	Muspellheim

N

纳比	Nabbi
纳尔	Nar
纳尔土斯	Nerthus
纳尔维	Narvi
纳格尔法	Naglfar
纳格尔法利	Naglfari
纳里	Nari
纳斯特隆德	Nastrond
纳因	Nain
南娜	Nanna
瑙特	Naut
《尼伯龙人的指环》	*Der Ring des Nibelungen*
《尼伯龙人之歌》	*Das Nibelungenlied*
尼德	Nid
尼德霍格	Nidhogg
尼德荣	Nidjung
尼德山	Nidafjoll

尼德维利尔	Nidavellir
尼迪	Nidi
尼尔	Nyr
尼弗尔海姆	Niflheim
尼拉德	Nyrad
尼平	Niping
尼特	Nyt
尼伊	Nyi
尼约尔德	Njord
涅普	Nep
努阿哈	Nuadu
《挪威列王传》	*Heimskringla*
诺阿通	Noatun
诺德里	Nordri
诺恩	Nonn
诺恩三女神	Norns
诺克维	Nokkvi
诺里	Nori
诺娜	Nona

ᚱ

帕耳卡三女神	Parcae
帕特里夏·特里	Patricia Terry
佩内洛普·沙特尔	Penelope Shuttle
彭博尔	Bombor
彭迪	Bondi

彭丁斯克吉　　　　　　Bundinskeggi
《平岛之书》　　　　　*Flateyjarbók*
普路同　　　　　　　　Pluto
普罗柯比　　　　　　　Procopius
普洛塞庇娜　　　　　　Proserpine

乔治·杜梅齐尔　　　　Georges Dumezil
乔治·麦凯·布朗　　　George Mackay Brown

日德兰　　　　　　　　Jutland
《日耳曼尼亚志》　　　*Germania*
《日耳曼人的神话与神祇》*Mythes et Dieux des Germains*
《睿智的伤口》　　　　*The Wise Wound*

S

萨德　　　　　　　　　Sad
萨顿胡　　　　　　　　Sutton Hoo
萨迦　　　　　　　　　Saga
萨克索·格拉玛提库斯　Saxo Grammaticus

《萨蒙德埃达》	*Saemund's Edda*
萨姆塞	Samsey
塞法利	Saefari
塞格	Segg
塞金	Sekin
塞孔侬	Saekonung
塞斯伦尼尔	Sessrumnir
塞西莉亚·霍兰	Cecelia Holland
《三个北欧爱情故事》	*Three Northern Love Stories*
《散文埃达》	*Prose Edda*
桑格塔尔	Sangetall
瑟尔	Thir
沙赫里姆尼尔	Saehrimnir
《诗歌语言》	*Skaldskaparmal*
《诗体埃达》	*Poetic Edda*
《诗体通论》	*Hattatal*
《十字架之梦》	*The Dream of the Rood*
史密斯	Smith
《守灵挽歌》	*Lyke-Wake Dirge*
丝诺	Snor
丝诺特	Snot
斯基德布拉德尼尔	Skidbladnir
斯基尔芬	Skilfing
斯基费尔	Skirfir
斯基尼尔	Skirnir
《斯基尼尔之歌》	*Skirnismal*
《斯基尼尔之旅》	*For Scirnis*
斯基约德	Skjold
斯基约邓	Skjoldung

斯京法克西	Skinfaxi
斯卡娣	Skadi
斯卡维德	Skavid
斯凯斯布里米尔	Skeithbrimir
斯考尔	Skoll
斯科古尔	Skogul
斯克吉尔	Skekil
斯克吉约德	Skeggjold
斯克里米尔	Skrymir
斯库尔德	Skuld
斯库尔霍德	Skurhold
斯库勒公爵	Duke Skuli
斯莱泼尼尔	Sleipnir
斯利德	Slid
斯诺里·斯蒂德吕松	Snorri Sturluson
斯诺特拉	Snotra
斯普拉奇	Sprakki
斯普伦德	Sprund
斯坦索	Steinthor
斯特隆德	Strond
斯瓦迪尔法利	Svadilfari
斯瓦夫尼尔	Svafnir
斯瓦弗托林	Svafrthorin
斯瓦朗	Svarang
斯瓦丽	Svarri
斯瓦林	Svalin
斯瓦妮	Svanni
斯瓦塔尔夫海姆	Svartalfheim
斯瓦瓦	Svava

斯维阿尔	Sviar
斯维德里尔	Svidrir
斯维杜尔	Svidur
斯维帕尔	Svipall
斯维普达格	Svipdag
《斯维普达格之歌》	*Svipdagsmal*
斯维乌尔	Sviur
斯文	Svein
斯沃尔	Svol
斯沃苏德	Svosud
斯约德罗里尔	Thjodrorir
斯约德瓦拉	Thjodvara
斯约芬	Sjofn
斯约特努玛	Thjothnuma
松恩	Son
苏德里	Sudri
苏尔特	Surt
苏摩	soma
苏通	Suttung
索恩德	Thund
索尔	Tholl
索尔比亚特	Solbjart
索尔布林迪	Solblindi
《索尔利的故事》	*Sorla Thattr*
索格	Soeg
索克弥米尔	Sokkmimir
索克瓦贝克	Sokkvabekk

T

塔木兹	Tammuz
塔西伦	Tacitus
坦格里斯尼尔	Tanngrisni
坦格尼约斯特	Tanngnost
特根	Thegn
特克	Thekk
特拉尔	Thrall
特里迪	Thridi
特里姆海姆	Thrymheim
特里姆吉约尔	Thrymgjol
《特里姆之歌》	*Thrymskvitha*
特鲁德	Thrud
特鲁德格米尔	Thrudgelmir
特鲁德海姆	Thrudheim
特鲁德万	Thrudvang
特伦	Thrain
特罗尔	Thror
特罗努贝娜	Tronubeina
特维提	Thviti
提尔	Tyr
提尔芬	Tyrfing
提瓦兹	Tiwaz
提威	Tiw
天父	Dyaus
铁树林	Iron Wood
图林	Tuireann

托尔	Thor
托尔基路斯	Thorkillus
托尔斯坦	Thorstein
《托尔斯坦的故事》	*Thorsteins Thattr*
《托尔之歌》	*Thorsdrapa*
托克	Thokk
托林	Thorin
托罗尔夫	Thorolf
托特鲁吉皮亚	Totrughypja

Ⅲ

瓦恩	Van
瓦尔	Var
瓦尔弗德	Valfod
瓦尔格林德	Valgrind
瓦尔哈拉	Valhalla
瓦尔基里	Valkyrie
瓦尔卡尔德	Varkald
瓦尔兰	Valland
瓦尔坦	Valtam
瓦弗斯鲁德尼尔	Vafthrudnir
《瓦弗斯鲁德尼尔之歌》	*Vafthrudnismal*
瓦克	Vak
瓦拉斯克亚夫	Valaskjalf
瓦利	Vali
《王家抄本》	*Codex Regius*

威廉·莫里斯	William Morris
薇芙	Vif
维达尔	Vidar
维德芬	Vidfinn
维迪	Vidi
维杜尔	Vidur
维多夫尼尔	Vidofnir
维尔丹迪	Verdandi
维尔费尔	Virfir
维格	Vig
维格德拉希尔	Vegdrasil
维格里德	Vigrid
维格斯文	Vegsvin
维格坦	Vegtam
《维京人的诗歌》	*Poems of the Vikings*
维利	Vili
维穆尔	Vimur
维斯特里	Vestri
维斯特萨里尔	Vestrsalir
维特	Vit
维乌尔	Veur
维伊	Ve
文道夫	Vindalf
文德卡尔德	Vindkald
文德斯瓦尔	Vindsval
文恩	Vin
文格尔夫	Vingolf
《文兰萨迦》	*Vinland Sagas*
文纳	Vina

文尼尔	Vingnir
沃登	Woden
沃恩	Von
沃尔	Vor
沃尔松	Volsung
《沃尔松萨迦》	*Volsunga Saga*
沃夫德	Vofud
《沃缅努斯抄本》	*Codex Wormianus*
渥尔娃	volva
《渥尔娃的预言》	*Voluspa*
乌德	Ud
乌尔	Ull
乌尔德	Urd
乌尔夫	Ulf
乌尔夫·乌加松	Ulf Uggason
乌尼	Uni
乌特加德	Utgard
乌特加德–洛基	Utgard-Loki
乌特加迪洛库斯	Utgardilocus

X

西德霍特	Sidhott
西德斯克格	Sidskegg
西尔弗林托普	Silfrintopp
西格德丽法	Sigrdrifa
《西格德丽法之歌》	*Sigrdrifumal*

西格弗德	Sigfod
西格弗里德	Siegfried
西格蒙德	Sigmund
西古尔德	Sigurd
西兰	Zealand
西蒙·阿米蒂奇	Simon Armitage
西穆尔	Simul
希恩	Syn
希尔德	Hild
希尔迪斯维尼	Hildisvini
希尔迪贡	Hildigun
希尔多夫	Hildolf
希尔罗金	Hyrrokin
希芙	Sif
希格恩	Sigyn
希米尔	Hymir
《希米尔之歌》	*Hymiskvitha*
希敏比约格	Himinbjorg
希敏赫约特	Himinhrjot
席德	Sid
席恩	Thyn
席尔格	Sylg
夏尔菲	Thialfi
夏兹	Thiazi
辛德里	Sindri
辛加斯坦	Singastein
辛莫拉	Sinmora
辛尼尔	Sinir
欣德拉	Hyndla

《欣德拉之诗》	*Hyndluljoth*
休奇	Hjuki

Y

雅恩萨克莎	Jarnsaxa
雅尔	Jarl
雅芬哈尔	Jafnhar
雅各布·格林	Jacob Grimm
雅里	Jari
亚菲	Afi
亚历山大·阿法纳西耶夫	Aleksandr Afanasyev
亚玛	Amma
亚舍拉	Asherah
阎魔	Yama
耶梦加得	Jormungand
伊达	Ida
伊达利尔	Ydalir
伊达平原	Idavoll
伊德	Yid
伊迪	Idi
伊尔芬	Ylfing
伊尔格	Ylg
伊芬	Iving
伊格	Ygg
伊格德拉西尔	Yggdrasill
伊里	Iri

伊玛	Ima
伊米尔	Ymir
伊姆	Im
伊斯亚	Ysja
伊苏尔夫	Isulf
伊童	Idun
伊瓦尔	Ivar
伊瓦尔迪	Ivaldi
因吉	Ingi
因斯坦	Instein
《英灵萨迦》	*Ynglinga Saga*
英灵战士	Einherjar
幽暗之林	Mirkwood
《与幽灵同行》	*The Fellowship of Ghosts*
约德	Jod
约顿海姆	Jotunheim
约翰内斯·布伦斯泰兹	Johannes Brøndsted
约蒙雷克	Jormunrek
约姆斯堡	Jomsburg
《月亮之国》	*Moon Country: Further Reports from Iceland*

Z

《殖民之书》	*Landnamabok*
《至高者的箴言》	*Havamal*
宙斯	Zeus
诸神的黄昏	Ragnarok

图书在版编目（CIP）数据

北欧神话全书 / (英) 凯文・克罗斯利-霍兰著；(美)
黄田译. -- 长沙：湖南文艺出版社，2023.4（2023.7重印）
（幻想家）
书名原文：The Penguin Book of Norse Myths
ISBN 978-7-5726-0421-8

Ⅰ.①北… Ⅱ.①凯… ②黄… Ⅲ.①神话—作品集
—北欧 Ⅳ.①I530.73

中国版本图书馆CIP数据核字(2021)第209293号

THE PENGUIN BOOK OF NORSE MYTHS: GODS OF THE VIKINGS
by KEVIN CROSSLEY-HOLLAND

Copyright © 1980 and 2011 by Kevin Crossley-Holland

幻想家

北欧神话全书
BEIOU SHENHUA QUANSHU

著　　者：〔英〕凯文・克罗斯利-霍兰　　　　译　　者：〔美〕黄　田
出 版 人：陈新文　　　责任编辑：吴　健　　　封面插画：陆文津
装帧设计：Mitaliaume　　　　　　　　内文排版：钟灿霞　钟小科

出版发行：湖南文艺出版社（长沙市雨花区东二环一段508号 邮编：410014）
印　　刷：湖南省众鑫印务有限公司
开　　本：880mm×1230mm 1/32　　印　张：13.75　　字　数：266千字
版　　次：2023年4月第1版　　　　　印　次：2023年7月第2次印刷
书　　号：ISBN 978-7-5726-0421-8　　　定　价：78.00 元